dtv

»MYSTERIÖSE SELBSTMORDSERIE IN WIEN heißt es auf der Titelseite, die Lucie zugewandt ist. Sie beißt in die fette Wurst und denkt, daß dies vermutlich übertrieben und doch gut fürs Geschäft ist. Denn sie lebt von den Toten. Lucie schreibt Nachrufe, und weil das nicht fürs Notwendige reicht, hilft sie manchmal beim Bestattungsunternehmen ›Weiniger‹ aus.«
In Wien hat Lucie ihren Beruf und ihre Berufung gefunden. Die Melange aus morbidem Weltschmerz und Fleischeslust, die den Geist der Stadt ausmacht, bietet die richtige Atmosphäre für ihr Lebenswerk: eine Porträtsammlung prominenter Selbstmörder. Das Herz der Stadt in Lucies Welt ist nicht der Stephansdom oder das Burgtheater, sondern der Zentralfriedhof. Denn wo gestorben wird, wird in Wien auch gelebt!
»Süffig-intelligentes Lesevergnügen.« (Literatur und Kritik)

Christine Grän, 1952 in der Steiermark geboren, studierte in Graz und arbeitete als Journalistin in Bonn. Sie wurde mit ihren Krimis um Anna Marx bekannt.

Christine Grän

Heldensterben

Roman

Deutscher Taschenbuch Verlag

Ausführliche Informationen über
unsere Autoren und Bücher
finden Sie auf unserer Website
www.dtv.de

Ungekürzte Ausgabe 2010
Deutscher Taschenbuch Verlag GmbH & Co. KG,
München

Umschlagkonzept: Balk & Brumshagen
Umschlaggestaltung nach einer Idee von
Christina Hucke
Gesamtherstellung: Druckerei C. H. Beck, Nördlingen
Gedruckt auf säurefreiem, chlorfrei gebleichtem Papier
Printed in Germany · 978-3-423-21238-0

ERSTES KAPITEL

Der Tod ist leicht, aber das Sterben. Von der Reichsbrücke führt ein direkter Weg nach unten, in die Donau. Angst vor dem kalten, trüben Wasser. Angst vor dem Sprung. Angst überhaupt. Wenn sie auf Wien schaut, sagt sie sich, daß alle Städte in der Abenddämmerung diesen besonderen Glanz haben, der alles Häßliche weich zeichnet. Der Himmel glüht rot, und immer noch steht sie mit beiden Beinen in der Logik des Lebens. Lucie spürt Hunger, das ist ein starkes Gefühl. Servieren sie drüben Wiener Schnitzel? Wenn sie anfängt, mit dem Tod zu kokettieren, ist es schon wieder zu spät.

Das letzte Mal, als sie es fast geschafft hatte, erwachte sie mit einem Schlauch im Mund. Schlaftabletten sind so unzuverlässige Begleiter ins Jenseits. Lucie kam sich blöd vor, beschämt und verwundet, und noch Wochen später tat ihr der Gaumen weh beim Kauen. Warum muß sie immer ans Essen denken? Die Henkersmahlzeit hat sie doch vor vier Stunden eingenommen, ging dann zur Brücke, und jetzt steht sie da in aller Feigheit und könnte an Vergiftung sterben, weil Autos an ihr vorüberrasen wie endlose, stinkende Karawanen. Sich auf die Fahrbahn zu werfen, wäre eine Variable mit vielen Unsicherheiten. Es will doch jeder in Würde sterben. Oder besser gar nicht. Oder manchmal doch.

»Host an Tschick?«

Nein, sie raucht nicht. Hat den Mann nicht kommen sehen, doch jetzt steht er vor ihr, und sie kann ihn riechen. Alkohol, Tabak, Schweiß, Verzweiflung. Die Stadt ist voller Trostbedürftiger. »Zigaretten schaden der Gesundheit.«

Lucie beginnt zu lachen über diesen Satz, und der Mann mit den vielen Gerüchen fühlt sich von ihr verhöhnt. Er greift nach ihrem Arm und hält sie fest, während er sie beschimpft im schönsten Wiener Slang, und sie lacht nicht mehr und sagt »Entschuldigung«, nur, damit er aufhört und sie losläßt.

Er hat recht. Entschuldigung, das kann jeder sagen. Für alles. Er hat große Lust, sie in die Donau zu schmeißen, aber heute hat er eine Mordslaune, da läßt er sie laufen, und fast dankbar ist Lucie, daß er sie von der Brücke vertreibt, weil sie zu oft an solchen Orten ist. Brücken. Hochhäuser. Vor Tramgleisen. In U-Bahn-Schächten. Die Stadt hat Angebote für Selbstmörder.

Lucie geht in Richtung Prater. Das Riesenrad dreht seine Kreise, und es ist schwierig, eine Gondel während der Fahrt zu öffnen. Sie kann nicht aufhören, daran zu denken. Trägt den Tod mit sich herum wie faules Parfum. Manchmal kommt sie sich verwegen vor, und dann wieder nur lächerlich. Andere schaffen es doch auch. Lucies Mutter. Eine Million pro Jahr auf der Erde. Mindestens fünfzehntausend in Österreich. Wenn sie todessehnsüchtig sind, gehen sie auch zum Heurigen oder in Kaffeehäuser. Sterben ein bißchen nach innen, aber nie genug. Werden alt und klammern sich an die Restzeit. Möglich schon, daß die Annäherung an das Ende der Anfang einer Lebensgier ist. Wenn Lucie denkt, daß es nicht weitergeht, gelingt es doch. Irgendwie.

Hunger und Kälte treiben sie an den Würstelstand. Der Ostwind bringt im Winter Sibirisches in die Stadt. Vermummte, verhuschte Gestalten drängen sich um das Reich des Würstelbraters, der ein bißchen wie Herr Karl aussieht, eine Qualtinger-Figur, das Klischee bestätigend, daß jedes von ihnen in Wien eine Berechtigung hat und die Stadt deshalb einmalig ist. Vergangenheitsbeschwert. Prächtig kalt. Maunzend. Unverschämt unterwürfig. In allen Ecken hadernd oder auch haidernd. Lucie bestellt eine Burenwurst und liest die Zeitung ihres Nebenmanns. Sie ist kleinformatig mit dicken Schlagzeilen.

MYSTERIÖSE SELBSTMORDSERIE IN WIEN heißt es auf der Titelseite, die Lucie zugewandt ist. Sie beißt in die fette Wurst und denkt, daß dies vermutlich übertrieben und doch gut fürs Geschäft ist. Denn sie lebt von den Toten. Lucie schreibt Nachrufe, und weil das nicht fürs Notwendige reicht, hilft sie manchmal beim Bestattungsunternehmen »Weiniger« aus. Weil Lucie eine geborene Trösterin ist, wie Frau Weiniger meint, nur reicht dieses Talent nicht für eine Festanstellung. Praktisch, daß sie nur zwei Häuser weiter wohnt, und wenn die Hinterbliebenen vor lauter Trauer nichts entscheiden können, ruft die Weiniger bei ihr an. Die Bestatterin mag die Lebenden nicht, den Schmerz, den sie vor sich hertragen oder heucheln, und auch wenn sie das Geschäft von ihrem verstorbenen Mann geerbt hat, ist ihr die Trauerarbeit immer ekelhaft geblieben. Leichen sind wenigstens still, sagt Frau Weiniger, wenn sie die Trösterin holt. Sie zahlt fünfzehn Euro die Stunde, weshalb Lucie manchmal Zeit schindet bei der Auswahl der Särge, der Formulierung des Partezettels und allen Unwägbarkeiten der Begräbnisbürokratie.

Beruf Nummer drei hat auch was Vergängliches. Wenn es zutrifft, daß jeder Orgasmus ein Tod der Lust ist. Lucie schreibt Drehbücher für Ludwig Abel, der pornographische Filme produziert und von ihren Sätzen nicht viel übrigläßt in der Endfassung. Der Ludwig hat einen Drang zum Künstlerischen, weshalb er ihre Dienste in Anspruch nimmt und dafür nicht so schlecht bezahlt. Vielleicht tut er es auch nur aus Mitleid oder aus Zuneigung.

Manchmal denkt Lucie, daß sie eines Tages an Ludwig zurückzahlen muß. In fleischlicher Währung. Andererseits hat er sich ihr noch nie konkret genähert, sondern tändelt nur mit der Sexualität – so wie Lucie mit dem Tod, und die Zeitung mit ein paar Selbstmorden, die gleich zum Menetekel werden.

»Is eh guat für die Rentn«, kommentiert Herr Karl die Schlagzeile über die Selbstmordserie und löst damit eine sozialpolitische Debatte unter den Wurstessern aus. Die Politiker und die Asylanten sind schuld, daß es den Renten so schlecht geht. Jeder hat eine Meinung, und allen scheint alles fast aussichtslos. Lucie faßt den Entschluß, fürs erste weiterzuleben, als Karl ihr ein Glas heißen Punsch zuschiebt. »Gratis – geht aufs Haus.« Er hat ein Herz aus Gold und mag kleine Mädchen mit weißer, unschuldiger Haut.

Lucie ist dreißig, das sieht man ihr nicht an, weil sie klein und dünn ist, eher zwergen- denn elfenhaft, so ihre Selbstbetrachtung, und auch ihr gewaltiger Appetit hat sie in keiner Weise wachsen lassen. Eine Kindheit in Oed, und Gerti zeigte ihre Zuneigung ausschließlich in Form von Riesenportionen, die mit den begleitenden Worten »brav aufessen« auf den Tisch kamen. Die Stiefmutter aus dem Märchen hat es nicht zuwege gebracht, das »arme Hascherl« mit sichtbarem Erfolg zu mästen, und das nahm sie ihr krumm. Nicht nur das …

Lucie drängt das Bild einer großen, resoluten, vielleicht sogar gütigen Frau zurück ins Niemandsland der Erinnerungen. Sie wärmt ihre Finger am Punschbecher und trinkt mit kleinen, gierigen Schlucken. Die Gespräche am Würstlstand drehen sich im Kreis wehleidiger Politikverdrossenheit, und Herr Karl führt das große Wort, weil er in seinem kleinen Reich der Herrscher ist und prinzipiell keinen Widerspruch duldet. Lucie stellt ihren leeren Becher ab und späht – auf Zehenspitzen stehend – auf den kleinen Bildschirm, der über dem Gaskocher angebracht ist. Hinter dem Nachrichtensprecher wird das Bild von Monika Weiss-Langer eingeblendet. Lucie hört nur Wortfetzen, weil die Umstehenden so laut reden, doch versteht sie, daß es wieder einen Tod in Wien gegeben hat. Plötzlich und unerwartet … und das kann nur bedeuten, daß sie auf Lucie Haberer zurückgreifen. Ihre potentiellen Leichen, in Schuhkartons geordnet. Geld liegt in der Luft … und Lucie läuft.

ZWEITES KAPITEL

Sie verließ die irdische Welt auf dem Wiener Zentralfriedhof. Monika Weiss-Langer stand am Grab ihres Vaters, als sie eine Pistole zog und sie sich an die Schläfe setzte. Die prominente Politikerin wurde von einer japanischen Touristengruppe leblos aufgefunden. Der herbeigerufene Notarzt konnte nur noch den Tod der Zweiundfünfzigjährigen feststellen.

Daß Monika Weiss-Langer freiwillig aus dem Leben schied, ist eine Tragödie, die ganz Österreich bewegt. Trauer und Entsetzen sind parteiübergreifend, denn sie war eine Frau, der man in allen politischen Lagern Respekt zollte. Ihr erst vor kurzem vollzogener Rücktritt vom Ministeramt war ein mutiger Schritt, sich von der Partei, mit deren Inhalten sie sich nicht mehr identifizieren konnte, zu lösen. »Man muß sich trauen, auch persönlich unbequeme Entscheidungen zu treffen«, sagte Monika Weiss-Langer in einem ihrer letzten Interviews. Die Tränen, die diesem Satz folgten, haben die Herzen der Fernsehzuschauer bewegt. Die Entscheidung, der Macht zu entsagen, ist ihr sicher nicht leichtgefallen, doch sie hat ihre Prinzipien über die politische Geschmeidigkeit gestellt. Eines ihrer großen Ziele, für die sie als Ministerin eintrat, war praktizierte Chancengleichheit.

Monika Weiss-Langer wünschte sich eine »stärkere weibliche Note in der Politik«. Es war zu kurz, dieses Leben, um alle Träume zu verwirklichen.

1954 in Wien geboren, wuchs sie im großbürgerlichen Milieu auf – ihr Vater war Hofrat und die Mutter Professorin. Sie besuchte Gymnasium und Universität, die sie mit dem Magister in Wirtschaftswissenschaften abschloß. Politik war immer ihre erste Leidenschaft und der Erfolg nur eine Frage der Zeit – und des zielstrebigen Aufstiegs in der Kommunal- und Landespolitik. Sie liebte die Berge, und ihr wurde nicht schwindlig in großen Höhen. Der Bruch mit ihrem langjährigen Mentor, dem Kärntner Landeshauptmann, war der Anfang vom Ende einer kometenhaften Karriere. Ihr Privatleben ist dagegen immer zu kurz gekommen, und an die Gründung einer Familie war nicht zu denken. »Die Politik frißt ihre Kinder«, sagte sie einmal und schenkte ihre ganze Liebe ihrem Labrador, den sie »Mozart« taufte und der einen festen Platz neben dem Ministerschreibtisch hatte. Monika Weiss-Langer hat Mozart mit sich genommen. Viele Rätsel werden bleiben, und Jean-Jacques Rousseau hat nur die Möglichkeit einer Antwort gefunden: »Bei unserer Geburt treten wir auf den Kampfplatz und verlassen ihn bei unserem Tode.«

Lucie zieht die Hand, die nach der Mordwaffe gegriffen hat, zurück. Die Fliege, die auf dem L sitzt, könnte ein wiedergeborenes Wesen sein. Der Gedanke ist so schräg, daß er Lucie anfängt zu gefallen, obwohl sie eigentlich kein Herz für Insekten hat. MWL hat Mozart zuerst erledigt, was ihr die Tierfreunde nicht verzeihen werden. »Doppelselbstmord am Grab« ist eine frivole Überschrift, doch Lucie überläßt die Entscheidung darüber dem Redakteur und schickt den Nachruf mit einem Tastendruck ab. Zehn Minuten, so schnell hat sie den Nekrologensong selten komponiert, doch davor ebensolang ums Honorar gefeilscht. »Wira Jud«, sagte ihr Telefongegner in der Redaktion, bevor er sich der Not des Zeitdrucks beugte. Sie pflegen ihre abgründige Sprache in Wien. Post mortem steht dann »mosaischen Glaubens«, weil diese Stadt mit ihren Toten freundlicher umgeht als mit den Lebenden.

De mortuis nihil nisi bene. MWL, die von ihren politischen Feinden auch »Klapperschlange« genannt wurde, hatte ein Verhältnis mit einer von Ludwig Abels Pornodarstellerinnen. Dieses Wissen ist für den Nachruf unnütz, doch ein mögliches Motiv, und in Lucies Welt der Selbstmörder ein morbides Schmankerl. Anna, die ihre göttlichen Schenkel für Männer nur öffnet, wenn die Kamera dabei ist, hat eine Haut wie Elfenbein und rabenschwarzes Haar. Äußerliche Vollkommenheit, doch sie lispelt ganz zart und neigt zu kurzen Sätzen. Anna sei einfach zu träge für jeden anderen Beruf, sagt Ludwig, der Lucie in einer seiner geschwätzigen Stunden das Geheimnis der abgründigen Liaison verriet. MWL hat das lesbische *Pantscherl* sehr diskret vollzogen, doch auf die Dauer kann in dieser Stadt nichts verborgen bleiben. Lucie glaubt, daß die Ministerin nicht freiwillig zurückgetreten ist. Sie hing an der Macht, und sie hat im Fernsehen geweint bei ihrem letzten Auftritt. Das hat ihr, zumindest bei den Frauen, Sympathiewerte gebracht, doch es war zu spät. Zu spät für alles.

Lucie tauft die Fliege Sartre und spricht mit ihr. Sätze von Liebe und Tod und daß es ihr graust vor jedem Tag und sie trotzdem nicht loslassen kann. Das Sein und das Nichts sind Unvereinbarkeiten, die MWL schließlich gelöst hat. Weil sie nicht beides sein konnte: Politikerin und Liebhaberin. Und was ist Lucie Haberer? Eine Grenzgängerin vielleicht. Eine, die sich nicht entscheiden kann für oder gegen das Leben. Dies sei ein Zustand, erklärte sie Sartre, der einem Seiltanz über dem Fegefeuer gleiche. Nicht ohne Reiz, denn wenn jeder Tag der letzte sein könnte, fühle man sich freier, ja lebendiger als alle, die sich den Zufälligkeiten ausliefern.

Fliegen sind gute Zuhörer. Am Ende des Monologs erschlägt sie Sartre, der auf ihrer Schulter sitzt, mit der linken Hand.

Sie sei zu gut für diese Welt, hat ihr Vater immer gesagt. Eltern kennen ihre Kinder nicht. Lucie hat Marienkäfern die Flügel ausgerissen und Fröschen die Beine. Mit fünfzehn schmiedete sie Mordpläne gegen die Stiefmutter, im Grunde gegen den ganzen Ort. Sie waren auf gemeine, selbstgefällige Weise so gut alle miteinander, daß sie den Haß einer Pubertierenden geradezu herausforderten. Fünfzehn Jahre später kann sie sich an die meisten nicht mehr erinnern, sie würde an ihnen vorübergehen auf der Straße. Trotzdem ist die Kindheit in Oed wie eine Tätowierung, deren Schmerzen nachwirken. Der Tag, an dem Lucie von der Schule nach Hause kam und die Mutter nicht in der Küche stand. Es war nichts zu essen da, und die Milch im Kühlschrank war sauer. Wie lange hat das Kind auf der Küchenbank gesessen und gewartet, bis die Gendarmen kamen?

Lucie läßt die MWL-Mappe auf ihrem Schreibtisch und stellt den Schuhkarton zurück ins Regal. Sie sammelt ihre Nekrolog-Kandidaten in Kartons, die ihr der Händler überläßt, weil die Leute ihre Schuhe lieber in Plastiksakkerln nach Hause tragen. Nichts wird mehr aufbewahrt, alles virtuell gespeichert, doch sie mißtraut dem Computer und findet ihre Schuhkartons mit der alphabetischen Ordnung handsamer. Ein Griff – und die gewünschte Person liegt in einer Plastikhülle vor ihr. Bei unerwarteten Todesfällen rufen die Redaktionen an, immer dann, wenn sie es schnell und billig haben wollen. Obwohl Lucie das Feilschen nicht lassen kann, und wenn es nur um einen Zehner rauf oder runter geht.

Leichenfledderin ist ein Wort, das bisweilen fällt. Wissen die nicht, daß sie ein hungriger Zwerg ist? 1,59 Meter: Auf den letzten Zentimeter hat Lucie vergeblich gehofft, wenn Gerti, die Stiefmutter, sie jeden Abend gemessen hat. Nachts hat Lucie ihren Knochen gut zugeredet, geflüstert, daß sie doch wachsen sollen, aber ihr Körper weigerte sich. Klein und dünn, mit kindlichen Formen ist sie erwachsen geworden. Dagegen kann man sich kaum wehren. »Jetzt bist du für deine Handlungen selbst verantwortlich«, sagte Gerti zum Achtzehnten. Bedrohlich klang das. Lucie war frei und konnte keinem mehr die Schuld an allen Geschehnissen geben. Sie ging nach Wien, um zu studieren, und war die kleinste unter den Studentinnen der Germanistik und Anglistik. Zwerg Nase. Sie findet ihre Nase zu groß, die Augen zu grau, den Mund zu breit. *A blade Goschen*, wie sie in Wien sagen.

Und immer hungrig, obwohl Lucie doch weiß, daß sie nicht mehr wachsen wird. Sie steht vom Schreibtisch auf und geht zum Kühlschrank, den sie beim Altwarentandler gekauft hat. Vor langer Zeit muß er einmal weiß gewesen sein, und sein Stromverbrauch ist enorm, obwohl er so klein ist. Die Dinge in diesem Raum haben etwas Flüchtiges. Sie passen nicht zueinander und stehen sich gegenseitig im Weg. Doch das Zimmer ist licht und überschaubar, mehr erwartet sie nicht von einem Provisorium. Weil

Lucie sich nicht festlegen will auf irgendwas, was bindend sein könnte, Dinge oder Menschen, denn nur so kann sie in den Tag hineinleben oder in die Nacht und glauben, daß sie frei ist. Sie mag das Wort Freiheit und setzt es gegen das Alleinsein ein. Gegen Frauen, die auf sie herabsehen, und gegen Männer sowieso.

Küche, Bad und Toilette teilt Lucie mit den anderen Mietern. Frau Prochaska hat ihr Haus an der Simmeringer Hauptstraße den ärmeren Schichten Wiens gewidmet und aus diesem Grund die Renovierungskosten gespart. Viele Mieter, die wenig zahlen, füllen das Prochaska-Konto: Lucies Mitbewohner sind kinderreich, vorübergehend unterbeschäftigt, von unbestimmter Herkunft, erfolglose Künstler, daran zu erkennen, daß sie noch eine Wut in sich tragen und sie mit melancholischer Lebenskunst umhüllen.

Lucie Haberer ist Künstlerin. Kleinformatig. Während des Studiums wurde ihr klar, daß sie am falschen Ort war, das Falsche tat und sich irgendwann aus Ratlosigkeit umbringen könnte. Also kaufte sie sich einen Computer, verließ das Studentenwohnheim und zog nach Simmering. Um zu schreiben und groß und berühmt zu werden. Dieser Traum ist die Perle am Strick des Alltäglichen, an dem sie sich jederzeit aufhängen könnte.

Die Großmutter wählte den Strick. Damals waren die Nazis in der Stadt, und sie grölten zu laut und zu falsch für eine jüdische Geigerin. Ihr einziges Schmuckstück, die goldene Uhr, hat Lucie von der Mutter zum zwölften Geburtstag bekommen. Danach ging Sophie Haberer ins Wasser. In den Teich, in dem die Kinder in jenem Sommer mit Gänsehaut und spielerischem Grauen schwammen. Lucie schwitzte am Ufer, starrte hinein und stellte sich bleiche Frauenkörper vor, für ewig verfangen in Schlingpflanzen, eine schaurige Tafel für hungrige Fische. Lucie dachte an Geheimnisse, die wie kleine Lichter in den Wellen tanzen. Der Vater, von der Montage in Frankreich zurückgeholt, fand Trost in Schnapsflaschen, doch keine Erklärung. Nur an einen Satz kann Lucie sich erinnern: daß Halbjüdinnen künstlerischer Abstammung zum Morbiden neigen. Seine Schuld war es nicht, davon sprach er sich frei. Er war immer viel unterwegs gewesen, doch er hatte ihre Mutter geliebt, fast blöde geliebt und ihr regelmäßig lange Briefe geschrieben. Die hatte die Mutter im Ofen verbrannt, bevor sie zum Teich ging. Sie hinterließ Asche und viel Schmerz, den Lucie manchmal hinausschrie, wenn sie abends am Teich stand. Die anderen Kinder gingen ihr aus dem Weg, weil Trauer etwas Aussätziges hat.

Nach einem Monat zog Gerti ein, die von der Haushälterin zur Stiefmutter avancierte, was Josef Haberer ökonomisch sinnvoller erschien. Lucie glaubt bis heute nicht, daß es eine Liebe war, doch sie kann den Vater nicht mehr fragen. Immerhin hatte er nur einen Unfall auf einer seiner Bohrinseln, und danach vermißte sie seine seltenen Besuche, die Geschenke, den Geruch von Öl und Meer, sein lautes Gelächter und seine Geschichten von Abenteuern und Helden in einer großen, anderen Welt. Lucie fühlte sich nach seinem Tod als Vollwaise und ließ Gerti das spüren. Arme Gerti. Sie war, sie ist in allem so tüchtig, daß sich jeder in ihrer Gegenwart klein und nutzlos vorkommen muß. Niemand liebt sie dafür. »Iß, Kind, damit du groß und stark wirst.« Wird der Klang ihrer resoluten Stimme jemals leiser werden, verstummen?

Durch das Haus an der Simmeringer Hauptstraße zieht jetzt ein brutaler Duft von Kraut. Die Götterspeise der Armen, Kraut mit viel Grammeln, an Sonntagen angereichert durch Würste oder Braten. Die Küche ist der Ort der Frauen, die dort arbeiten, tratschen, lamentieren, zanken. Hier sind sie sicher vor den Männern, eine Zuflucht ist das, und sie gewähren nicht jedem Asyl, nicht einer wie Lucie Haberer, die eine Studierte ist, ein arroganter Liliputaner, eine, die sie vielleicht anschnorren, aber niemals in die Gemeinschaft der Köchinnen aufnehmen würden.

Lucie spürt, daß sie nicht dazugehört, und ernährt sich überwiegend kalt, aus dem Kühlschrank. Neben dem Bett stehen Bücherstapel, die als Nachttisch dienen. Ein Regal hat sich vor zwei Wochen mit lautem Krach von ihr verabschiedet, und die Bretter liegen noch in einer Ecke. War sowieso nur ein Provisorium. Wozu braucht man Beständiges in einem kleinen Zimmer an der schäbigsten Hauptstraße Wiens?

Sie ist so endlos wie eine schlaflose Nacht: Die Simmeringer Hauptstraße beginnt mit einer Kaserne und endet mit dem Friedhof. Billig ist die Wohnung, ein Grund, warum Lucie hierhergezogen ist vor vier Jahren. Als sie mit dem Schreiben begann. Das Manuskript liegt auf der Kommode, die auch als Kleiderschrank dient: fünfhundertzwanzig Blätter, schon ein wenig vergilbt vom langen Warten auf mehr Stoff, die Fortsetzung aller Geschichten berühmter und namenloser Selbstmörder. Man könnte sagen, daß der Tod Lucies Lebenswerk ist. Wir sind jetzt bei K, weil sie alphabetisch vorgeht. Nichts und niemanden vergessen, und sie will wissen, wie die Hoffnungen endeten, sanft verblichen oder jäh getötet. Den Tod verstehen. Das kommt ihr vor wie eine Lebensaufgabe.

»Die Wahrheit ist, daß mir auf Erden nicht zu helfen war«, schrieb Heinrich von Kleist, bevor er Henriette Vogel erschoß und dann sich selbst. Auf ihn folgt Berta Kopp, eine Wiener Zugehfrau, die sich aus unerfüllter Liebe aus dem Fenster des Bürohauses stürzte, in dem sie jede Nacht putzte. Lucie hat mit dem Nachtportier gesprochen, dem Bertas hoffnungsloses Verlangen galt. Er hat nichts wahrgenommen außer dem seltsamen Geräusch jener Nacht, als Bertas Körper mit dem Trottoir kollidierte. Sie hat einen Abschiedsbrief hinterlassen, den ihre Tochter Lucie zu lesen gab. Grammatikalisch unvollkommen war er, doch von großer Klarheit. Liebe ist gefährlich. Berta Kopp war zweiundsechzig, als sie sich den Tod gab.

Sie hat das Manuskript von jedem Winkel ihres Zimmers im Blick. Lucie, auf dem Stuhl vor ihrem Schreibtisch, trinkt Milch aus der Flasche und kaut an einer altbackenen Buchtel. Marillenmarmelade tropft auf den schwarzen Pullover, und sie wischt das orange Gelee achtlos weg. Ihr Blick wird weich, wenn sie auf die Kommode schaut. Möglich, daß sie tausend Seiten schafft und sich einer findet, der das Buch veröffentlicht. Das große Buch der Selbstmörder. Sie sind ihr so nah, manchmal träumt sie von ihnen, und es gibt Tage und Nächte, an denen sie ihr Zimmer nicht verläßt, weil sie schreiben muß oder in Chatrooms mit Lebensmüden kommuniziert. Die anonyme Gemeinschaft der Traurigen, Depressiven, Einsamen, Geltungssüchtigen, die ihre morbide Sehnsucht in den virtuellen Raum stellen, weil es nichts Lebendiges gibt, dem sie noch vertrauen. Das Netz spendet weniger Trost als die Bestätigung, nicht ganz allein zu sein. Gescheiterte Selbstmörder geben Ratschläge zur Vermeidung des Umstands, in einem Krankenhaus aufzuwachen. Einige klinken sich plötzlich aus, und dann gibt es immer zwei Möglichkeiten.

Lebst du noch? Keine Antwort. Sie sind allein vor ihrem Computer, Hikikomoris, die nicht mehr die Kraft haben, ihr Zimmer zu verlassen, das Haus, weil die Versagensängste zu groß sind. Lucie denkt manchmal, daß sie ein Hikikomori werden könnte, weil das als ein Weg erscheint, sich langsam und fast schmerzlos von der Welt zu entfernen. Doch dann wieder spürt sie Hunger nach allem, kann das Leben fühlen, jeden Atemzug und jeden Schmerz. Das sind Augenblicke, die ganz stark werden, wenn sie auf einer Brücke steht. Das Nichts ist eine Ewigkeit, die zu fürchten ist.

Seit acht Stunden sitzt sie am Schreibtisch. Lucie schreibt Berta Kopps Geschichte in den Computer, als Gerti anruft, sich erkundigt, wie es ihr geht, um dann die lebenslängliche Frage zu stellen, ob sie denn nun eine feste Arbeit oder zumindest einen Mann gefunden habe …

Lucie hält den Hörer ein Stück weg, um der kampfeslustigen Stimme auszuweichen. Nichts gibt es zu berichten, was Gertis Verlangen nach einem »ordentlichen Leben« befriedigen könnte. Die Nachrufe, die Drehbücher, der Trost für die Trauernden, das Buch der Selbstmörder – all das ist *unordentlich.* So wie die letzte Männergeschichte, die an Lucies mangelndem Talent zum Oralsex scheiterte. Oder einfach daran, daß sie zu klein ist. Männer schauen leicht auf einen herab, das ist schwer auszuhalten. Wie Gertis Stimme. Der Vorwurf, ein *Drahdiwaberl* zu sein. Eine, die nichts richtig anpackt, nichts zu Ende führt. Womöglich hat sie ja recht, denkt Lucie, während sie kleine Galgen auf das Papier kritzelt. Sie verspricht, an Gertis sechzigstem Geburtstag nach Oed zu kommen, obwohl sie weiß, daß sie Ausflüchte finden wird, es nicht zu tun. Nein, den Willi wird sie nicht mitbringen. Der ist weg. Ja, das ist eine lange Geschichte, und sie wird sie ihr erzählen, wenn sie nach Oed kommt. Also nie.

Lucie legt auf und atmet tief durch. Einer der besten Entschlüsse, den sie je faßte, war, sich nicht wegen dieses Strizzis vor die U-Bahn zu werfen. Obwohl sie dicht an den Gleisen stand und kurz, nur einen Moment lang, die Sehnsucht verspürte, sich fallen zu lassen. Es war ja keine richtige Liebe, nur der Appetit auf einen schönen, großen Körper, den Willi zweifellos hatte. Einer, der seine Muskeln trainiert und jeden Tag durch den Park läuft, weil er immer in Bewegung sein muß vor lauter Angst, der Stillstand könnte ihn umbringen. Der Beruf des Museumswächters war ihm verhaßt, und moderne Kunst *ein Gschiß,* für das er alle Besucher verachtete, die dafür Eintritt bezahlten. Nur so, weil das Herumstehen fad war, zog er die Frauen aus, die ihm auffielen. Stellte sich vor, welche Unterwäsche sie tragen und wie ihr Fleisch beschaffen ist. Lucie hatte seinen Blick erwidert, tatsächlich mit dem gleichen erotischen Gedanken, und als sie aus dem Saal ging, steckte er ihr einen Zettel mit seiner Telefonnummer in die Manteltasche.

Sie wartete drei Tage, bis sie anrief. Nicht aus Scham, sondern weil ihr Telefon gesperrt war, da sie wieder einmal vergessen hatte, die Rechnung zu bezahlen. Sie traf Willi zum ersten Mal im Park und rannte neben ihm her, manchmal auch hinter ihm, und er war mindestens einen Kopf größer als sie, was Lucie beeindruckend fand, auch wenn Willis Kopf ziemlich leer war, er dachte an Sex und Sport und daran, wie er eines Tages in der Lotterie gewinnen und auf die Bewachung moderner Kunst spucken könnte.

Sex war eine große Sache zwischen Lucie und Willi, das dünne Band, das sie zusammenhielt für ein paar Monate, und in dieser Zeit hielt sie sich fern von Brücken und offenen Fenstern. Eine Art Liebe war es schon, doch sie scheiterte an seiner Lieblingsnummer: sein Glied in ihrem

Mund. Sie hatte doch nur erbrochen, weil es immer größer wurde und sie nicht wagte, ihren Kopf zurückzuziehen. Vielleicht hätte sie vorher das Backhendl nicht essen sollen. Mit Kartoffelsalat.

Willi fand die Szene ekelhaft, vielleicht nahm er sie auch nur zum Anlaß, ihr all die Häßlichkeiten zu sagen, die er schon immer von ihr gedacht hatte. Er war einen Kopf größer als sie und redete von oben herab. Liliputaner, die hat man früher ins Gas geschickt, weil lebensunwert, das war nur einer seiner furchtbaren Sätze, nachdem er sich in Rage gebracht hatte. Erst als sie aus der Küche mit dem Wischlappen und dem Brotmesser zurückkam, war er still.

Armer Willi, der doch tatsächlich geglaubt hatte, sie könne auf seinen perfekten Körper einstechen. Ihn verstümmeln, entmannen, erledigen. So ein grauslich schöner Augenblick der Macht, und sie hat ihn noch Tage später ausgekostet, wenn sie an sein angstverzerrtes Gesicht dachte. Gar nicht mehr hübsch.

Warum fühlt sie sich auch zu großen, schönen, hirnlosen Männern hingezogen? Das ist falsch. Hat immer böse geendet. Doch andererseits: In den Zeiten von Liebe und Haß fühlt sie sich lebendiger. Es sind all die anderen Tage und Nächte, die sie fürchtet.

DRITTES KAPITEL

Eine Tür steht zwischen ihm und seinem Verlangen. Er tritt dagegen, mehrmals, doch ganz vergeblich. Es gibt Möglichkeiten: Die bosnische Schlampe von Putzfrau hat zugesperrt. Das Schloß ist hin. Ein Tauber sitzt auf dem Häusl und schläft. Die Welt hat sich gegen ihn verschworen. Seiner Blase ist das egal, sie befiehlt ihm, anstelle von Fragen eine Lösung zu finden. Irgendeine.

Ludwig Abel öffnet Flurfenster und Hose. Die Eiseskälte des Wiener Dezembers läßt ihn für Sekunden erstarren. Er hält sein Werkzeug im Notgriff, also mit zwei Fingern über die Fensterbank himmelwärts gerichtet, und läßt los … Es ist ein Gefühl unbeschreiblicher Erleichterung, gepaart mit genitalen Erfrierungsängsten. Männer sind eine gefährdete Spezies, er wußte es immer. Ludwig versagt sich den Blick nach unten und schließt das Fenster. Versucht es, doch auch dieser Griff klemmt. Die Welt ist ein reparaturbedürftiger Ort. Er weiß es schon zu lange, um sich noch darüber zu echauffieren.

Ludwig Abel fühlt sich leer. Leben muß man, aber das Leben fragt nicht danach, wie man es gern hätte. Er wollte Poet werden, schon das Wort hat einen Klang, der ihn wärmt. Manchmal erzählt er fremden Frauen, daß er ebendies sei, und ihre Augen werden groß und sehnsüchtig. Dichter müssen gute Menschen sein, daran glauben sie, und die gewaltfreie Zone gereimter Wörter läßt sie zutraulich werden wie hungrige Katzen. Soll er den Weibern sagen, daß er Pornoproduzent ist? Besitzer eines Studios in Ottakring, in dem sich Toiletten nicht öffnen und Fenster nicht schließen lassen?

Der Markt ist übersättigt und vom Internet übermannt, doch als Ludwig anfing, war das Geschäft mit der Lust eine Goldgrube, in die er willig fiel, der Philosophiestudent, denn Wittgenstein füllt nicht den Magen, sondern nährt das Hirn. Wie so vieles hatte die Sache harmlos angefangen mit Botengängen für die Brandner, der das Studio gehörte. In einer dieser Wiener Polarnächte war sie in sein Taxi gestiegen, halb erfroren und von glasklarer Trunkenheit, und am Ende der Schlittenfahrt nach Grinzing, nachdem er ihr all seine Geldsorgen vorgebetet hatte, gab sie ihm ein prunkvolles Trinkgeld und ihre Visitenkarte. Sie hatte ein Herz für darbende Philosophen und einen Leib von so gewaltigen Ausmaßen, daß er den Zobel, den sie trug, auf tausend tote Tiere schätzte.

Erika Brandner aber war auf ihre Art Tier- und Menschenschützerin. Sie liebte Katzen und Pelzmäntel; unterstützte arme Studenten und Obdachlose und behandelte ihr Personal mit beiläufiger Grausamkeit. *Des san kane Künstler, des san Pornographen*, war ihre Rechtfertigung, denn sie teilte alles Lebendige in solche, die es verdienten, und andere, die man vor ihrem Schicksal bewahren sollte.

Erika liebte Ludwig wie den verlorenen Sohn ungezählter Abtreibungen. Nicht gänzlich ohne erotische Phantasien, doch mehr als ein Tätscheln ihrer beringten Finger auf glatter, junger Haut ließen ihre mütterlichen Gefühle nicht zu. Die Ringe schnitten ins Fleisch, und ganz vergeblich waren die Korsagen. Sie wußte genau, daß sie eine fette, alte Frau mit viel Geld war, die »Porno-Brandner«, Witzfigur für die Journaille und Heldin zahlloser Schmarotzer, die sie umschwirrten wie Schmeißfliegen den Schweinestall.

In den ersten Monaten ließ sich Ludwig ihre Zuneigung eher widerwillig aufdrängen. Die einem nachrennen, schätzt man geringer ein. Zum anderen mochte er Erika, sie erinnerte ihn an die exotischen Viecher im Zoo, denen er stundenlang zuschauen konnte, ohne daß ihm ein einziger tiefgründiger Gedanke kam. Es war dieses unbestimmte Gefühl, daß sie in sein Leben eingreifen, es verändern würde, das ihn ängstigte. Dem Sog ihrer Großzügigkeit war ebensoschwer zu widerstehen wie ihrer Hilfsbedürftigkeit. Die Krankheit war unbestimmt, doch fortwährend klagte sie über Schmerzen und schluckte Tabletten, von denen sie sagte, daß diese sie umbringen würden. Hypochondrisch, cholerisch und von überwältigender Güte: das war Erika. Zu seinem fünfundzwanzigsten Geburtstag schenkte sie ihm einen alten Jaguar, ein trojanisches Pferd, dessen Reparaturkosten ihn langfristig an sie banden. Er hätte natürlich ablehnen oder den Wagen verkaufen können. Hätte er?

Ludwig schlurft über den Flur ins Studio. Rheuma *und* Impotenz sind zuviel Strafe für einen, der doch nur den Zufälligkeiten erlegen ist. Im Alter von vierundvierzig Jahren ist der leise ziehende Schmerz in seinen Gliedern ein nicht abzuschüttelnder Begleiter seiner fragwürdigen Existenz. Erika, deren Tod ebenso rätselhaft blieb wie ihre vorangegangenen Leiden, hatte ihm und ihren Katzen alles vererbt, was sie besaß. Und nun schluckt er Pillen wie sie. Sitzt im Studio und schreit ihren Satz: *Des soll a Orgie sein?*

Ihr Ottakringer Dialekt war besser als seiner. Wuchtiger, gemeiner, durchdringender. Sie sehen ihn an, als wüßten sie nicht, wovon er spricht. Auf dem großen roten Bett liegen Frauen und Männer, und das ergibt nicht zwangsläufig Sex, nur nacktes Durcheinander von der erotischen Qualität eines Musikantenstadls. Sie sehen so gelangweilt aus, daß er sie auspeitschen könnte, was immerhin Leben ins Studio brächte. Die Menschen quälen ihn, so wird man Sadist, und auch wenn er keinen mehr hochkriegt, hat Ludwig immer noch mehr Sex im Kopf als die Bagage auf dem violetten Leintuch.

Siggi kaut an seinen Fingernägeln. Wie oft hat er ihm schon gesagt, daß man Hände mit abgebissenen Nägeln nicht filmen kann. Der Verkehr lebt nicht vom Genital allein, auch wenn Siggi das glaubt mit seinem steinernen Ständer. Er wird ihn feuern nach diesem Film, selbst wenn der Kerl die Statur eines griechischen Gottes hat. Köpfen wäre noch besser: Die Visage sitzt auf den Schultern wie ein falsches Puzzleteil. Ludwig hat den Kameramann angewiesen, Siggi überwiegend kopflos zu filmen. Es wär' überhaupt besser, ihnen allen Kapuzen überzuziehen ... Ein genialer Gedanke, der ihn darauf bringt, die Orgie in ein Sektenkloster zu verlegen.

Er wird Lucie anrufen, sie muß das Drehbuch umschreiben. Mit Kapuzen, Kerzen und Dialogen, die nicht nach Wiener Schnitzel klingen, sondern nach Entrecote. Fleisch zu Fleisch, aber bitte mit Niveau! Mit Sätzen wie Tom Hanks: *Mit ihr war der Schnee immer ein bißchen weißer.*

»Schlaflos in Seattle«. Er hat sie alle gesehen, die guten und schlechten Filme, und man müßte eine Gesellschaft gründen gegen Folter durch die Sprache, dem Volk die Goschen zunähen und den Politikern die Zungen rausschneiden. Man müßte vieles und tut so wenig und stirbt am Ende so blöd wie die anderen. Es war stets so, als müßte Ludwig einen Berg überqueren, um von einem Punkt zum anderen zu gelangen, und er hat Höhenangst.

Ludwig kennt seine Grenzen nicht, er ist ihnen nie nahegekommen. Doch er weiß, daß seine Produktionen jeden noch so grauslichen Film in den Schatten stellen. Seine Impotenz sehnt sich nach Worten, größer und schöner als die Brüste seiner Darstellerinnen. Mit jedem schlechten Film begehrt er es mehr, das erotische Kunstwerk, das er schaffen könnte, die perfekte Symbiose aus Sex und Sinn. Und gäbe es sie, woran man im filmischen Leben glauben möchte, dann bräuchte er Schauspieler, nicht diese Hascherln, die über Grunzen und Stöhnen kaum hinauskommen. Apropos Schnee: Der Koksvorrat ist dahin, und Steffi mosert, daß sie ohne Stoff nicht in Fahrt kommt. Sie hat einen wollüstigen Körper und einen IQ, der anspruchsvollere Tätigkeiten zuließe, doch die Drogen haben sie auf ein Minimum an Überlebenskunst reduziert.

Bonnie in »Celebrity«: *Wo warst du, als wir miteinander geschlafen haben?* Daran muß er denken, wenn er Steffi beim Sex beobachtet. Sie läßt geschehen. Denkt und fühlt nicht, als ob sie sich abgeschaltet hätte von allem, was sie berühren könnte. Es ist ein Wunder, daß Siggi nicht abschlafft. Der Mann hat zu viel, worum Ludwig ihn beneiden könnte. Psychosomatisch, sagte einer der vielen Ärzte, die er aufsuchte. Ein großes Wort, das ihn auf die Couch führte, wo er liegt und redet und dafür bezahlt, daß ihm einer zuhört. Der Fluch des Pornoproduzenten? Barkeeper sind häufig Abstinenzler, man könnte die Sache auch im positiven Licht sehen. Andererseits: Erika trieb es in ihren besten Zeiten mit allen und allem, vorzugsweise mit sich selbst.

Masturbation ist Sex mit jemandem, den man liebt. Auch so ein Woody-Allen-Satz. Ludwig ist ein Filmzitatenspeicher, und Erika starb an Herzversagen. Schrieb der Arzt, der den Totenschein ausfüllte. Es gab ein schönes Begräbnis, aber keinen, der wirklich um sie trauerte. Wiens pornographische Gesellschaft folgte dem gläsernen Sarg, unter dessen Last die Pomfineberer, die Sargträger, ächzten.

Der Priester sprach in wortakrobatischer Heuchelei von Erikas Verdiensten um die Liebe, und die Zuhörer sahen unter sich. Das Filmpersonal wirkte fremd angezogen im schwarzen Gewand, Ludwig erkannte einige erst auf den dritten Blick. Sie tuschelten während der Grabesrede, und in ihren verstohlenen Blicken las er einen Verdacht, der nie ausgesprochen wurde. Nicht in seiner Hörweite. Wien ist eine Stadt der Tuschler, jede direkte Rede wird als degoutant empfunden. Das Grauen heißt Ehrlichkeit, und die Wiener Gruselgeschichten sind alle nicht echt, das macht den Charme der Stadt aus, die er liebt wie die Pest, und Frauen, die ihr Essen auf französisch bestellen.

Wir ändern die Story und machen nur die Nahaufnahmen. Der Produzent hat ein Machtwort gesprochen, und Pepi führt seine Kamera folgsam näher ans Fleisch. Geschlechtsteile, ausgeleuchtet, agieren im Rhythmus dirigierter Lust. Eine schlaffe Brustwarze auf Silikonpolster: Ludwig schreit nach Eis, und sie richten sie auf, die Warze, und es geht weiter im Tempo eines Husarenritts über feuchtes Gelände, immer ist der Kamera ein Körperteil im Weg, oder der Student mit dem Mikrofon, und stets zuckt Ludwig zusammen, wenn Steffi ihre spitzen Schreie ausstößt, so ähnlich müssen Schafe auf dem Schlachthof schreien, kurz bevor alles vorbei ist.

Nur Anna ist still. Ihre lautlose Schönheit blendet selbst

einen Pornoproduzenten, und Ludwig preist den Tag, an dem er sie angesprochen hat in der Kärntnerstraße und sie fragte, ob sie Schauspielerin sei. Sie schüttelte den Kopf, und in ihren unglaublich türkisen Augen stand Angst. Er war sehr gütig zu ihr, führte sie zum Essen aus und verführte sie nach und nach mit Geldscheinen. Nicht sexuell, denn was sollen ein Impotenter und eine Lesbe miteinander anfangen? Eine Geschäftsbeziehung, und anfangs setzte er sie nur mit Frauen ein, was ihr gefiel, mehr oder weniger, und heute stört es sie nicht mehr, wenn auch Männer im Bett liegen, solange sie von ihnen unberührt bleibt, dort, wo nur Frauen sein dürfen. Ludwig denkt immer noch, daß es eine verdammte Verschwendung ist, obwohl ihm gleichgeschlechtlicher Sex oft erotischer vorkam, früher, in den goldenen Zeiten der Erektion. Der Voyeur in Ludwig Abel sieht heute bloß aus professioneller, ästhetischer Sicht auf das Geschehen, und das wird fad mit der Zeit, so wie alles, wovon du zuviel hast. Er wäre gern ein anderer, weiß aber nicht, wer. In Annas Körper vielleicht, weil er so perfekt ist, makellos, als habe ein Schöpfer nach Vollkommenheit gestrebt und sie mit ihr gefunden.

Doch andererseits ist Anna ein Schaf. Wenn ihr die Weide, auf der sie grast, mißfällt, so läßt sie es nicht erkennen. Tut, was man ihr sagt, widerspricht selten und hütet sich, auch nur den Ansatz einer Person zu zeigen. Als ob sie sich hinter ihrer Schönheit verstecken würde, und der Verdacht liegt nahe, daß darunter gar nichts ist. Die Willfährigkeit ist geradezu abstoßend. Als er ihr den Vertrag vorlegte, hat Anna ihn nicht einmal gelesen, sondern einfach unterschrieben. Sie ist zuverlässig, pünktlich, höflich. Auf eine Weise abwesend, die Ludwig irritiert. Man möchte denken, daß sie Geheimnisse hat. Monika Weiss-Langer war eines, und daß er die beiden miteinander gesehen hat, war Zufall. Als er sie darauf ansprach, hat Anna zwar erschrocken geschaut, aber dann einfach geschwiegen und den Kopf geschüttelt. Sie redet nicht gern mit Männern, denkt Ludwig, und daß sie Angst vor ihnen hat, was auf eine böse Geschichte in ihrer Vergangenheit deuten könnte.

Annas Geliebte hat sich umgebracht, und sie liegt da, als ob nichts passiert wär. Das ist unheimlich. Ludwig, der zu viele Filme gesehen hat, verliebt sich in den Gedanken, daß Anna eine Außerirdische ist. Zu ihm geschickt, damit er aus seinem Alptraum erwacht und zu leben beginnt. Er schließt die Augen und verbannt alle Geschlechtsteile. Man muß sich auf das Wesentliche konzentrieren. Was ist das?

Pepi, der schon für Erika gearbeitet hat, wieselt mit seiner Kamera um das Bett herum und brüllt *I siech' nix*, die Sissi streckt die Zunge nicht weit genug heraus und verdeckt mit ihrem Gesicht die *Venusmuschel*, so heißt der Film, und Ludwig klammert sich an den Gedanken, daß Lucie diese Fleischerei in einen Feinkostladen verwandeln könnte. Er wird sie anrufen und ihr Extrageld versprechen. Sie ist gierig, das sind sie alle, die Sklaven ihrer Laster und überzogenen Konten. Anna, die jetzt ganz leise stöhnt, ist zu träge für jeden anderen Beruf, während Steffi das Geld verkokst und Siggi damit seine Gesangstunden finanziert. Er hat eine schöne Stimme, doch hier spielt keine Musik, sondern das ordinäre Leben, und es wird keinen Applaus geben, nur die einsame Geilheit von Voyeuren an obskuren Orten. Frank Slate in »Der Duft der Frauen« zu seinem Kater: *Und denk immer daran: Wenn dir langweilig ist, geh ficken.*

Wenn Ludwig im Kino sitzt, vergißt er sich, und das ist ein Trost. Nein, dieses Leben hat er sich nicht ausgesucht, es ist zu ihm gekommen, und er hat versäumt, ihm davonzulaufen. Erika war die einzige Frau, die das verstanden hat. Lucie kommt ihr nahe, nicht im Aussehen, sondern im Charakter, und wenn er sie nicht fürchten tät', könnt' er sie lieben. Sie könnte lachen im Bett, so einen Humor hat sie. Doch weil er sein Geheimnis sorgsam hütet, hält Lucie ihn für einen Frauenverzehrer. Klug ist sie schon, nur fehlt ihr die Begabung, Menschen zu erkennen.

Für Lucie ist Pepi ein netter Kerl, der an seinem Beruf leidet. Tut er nicht. Der Kameramann liebt sein verrufenes Handwerk, und in der Freizeit verprügelt er seine thailändische Frau, die er gegen Honorar schon mal an seine Freunde verleiht. Nur weil er aussieht wie ein Teddybär und freundlich daherkommt, glaubt sie schon an das Gute im Menschen. Nichts ist, wie es scheint, Lucie. Alles Film, und meist ein schlechter.

So wie dieser: Anna stöhnt nur auf Befehl, während Sissis Schreie manchmal echt sind, aber furchtbar. Das Perverse ist, daß sie es tut, um den Stoff zu finanzieren, den sie wiederum braucht, um es tun zu können. Gefangen im Geschlecht und in den schlechten Gewohnheiten, und Ludwig ist mittendrin, auf dem Regiestuhl, und er weiß genau, daß die »Venusmuschel« ihn nicht in den Himmel der großen Filmschaffenden katapultiert. Er bringt Geld in die Kasse, weil die Leut' auch beim Sex einen abgründigen Geschmack haben. Wollen sehen, was sie sich nicht trauen, und den Tiefen erotischer Phantasien sind dann auch noch die Grenzen der Zensur gesetzt.

Der Bariton explodiert, so nennt er das, er hält sich für ein Atomkraftwerk und strahlt beim Orgasmus. Pepi hält die Kamera darauf, dieser Gau ist sein tägliches Brot, und wenn alles aus der Nähe gleich und anatomisch wird, so lächelt er dabei, denn sein Humor ist bodenlos. Alles ist *schiach,* also darf er's auch sein, eine Art Lebensmotto, das er sich aus misanthropischer Bequemlichkeit angeeignet hat. Eine häßliche Kindheit, die nur vom Erwachsensein übertroffen wurde. Der Ludwig ist auf die Brotseite gefallen, und was es darüber zu melancholisieren gibt, versteht Pepi nicht. Die Reichen haben zuviel Geld, das ist ihr Problem. Zwar jammert Ludwig ständig über die »Sexkrise«, er ist ein mentaler Hypochonder, das hat er von Erika geerbt, aber das Studio kann gar nicht vor die Hunde gehen. Das wär ja so, als würden die Leute keine Semmeln mehr kaufen.

Steffi jammert, daß ihr kalt sei, und Pepi wirft ihr den alten Nerzmantel aufs Bett. Eine Requisite, auch Pornos beginnen angezogen, aber zum Schluß ist alles egal nakkert, also kann sich Ludwig seine Sprüche um Sex und Sinn genausogut sparen. Beim Heizen tut er es ohnehin schon und behauptet frech, daß die Scheinwerfer genug Hitze ausstrahlen. Die Reichen sind geizig, und Pepi haßt sie aus ganzem Herzen. Wenn die Linken nicht so moralinsauer wären, hätt' er sich ihnen längst angeschlossen. Wie es ist, hetzt er in seinem Stammbeisl gegen das Kapital, und manchmal wirft er im Vorbeigehen Kieselsteine gegen die gläsernen Fronten von Banken und Versicherungen.

Ludwig schnauzt Anna an, die Sissis Brust nicht fest genug gedrückt hatte. Das tut ihm sofort leid, als ihm der Trauerfall einfällt. War eine seltsame Affäre, eine tödliche sozusagen. Ob Anna mit dem Selbstmord was zu tun hat? Ludwig würde sie gern danach fragen, fürchtet Pietätlosigkeit und weiß, daß er sowieso keine Antwort bekäme. Im Grunde weiß er gar nichts von Anna, außer daß sie Geld braucht und auf Frauen fixiert ist. *Wofür lohnt es sich zu leben? Und wofür lohnt es sich zu sterben? Die Antwort ist stets die gleiche: nur die Liebe.* Johnny Depp zu Marlon Brando in »Don Juan Demarco«, einem Film, bei dem Ludwig weinen mußte.

Er war schon als Kind ein *Transuserl,* so jedenfalls die Mutter, und ihren Anspruch, den Mann im Haus zu ersetzen, hat er wohl nie erfüllen können. Saß lieber im Kino als auf der Reservebank am Fußballplatz, und Skifahren hat er gehaßt, weshalb er durch alle Raster eines *klasse Burschen* fiel, dem Gleichaltrige zuneigen und Onkel auf die Schulter klopfen. Keine grausliche Kindheit, eher seltsam und leicht zu vergessen, obwohl es nie ganz gelingt. Heute geht Ludwig ins Fitneßstudio, um den Körper in Form zu halten, die rheumatischen Gelenke zu besänftigen, den jungen Frauen zuzuschauen, wie sie sich plagen und ihre Brüste dabei wippen. Annas Paar ist das beste, was er je gesehen hat. Nicht zu klein, nicht zu groß – und Natur, was in diesem Gewerbe selten ist.

Doch ein Pornostar wird sie nie werden. Annas Gesicht ist nur eine leere Maske der Geilheit, die nichts mit Lust zu tun hat. Ihr Gesicht, so schön es ist, wirkt im Auge der Kamera frigide, von jeder sexuellen Handlung abgekoppelt. *Als ob ma a Leich vögelt,* sagt Pepi, der auf Nahaufnahmen oberhalb der Schultern lieber ganz verzichtet. Er bevorzugt Steffi mit ihren feuchten Augen und der lasziven Goschen, die zumindest aussieht, als ob sie alles verschlingen wollte. Sie sind Schauspieler, stark unter ihrem Niveau, doch die »Burg« wartet, und nie werden sie diesen Traum begraben, nur mit Dreck zuschütten nach und nach, bis sie ihn nicht mehr finden. Pepis Antwort auf alle Probleme würde lauten: totschlagen.

Pepi streichelt seine Kamera, die er liebt wie ein Kind,

das man beschützt und benutzt. Er fühlt sich wie ein halber Mensch, wenn er sie nicht in den Händen hat. Das Leben, durch die Linse gesehen, ist anders, denn man muß nur reagieren, nichts entscheiden. Die Frauen sind alle gleich bis auf seine, die hat Mandelaugen. Sie mag es, wenn er sie schlägt, und sie sieht ihn dankbar an, wenn er aufhört. Man weiß nie, was sie denkt, aber das hat ihn nie gestört. Sie hat ein sanftes Wesen. Denkt er. Aber manchmal denkt er auch: Wer weiß. Manchmal werden Thai-Frauen plötzlich rabiat und greifen nach dem Messer. Für solche Unglücksfälle gibt es in Bangkok Spezialisten, die alles wieder zusammenflicken.

Pepi geht in die Küche und nimmt sich ein Bier aus dem Kühlschrank. Das »Gösser« trinkt er eiskalt aus der Flasche und hetzt dann zur Toilette, deren Tür verschlossen ist. Er flucht und gibt ihr einen gewaltigen Tritt.

Ludwig deutet den Krach als den üblichen *Bahöö* während der Drehpausen, in denen sich alle hassen, die miteinander verkehren müssen. Er wählt Lucies Nummer, während er am Fenster seines Büros steht. Ludwig hat Erikas Barockmöbel nie ausgetauscht, obwohl er sie scheußlich und unbequem findet. Vielleicht aus Pietät, das Wort ist von ansprechender Heuchelei. Durch die verschmierten Scheiben blickt er auf die schiefen Dächer Wiens. Die Stadt verliert ihre Form wie eine Frau, die sich zu vielen Schönheitsoperationen unterzieht. Am Ende kommt das uniforme Nichts zum Vorschein, man könnt' genausogut in Paris oder Brüssel leben, nur würde ihm der Slang fehlen, die manierierte, ordinäre, vertraute Sprache der Eingeborenen und Naturalisierten. Wobei das Wienerische mit ausländischem Akzent noch einen besonderen Reiz hat. Anna, sofern sie überhaupt was sagt, spricht mit tschechischem Einschlag, und Steffi stammt aus einem Kaff in Polen. Die echten Wienerinnen sterben aus im horizontalen Gewerbe. Vielleicht war die Mutzenbacherin schon die letzte.

Lucie läßt klingeln, vielleicht ist sie wieder irgendwo beim Essen, tröstet Hinterbliebene oder ist in ihr Manuskript versunken. Sie will herausfinden, wie der Tod ist, und beschäftigt sich deshalb mit Selbstmördern. *Wenn die Geigen lauter geigen und die Selbstmordziffern steigen, merkt man gleich, der Frühling ist jetzt nah.* Er hat ihr eine Kreisler-Platte geschenkt zum letzten Geburtstag, aber sie hat nur kurz gelächelt mit ihrem großen Mund. War mit der Familie Hemingway beschäftigt. Ernest mit seinen Leiden: Alkoholismus, Arteriosklerose, Diabetes, Depressionen – und dem Horror vor der Impotenz. Sein jüngerer Bruder, der sich mit einer geliehenen Pistole erschoß, und Enkelin Margaux, die sich mit Klonopin vergiftete. Alkoholismus, Bulimie, epileptische Anfälle, zwei gescheiterte Ehen …

Jeder hat seine Gründe zum Sterben, aber ist nicht jeder Tag, den du lebst, ein beschissener Sieg gegen die Zeit? Ludwigs rheumatische, impotente Seele sehnt sich nach Lucies Stimme, die streicheln kann, selbst wenn sie ums Honorar feilscht. Ein rätselhaftes Kind. Immer trägt sie diese langen, wallenden Röcke, und er hat noch nie ihre Beine gesehen. Würde Lucie sie ihm zeigen, sie für ihn öffnen? Manchmal denkt Ludwig daran, doch dann fürchtet er den Augenblick der Wahrheit. Er fürchtet Lucie. Er begehrt sie. Es kann doch nicht alles an dem Stück Fleisch hängen, Liebe ist mehr. Kann mehr sein. Aber was?

Während Ludwig seinen Laptop aufklappt, überlegt er sich, wann die Zeit des Stillstands begonnen hat. Er kann sich an den ersten Vorfall erinnern. Das war vor drei Jahren, als er eines der Mädels ohne Silikonbusen in sein Penthouse mitnahm nach dem Dreh. Sie war jung und schön und immerhin so gescheit, kein Mitleid zu zeigen. Er hätt' sie gern geschlagen, ganz gegen sein Naturell. Sex und Gewalt machen ihn nicht an, das wußte er immer zu trennen. Was nicht heißt, daß man so was nicht filmisch umsetzen muß, denn alles dreht sich ums Geld, und die Geschmäcker laufen nun einmal in alle Richtungen zur Hölle.

Schlage deine Zähne in den Arsch des Lebens und zieh ihn zu dir heran. Pascal in »Nacht der Genüsse«. Ludwig fühlt sich zur Zeit eher zahnlos und über Gebühr einsam. Er hat sich ein kleines Filmstudio eingerichtet in seiner Wohnung, und jede Nacht, in der er nicht schlafen kann, sitzt er dort und starrt auf die Leinwand, auf der manchmal der Schatten seiner Whiskyflasche zu sehen ist. Er lädt nur selten Leute ein, sie stören ihn, und was sollte er mit den Frauen nachher anfangen, wenn sie glauben, ihre Schulden fürs Essen, Trinken und Kino einlösen zu müssen? Es gibt keine Erklärung, also keine Lösung. *Der Mut zur Wahrheit ist die erste Bedingung des philosophischen Studiums.* Diesen Hegel-Satz hat er sich gemerkt. Ihm selbst ist nie etwas eingefallen, was jenseits der eigenen Gier lag. Er wäre kein Philosoph geworden, weil die Wahrheit sich ihm so beharrlich verweigert wie die Erektion. Früher ist er dem Geld nachgerannt, und jetzt, wo er's hat, versucht er, sich aufzurichten. Dazwischen schläft, ißt und trinkt er, dreht schlechte Filme und weint, wenn er sich die guten anschaut. Denkt über große Taten nach, den steinernen Weg zur Unsterblichkeit. Heldentaten. Alles, was einen in den Himmel oder in die Hölle brächte, nur nicht dahin, wo er jetzt ist: mit sich allein.

VIERTES KAPITEL

Die Uhr zeigt fünf vor zwölf, immerzu. Sie ist ein Traum, die Zeit, und der steinerne Christus verheißt Ewigkeit. Das »Schloß Concordia« liegt an der Simmeringer Hauptstraße, auf der anderen Seite des Zentralfriedhofs, dort, wo die 71er Tramway hält und der alte jüdische Friedhof vor sich hin stirbt. Wildnis überwuchert die Gräber und Namen. Die Wiener Geschichte liegt hier, auch hier, vergessen fast bis auf die Berühmten, in Ehrengräbern Beigesetzten: Schnitzler, Torberg, Adler, Altenberg, Werfel …

Durch die verblichenen Scheiben schaut Ludwig Abel auf die Christusstatue, die sich das Hofsteinmetzunternehmen Sommer & Weniger als Denkmal setzte, bevor das Kaiserreich zusammenbrach und danach die Manufaktur, nur eine Fußnote in der von Niederlagen gesäumten Geschichte Österreichs. Geblieben sind der Christus und die zeitlose Uhr, das verwitterte Haus und die Grabsteine im Garten. Sie haben zwei Kriege überlebt und, vielleicht das größere Wunder, die Abrißpläne der Wiener Baubehörde.

Irgendwo muß man hinschauen, wenn man allein sitzt und wartet. Das Mobiliar ist schäbig, und außer ihm sind nur zwei Frauen im Lokal, die rauchen und miteinander flüstern, über ihre Toten und, was fast noch schlimmer ist, die Lebenden. Ludwig Abel freut sich über das Auftauchen der Kellnerin, die der feuchten Kälte bauchfrei trotzt. Ludwigs rheumatischer Körper haßt Orte wie diesen und mehr noch die infantile Unversehrtheit der jungen Frau. *Schaut her,* sagt ihr Fleisch, ich bin jung und stark, und mir kann das Wetter nichts anhaben. »Bitt' schön«, sagt sie, und der Gast greift dankbar nach der Speisekarte, die in Umfang und Inhalt seinen Erwartungen an Lokale dieser Art entspricht. Er bestellt ein Achtel Roten *vom besten,* und sie lächelt ihn an mit ihrem Bauchnabelmund. Sie ist jung, und das deprimiert ihn flüchtig, denn die Uhr lügt. Die Zeit läuft immer gegen einen. *Die alten Träume waren gute Träume. Sie gingen nicht in Erfüllung, aber ich war froh, sie zu haben.* Clint Eastwood in »Die Brücken am Fluß«. Kino ist das perfekte Leben, weil es erfunden ist. Könnte man daran feilen wie in Drehbüchern, vieles würde nicht gesagt, nicht getan, vor allem nicht versäumt werden. Zu wissen, wie es ausgeht, ist erstens fad und zweitens tödlich.

Ludwig sieht ihr nach, wie sie in Turnschuhen davonschlurft. Sie ist hübsch, doch auf die gewöhnliche Art, und sein Blick sucht Halt an dem steinernen Golem, der in der verwitterten Werkstatt neben dem Concordia-Schlössel steht. Im Hof liegen alte, zerbrochene Grabsteine, ein morbides Arrangement oder einfach Faulheit der Besitzer, die es nicht der Mühe wert fanden, die schweren Brocken wegzuräumen.

»So romantisch«, sagte Lucie, als sie ihm das Lokal als Treffpunkt vorschlug, und er witterte damals schon Ironie. Vielleicht im Sommer, denkt Ludwig, der in seinen Eß- und Trinkgewohnheiten mehr im Ersten Bezirk zu Hause ist, in den Nobellokalen, in denen die Kellner blasierter daherkommen als die Gäste. Konsumenten sind Masochisten, grad' in dieser Stadt, wo der Begriff erfunden wurde. Er erinnert sich an den Buchholz-Satz im Billy-Wilder-Film: *Kapitalismus ist wie ein toter Hering im Mondenschein. Er glänzt, aber er stinkt.* Ein grandioses Werk, dessen Titel er vergessen hat. Wenn einer weiß, wie es geht, hätte er gern seine Telefonnummer. Lucie kann man nicht fragen. Sie denkt zwar selbstmörderisch, was er für morbide Eitelkeit hält, versetzt mit einem Schuß Wiener Schmäh. Aber sie lacht zu gern, und so was bringt sich nicht um.

Lucie kommt pünktlich, wie immer, und ist in wallendes Violett gehüllt. Nimmt ihren Hut ab, schüttelt die sehr roten Haare, die niemals nach einer Frisur aussehen, und wickelt sich aus Schals und Umhängen, während sie auf ihn zustrebt. Jemand müßte ihr einen ordentlichen Wintermantel kaufen, denkt Ludwig, aber andererseits bezahlt er sie gut für Drehbücher, aus denen fast alle Sätze gestrichen werden. Was macht sie mit dem Geld? Ins Wirtshaus tragen?

»Gefällt es dir?« Sie strahlt ihn an, während sie sich setzt. Einmal hat er sie in die Stadt eingeladen, in eines seiner Beisln, doch sie fühlte sich unter den Großkopferten und Gesellschaftssimulanten verloren und obendrein von den winzigen Portionen gepeinigt. Lucie ist ein Zwerg mit Riesenappetit, und dieser entrische Ort paßt zu ihr und ihren verkommenen Phantasien. Das Drehbuch, das sie ihm zuletzt schickte, ist von poetischer, pornographischer Tristesse. Zuviel Text und zuwenig Handlung, auch wenn es ihm gefallen würde, wenn die Mädels während des Vögelns Gedichte zitierten, statt immer nur blöd herumzustöhnen.

Als er ihr das sagt, leise natürlich, um die dicken Frauen

nicht zu verschrecken, ist sie beleidigt. »Du wolltest doch Kunst, Ludwig. Zarte Andeutungen, Sinnlichkeit, die Melancholie der Erotik ... was immer du dir drunter vorstellst. Du weißt nicht, was du willst, das ist mein Problem.«

Eher seines, und die Änderungen werden wieder Geld kosten. Die Frauen, zwei Tische weiter, flüstern nicht mehr. Ihre Rücken sind steif von der Anstrengung des Lauschangriffs. Die Kellnerin nähert sich mit jenem anderen Lächeln, das sie für weibliche Gäste parat hat, und Ludwig hält seine Hand vor Lucies Mund. Er hat kleine Hände, und ihr Mund ist groß, und sie beißt ihm spielerisch in den Zeigefinger, sanft und beinahe aufregend. Sein Sexualleben findet nur noch im Kopf statt, das ist die schlechte Nachricht, über die man gute Witze reißen könnte. Er zieht seine Hand weg.

Lucie bestellt ein Gösser-Bier und das »Original Concordia Superschnitzel mit Linsen-Soufflé, Salami, Käse und buntem Salatreigen« für neun Euro achtundachtzig Cent. Sie braucht nicht in die Karte zu schauen, dies hier ist ihr Eßzimmer in üppigen Zeiten. Über Ludwigs »Krautfleckerln mit gemischtem Salat« kann sie nur lächeln. Ludwig ist Vegetarier. Einer, der zweimal die Woche ins Fitneßstudio geht. Der Kampf der Wiener Szene gegen Fett und Alter ist ein Massaker an allen Sinnen. Lucie kann essen, was sie will, und nimmt nicht zu. Wächst aber auch nicht, und am Ende wird sie in einen Kindersarg passen.

»Ich mag deine Dialoge, wirklich. Aber mehr Action muß schon sein, sonst verkauf' ich's nicht.«

»Erotik, Ludwig, du wirst den Unterschied nie begreifen. Hirnlos rumvögeln kann jeder, sogar du.«

Die Ebbe und Flut aller Mißverständnisse kommen in

Wellen daher, die sein schmerzendes Knie umspülen. Er seufzt, als die Kellnerin die Teller vor ihnen abstellt. Sie sind schwer beladen, und Lucies Schnitzel hängt über den Tellerrand. Sie stürzt sich mit stiller Inbrunst darauf, während des Essens redet sie nicht gern, das weiß er. Gelegentlich tupft sie sich mit der Papierserviette die Lippen ab, bevor sie aus dem Bierglas trinkt.

»Ich hoff', es schmeckt dir?«

Sie sieht ihn nur an. Ironie ist an Lucie so verschwendet wie die Einladung ins Haubenrestaurant. Hat sie als Kind hungern müssen? Liegt es an dem großen Mund? Er weiß von ihrer Kindheit in Oed, und Lucie erfuhr soviel aus seiner Jugend wie sein Psychiater. Sie haben ein Zutrauen zueinander entwickelt, das mindestens das Wort Freundschaft zuläßt. Doch irgendein Drehbuchschreiber läßt ihren Privatfilm in die falsche Richtung laufen. Nie kommt die Szene, in der sich Mann und Frau in die Arme fallen. Er würd's schon tun, doch was käme als nächstes? Ein Geständnis oder Erklärungen mit aufschiebender Wirkung. Das schlimmste ist, daß er immer noch hofft. Das beste, daß man mit Lucie so schön traurig sein kann.

Gefunden hat er sie über eine Anzeige, die sie im *Augustin,* der Zeitung der Wohnungslosen, aufgegeben hatte. Darin bot sie ihre Dienste als *Dichterin jeder Kunstform* an, und die pompöse Formulierung gab den Ausschlag, ihr zu schreiben. Vor einem Jahr war das, und als erstes wollte sie von ihm zum Essen eingeladen werden. Wie kann so was Zartes nur so verfressen sein? Manchmal rührt es ihn, und dann wieder ekelt er sich vor ihren Fleischportionen. *Ich habe eine Gänsehaut. Sogar meine Gänsehaut hat Gänsehaut.* Bob Hope in »Erbschaft um Mitternacht«.

»Ich seh' dir gern beim Essen zu«, sagt Ludwig und

lächelt seine Drehbuchschreiberin an. Lucie ist der Strohhalm, an dem er seine Ambitionen festmacht. Eines Tages könnte sie das Drehbuch schreiben, das ihm Ruhm und Erektion bringt. Sie könnten im Mondschein im Prater spazierengehen.

»Ich bin sicher, daß du noch eine Mehlspeis' schaffst.«

»Aber sicher«, sagt Lucie und strahlt ihn an. Ihr Teller ist jetzt leer bis auf die Petersiliengarnitur und eine ausgequetschte Zitronenspalte. Ein »Mohr im Hemd« ist ihre Wahl, während er einen »Einspänner« bestellt und der Bauchnabelfrau nachsieht, als gäbe es ein Verlangen.

Ein paar Gäste besetzen jetzt die Tische, Friedhofsgänger, und einige haben Taschen dabei, gefüllt mit Gräberwerkzeug. Sie sehen hungrig und verfroren aus, mit Gesichtern, in die ein langes Leben voller Mißmut und Todesfurcht gezeichnet ist. Er speist lieber im Ersten Bezirk, schon um sich diesen Anblick zu ersparen. Die Leut' sind nicht besser dort, aber sie kaschieren ihre Schäbigkeit eleganter. Reden über Kultur und Politik und drängen einem ihr Unglück nur dezent auf.

Ludwig weiß, daß er nirgendwo dazugehört. Ein Pornoproduzent, so was fällt unter Rotlichtmilieu, und das ist ein Grund, warum er keine Freunde hat. Ludwig will keinen kennen, der ihn kennt. Nur Lucie, die weiß Gott keinen Grund hat, ein Snob zu sein. Lucie ist klug und blöd genug für ihn, und wenn sie ihn manchmal ausnutzt, so läßt er sich das gefallen, weil er ihre prekären Finanzen kennt. Sie tut so, als wär's ihr egal, aber das glaubt er ihr nicht. Sie ist hungrig nach allem, und kein Mensch würde sich so anziehen, wenn er sich was Besseres leisten könnte.

Jetzt verspricht sie ihm, das Drehbuch binnen vierundzwanzig Stunden zu überarbeiten, und fordert einen Zuschlag von vierhundert Euro. Ludwig hadert mit ihrer Geldgier, doch am Ende gibt er nach, weil er ein Herz aus Gold hat, wenn's um Lucie geht. Sie erinnert ihn an die Puppe, mit der er als Kind gespielt hat, bis die anderen Kinder aus dem Haus ihn verhöhnten, und daraufhin hat er sie aus dem Fenster geworfen. Sie hieß Lucinda und war aus Porzellan.

»Du bist mein Ruin. Wenn ich dich nicht lieben tät', hätt' ich dich längst in die Wüste g'schickt. Gegen Armut hilft nur eins: Man muß versuchen, reich zu werden oder Philosoph.«

»Du bist reich.« Lucie überhört die Liebeserklärung, weil er es immer so beiläufig sagt, daß sie nicht daran glauben mag. Er ruft doch nur an, wenn er sich einsam fühlt oder wieder einmal denkt, daß er den genialen Film schaffen muß. Erotik und Poesie. Soll sie Anna aus den »Duineser Elegien« zitieren lassen? *Wer, wenn ich schriee, hörte mich denn aus der Engel Ordnungen?*

Lucie beginnt zu lachen, als sie sich die Szene vorstellt. Komik ist stärker als Sex. Die Sache ist völlig überbewertet. Verlogen, verheuchelt, verhuscht, verworfen ... und einfach nicht in die richtigen Worte zu fassen. Laßt Körper sprechen ... aber die sind ja auch nicht vollkommen. Annas schon. Wenn Lucie sich mit Anna vergleicht, könnte sie sich auf der Stelle in die Donau schmeißen.

»Bin ich auch komisch?«

Ludwig ist so empfindlich. Eine Mimose, und die beste Freundin, die Lucie nie hatte, weil sie klein und seltsam und stolz war, immer noch ist. Als sie Ludwig zum ersten Mal traf, dachte sie, daß er schwul wäre. Das hat sie ihm nie gesagt, weil sie ahnt, daß es ihn kränken würde. Sie schüttelt den Kopf und fragt sich, ob alles einfacher wäre, wenn sie Sex miteinander hätten. »Ich hab' grad über die Unvereinbarkeit von Pornographie und Ästhetik nachgedacht. Es ist eine große Herausforderung, und wir können sie annehmen und werden scheitern.«

Das darf sie nicht behaupten. Nicht seinen Lebenstraum zerdeppern mit ihren glasigen Worten. Ludwig winkt der Kellnerin und überlegt, Lucie auf der Stelle zu feuern. »Hast du schon mal überlegt, daß du nicht gut genug bist?«

»Fortwährend. Ich bin der Zwerg, Ludwig, den du durchfütterst. Deine Hofnärrin. Ich war nie groß genug für mich. Weshalb ich mich auf Friedhöfen herumtreibe. Da liegen sie alle, und ich kann auf sie hinabschauen.«

»Erzähl das dem Friseur, zu dem du mal gehen solltest.« Ludwig ignoriert ihre Verletzung und bezahlt die Rechnung, nachdem er sie geprüft hat. Eine Gewohnheit, geboren aus dem Vorurteil, daß alle Menschen Betrüger sind. Doch gibt er gutes Trinkgeld, und die Kellnerin schenkt ihm ihr schönstes Lächeln. Sie hat schlechte Zähne, und das freut ihn. Lucies weißes Gebiß, das sie oft herzeigt, weil sie irgendwann beschlossen hat, die Welt zu täuschen, erinnert ihn daran, daß er zum Dentisten müßte. Die Kellnerin bewegt ihren Bauchnabel, also legt er noch einen Fünfer drauf. Lucies Zähne schimmern gierig. Er war gemein zu ihr und wird sie versöhnen, wenn er ihr Geld gibt. Man kann Menschen schlechter behandeln, wenn man sie gut bezahlt.

Ludwig blättert acht Fünfziger auf den Tisch. »Mehr gibt's aber nicht. Du hast doch grad' an der Weiss-Langer verdient, denk' ich. Stimmt es, daß sie vorher den Hund …?«

Lucie steckt das Geld in die Westentasche, achtlos, ja beinahe verächtlich. Trägt ihr Maskengesicht, das ihn wieder an die Puppe erinnert. Sie war hübsch, sah aber auch irgendwie böse aus. Er hat sie geliebt und auch ein bißchen gefürchtet. Lucies Haut ist wie Porzellan, und dazu paßt ihre Stimme, die wie Vogelgezwitscher klingt, wenn sie lacht. Er wäre gern ein komischer Mann, nur um sie öfter lachen zu hören. »Lucie, es tut mir leid. Ich mag deine Haare, sie sind lustig.«

»Ich mag meine Haare nicht, aber ich hab keine besseren. Und wer seinen Hund Mozart tauft, darf ihn auch erschießen. Hat Anna was gesagt?«

»Nein, aber sie war beim Dreh noch abwesender als sonst. Ich hab' ihr nicht kondoliert. Dachte, das sei geschmacklos. Nun hast du noch eine Leich' für dein Buch. So viele Selbstmörder in diesem Monat. Liegt was in der Luft?«

Lucie schnuppert. Er empfindet plötzlich wieder große Zärtlichkeit für ihre bebenden Nasenflügel. Überhaupt alles. Er sollte ihr jetzt seine impotente Liebe gestehen und sich ihrer Gnade ausliefern.

Sie könnte etwas sagen, was der Wahrheit nahekommt, doch sie zieht die Lüge vor. »Der Winter ist zu lang. Zu kalt. Vielleicht tun sie es auch für mich. Damit ich nicht verhungere.« Lucie zeigt wieder Zähne, und Ludwig überlegt sich das noch einmal mit dem Geständnis.

»Ich hab' ein bisserl nachgeforscht. Die MWL ist quasi zum Rücktritt gezwungen worden. Das kann ja nur ihre geheime Liebschaft gewesen sein. Hast du was damit zu tun?« Lucies graue Augen halten seinen flüchtenden Blick fest.

»Ich? Bist deppert? Ich bin ein unpolitischer Mensch. Und ich hab' der Anna ihr Glück gegönnt. Die G'schicht konnt' nicht gutgehen … aber gleich Suizid?«

»Die Weiss-Langer hat sich ihre Schwäche nicht verziehen. Muß was Katholisches sein. Schuldgefühle, Versagen, Stolz, Angst, Einsamkeit, Ekel … es gibt tausend gute Gründe, Ludwig. Wenn sie stark genug sind, folgen sie der Todeslogik. Man kommt nicht hin mit klarem Denken. Wie würdest du dich umbringen?«

Es ist ihr Thema. Sie lebt in ihrem Buch wie er in den großen Filmen. Weil sie sich sonst wegwerfen könnten, alle beide. Ludwig denkt über einen grandiosen Abgang nach: »Fallschirmsprung. Und wenn ich's mir im letzten Moment überlegen würde, könnt' ich immer noch die Reißleine ziehen.«

Jetzt lacht sie. Wirft den Kopf zurück und zeigt ihm ihren ungeschützten Hals. Er ist weiß und glatt, mit der Andeutung eines Kropfs. Der Kropf hüpft, wenn sie lacht, wie ein kleines Tier, das einem Gefängnis entfliehen möchte. Lucie kommt aus Oed, das klingt furchtbar, aber im Grund ist alles, was jenseits von Wien liegt, tiefste Provinz, Bernhard-Land, so schön, daß es einen graust. Ludwig könnte nie aus Wien fortziehen, er ist mit dieser Stadt verwachsen, in ihr verkrüppelt und genauso gefangen wie Lucies kleiner Kropf.

»Und du?«

Sie dreht an einer Haarsträhne, und er ahnt, daß sie ihm den Friseur-Satz noch nicht verziehen hat. »Weiß nicht. Man müßte alles ausprobieren können. So wie im Film. Die MWL hat Glück gehabt mit ihrem Schläfenschuß, das kann auch danebengehen, weil man im letzten Moment oft die Schußposition verändert. Besser ist es durch den Mund nach oben. Sicherer halt. Aber eine ziemliche Sauerei. Dafür war sie dann doch zu eitel.«

»Spielt das noch eine Rolle, wenn man's schon tut?«

Lucie zuckt mit den Achseln. »Für Frauen schon, wer

weiß. Ich wüßte gern, ob sie Anna einen Abschiedsbrief hinterlassen hat. Es wär' doch nur fair, oder?«

Weint sie jetzt tatsächlich? Ludwig zieht ein Taschentuch mit Monogramm aus seinem Jackett, ein Erika-Geschenk, weil sie einen feinen Herrn aus ihm machen wollte, was gewissermaßen zu ihrem Humor paßte. Er gibt es Lucie, die sich die Nase schneuzt. »Ich bin nicht traurig«, sagt sie, »nur sentimental. In Filmen muß ich auch immer weinen, wenn einer stirbt. Weil ich mir immer vorstell', daß ich es bin. Glaubst du, daß ich verrückt bin?«

Ludwig sagt nein und meint ja. Vielleicht liebt er sie deshalb. Könnte sie lieben, wenn die Angst nicht so viele Schatten würfe. Lucies Phobien sind abendfüllend. Sie hat Angst vor Dunkelheit, vor Clowns, Krampussen sowieso, vor Schaufensterpuppen, uniformierten Polizisten und Weihnachtsmännern. Vor fast allen Leuten, die größer sind als sie, weshalb sie tage- und nächtelang vor dem Computer hockt und mit Gespenstern kommuniziert, die keine reale Bedrohung darstellen. Lucie ist ein mentaler Hypochonder, mindestens. Doch umbringen wird sie sich deshalb nicht, daran glaubt Ludwig ganz fest. Weil sie ihm so was nicht antun könnte.

»Warst schon mal in Albern, am Friedhof der Namenlosen? Da mußt du unbedingt hin, Ludwig, und dort hätt' sich die Monika erschießen müssen. Weil es der Selbstmörder-Friedhof ist. Früher wurden dort die Wasserleichen angeschwemmt, der Ort ist nicht von dieser Welt. Und im Wirtshaus gibt es die besten Würste von Wien.«

»Wie kannst du«, sagt Ludwig, »in einem Atemzug vom Sterben und Essen reden? Ich will da gar nicht hin.« Er sieht auf seine Uhr, eine alte Cartier, und Lucie beginnt, sich mit ihren Schals zu umwickeln. Sie könnte sich von dem Geld einen Mantel kaufen, aber dazu müßte sie in die Stadt fahren, in ein Geschäft gehen, sich mit einer Verkäuferin auseinandersetzen und unter Garantie den Mantel kürzen lassen, was alles ein großer Aufwand wäre. Vielleicht morgen. Oder nie.

»Meinst du, ich sollte zum Friseur gehen?«

»Ja schon, vielleicht. Soll ich dir meinen empfehlen?«

»Ich weiß nicht«, sagt Lucie, »das letzte Mal sah ich aus wie ein Pudel. Ich hab' mich vor mir selbst gefürchtet, als ich in den Spiegel sah.«

»Ich könnte mitgehen«, schlägt Ludwig vor, doch Lucie sagt: »Ein andermal«, und küßt ihn auf die Wange. Was würde sie ohne ihn anfangen, wie gottverdammt einsam wär' sie dann? Ein paar Worte mit den Nachbarn, dem Postler und Greißler an der Ecke, das ist ihr gesellschaftlicher Umgang. Die Gespräche mit Frau Weinigers Trauernden sind richtig belebend, während es bei den Telefonaten mit den Redakteuren immer nur ums Geld geht. Am Ende bleiben die Anonymen im Computer, ihre Chatgemeinde, mit der sie ihre Gedanken teilt. Die Angst, vor die Tür zu gehen und auf die Nase zu fallen. Weil es draußen glatt ist und so *wirklich.*

Sie lehnt Ludwigs Angebot, sie heimzufahren, wie immer ab. Vom »Concordia« macht sie oft einen Umweg über den Friedhof, André Hellers »Aphrodisiakum für Nekrophile«. Der große Park der Toten ist in manchen Bereichen fast menschenleer, noch leerer im jüdischen Teil, wenn nicht gerade eine Touristengruppe über die verwachsenen Gräber trampelt. Hier ist die Vergangenheit mächtiger als überall sonst in der Stadt. Still und anklagend und weit entfernt von der Gesellschaft der Punschkrapfn, außen die rosa Zuckerglasur und innen braun. Mit Rum getränkte, altbackene Mehlspeise, von schweinefarbener Süße umhüllt. Immer wenn sie den steinernen Golem in der alten Werkstatt neben dem Gasthaus sieht, kriegt Lucie eine Gänsehaut. Er erinnert sie an etwas, doch sie kann es nie zu Ende denken. Für Freud fehlt ihr das Geld. Der Ludwig legt sich wöchentlich auf die Couch. Sollte sie ihn fragen, ob sie sich dazulegen kann?

Schneeregen matscht gegen das alte Haus, und die Gäste bleiben, weil sie darauf warten, daß alles besser wird, auch das Wetter. Die Kellnerin kommt mit einem Tablett aus der Küche, als Lucie und Ludwig aufstehen.

»Jessas«, sagt die Kellnerin in den Raum. »Is scho wida jemand g'storbn. Die Liesl Wimmer. Glei nebenan. Woa grod in den Nachrichtn.«

Ein Raunen geht durch die Wirtschaft. Die Lebenden sind dankbar für eine schlechte Nachricht, die ihnen eigentlich Wurscht ist. Daß der Tod ein Wiener ist, weiß sowieso jeder. Diese Wienerin war eine Exschönheitskönigin, die einen Baulöwen geheiratet und ihr Leben den Gazetten geöffnet hatte.

»Auf dem Friedhof?« fragt Ludwig, der nicht sieht, wie Lucie hinter ihm den Kopf schüttelt.

»Sie hat sich mit Schlaftabletten den Strick geben. Is des net furchtbar? Sie hat doch alles g'habt, do bringt ma sich doch net um!« Die Kellnerin sieht Beifall fordernd in die Runde und erntet zustimmendes Gemurmel.

Erst jetzt dreht Ludwig sich zu Lucie um. Ihr Gesicht erscheint unberührt von der Nachricht. Die Augen, die graugrünbraunen Augen, sehen durch ihn hindurch auf einen Punkt in unbestimmter Ferne. »Sie hat es nicht dir zuliebe getan«, sagt Ludwig sanft.

»Woher willst du das wissen?«

FÜNFTES KAPITEL

Er raucht. Ado Spenglers Büro liegt im Nebel seiner Sucht, und die Kollegen stören ihn dort nur, wenn sie nicht anders können. Manchmal öffnet Ado das Fenster, doch der Straßenlärm erscheint ihm als das größere Übel. Das Kriminalkommissariat in der Innenstadt ist kein Ort der Ruhe, und Ado wäre im Hinblick auf sein sensibles Gehör besser Dorfgendarm geworden. Nur ist er in Wien gelandet, überwiegend aus Gier nach einer Frau, die sich als Schlampe erwies, aber da war es schon zu spät für einen erneuten Ortswechsel.

Paul McCartney ist mit achtundzwanzig Jahren gestorben und wurde durch ein Double ersetzt. Eine Verschwörungstheorie, die Ado weitaus mehr interessiert als die Akte, die vor ihm liegt. Nichts ist, wie es scheint, und wir leben an der Oberfläche von allem: In diesem Satz bleibt er gefangen und bewegt sich darin mit gebotener Vorsicht. Sein Chef hält ihn für einen begabten Kriminalisten, die anderen betrachten ihn als passablen Kollegen, und die Frauen … na ja, die Frauen waren stets die schwierigen Parts. Sie sind auf Dauer schwer zu täuschen. Die letzte war eine dumme Gans, die Leichen sezierte und sich deshalb für ein fatales Weib hielt. Sie hatte diesen besonderen Geruch an sich, der ihn ursprünglich angezogen hatte. Sie roch nach Ewigkeit, das konnte sie nicht abwaschen, und wie oft hat er sie angefleht, kein Parfum zu benutzen? Josefine hat nie überrissen, weshalb er sie liebte, und so verstanden sie einander nicht, obwohl sein Begehren groß war. Vergeblich ist er aus der Provinz nach Wien gezogen, aus der Stille in den Lärm, auf die Karrierestufenleiter, wie der Hofrat es formuliert.

»Sie werden es noch weit bei uns bringen, Spengler«, ist der Satz, den Ado bei Dienstbesprechungen ertragen muß. Auch dies: daß einige Kollegen, die Neidhammel, den Oberst Spengler mit ausgestrecktem rechtem Arm begrüßen.

Adolf ist ein Name, den Eltern ihrem Sohn nicht in die Wiege legen sollten. 13 046 Adolfs leben in Österreich, das hat er kürzlich im »Falter« gelesen. Seine Mutter nannte ihn »Adi« und der Vater, die rechte Sau, mit vollem Namen. Eine Verschwörung bei der Geburt, so hat alles angefangen. Adolf war die Herausforderung für den grausamen Humor der Kinder und Erwachsenen, die ihn nie vergessen ließen, daß Heranwachsen eine besondere Folter sein kann. Josefine nannte ihn zärtlich »Dodl«, als sie ihn noch liebte, bevor sie ihn sezierte und auf den Grund seines Leibes kam, den sie offenbar abstoßend fand. Drei Monate ist es her, daß sie ihn verließ, und er kann sie immer noch riechen, wenn er die Augen schließt und sich ihren Körper vorstellt. Die Erektion ist kurz, und er sitzt sie aus, rauchend, und öffnet die Augen wieder, um sich Lisa Wimmer zuzuwenden, die vor ihm in der Akte liegt.

Die Farbfotos zeigen eine Frau, die vor allem blond war. Sie hatte ein weißes Abendkleid mit Schleifen und Spitzen angezogen, bevor sie Schlaftabletten nahm, zu viele, um wieder aufzuwachen. Lisa Wimmer liegt in ihrem rosa Himmelbett, neben sich ein Strauß Lilien, der ihr aus der Hand gerutscht ist, ein Schatten in der Inszenierung der schönen Leich'.

Sie sah schon zu Lebzeiten wie eine Statue aus, denkt Ado, der die Frau des »Häusl-Königs« aus Zeitungen und Illustrierten kennt. Der Mann machte ein kleines Vermögen mit Immobilien, und seine Frau verpraßte es lustvoll und medienwirksam. *Nur kan Neid, denn wer hot, der hot.*

Sie war das Wiener Partygirl, schon in die Jahre gekommen, doch restauriert wie eine Puppe, die nicht altern darf. Ob sie es nicht ertragen konnte, daß ihre Haut nicht aus Porzellan war?

Ihr Tod ist ein herber Verlust für die Boulevardpresse, doch Ado wird Liesl, wie sie von den Medien verniedlicht wurde, ganz sicher nicht vermissen. Eine Szeneschmarotzerin, von der Sorte gibt es in Wien noch mehr, und sie werden sich einer anderen zuwenden, die mitspielt, immer nur lächelt und die schlichtesten Sätze sagt, auf daß sich die Leser freuen, weil jemand auf ihrem Niveau kommuniziert. Du darfst vieles sein in Österreich, bloß nicht unverständlich für die Massen. Woran sich die Politiker im großen und ganzen halten. Ihre Aussagen sind meist von großer Einfalt. Ados Problem ist, daß er immer abschweift, ein Gedanke folgt dem nächsten, und am Ende wird es unübersichtlich. Zurück zu den Akten:

Lisa Wimmer war einundvierzig, und nach Auskunft der Pathologin so gesund, wie man es in diesem Alter nur sein kann. Eine Blinddarmoperation, Brustvergrößerung, Fettabsaugung an den Schenkeln, Oberlidstraffung und Lippenkorrektur: soviel zur Krankengeschichte. Alles ganz normal bis auf den Selbstmord halt. Er paßt nicht ins Bild –

ausnahmsweise schließt sich Ado der Meinung seines Vorgesetzten an.

Die Selbstmordstatistik, üblicherweise zwischen 1500 und 2000 pro Jahr, ist in diesem Monat sprunghaft gestiegen. Was schon deshalb seltsam ist, weil der Frühling die Jahreszeit der *Hamdraher* ist, so die gemütliche Dialektvokabel. Der Kenner stirbt im Mai. Weiß doch jeder in Wien.

Statistisch liegt Österreich im guten europäischen Spitzenfeld, hinter den Ungarn natürlich, die traditionell lebensmüde sind. Darüber, daß die Litauer die Spitzenstellung einnehmen, hat Ado eine Weile nachgedacht. Man kann die Leute ja nicht mehr fragen, und so verschwinden sie einfach von der Oberfläche und tauchen nur noch in Zahlenkolonnen auf. Liesl Wimmer hat einen reichen Mann geheiratet, sonst wär' sie auch nur Statistik. Die Spurensicherung hat keinen Hinweis auf Fremdverschulden gefunden, aber auch keinen Abschiedsbrief, und das erscheint ihm ungewöhnlich für eine Frau, die sich sonst zu jedem Schmarrn geäußert hatte. Ihre Akte liegt auf seinem Schreibtisch neben der Zeitung, deren Schlagzeile lautet: »Liesl, warum hast du uns das angetan?«

»Sag's mir«, flüstert Ado dem Foto der Schlafenden zu. In der Pubertät meinte er, übersinnliche Kräfte zu besitzen, aber die Wahrheit war wohl, daß er manchmal ein bißchen von Sinnen war. Jetzt ist er zweiunddreißig und hat sich in das Unvermeidliche seiner Existenz gefügt. Liesl tat es nicht, und das verwundert ihn ebenso wie den Rest der Nation und seinen Vorgesetzten, Hofrat Lukasch, der die Dame persönlich kannte und seiner Auffassung mit den Worten Ausdruck gab, daß sich »so eine doch nicht abbeindlt«.

Sie hatte gute Beine, wenn auch fettabgesaugt an den

Oberschenkeln, wovon noch relativ frische Narben zeugen. Druckstellen an den Handgelenken ließen sich damit erklären, daß sie sich gern fesseln ließ beim Sex. So die Auskunft des Witwers, der aus seiner Jagdhütte in der Steiermark nach Wien zurückkehrte, um den Medien Trauerfutter zu geben. Der einzige Grund, den er ihnen liefern konnte, war, daß Liesl manchmal tieftraurig war über den Zustand der Welt: soviel Hunger, die Beschneidung afrikanischer Mädchen, Aids, Krieg, Umweltzerstörung und so weiter.

Dergleichen bringt uns alle noch um, denkt Ado, und daß bis zur Heiligsprechung der Liesl Wimmer nicht mehr viel fehlt. Nur eine größere Naturkatastrophe oder ein Politskandal könnten die schöne Selbstmörderin von den Titelseiten vertreiben. Die tote Exministerin ist schon auf den hinteren Seiten, sie war halt nicht so fesch wie Liesl Wimmer alias Lieselotte Krawnischeck, die sich Schauspielerin nannte, bevor sie den »Häusl-Wimmer« einfing. Ein paar Softpornos, zu mehr hat sie es nicht gebracht, doch in den Nachrufen avancierte sie zum Erotikstar. Seid lieb zu den Toten, weil das Land doch Helden braucht.

In einem ihrer zahllosen Interviews, die sich Ado aus dem Internet besorgte, sagte Liesl, daß sie sich manchmal nachts in den Schlaf weine, weil es soviel Unrecht auf der Welt gebe. Das muß man erstens nicht glauben, und zweitens müßte sich dann jeder umbringen. Ado kaut an seiner Zigarette und fragt sich, was der Hofrat von ihm erwartet. Wenn Marilyn Monroes Tod ein Geheimnis blieb – und er hängt natürlich der Theorie eines Mordes an –, warum sollte dann nicht auch Liesl ihres mit ins Grab nehmen?

Sie goutierte gewisse Varianten der Fesselung, sagte der Witwer bei der polizeilichen Vernehmung, und daß dieses intime Detail natürlich nicht für die Öffentlichkeit bestimmt sei. Der Hofrat, dem der Oberst assistieren durfte, war so devot, daß Ado sich für ihn schämte. Rauchen durfte er auch nicht im »Salon«, dem Besucherzimmer für prominente Verbrecher, Zeugen und Hinterbliebene.

Der Witwer heulte während seiner Aussage, der Hofrat stellte sinnlose Fragen, und Ado bediente das Aufnahmegerät. Er fühlte sich wie im Schmierentheater und entwickelte im Verlauf der Vernehmung einen Grant von gewaltigem Ausmaß. Der »Häusl-König« hatte mit seiner Frau zum letzten Mal geschlafen – »violenter Geschlechtsverkehr«, wie er es ausdrückte –, bevor er mit dem Firmenjet in die Steiermark flog, also am Vortag ihres Todes. Ein paar Stricke waren im Spiel, das gab er zu Protokoll, und auch, daß Liesl auf masochistische Nummern stand. Es war ihm nicht peinlich, und Ado dachte, daß einem, der so viel Geld hat, nichts mehr was ausmachen muß. Schon gar nicht, was zwei Kriminaler von ihm denken. Der Hofrat lächelte die ganze Zeit, so als wär' er im Fernsehen, und ihm war sichtlich unangenehm, zu fragen, ob die Gattin eventuell auch in eine Liebschaft verstrickt war. Der Wimmer schüttelte auf diese Frage sein ergrautes Haupt, während Ado insgeheim seinem Vorurteil nachhing, daß *Pantscherln* in diesen Kreisen an der Tagesordnung seien. Weil einem in der feinen Gesellschaft so fad sein muß, daß Sex und Drogen der letzte Kick sind. Die Pathologen hatten Spuren von Kokain in ihrem Körper festgestellt.

Die Herkunft der Tabletten konnte Wimmer erklären, weil Liesl ebendiese zu sich nahm, wenn sie an Schlaflosigkeit litt, an Weltschmerz, Langeweile oder Einsamkeit. »Die Reichen sind so allein«, sagte der »Häusl-König«, und der Hofrat nickte dazu, als ob dieser Satz das Bedeutsamste wäre, was er in letzter Zeit gehört hatte. Ado unterdrückte ein Grinsen sowie die Bemerkung, daß die Armen es auch sind, doch unter erschwerten Bedingungen. Er bediente das Aufnahmegerät und warf die Frage ein, ob Liesl häufig gekokst habe. Davon wußte der Witwer natürlich nichts, er log wie gedruckt, was jedem im Raum klar war und dem Gespräch eine surreale Note verlieh. Der »Häusl-König« ist ein Duzfreund des Finanzministers, das war dem Hofrat und seinem Gehilfen ebenfalls bekannt.

Der Tod ist gerecht, weil er sich nicht bestechen läßt. Daran glaubt Ado, und das tröstet ihn manchmal. Josefine behauptete, daß die ewig Schlafenden alle gleich aussehen. Dieselbe Leere in den Gesichtern, wenn alle Masken gefallen sind. Man muß nichts mehr sein in seinem letzten Zustand, das hat was Barmherziges, und Ado erinnert sich an Zeiten, in denen er ebendiese Form herbeigesehnt hat.

Der »Häusl-König« forderte vom Hofrat eine hochnotpeinliche Untersuchung, schließlich sei seine Frau nicht irgendeine gewesen. Man werde allen denkbaren Spuren mit polizeilicher Finesse nachgehen, versicherte der Hofrat, der den Witwer mit einem Netz von sinnlosen Worthülsen umgarnte. Er widersprach nicht, als Wimmer die Möglichkeit aufwarf, daß seine Frau »aus Versehen« zu viele Pillen geschluckt habe. Zwanzig Stück sprechen eindeutig dagegen, doch Ado hielt sich nach seiner Kokain-Frage im Zaum. Er ist auf der Karrierestufenleiter, und in dieser fragilen Position von Hofrats Gnaden abhängig. Parteibuch hat er keines, obwohl das »Büchel« ab einer gewissen Stufe eine Rolle spielt. Sein Vorgesetzter gehört zur richtigen Partei, und das ist immer jene, die gerade an der Macht ist. Im Alpenland der Seilschaften machst du keine Karriere, wenn Partei oder Protektion fehlen, und du mußt jeden Ehrgeiz verstecken, weil direkte Rede etwas Schädliches ist.

Ado hat bloß den Hofrat und einen Onkel im Außenamt, doch den haßt er fast ebenso sehr wie den Vater und den gesamten Adolf-Clan der Familie.

Der Hofrat geleitete den Witwer ins Freie, während Ado das Band zurückspulte. Das Gerät war ein altmodisches Modell, das alle Lügen mit schnarrenden Geräuschen untermalte. Von draußen hörte Ado die Rufe der Journalisten und Kameraleute, die ein »Statement« wollten, irgendetwas Neues für die Schlagzeilen, und als er ans Fenster ging, sah er die beiden Männer im Blitzlichtgewitter stehen wie Felsen in der Brandung. Daß er ihnen die Zunge herausstreckte, bemerkte keiner, er stand ja im ersten Stock hinter dem geschlossenen Fenster. Anarchistische Kleinkunst, aber er vergißt langsam, was er fühlte, als er noch wirklich jung war.

Ado schließt die Augen und lehnt sich in seinem Stuhl zurück. Weißer Rauch umhüllt ihn wie ein Schleier. Josefine hatte irgendwann beschlossen, mit den Zigaretten aufzuhören, vermutlich, weil sie ewig leben will mit all ihren Toten. Und danach beschwerte sie sich, daß er aus dem Mund stinke. Und das sagte eine Frau, die nach Leichen riecht! Nicht auszuschließen, daß das Rauchen sie auseinandergebracht hat. Er leidet nicht mehr, oder nur noch wenig, doch er hofft, daß er nicht zu ihren Obduktionen muß, denn das fand er immer besonders erregend: Wenn sie Leichen aufschnitt und dabei aussah, als würde sie ein Hendl entbeinen. Josefine ist eine miserable Köchin und überhaupt jemand, der lustlos verzehrt. Sie schlingt alles in sich hinein, was man ihr vorsetzt, und ließ ihn im Lokal bestellen, weil es ihr egal war. Sie ist groß und schlank, doch sie hat einen dicken Hintern, birnenförmig.

Lisa Wimmer hätte den längst »formen« lassen, obwohl

dieses Teil von ihr perfekt ist. War. Wieso glaubt er nicht an ihren Freitod, wenn doch alle Indizien dafür sprechen?

Der Hofrat zweifelt aus purem Opportunismus, doch Ado folgt seinem Instinkt, der ihm sagt, daß Lisa Wimmer für eine Selbstentleibung viel zu eitel und feige war. Gut, sie hat sich nicht, wie die Mehrheit der österreichischen Selbstmörder, den Strick gegeben. Doch selbst Schlaftabletten erfordern Mut und die unerschütterliche Gewißheit, mit dem Leben abgeschlossen zu haben. Sie war einfach zu blöd dafür, denkt er und studiert nochmals die Fotos, die Tatortbeschreibung und die Aussage der Zugehfrau, die sie gefunden hat.

»Sie mochte nicht allein sein, das hielt sie nicht aus«, sagte die Zeugin, doch Lisa Wimmer war allein, zumindest wurde niemand gesehen, der in den letzten drei Stunden die Stadtwohnung betreten hatte. Wieso war sie überhaupt dort und nicht in der Villa in Grinzing oder in der steirischen Jagdhütte, die vermutlich ein kleines Schloß ist? Früheren Zeitungsberichten zufolge war die Ehe ein Zweckbündnis aus Geld, Schönheit und Geltungssucht. Der alte Wimmer schmückte sich mit seiner Liesl, die so herzig lächeln konnte, bei keinem Wiener Event fehlte und sich nackert ausgezogen hätte, um ins Bild zu kommen. Im letzten Interview, das sie gab, erklärte sie, zwei Kinder adoptieren zu wollen – aus Entwicklungsländern natürlich, wegen der schrecklichen Armut dort. Auf Nachfrage des Journalisten präzisierte sie ihren Kinderwunsch: Zwei kleine, herzige asiatische *Mauserln* wollte sie haben.

Und bringt sich dann um? In Ados Gedanken kreisen Verschwörungstheorien und münden in der durch nichts zu beweisenden Gewißheit, daß der Suizid keiner war. Die Lust, Geheimnisse zu erforschen, war der Grund, zur Polizei zu gehen. Als er jung war, wollte er alle Rätsel der Welt lösen: warum, woher, wohin? Hast du ein paar Antworten gefunden, ändern sich die Fragen. Das weiß er heute. Viel mehr nicht.

Josefine vertritt die Gaia-Theorie, nach der die Erde ein lebendiges, sich selbst regulierendes und nachhaltiges System sei und der Mensch nichts anderes als ein Akteur zwischen Geburt und Tod. »Danach ist nix mehr«, sagte sie, »nur rohes Fleisch, und im Grund' ist es eine Verschwendung, daß wir es so ungenutzt verscharren.« Ado glaubt tatsächlich, daß sie eine Kannibalin sein könnte unter Umständen, in denen dies politisch korrekt wäre. Auf jeden Fall ist sie fanatische Nichtraucherin und eine verdammenswerte Exgeliebte, weil sie sich immer noch in seine Gedanken einschleicht und sich mit ihrem dicken Hintern darin festsetzt.

Er ruft einen befreundeten Journalisten an, fragt ihn nach der Adoption und erhält die Auskunft, daß diese auf halblegalen Gleisen tatsächlich laufe. Weil die Liesl im Grund' schon zu alt war für das Prozedere, und im übrigen habe ihn Ado da auf eine gute Idee für eine Headline gebracht: »Liesl im Himmel – was wird aus den Waisen?«

Ado enthält sich eines Kommentars und verneint zum dritten Mal die Frage, ob es Hinweise auf Fremdverschulden gebe. Der Journalist möchte aber daran glauben und verficht die Theorie, daß der Witwer der Mörder sei. Weil die Liesl ihm auf die Nerven ging mit ihren Kinderwünschen, ihrem koksverseuchten Weltschmerz und der gewaltigen Verschwendungssucht. Er deutet an, daß gewisse Quellen durchsickern ließen, der Wimmer sei eigentlich längst pleite. Nur hielten die Banken noch still, weil jede Indiskretion zum Crash führen könnte. Wer so viel Geld schulde, den lasse man nicht so schnell fallen. Banken, sagt der Journalist, bevor er auflegt, sind kriminelle Vereinigungen, aber das könne man leider nicht schreiben.

Während Ado ein »Servus« in den toten Hörer spricht, kracht es unten auf der Straße. Zwei Autos sind aufeinandergefahren und blockieren die Kreuzung, was zu wütenden Protesten der Autofahrer führt, die zum Stillstand gezwungen sind. Sie hupen nach der Polizei, die ja sozusagen vor Ort ist, und ein Uniformierter erscheint mit schlurfendem Gang und sadistischer Grundhaltung, weil er zunächst einmal die Ordnung herstellen will, bevor ihn das Chaos interessiert. Er fordert von den Kontrahenten die Personalien.

»Nur nix überhudeln«, hört Ado, der sein Fenster geöffnet hat, weil er nichts versäumen darf an Unwichtigem, solange er das Wichtige nicht kennt. Und dann sieht er die Radfahrerin. Sie steht neben ihrem zerbeulten Gefährt und wird von den Unfallfahrern beschimpft. Warum sie dennoch lächelt, versteht Ado nicht. Schock vielleicht? Er vermutet, daß sie den Fahrer zum abrupten Bremsen zwang, weil sie die rote Fußgängerampel ignoriert hatte und das nachfolgende Fahrzeug dann auffuhr. Und jetzt steht sie da und ist dem Volkszorn ausgesetzt, der gröbste Worte kennt. Sie lächelt immer noch, und jetzt sieht sie nach oben, zu seinem Fenster und winkt ihm tatsächlich zu. Sie ist klein, und ihre Haare sind feuerrot, und Ado denkt, daß sie eine Hexe sein könnte. Eine Liliputhexe. Eine Verrückte. Was grinst sie so blöd?

Er tritt unwillkürlich einen Schritt zurück und schilt sich dann einen Feigling. Was ihn bewegt, sein Büro zu verlassen und über die Treppe nach unten zu laufen, weiß er nicht. Doch er tut es, und dann steht er auf der Straße und zeigt dem Uniformierten, der ihn zurückdrängen will, seinen Dienstausweis. Der Kieberer salutiert und geht auf Distanz. Obrigkeit ist das höchste Gebot, doch weil es sich nach unten fortsetzen läßt, wendet er sich in scharfem Ton an die Unfallfahrer. Ado steht vor der Radlerin, und sie zeigt ihm ihr weißes Gebiß. Kann man sich in Zähne verlieben?

Die Haare lodern und lenken von dem etwas seltsamen Gesicht ab, das ihm irgendwie vertraut vorkommt. Ganz schwarz ist sie angezogen, und von der Figur läßt sich nicht viel erkennen. Ihr Mund ist eine Einladung, so groß, wie er ist. Sie sagt: »Absicht war das nicht.«

Das sagen alle. Ado zweifelt an ihrer Reue und auch an der Weisheit seines Entschlusses, sich hier einzumischen. Sie sieht ihn an, als könne er ein Retter sein, und in dieser Rolle fühlte er sich immer überfordert. Zumindest lächelt sie nicht mehr: »Ich hab' die rote Ampel übersehen, weil ich in Gedanken war.«

Das ist eine famose Entschuldigung. Ado steht ratlos vor ihr und überlegt sich einen eleganten Abgang. Er ist nicht zuständig für Bagatellfälle. Die Person, die vor ihm steht und ihn geradezu flehentlich ansieht, ist auch nicht sein Typ, streng erotisch gesehen. Er will gehen und kann es nicht.

»Radlfahrer müßt' man aus dem Verkehr ziehen.« Die Kommentare der Gaffer verdichten sich zu unheilvoller Hysterie, und sie sind eindeutig gegen rote Hexen auf klapprigen Fahrrädern gerichtet. Zumindest sagt sie die Wahrheit, denkt Ado, und daß er sie retten sollte, bevor die Menge sie lyncht. Ein Hang zur Übertreibung aus jungen Zeiten, dem er bisweilen nachgibt. »Kommen Sie, wir nehmen Ihre Personalien in meinem Büro auf. Hier wird es zu laut.«

Daß sie ihm widerstandslos folgt, deuten die Umstehenden als Verhaftung der Schuldigen. Niemand protestiert, auch nicht der Uniformierte, der zwar nichts versteht, oder zumindest das eine, daß hier ein höherer Rang entschieden hat.

Sie nimmt ihr zerbeultes Fahrrad mit bis in seine Büroetage. Kräftig ist sie, obwohl sie doch so zierlich erscheint. Ado hilft ihr erst beim Tragen, als keiner mehr zusieht. Er stellt die Rostlaube neben die Tür, die er offenläßt für alle Fälle.

»Ich mag den Geruch von Rauch«, sagt sie, und dies ist die erste Lüge in der zweiten Begegnung von Lucie Haberer und Ado Spengler.

SECHSTES KAPITEL

»Paul ist tot. McCartney starb 1966 bei einem Autounfall und verbrannte bis zur Unkenntlichkeit. Er hatte einer Politesse hinterhergesehen und hat eine rote Ampel nicht beachtet. Lovely Rita Meter Maid … du verstehst? Der Manager und die Plattenfirma zwangen die Beatles, Paul durch einen Doppelgänger zu ersetzen. Er heißt William Shears. Sie haben ihn nie wirklich akzeptiert und den Fans jede Menge Hinweise gegeben. Auf dem Cover von ›Yesterday‹ steckt Paul in einem Schrankkoffer, und dreht man die Platte um 90 Grad, wird ein Sarg daraus. Die Plattenhülle von ›Sgt. Pepper's Lonely Hearts Club Band‹ stellt eine Beerdigungsszene dar, und es gibt ein Bild im Inneren, in dem Paul eine Armbinde mit der Aufschrift O. P. D. trägt – Officially Pronounced Dead. Und rechts siehst du eine Puppe mit zerbrochenem Kopf, der man ein Spielzeugauto auf das linke Knie und einen blutigen Handschuh auf das andere gelegt hat. Das und die vielen Anspielungen in den Songtexten … für mich ist vollkommen klar, daß Paul tot ist.«

Warum erzählt er ihr das? Lucie hat regungslos zugehört. Ihre Hände sind auf dem schwarzen Rock gefaltet, und ihr Blick läßt nicht erkennen, ob sie seine Wahrheit schätzt.

Ado kann beschwörend flüstern: »Erinnerst du dich an die Zeile *So may I introduce to you the one and only Billy Shears?* William Shears – Pauls Doppelgänger. Man muß nur aufmerksam zuhören und hinsehen – dann wird die Welt viel klarer.«

Eher komplizierter, denkt Lucie, doch sie nickt. Der Verschwörungstheoretiker meint, in ihren Augen Furcht zu erkennen. Frauen haben wenig Neigung zu gewagten Theorien, das vergißt er immer wieder. Es war ihr Name, der ihn auf das Thema brachte: *Lucy in the sky with diamonds.* Sind ihre Augen grün oder grau? Er sollte nicht darüber nachdenken, welche Farbe sie haben. Es führt zu nichts. Die Welt ist unklar. Der Computer spuckt nach sieben Millionen Jahren auf die Frage nach dem Sinn des Lebens die Zahl 42 aus. Manchmal fühlt sich Ado wie Arthur, der per Anhalter durch die Galaxis reist: Alles ist absurd, gefährlich, komisch. Science-fiction in Wien, und Hagbard Celine war ein wahnsinniger Genius, der die Weltverschwörung der Illuminaten bekämpfte. Als Jugendlicher glaubte Ado alles, was Verschwörungsjunkies schrieben, und der Weltuntergang erschien ihm so normal wie jeder andere Schmerz.

»Ich mochte Paul ohnehin nie besonders«, sagt Lucie. »John war das Genie, und George hat ein paar wunderschöne Lieder geschrieben.«

Darum geht es doch gar nicht, denkt Ado. Die Logik der Frauen war ihm stets rätselhaft, weshalb er ihnen sein Leben lang verfallen sein wird. Die Verschwörung der Frauen liegt darin, daß sie die Männer glauben machen, sie jenseits der Fortpflanzung zu brauchen. Verachten die Männer für ihre schlampigen Seelen und schmeicheln ihnen mit Erotik oder Mütterlichkeit. Vielleicht ist diese eine anders, aber das hat er immer geglaubt und sich am Ende getäuscht gefühlt.

Auf den Fenstergläsern liegt Rauhreif. Die Heizung ist ausgefallen, die polnischen Handwerker arbeiten daran. Ihre weiße Haut erinnert an frisch gefallenen Schnee. Vielleicht ist es auch nur der Kontrast zwischen den roten Haaren und der schwarzen Kleidung, was sie so überirdisch blaß erscheinen läßt.

Sie heißt Lucie Haberer, ist einunddreißig und wohnt in Simmering. Er nimmt ihre Personalien auf, kritzelt ihre Angaben auf ein Blatt Papier und weiß jetzt, warum er auf die Straße gehen und dieses Wesen einsammeln mußte. Lucie aus Oed. Das Mädchen mit der Zahnspange, das er küssen und lieben wollte, weil er glaubte, daß es der einzige Mensch auf der Welt sei, der ihn verstehen könnte. Sie hat ihn ausgelacht. Und er hat sie mit einem Fluch belegt, so daß sie nicht mehr wachsen konnte.

Seltsam, daß er sie nicht gleich erkannte. Nein, denn es war eine Zeit, die er gelöscht hat, zumindest oberflächlich. Und sie? Die Haare sind anders, früher trug sie braune Zöpfe. Ihre Augen sind älter geworden. Sie sieht ein bißchen traurig aus, auch wenn sie lächelt. Ihr Gesicht ist eine Bemühung, der Welt freundlich gegenüberzutreten. Die Augen sagen, daß es vergeblich sein könnte.

Keine Heizung. Seine Finger fühlen sich eisig an. Allmählich kriecht Polarluft in die Räume, und er kann ihren Atem sehen. Warum rührt ihn das? Er hat sie doch einmal gehaßt und geglaubt, die Demütigung nie vergessen zu können. Ados rechte Hand ist an der Innenseite von Brandnarben gezeichnet. Zeit heilt Wunden, aber nicht alle.

Sie reibt ihre Hände aneinander, kleine Hände, und er sieht keinen Ring. Sie trägt überhaupt keinen Schmuck außer einer altmodischen Uhr, auf die sie jetzt schaut und sagt: »Meinen Termin kann ich jetzt auch vergessen. Hundert Euro sind weg, nur wegen einer depperten Ampel.«

Ado versteckt seine Narbenhand und fragt nach der Quelle ihrer verlorenen Einkünfte. Sie erzählt ihm, daß sie einen Nachruf in die Redaktion eines Radiosenders bringen wollte. Mit dem Fahrrad, das sie von ihrer Nachbarin geborgt hat, das sei jetzt auch hinüber, und der addierte Verlust eine finanzielle Katastrophe ersten Ranges.

Schon als Kind hat sie immer übertrieben. Mücken wurden zu Elefanten und Worte zu Waffen. »Rot ist rot, daran muß man sich halten«, sagt Ado streng und löst damit eine Reaktion aus, der er in keiner Weise gewachsen ist. Daß er jetzt den Auftrag gibt, ihren Umschlag mit dem Polizeiauto zum Sender zu fahren, mit Rotlicht und Sirene, lag daran, daß ihr Kinn zuckte. Sie hat nicht geweint, nur ihr schmaler Unterkiefer bewegte sich in rührender Unterdrückung von Schluchzen. Er war ihr so dankbar, daß sie nicht in Tränen ausbrach. Weinende Frauen sind furchtbar, und das Wiedersehen hat Wellen von Gefühlen ausgelöst, die seinen Puls zum Rasen bringen.

»Du bist lieb«, sagt Lucie, als er den Telefonhörer auflegt. Lang her, daß jemand das zu ihm gesagt hat. Josefine nannte ihn zuletzt ein Charakterschwein, dessen Verzehr sie abgelehnt hätte bei allen nekrophilen Neigungen. Liebe endet immer, und fast immer mit bösen Sätzen. Er hat Lucie geschlagen damals. Weil der Zorn zu groß für Worte war.

Ado zündet sich eine Zigarette an, nachdem er ihr eine aus der Packung angeboten hat. Sie schüttelte den Kopf. Ihre Augen sind jetzt grau. Er wünscht sich, mit ihr aus diesem Zimmer zu gehen und in einem Heißluftballon aufzusteigen. Richtung Süden, und an einem weißen Strand würde er sie lieben, zumindest ihren Körper, den er aus schwarzen Gewändern schälen müßte. Jedes erste Mal ist das letzte Wunder, und dies muß der Grund sein, warum sich nicht mehr Leute umbringen.

Was er jetzt versteht, ist, daß Lucie andere nicht wirklich wahrnimmt. Mit ihnen redet, ohne etwas mitzuteilen. Zuhört, aber nicht hinhört. Der verfluchte Charme der Egozentrik, der ihn damals schon angezogen hat. Sie erzählt ihm von ihrem Nachruf auf Liesl Wimmer, und er raucht mit geschlossenen Augen und hört auf ihre Stimme, die so kindlich ist wie früher. Er hat nie eine Nachtigall gehört, könnte sich aber vorstellen, daß sie wie Lucie klingt.

Hat sie geschrien wie die anderen, als er das Feuerzeug in die Hand nahm? Er sah seine Mitschüler wie durch eine gläserne Wand, ihr Entsetzen und auch dies, ihre verdammte Erregung, und fragte sich, was als erstes brennen würde. Die Fingernägel? Das Papier, das er unter seinen Pullover gestopft hatte? Er fürchtete den Schmerz und sehnte sich nach einem schnellen Tod. So sterben Helden. So dachte er mit fünfzehn auf dem Schulhof. Weil er schon zu lang durch die Labyrinthe seines Zorns gegeistert war und keine Formel für die Zukunft gefunden hatte. Verschwörung und Unterdrückung überall und ein einsamer Kämpfer auf verlorenem Posten. Ado erinnert sich genau, was er mit zitternden Lippen betete, die Worte seines Helden Hagbart Celine: *Es gibt keinen Gott außer dem Menschen. Der Mensch hat das Recht, zu leben, zu lieben und zu hassen – und zu sterben, wie er will. Alles andere ist Anarchie.*

Als er fünfzehn war, hatte er gedacht, daß Lucie ihn verstehen könnte, weil auch sie eine Außenseiterin war. Er liebte sie, doch sie lachte, als er sie küssen wollte. Lachte! Sie vor allem wollte er mit seiner Heldentat bestrafen. Die

Glut seiner Liebe in Asche verwandeln, denn es war seine Zeit der großen, erhabenen, absolut wahnsinnigen Gefühle. Haß brennt. Ado wollte brennen, und zwar so, daß alle ihn sähen.

Wie konnte sie ihn vergessen, ihn und diesen Tag auf dem Schulhof? Er hat das Feuerzeug tatsächlich entzündet und es mit eisiger Hand dorthin geführt, wo sich der benzingetränkte Pullover über Zeitungspapier wölbte. Und dann begann es zu regnen ... die Flamme verlöschte ... keine Heldentat, nur ein nasser Junge, der nach Benzin stank und von hysterischen Lehrern ins Sanitätszimmer geschleppt wurde. Alles, was danach kam, die Psychiatrie und das Internat, mußte verdrängt werden. Doch Ado stellt sich jetzt die Frage, ob er sie immer noch haßt.

»Wir kennen uns«, sagt Lucie, ihren Redeschwall unterbrechend. Er öffnet die Augen und sieht sie an. Ihre Augen tränen, es ist nur eine Folge des Rauchs, doch Ado interpretiert es auf seine Weise. Er versucht, eine Antwort auf seine Frage zu finden.

Weshalb starrt er auf ihr Kinn? Lucie erinnert sich an einen Jungen, der furchtbar anders war, selbst nach den Maßstäben einer ungeliebten Einzelgängerin. Sie fürchtete sich damals vor ihm. Er hat sich verändert, aber vielleicht nur äußerlich. Sie sollte jetzt gehen, das Fahrrad in die Donau werfen und der Nachbarin erzählen, daß es gestohlen wurde.

Doch Lucie bleibt und studiert sein Gesicht und denkt, daß er einer Statue gleicht, griechisch irgendwie, trotz der schiefen Nase. Daß Ado Spengler bei der Polizei gelandet ist, erscheint ihr wie ein schlechter Witz. Ausgerechnet Ado, der gegen alles anrannte, was Recht und Ordnung genannt wurde. Warum sagt er nichts?

»Bist du Suizidexpertin?« Ado duzt sie von Anfang an, die Polizei darf sich vieles erlauben, und manchmal wird auch ein bisserl gewatscht in den Amtsstuben, weil Polizisten ja auch nur Menschen sind. Er beteiligt sich nicht an körperlichen Ausschreitungen, doch hat er auch nie dagegen protestiert. Nicht aus Feigheit, sondern aus Angst, sich zu verraten.

Lucie Haberer zeigt wieder ihre kleine Lücke zwischen den Schneidezähnen: »Irgendwie schon, und mit dem Tod kenn' ich mich aus. Eigentlich bin ich Schriftstellerin.«

Eigentlich ist er das Opfer von Verschwörungen. An vielen Tagen schafft er es, zu vergessen, doch nun ist er wieder ein Junge, der vor Haß brennt. Das Mädchen auf dem Schulhof, das wie die anderen weglief, als der Sturzregen kam und die Heldentat in eine Farce verwandelte. Sie wurde von den anderen spöttisch »Lulu« genannt, ein Ausdruck, der auch für die Notdurft Gebrauch findet. Sie hatten alle Spitznamen in der Schule, und ihn riefen einige »Hitler«. Diese lustige Grausamkeit von Kindern, die ihre langen Schatten aufs Erwachsensein wirft. So wie Lucie jetzt vor ihm sitzt, ist die Jugend nur einen Steinwurf entfernt. Haß oder Liebe? Er kann sich nicht entscheiden, und jetzt wirft er ihr auch noch vor, daß sie die Erinnerung nicht teilt. Lucie ist eine Traumwandlerin, war sie immer schon.

Er nennt sie jetzt bei ihrem Kindernamen, und Lulu alias Lucie sieht ihn an wie damals, als er sie küssen wollte. Sekunden des Schweigens, dann schaut sie auf seine rechte Hand, hebt den Blick und sagt: »Ich habe versucht, Oed zu begraben, Ado. Und du hast dich verändert.«

Es waren fast die richtigen Worte, nicht ganz. »Nur äußerlich. Manchmal brenne ich noch.« Bernhard-Land:

Wenn man die Gemeinheit der Bewohner mit der Schönheit der Landschaft verrechnet, kommt man auf Selbstmord. Doch Ado hat seinen Werdegang mit grandioser Feigheit durchgezogen. Sich mit Arbeit, Sex und Alkohol betäubt – und den Millionen Zigaretten. Er hat mindestens zehn Minuten lang keine mehr geraucht und greift nach der Schachtel.

Sie schweigt; auch daran kann er sich erinnern, daß Lucie sehr lange still dasitzen konnte, was die anderen Kinder und manche Lehrer zu der Meinung verführte, daß sie ein bißchen zurückgeblieben wäre. Ein entrisches Farferl in der Oed-Diktion. »Du hast dich kaum verändert – bis auf die Haare. Sie gefallen mir, weil sie so unordentlich sind.«

Sie sieht dem Mann ins Gesicht, der sie überreden wollte, gemeinsam mit ihm Selbstmord zu begehen. Wie Kleist und Henriette oder Rudolf und Mary Vetsera. Wie der, dessen Namen sie ihm manchmal nachriefen, obwohl der Direktor es verboten hatte. Der Junge, der nicht brennen konnte. Daß die Zuschauer es sich wünschten, damals, ist das, was Lucie in Erinnerung behalten hat. Sie haben ihm nicht verziehen, daß er am Regen scheiterte. »Wir leben noch«, sagt Lucie, und sie lächeln sich an durch den Rauch und die Kälte, und Ado nimmt ihre Hände, um sie zu wärmen.

Es ist der Augenblick, an dem den polnischen Handwerkern der Durchbruch gelingt und die Heizung wieder anspringt. Der Zeitpunkt, an dem die Ordnung das Chaos überwindet, denn die Autos rollen wieder im Rhythmus der Ampelschaltung. Die Zuschauer verlaufen sich in ihre Windrichtungen, und der Uniformierte schreitet nach getaner Pflicht zurück in die Amtsstube. Er denkt daran, sich den Strick zu geben, weil ihm die Spielschulden über den Kopf wachsen und seine Frau ihn aus diesem Grund verlassen hat. Er hätte ihren Pelzmantel nicht ins Dorotheum, ins Leihhaus, tragen dürfen, andererseits hätten ihm die Albaner die Finger gebrochen, wenn er nicht einen Teil seiner Schulden bezahlt hätte. Nicht schad' um die Alte, doch jetzt gibt es nichts mehr, was er versetzen könnte, weil sie alles mitgenommen hat. Durch die offene Tür sieht er den Obersten mit der Feuerroten, sie grinsen sich an wie die *Dodln.* Hätt' er sich denken können, daß es ein *Pantscherl* ist, sonst hätte der Spengler sie nicht höchstpersönlich vom Tatort entfernt. Er wird sich das merken, wenn er ihn mal um Geld angehen muß, eine Hand wäscht die andere, und grad' so auf diese Art wird niemand schmutzig.

»Ich war genauso feig wie die anderen«, murmelt Lucie, während sie ihm ihre Hand sanft entzieht. Daß sie Hunger hat, ist jetzt das falsche Gefühl, doch Ado sagt das Richtige: »Wir sollten das Wiedersehen feiern, meinst nicht?«

»Essen?«

Es war und ist ihre größte Gier, denkt Ado, und daß es ein Wunder ist, daß sie nicht ins *gwamperte* Fach gewechselt hat. »Weißt du noch, wie wir im Zwetschgenbaum saßen und Kerne über die Mauer spuckten? Hinterher war dir schlecht, weil du so viel gefressen hattest.«

Ado schlägt vor, zum Naschmarkt zu gehen, zu seinem Türken, er kennt jedes Beisl am Platz, weil er Dauergast im Hotel »Ananas« ist, inmitten von Gerüchen und Gerichten, Sexshops und Wettbüros, im schrägen, lauten Herzen der Stadt. Der »Spezialsonderpreis« des Hotels ist kommod und bewahrt ihn davor, nach Wohnung und Möbeln zu suchen. Ein Zimmer reicht vollständig für seine Bedürfnisse: Bett, Bad, Schrank, Stereoanlage und Fernsehapparat. Die Küchen sind vor der Tür, und wenn er am offenen Fenster steht, liegt ihm eine Nahrungswelt zu Füßen. Natürlich ist es laut am Naschmarkt, der Lärm beginnt um vier Uhr morgens und endet nach Mitternacht. Ado schläft mit Stöpseln in den Ohren, vielleicht hat er sich diesen Platz zum Leben ausgesucht, weil er sich selbst gern quält. Ein heldenhaftes Opfer der Verhältnisse, der feigen Gewohnheiten und Krücken, die ihn durch Tage und Nächte bringen. Die Selbstzerstörung erfolgt in Raten, und er schafft es immer noch, die Zinsen aufzubringen. Doch jetzt, jetzt ist er abgelenkt, und das war immer so, wenn er eine neue Frau traf. Lucie, die alte Liebe.

Sie schiebt das Fahrrad und folgt seinen langen Schritten durch die Wiener Innenstadt. Ado hat es nie ertragen, neben jemandem zu gehen, er braucht Platz, und so ist sie wie sein kleiner Schatten hinter ihm und denkt, daß es einfacher ist, wenn du einen schon aus der Kindheit kennst. Du mußt dich nicht besonders verstellen und auch nicht versuchen, größer zu wirken. Sie hat sich vor ihm gefürchtet, früher, doch das ist vorbei. Er ist was Anständiges geworden, würde Gerti sagen. Das zählt in Oed. Sonst wenig.

Sie haben einen Platz an einem winzigen Tisch gefunden, den der Besitzer geräumt hat für seinen Freund, den Oberst, weil auch Stammgäste der Hierarchie unterliegen, und Kriminaler kommen vor Landsleuten, das verstehen alle am Naschmarkt, wo sich das Illegale geschmeidig an Gesetze fügt und niemand zu Schaden kommt, der die Spielregeln befolgt. Ado muß hier nicht bezahlen, das nimmt er als Tribut an seine Profession und hütet sich, dafür Gefälligkeiten zu erweisen. Manchmal ißt er beim Italiener oder Thai oder Japaner, und auch sie überhäufen ihn mit ihrer Güte, weil sich herumgesprochen hat, daß er ein *Kieberer* ist. Der Naschmarkt ist eine Welt für sich, hier kennt jeder jeden, und die Käufer, die sich zwischen den Ständen drängen, sind die Besucher der großen, zerstrittenen Familie, und die Touristen eine Plage, weil sie meist nichts kaufen, sondern nur blöd durch die Gegend fotografieren.

»Wußtest du, daß hier zu Beginn der Ersten Republik ein Straßenstrich war? Die Naschmarktprostituierten boten ihren Kunden das *warme oder kalte Hotel* an, je nach Preis, also entweder das Hotel »Drei Kronen« oder das Brachland hinter dem Bretterzaun in der Girardigasse. 1934 hat der Ständestaat die Straßenprostitution verboten. Einer der erfolgreichsten Zuhälter seiner Zeit war übrigens Adolph Girardi, aber die Gasse ist natürlich nach seinem Verwandten, dem Schauspieler, benannt. Aus dem Brachland ist später ein Bordell geworden, was man von außen nicht sah. Alles Fassade, Lucie, so sind wir, und so ist Wien.«

Doziert hat er schon immer gern, denkt Lucie und sagt: »Aber wir leben noch.« Ein Satz, ein blöder Trost, und manchmal sagt sie was und denkt im nächsten Augenblick, daß es kitschig oder falsch ist. Schweigen ist unverfänglich, und so konzentriert sie sich auf das Lamm und die Linsen, während Ado mit dem Türken übers Geschäft spricht. Der Wirt, ein dünner Mann mit schwarzem Schnauzbart, beherrscht den Naschmarktslang perfekt, eine Mischung aus allen Dialekten. Er schwadroniert über die treulose Kundschaft, die zum fettarmen Japaner überläuft, und preist die treuen Seelen, welche die »heimische Küche« zu schätzen wissen. Auch das Fremde hat seine Abstufungen, und neutralisierte Österreicher pflegen ihre Abneigung gegen das *Gfraßt* – ein weit gefaßter Begriff für alles, was niemals dazugehören wird.

In Oed zählten dazu auch Leute, die aus der Stadt zugewandert waren, also Lucies Familie, und daß ihre kränkelnde Mutter ins Wasser ging, bestätigte allfällige Vorurteile über das Fremde. Ados Eltern waren Apotheker und nur vorübergehend Bürger dieses Ortes, und der Sohn war wie Lucie ein Außenseiter, dem man günstigstenfalls mit mißtrauischer Höflichkeit begegnete. Sie hat ihn schlecht behandelt, damals, und Lucie bereut das jetzt, obwohl er ihr nichts nachzutragen scheint. Ab und zu schenkt er ihr ein Lächeln, das sie den Tod vergessen läßt.

Lucie denkt an Lämmer auf einer griechischen Weide, die zwischen Steinen nach Gras suchen und, wenn sie satt sind, aufs Meer schauen, stundenlang und ohne Angst, auch nur das geringste zu versäumen. Die Leute hier tun alles auf einmal: essen, trinken, reden, schauen. Sie zerschneiden die Zeit mit ihrer Unrast, und am Ende sind es nur kleine Bissen, die sie gierig genossen haben. Lucie fühlt sich zeit- und schwerelos, satt vom Leben, beinahe zufrieden und gütig gegenüber allen Kreaturen. Sie streichelt den Hund des Wirtes, er zieht von Tisch zu Tisch, um die Gäste zu begrüßen und sie daran zu erinnern, daß sie ihm was übriglassen sollen.

Tiere sind keine Selbstmörder, sagen die Soziologen, und nur Lemminge gelten als Ausnahme von der Regel. Blindlings, dem Herdentrieb folgend in den Tod zu rennen, ist aber doch kein Suizid. Dann wären ja auch Soldaten im Krieg Selbstmörder, sonst würden sie in die andere Richtung laufen oder sich einfach verkriechen und warten, bis die Schießerei aufhört …

Lucie lief weg, als es zu regnen begann, damals auf dem Schulhof. Ein Lemming, der den anderen folgte, weil er dazugehören wollte. Die Wassermassen, die wie eine Sintflut auf Oed niedergingen, trieben schließlich alle in die Flucht. Nur der Direktor und eine Lehrerin blieben bei Ado, der nach Benzin stank und sich weigerte aufzustehen. Sie schleppten ihn ins Schulgebäude, ins Krankenzimmer, und informierten den Arzt und die Eltern. Es gab schulfrei an diesem Tag, worüber sich alle freuten. Am nächsten Tag machte das Gerücht die Runde, daß man den Hitler ins Irrenhaus gebracht habe, und die meisten fanden das ganz in Ordnung. Das Leben ging einfach weiter, und Ado wurde nie wieder gesehen und beinahe vergessen ...

»Woran denkst du?«

Lucie errötet, zwei Flecken auf ihren weißen Wangen. »An Lämmer«, sagt sie, und Ado lächelt mit seinem griechischen Mund, und sie ahnt, daß gegen Liebesblödigkeit kein Kraut gewachsen ist.

»Du ißt wie eine Riesin.« Ihr Atem riecht nach Knoblauch, Oregano und Rosmarin, und er ist froh, daß er mit ihr nicht zum Japaner gegangen ist, weil sie dort niemals satt geworden wäre. Er mag Frauen, die gut essen, nicht nach Parfum riechen und ihre Fingernägel kurz halten. Alles ist möglich: In Istanbul existiert eine Zeichnung aus dem zehnten Jahrhundert, die die Erde vom All aus zeigt. Möglich auch, daß er dabei ist, sich zum zweiten Mal in Lucie Haberer zu verlieben. Das ist gefährlich. Lächerlich auch, und er sollte jetzt aufstehen, und vor allem, was möglich wäre, flüchten.

»Wahrscheinlich hast du recht mit Pauls Tod«, sagt Lucie. »*I am the Walrus* endet mit den Worten *Haha, Paul is dead.* Ich dachte immer, das sei Johns abgründiger Humor. Und seit sechsundsechzig sind sie nicht mehr öffentlich aufgetreten. Was für eine Gemeinheit, die Menschen so zu täuschen!«

Er bleibt. Manchmal sind es Sekunden, ein paar Worte nur, die entscheiden, wie es weitergeht. Ado bestellt türkischen Kaffee und fragt Lucie, ob sie ihn denn ohne Zahnspange küssen würde. Wenn sie an den Doppelgänger glaubt, wird sie es tun, und Lucie enttäuscht ihn dieses Mal nicht. Sie beugt sich über den schmalen Tisch und spitzt ihre Lippen wie ein Vogel. Ihre Augen sind braun oder grau. Kein Spiegel, nichts ist darin zu lesen außer seiner Angst vor Frauen. Ado küßt Lucie, ihr Mund schmeckt nach Orient, und weil sie an einem öffentlichen Ort sind und der Wirt und die Gäste gaffen, läßt er ihre Lippen los, ohne sie mit der Zunge zu berühren.

Kein Widerstand, kein Entgegenkommen, sie hat ihn zugelassen, und als er sich zurückzieht, weiß er nicht, was er mit diesem Kuß anfangen soll. *A Busserl* zwischen alten Feinden? Berührung mit einer Außerirdischen? Später, ein anderes Mal, wird er ihr von den Verschwörungen erzählen, die ihm unter die Haut gehen. In seine Gedanken kriechen wie die Ratten ins Wiener Kanalsystem. Die Nächte sind schwarze Tage, doch jetzt sieht sie ihn an, als wäre er ein Held. Einer, der sie vor dem Bösen retten kann. Denn es lauert überall und nähert sich jetzt in Gestalt von Josefine. Eine Frechheit von ihr, sein Stammbeisl weiter zu frequentieren.

Jetzt hat sie ihn erspäht und steuert mit ihrem Birnenuntergestell auf seinen Tisch zu. Ihre Brüste wogen in einem zu engen Oberteil, und im Vergleich zu Lucie ist sie eine sexuelle Monstrosität. Ado wünscht sich, in seinen Rauchwolken unsichtbar zu werden. Lucie hustet, und die Kannibalin sagt: »No schau, der Adi. Hob di bei der Leichenschau vermißt. Bist wohl mehr bei di Lebendigen zur Zeit.«

Lucie hustet immer noch, und ist ihr kleiner Körper wirklich geschrumpft, oder ist es nur Josefines Schatten? Er stellt die Damen einander vor und bleibt mit verschränkten Armen sitzen. Geh weg, sagt sein Körper. Laß uns in Ruhe, und unterhalt dich mit deinen Leichen. Denn sie spricht mit ihnen, das hat er miterlebt. Erzählt ihnen von ihren Meinungen über Gott und die Welt. Die können sich nicht mehr wehren, die armen Teufel, die auf ihrem Tisch liegen.

Lucie lächelt und hält ihren Kopf schief, um zu Josefine aufzusehen. »Wir unterhalten uns gerade über Paul und seinen Doppelgänger. Eine wahnsinnige Geschichte.«

»Der Adi kennt nur depperte G'schichten«, erwidert Josefine mit ihrem perfidesten Grinsen. »Und tschicken tuat er immer no wira Irrer. Ich tät auf mein Lüngerl aufpassen an Ihrer Stell'.«

»Sie ist ein Leichenfledderer«, erklärt Ado, und Lucie beginnt zu lachen. Es gibt keinen erkennbaren Grund dafür, doch er begreift, daß Gelächter die perfekte Waffe gegen Josefines Bösartigkeit ist, und stimmt mit ein. Sie ist verwirrt, verärgert, beinahe sprachlos, doch ein *Schmähtandler* kommt ihr noch über die Lippen, bevor sie sich umdreht und zu einem Tisch in der anderen Ecke geht. Ado könnte Lucie wieder küssen und seine Zunge in den kleinen Spalt zwischen den Schneidezähnen stecken. Es zumindest versuchen, doch ein Blick aus dem Fenster sagt ihm, daß ein Verbrechen geschieht, jetzt, und daß er laufen muß, um den Helden zu geben.

SIEBTES KAPITEL

»Es muß ein großer Schmerz gewesen sein.«

Ado streicht über die Narben auf Lucies Arm: feine, fast parallel laufende Schnitte, die wie ein Muster in die Haut geritzt sind. Verblaßt, es sind alte Narben, und wenn er seine rechte Hand danebenlegt, haben sich zwei Verletzte gefunden, die einander nicht helfen konnten. Damals.

»Er ist vorbei.« Lucie zieht ihre Hand zurück und greift nach der Wasserflasche neben dem Bett. Die Scham liegt auf der Hand. Sie hätte es nicht zulassen dürfen, daß er sie auszieht in der Hast der sexuellen Begegnung. Es war, als müsse man sie hinter sich bringen, die ganze Gier, atemlos und ohne Worte. Eindringen in den anderen, ohne ihn zu berühren. Ado hatte Angst, sie mit der Last seines Körpers zu erdrücken, und er stützte sich auf seine Hände und dachte, daß die Missionarsstellung die unbequemste von allen ist. Er starrte auf ihre kleinen Brüste, die er aus statischen Gründen nicht berühren konnte, und sie hielt ihre Augen offen, sie waren grün, und sie lächelte mit ihrem großen Mund. Über ihn, über sich, die ganze Performance? Er wird sterben, ohne zu erfahren, woran Frauen beim Sex denken. Sie hüten ihre Geheimnisse besser als Männer, und ihre Gefühle sowieso.

Zwischen Anfang und Ende liegt eine überirdische Welt, und sich von ihrem Körper zu verabschieden machte ihn traurig. Lucie hat sich auf den Bauch gerollt, den Kopf ins Kissen vergraben, und seine Angst, etwas Falsches zu sagen, ist größer als jeder Gedanke. In den Fluren des Hotels »Ananas« brüllt ein Staubsauger, den eine Putzfrau über Nylonteppiche bewegt. Das tut sie immer um diese Zeit, es war keine gute Begleitmusik, und vielleicht war es nicht einmal guter Sex. Reichlich betrunken und ziemlich kurz. Alkohol tilgt Erinnerungen, das ist meistens angenehm, doch er hätte in diesem Fall zu gern gewußt, wie es wirklich war.

Frauenrücken sind eine wunderbare Landschaft. Weiße Haut spannt sich über zarten Knochen, und ihm ist bewußt, etwas sehr Zerbrechliches zu berühren. Mit Josefine war jeder Ritt eine Art Kampf, und am Ende siegte ihr starker Leib, dessen Orgasmen ihn erstaunten, manchmal erschreckten. Er war verrückt nach ihren Körperdünsten, doch Lucie riecht – nach nichts. Kein Parfum, kein Schweiß, und wenn er seine Nase ihren Rücken entlanggleiten läßt, kann er die Augen schließen und sich vorstellen, daß sie nur in seinem Traum existiert. Warum schweigt sie? Sie könnte sagen, daß es ihr leid tut – oder das genaue Gegenteil. Weinen, lachen, von Liebe reden oder von deren Vergeblichkeit. Sag was, Lucie, denn ich finde keine Worte. Nur die: »Soll ich die Heizung aufdrehen?«

»Für Fellatio bin ich wirklich unbegabt«, sagt sie kopfschüttelnd. Ihre Antworten sind in der Regel ungenau bis absurd. Sie wendet ihm immer noch den Rücken zu, und Ado denkt, daß sie ein Kind sein könnte, so wie sie da liegt. Ein verstörtes Kind, das er nach Hause schicken sollte. Etwas hindert ihn daran. Zuneigung? Der große Rest von Zärtlichkeit, den er sich für nackte Frauen bewahrt hat? Er streichelt ihre Schultern. »Ist doch Wurscht, ich brauch' das nicht. Wann hast du mit dem Ritzen begonnen?«

Lucie dreht sich um. Ihre Augen sind grau. »Nach dem Tod meiner Mutter. Ich dachte, es sei meine Schuld, verstehst du?«

Ado versteht, daß Narbenlose rar sind. Manche kaschieren es besser als andere, und dann gibt es solche, die gar nichts mehr fühlen. Lucie dreht sich jetzt um und zeigt ihm ihr wahres Gesicht – oder das, was er dafür hält. Es ist ein Fragezeichen, dieses Gesicht, und wenn sie glaubt, daß er Antworten habe, muß sie noch verrückter sein, als er sie einschätzt. »Die Narben passen irgendwie zu dir.«

»Das finde ich auch.« Lucie läuft in Gedanken Amok und lächelt dabei. Ritzen ist die kleine Schwester des Selbstmords. Diese Wut, die sich gegen dich richtet. Du kannst nicht einfach weggehen aus deinem Leben, selbst wenn es furchtbarer ist, als du dir vorstellen kannst. Doch, es geht schon. Es erfordert nur großen Mut. Ado hatte ihn einmal, und vielleicht ist sie heute deshalb mit auf sein Zimmer gegangen. Weil sie dachte, daß er wüßte, wie es geht. Oder auch nur, weil er den Fahrraddieb verfolgte, bis sich dessen Spur im Gewühl des Naschmarkts verlor.

So blöd können sie auch nur in Wien sein, ein *Grafflwerk* zu fladern. Sie hatte das kaputte Fahrrad nicht abgesperrt, warum auch? Und wie der Ado gerannt ist, wie ein Grashupfer, und die Leut' dachten, sie wären im Kino. Gafften, aber griffen nicht ein, sondern machten Platz für den Fahrraddieb und den Kieberer. Die wilde Jagd endete mit dem Sieg des Flüchtenden, und Ado kam fluchend und keuchend zurück zum Türken, der ihm wortlos ein Gösser-Bier hinstellte.

Lucie bewundert die Helden, weil sie Trost brauchen, wenn sie geschlagen werden. Sie spendierte eine Runde Ouzo von ihrem letzten Geld, und dann gab der Wirt eine aus, und so kam ein Schnaps zum anderen, und Ado und Lucie endeten in seiner Kammer im »Ananas«, wo sie sich hastig auszogen und übereinander herfielen. Der Sex beim ersten Mal ist immer der beste, weil er der letzte sein könnte.

Jetzt steht Ado am offenen Fenster und raucht, als ob es keine Kälte gäbe. Lucie betrachtet die nackte Rückansicht. Ein schöner Körper, und er hat keine Narben bis auf die Brandwunden an seiner Hand. Sie haben sich wiedergefunden, das schmeckt nach Schicksal. Nach kaltem Rauch. Nach einer Erkältung. Todessehnsüchtige wollen nicht krank werden. Sie steht auf und geht ins Bad, beugt sich in das Waschbecken und trinkt. Sie läßt das kalte Wasser über ihren linken Arm laufen. Sechs Schnitte. Rasierklingenscharf. Der Doktor, zu dem Gertie sie schleppte, sprach von Autoaggression und riet zum Besuch eines Psychiaters. Doch in Oed, wo viele Seelen hilfsbedürftig waren, gab es keinen, und regelmäßige Fahrten nach Linz oder Wien erschienen der Stiefmutter zu aufwendig. Also drohte Gerti mit dem Vater, mit Schlägen und dem Irrenhaus und rang Lucie das Versprechen ab, es nie wieder zu tun.

Sie hat sich daran gehalten. Nicht, weil sie es Gerti schwören mußte, sondern weil sie zufällig einen Ausweg fand: Bücher. Eine fremde Welt, in der sie Oed weit hinter sich lassen konnte. Die Bibliothek wurde ihr Zuhause, und wenn sie auch vieles, was sie las, nicht verstand, begriff sie doch, daß es solche gab wie sie und Literatur zu allen

Sehnsüchten und Dämonen. Lucie, die Wortsaugerin. Mit Dostojewski, Kafka und Améry geriet Lucie Haberer auf die Spur der Lebensflüchtigen. Denn wenn es keine Helden gibt, dann könnten es die Gescheiterten sein, die es wert sind, verehrt zu werden. Kleist, der erst Henriette und dann sich selbst erschoß. Sergej Jessenin: Er schnitt sich die Pulsadern auf, schrieb ein Gedicht aus Blut und erhängte sich anschließend. Virginia Woolf, Sylvia Plath, Hemingway, Koestler, Raimund und Stifter.

Sterben Dichter leichter als die anderen? Paul Celan, Georg Trakl, Walter Benjamin und Kurt Tucholsky: »Es war ein bißchen laut«, schrieb er in sein »Sudelbuch«, bevor er Gift nahm. Veronal für Walter Hasenclever, und Zyankali für Franz Blei, dessen »Großes Bestiarium« Lucie als 16jährige verschlungen hat. Stefan Zweig mochte sie nicht so sehr wie Klaus Mann, der sich in Cannes mit einer Überdosis Schlaftabletten verabschiedet hat. Jean Améry, den liebte sie, vor allem seinen Diskurs über den Freitod, den er zwei Jahre später vollzogen hat.

Daß sie mit der Todessehnsucht anderer überlebte, bisher, ist die Ironie der Geschichte. Der mühsame Weg in die Welt der Erwachsenen gelang nur mit denen, die nicht aus Oed waren. Das Kind mit der Zahnspange hatte keine Freunde, auch wenn es Tage gab, an denen sie alles getan hätte, um zu den anderen zu gehören. Doch da war nur Ado, der immer von Verschwörungen redete, von Pest und Teufel und Tod. Unglücklicher noch als sie, das war das schwarze Band, aus dem er eine Verliebtheit knüpfte.

Er hat die Heizung aufgedreht und steht am offenen Fenster. So einer wie er friert nicht, denkt Lucie und weiß nicht, warum sie das glaubt. Wenn er jetzt verschwinden würde, sich aus dem Fenster stürzte, wäre sie nicht überrascht. Sie kennt ihn nicht, hat ihn nur kurz brennen sehen und nicht viel länger mit ihm geschlafen. Sie waren betrunken, beide, und sie ahnt, daß sie nicht halb soviel verträgt wie er. Ado hat seine Dämonen besiegt, so sieht es aus, aber der Zorn ist vielleicht nur von der Oberfläche verschwunden. Er ist der siebente Mann, mit dem sie Sex hatte, und dreimal die Sieben ergäbe nach der griechischen Kabbala den perfekten Menschen. Ado hat als Junge mit Zahlen gespielt und sie in seine Verschwörungstheorien eingebaut, daran erinnert sie sich jetzt. Bei allen, die in Oed lebten, errechnete er aus ihren Namen die dreistellige Sechs – den Antichristen. Ado Spengler gegen den Rest der Welt. Nein, er hat nicht die Seiten gewechselt, er verstellt sich nur. Warum hat er sie mit aufs Zimmer genommen? Um zu sagen: *Aus mit dir, du kleine Kerze?*

Ado dreht sich zu ihr um, als könne er ihre Gedanken lesen: »Ich muß zurück ins Büro, wir haben noch eine Besprechung.«

Das klingt kalt, aber nicht bedrohlich. »Weshalb haben wir miteinander geschlafen?«

Er schließt das Fenster und sammelt seine Kleidung auf, die ums Bett verstreut ist. Sieht sie nicht an, bis er sich angezogen hat. Es war eine dumme Frage, und Lucie flüchtet ins Bad. Nummer sieben bis Nummer eins waren Männer, die über den Sex hinaus wenig bis gar nichts anboten. Es war kein Rettungsschwimmer darunter, nicht einmal einer, der vorgegeben hätte, in Lucie Haberer mehr zu sehen als ein Objekt flüchtiger Begierde. Auf der Suche nach dem perfekten Menschen könnte sie vielleicht einmal versuchen, bei sich selbst nachzuforschen. Sollte die Antwort falsch sein, muß sie die Konsequenzen ziehen. Postkoitale Depression, kennt man ja. Der Rausch verflüchtigt sich zu einem Kater, und die Dusche läßt sich nicht richtig einstellen. Zu heiß oder zu kalt, das ist fast wie in der Simmeringer Naßzelle. Sie benutzt das einzige Handtuch, und es ist hart. Ein weiches Leben wäre auch zu einfach. Sie würde vor Langeweile sterben.

Sie hört Ados Stimme durch die Tür: »Es war eine Art Versprechen, das eingelöst werden mußte. – Soll ich dir ein Taxi spendieren?«

Lucie sieht in den Badezimmerspiegel. Da war keine Hoffnung, nur eine vage Sehnsucht. Und so sterben Helden. Mit ein paar Worten.

ACHTES KAPITEL

Die Politiker reden den gleichen *Schaas* wie immer, und die Leut' erhängen, vergiften, erschießen sich. Ein Zusammenhang ist nicht herzustellen, doch Ludwig legt die Zeitung angewidert auf den Küchentisch und steht auf, um sich Kaffee nachzuschenken. Der Österreicher liest Zeitungen, weil er gern leidet, ohne daß es weh tut. Politik, Sex und Sport. Unser Karl, Ferdl, Hansi hat wieder Gold geholt oder im Musikantenstadl gejodelt. Die Aktien fallen. Das Café »Salzgries« sperrt zu, und der Herr Peter, Überkellner aller Alkoholiker und Kaffeejunkies, wird arbeitslos, wenn nicht ein Wunder geschieht. Das österreichische Wunder schaut so aus, daß alles fließt bei großem Stillstand. Politiker werden was in diesem Land, wenn sie nur reden und die Probleme aussitzen. Frank Stronach regiert Österreich, obwohl er lieber Gouverneur von Kalifornien wäre, und der greise Herr mit der Krone hält sich für den mächtigsten Mann des Landes.

Ludwig Abel wünschte sich vorübergehend, schön wie der Finanzminister und skrupellos wie der Kärntner Landeshauptmann zu sein. Lucie spricht von letzterem als *Stehgeiger, liegend,* weil sie sich als linke Künstlerin ansiedelt, während Ludwig ihn eine Zeitlang als Virtuosen verehrte. Das war die Phase, in der ihn alles anzog, was stark und männlich erschien, aus dem ranzigen Mittelmaß herausragend. Einer, der aussprach, was er dachte, während die anderen konsensfähige Phrasen droschen. Nun, er hat sich geirrt, wie schon öfter in seinem Leben, und Ludwig bereute, wählte fortan die Grünen und streitet mit Lucie nicht mehr über Politik. Sie ist es wert, die Politik, sich jeden Tag neu aufzuregen, aber nicht, die Lucie-Zeit zu vertändeln. Alles Schmäh, ein Selbstbedienungsladen für die sogenannten Sozialpartner, die Linken, die Rechten, die Roten, die Schwarzen, die Blauen, die Grünen ... dieser Farbentopf, in dem alles verschmilzt und verfilzt und aus dem bestenfalls etwas Graues herauskommt, eine Farbe, die er auch an Anzügen nicht mag.

Er hat Lucies neue Drehbuchversion auf dem Tisch, alles Wichtige findet bei ihm in der Küche oder in seinem Filmstudio statt. Das Penthouse ist zu groß für einen Menschen, zu leer und zu kalt mit seinen bunten Designermöbeln, die ihm ein Architekt angedreht hatte, der für seinen »femininen Stil« berühmt war. Das war eine andere Phase. Ludwig fand ihn so reizend, daß er kein Nein über die Lippen brachte. Eigentlich haßt er seine Wohnung, fühlt sich in ihr verloren, und so hat er die Stereoanlage in die Küche verlegt, wo er arbeitet, wenn er nicht im Studio ist.

Sonntage sind nicht für Alleinstehende geschaffen, vielleicht auch nicht »Antidepressant«, das neue Album von Lloyd Cole, den Ludwig seit zehn Jahren verehrt, vielleicht, weil er auch so einer ist, dem das Leben trotz Talent den Erfolg versagt hat. Bis in die Fingerspitzen fühlt Ludwig die Musik und weiß, daß Cole ihm schon deshalb überlegen ist, weil er zumindest etwas macht, woran er glaubt. Ludwig hat Filmchen gedreht und damit Geld verdient.

Und mit jedem Mal fühlt er sich geringer. Als ob er etwas wegwerfen würde, so wie die Puppe damals. Es war ein Akt der Selbstverteidigung, aber gegen wen muß er sich jetzt noch wehren? Sein Analytiker erzählt ihm dauernd, daß es den wahren Ludwig zu finden gäbe, worauf sich sein Penis aufrichten könne. Also redet Ludwig manchmal mit ihm, im Badezimmer vor allem, aber das bringt ihn auch nicht weiter. Das Ding hat sich auf eine, eine einzige Funktion festgelegt und verharrt in dieser Position. Ludwig hat die Toilettentür im Studio richten lassen, nachdem Pepi sie eingetreten hatte. Türen sind teuer. Er häuft das Geld mit Schund an, um es für Schmarrn wieder auszugeben.

Hände. Lucies Drehbuch handelt von Händen, die über Körper gleiten. Keine Ganzkörperaufnahmen, keine Gesichter, kein Sex im üblichen Sinn. Kaum Text, nur Musik, und Lucie schlägt Beethoven vor, die Pastorale. Hände, die über Brüste gleiten, Rücken, Hinterteile, Oberschenkel, Füße, Zehen … Nichts wird ausgespart … bis auf die primären Geschlechtsteile. Ebendas ist der Witz, doch Ludwig weiß noch nicht, ob er ihn gut findet.

Finger spielen auf der Haut, als ob sie ihr Musik entlocken wollten, und die Kamera folgt nur den Händen, die zu Frauen und Männern gehören, die im übrigen nicht zu sehen sind. Das ist genial und vollkommen irre. Ludwig saugt sich an Lucies Worten fest, setzt sie in Bilder um und spürt fast eine Erektion. Fast. Er verschüttet seinen Kaffee, der läuft über ein Blatt und färbt es braun. Er flucht, weil es die letzte Tasse »Kopi Luwak« war, der kostspieligste Kaffee der Welt. Die Kaffeekirschen aus Indonesien werden geerntet, nachdem die Schleichkatzen die Kerne des roten Fruchtfleisches ausgeschieden haben, wodurch die Bohnen ein modriges, sirupartiges Aroma bekommen. Tausend

Euro für ein Kilo Luxuskaffee, und er muß die letzte Tasse auf Lucies Fingerübungen verteilen.

»Das ist ziemlich gut und deshalb unverkäuflich.«

»Ein erotisches Kunstwerk, Ludwig, und du bist ein Feigling.«

Sie muß immer den Finger in die Wunde legen, und Lucies Stimme am Telefon klingt aggressiv, was ihn schon wieder in die Defensive treibt. »Du solltest nur umschreiben, nicht was ganz Neues machen. Wieso hältst du dich nie an Vereinbarungen?«

»Weil ich die Erleuchtung hatte, Ludwig. Mit ›Haut‹, so heißt es nämlich, könntest du einen Filmpreis gewinnen.«

Manchmal hat sie den Instinkt, das Richtige zu sagen. Ludwig schleckt die letzten Tropfen »Kopi Luwak« aus der Tasse und denkt darüber nach, wie er sich als Preisträger fühlen würde. Stolz und pleite. Er leidet unter anderem an Phobophobie, der Angst vor Ängsten, wie sein Seelendoktor sagt, weshalb das Weiterwurschteln zu einer Art Lebensform geworden ist, die ihm am wenigsten Furcht einflößt und ihn gleichzeitig maßlos anekelt.

»Mach es einfach, Ludwig, und du wirst sehen, daß du dich gut dabei fühlst. Zu neuen Ufern gelangt man gegen den Strom, du weißt schon.«

Nichts weiß er, und von wenig hat er eine Ahnung. »Du hast leicht reden. Ich bin Unternehmer und trage Verantwortung. Was würde der Pepi machen, wenn mir das Geld ausgeht?«

»Sich einen anderen Job suchen.«

Eher seine thailändische Frau auf den Strich schicken, denkt Ludwig. Der Pepi würde einen Lachkrampf kriegen bei diesem Drehbuch. Sein Kameramann hält Sex für etwas schön Gemeines, und genauso filmt er auch. »Und der

Siggi hat abgekaute Fingernägel, mit dem kann man so was überhaupt nicht drehen.«

»Mit deinen sogenannten Schauspielern geht es sowieso nicht«, antwortet Lucie. »Mit Ausnahme von Anna. Sie hat eine Ahnung von Erotik. Wie geht's ihr überhaupt?«

»Schlecht. Nicht, daß sie was sagen würde. Aber ihre Augen sind traurig. Vielleicht war die Monika doch ihre große Liebe. Gibt es das?«

»Die große Liebe?« Lucies Stimme klingt sanfter, beinahe versöhnlich. »Ach, Ludwig, du weißt gar nichts. Hast dich halt arrangiert mit deinen Sexgeschichten. Ich hab' auch keine Ahnung, werd' aber daran glauben, bis ich tot bin.«

Muß sie immer das Vergängliche ansprechen, das er zu verdrängen sucht? Liegt es am verschütteten Kaffee, dem Sonntag, dem Drehbuch? Ludwig fühlt sich mit einem Mal so allein, daß er weinen könnte. Ein unmännlicher Gedanke, und der nächste ist, daß er mit Lucie reden kann, ohne sich produzieren zu müssen. »Willst nicht herkommen? Wir besprechen das in aller Ruhe, und vielleicht schauen wir uns dann einen Film an.«

»Hast was zu essen im Haus?«

Hat er nicht, zumindest keine Speisen, die ihr genehm sind. Auf das Angebot verschiedener Gemüse reagiert sie ungehalten, also verabreden sie sich im Kaffeehaus, und danach, vielleicht, wird Lucie ihn begleiten, damit er nicht allein in seinem Filmstudio sitzt und sich zum x-tenmal Filme ansieht, die er schon fast auswendig kennt. An diesem Sonntag braucht Ludwig Klasse und Erheiterung, also überlegt er, sich »Zelig« anzusehen, für ihn der beste Woody-Allen-Film, der von einem unscheinbaren Juden namens Leonard Zelig handelt, der über die Fähigkeit der perfekten Assimilation verfügt. Unter Chinesen wird er zum Chinesen, dick unter Dicken, grob unter Groben – und ein Nazi im Deutschland der 40er Jahre. Zelig will Teil einer Masse werden, ganz gleich welcher, und die Welt macht es ihm zu einfach, seine Identität zu verlieren. Ludwig liebt diesen Film, weil er zum Lachen und zum Weinen ist. Ludwig ist Zelig, nur zufällig kein Jude und wohnhaft in Wien, wo sie Heldenplätze nach dem Zeitgeist umtaufen und Chamäleons immer Konjunktur haben.

Lucie lacht am lautesten über die Szene einer Corrida, in deren Verlauf der Stier Selbstmord begeht. Die Tränen laufen ihr über die Wangen, sie kann gar nicht aufhören, und nach dem Happy-End muß er ihr den Stierkampf noch einmal vorführen. Sie ist so launenhaft, denn im Kaffeehaus war sie noch der düstere Zwerg, zumindest so lange, bis der Ober ihr ein Beuschl brachte, zu dem sie Extraknödel verlangte. Ein bisserl peinlich ist sie ihm immer, zumindest in seinen Stammbeisln im Ersten Bezirk. Der Appetit ist unangemessen, und ihre leise Stimme so intensiv, daß sie schon wieder laut klingt. In seinem Kaffeehaus, das zu besuchen er nicht einen Tag versäumt, wenn er hier ist, kennt ihn fast jeder. Man grüßt sich. Schaut über den Zeitungsrand hinweg und nickt oder verzieht die Mundwinkel. Zum Alleinsein braucht man Gesellschaft, die Gewißheit, Teil eines unerheblichen Ganzen zu sein. Zelig-Atmosphäre oder der Untergang des Abendlandes mit anderen Mitteln. Die gewisse Schäbigkeit des Mobiliars entspricht dem Klischee, und auch das verrauchte, leicht abgestandene Aroma atmet Heimatluft. Der Herr Emil, weitläufig verwandt mit dem Schauspieler Oscar Werner, ein unerschöpfliches Gesprächsthema, wenn sich die Gelegenheit zu ein paar Sätzen ergibt, schenkt nur für Ludwig den Spezialkaffee aus, und seine Hände zittern immer ein wenig, wenn er das Kännchen auf den Tisch stellt.

Lucie trank Bier zu ihrem Beuschl, während Ludwig einen Topfenstrudel zu sich nahm. Der »Herr Produzent«, wie er von Emil genannt wird, bekam ungefragt seinen Spezialkaffee, von dem die Stammgäste wissen, daß es was »exorbitant Teures, Ausg'schissenes« ist. Herr Emil behandelte Lucie mit unmerklicher Geringschätzung, es fiel ihr nicht auf, aber so hält er es immer mit Fremden, und Ludwig goutiert die feinen Abstufungen des Service. Stammgast ist ein Prädikat mit Auszeichnung, wenn einem anderswo die Anerkennung verwehrt wird.

Lucie nimmt ihre Außenwelt nur bedingt wahr, dachte Ludwig nicht zum ersten Mal, und auch, daß sie traurig aussah. Verloren in dieser Welt, dieser Satz fällt ihm zu Lucie immer ein, und dann, daß es vielleicht nur ihr Schmäh ist, in anderen Mitleid zu erwecken, um sie leichter auszubeuten. Nachdem sie den Teller leer geputzt hatte, versuchte sie, ihm die »Haut« schmackhaft zu machen. Sie redete eifernd, und dem Geraschel der Zeitungsblätter entnahm Ludwig das Ausmaß der Aufmerksamkeit an ihren Worten.

Die Schachspieler saßen gedankenverloren vor ihren Figuren, nichts bewegte sich bis auf Lucies Hände, die ihre Worte untermalten, und natürlich Herr Emil, der ein wenig häufig ihren Tisch streifte, mit steinerner Miene, doch durchaus hellhörig.

Ludwig saß mit verschränkten Armen da und ließ sie reden. Hat er ihr jemals gesagt, daß er Hintern erotisch findet? Das könnte schwul sein, ist es aber nicht. Tatsächlich haben Hinterteile ihn immer mehr erregt als Brüste. Die *Silikonlaberln* seiner Schauspielerinnen sowieso nicht. Anna ist die einzige unter seinen Actricen, die Natur trägt.

Hat damit immerhin eine Ministerin aufgerissen, die sich das *Pantscherl* was kosten ließ. Nun ist sie Ex und tot. Die Leute halten nichts mehr aus, nicht einmal die Liebe.

Die Leut', sagte Lucie, würden soviel mit ihren Händen machen, sogar so was Blödes wie Schießen oder Autowaschen. Soviel Bewegung, aber daß Hände für Zärtlichkeit und Erotik stehen, würden sie nicht begreifen. Dabei sei es viel besser noch als der Akt an sich, diese Stoßerei, dieses Herumgeturne auf einem Körper – und die ganze Zeit dachte Ludwig, daß sie von seiner Impotenz wüßte. Aber woher?

»Du meinst, Sex in Sexfilmen sei ganz überflüssig?« Verschwendete Ironie, sie zuckte nicht mal mit der Wimper.

»Kommt drauf an, was du unter Sex verstehst. Ich glaub', da gibt es einen Haufen Mißverständnisse. Das eine ist Trieb und Fortpflanzung – und das andere Erotik. Frauen verstehen mehr davon, aber sie trauen sich nicht, davon zu reden. Legen sich halt drunter und lassen's geschehen.«

»Du doch auch«, erwiderte Ludwig, seinen Kaffee schlürfend, der ihn zu was Besonderem unter den Gästen macht, so denkt er jedenfalls, weil er einerseits dazugehören will und andererseits auch wieder nicht. Er wollte nie ein Zelig werden, doch die Frauen in seinem Leben, die Mutter und Erika vor allem, haben ihn so ganz nach ihrem Gusto manipuliert. Weil er wie sie sein wollte, und von ihnen geliebt. Nicht einmal dem Sog eines verrückten Zwerges kann er sich entziehen. Er hängt an Lucies roten Lippen und will ihr glauben, daß dieser Film alles verändern könnte.

Lucie bestellte sich einen Einspänner und eine Cremeschnitte, bevor sie antwortete. »Es ist mir grad wieder passiert. Es war nicht schlecht, aber dann auch wieder tragisch. Jedesmal denk ich, daß es mich retten wird. Jedesmal, Ludwig. So eine irrwitzige Hoffnung. Aber nicht mal eine, die so schön ist wie Anna, kriegt das Glück geschenkt. Du hast Geld, und das hilft dir auch nicht. Für eine Zwergin hab' ich riesige Ambitionen. Ich will unsterblich werden – und dann sterben.«

An diesem letzten Satz kaute Ludwig und brachte es nicht fertig, ihn ohne Eifersuchtsgefühle zu schlucken. Wenn sie für die Lebenden soviel Mitgefühl aufbrächte wie für die Toten, würde sie ihm ihre Bettgeschichten nicht erzählen. »Du bist fast ein Meter sechzig«, sagte er schließlich, doch sie antwortete nicht, weil sie mit der Cremeschnitte beschäftigt war. Jedes Essen, dachte Ludwig, zelebriert sie wie eine Henkersmahlzeit. Alles, was er an ihr abstoßend findet, zieht ihn gleichermaßen an.

Der Herr Emil schlurfte mit einem Tablett aus der Küche und sah aus, als habe er wieder einmal mit der Köchin gestritten. Manchmal hört man es bis ins Lokal, wie sie sich behakeln, und jeder Stammgast nimmt Anteil, ohne es zu zeigen. Wenn Herr Emil dieses Ich-hasse-die-Köchin-Gesicht vor sich herträgt, werden alle noch eine Spur zuvorkommender, beschweren sich nicht über dies und jenes und warten geduldig auf die Rechnung, die er nur sehr ungern auszustellen pflegt. Ludwig hat keine Ahnung, ob Herr Emil verheiratet, geschieden, Vater oder Großvater ist, Liebhaber von Sexfilmen oder der Trabrennbahn. Es ist ihm auch nicht wichtig. Herr Emil ist die Hauptfigur in seiner Lieblingskulisse, in der Ludwig die Zeit totschlägt, die ihn sonst erwürgen könnte. Er gab an diesem Sonntag ein Trinkgeld, das dem Preis des Kaffees angemessen war, und erntete – wie immer – keinen Dank, nur ein knappes, anerkennendes Nicken.

»Liebe kann man nicht kaufen«, sagte Lucie beim Hinausgehen, und das schien ihm wieder einer ihrer Sätze, die falsch und wahr und völlig überflüssig waren. Sie stapften schweigend durch die Matsche, die der Schnee vom Vortag hinterlassen hatte. Die üblichen Sonntagseinsamen waren unterwegs, im Ersten Bezirk gibt es kein Wetter, das sie von den Straßen fernhält. Hinein in die Kaffeehäuser, die Beisln, die dampfende Wärme, den Lärm, die Rettungsstation für Liebende, die sich nichts mehr zu sagen haben, für Alte, die den Tod fürchten, und die unklaren Naturen auf der Flucht vor sich selbst.

Das Leben zerfällt in zwei Teile, in das Schreckliche und das Unglückliche.

Woody Allen in »Der Stadtneurotiker«. Das ist der Film, den sie sich nach »Zelig« ansehen, weil Lucie eine Sucht nach Woodys misanthropischem Humor entwickelt, und sie trinkt jetzt Rotwein, der Röte in ihre weißen Wangen malt und ihre Zunge mit einer gewissen Schwere belegt. Aber sie brauchen ja nur auf dem bequemen Sofa zu sitzen, ab und zu nach dem Glas zu greifen und auf die Leinwand zu schauen, und Ludwig verfällt wie immer der künstlichen Welt, die ihm soviel besser erscheint als alles, was ihm widerfährt. Beinahe gewöhnt er sich an ihr Lachen und daran, daß sie sich danach stets räuspert, als ob es ihr peinlich wär', lustig zu sein. Er gießt ihr Wein nach und hat die Hand auf ihren Oberschenkel gelegt. Die Kunst der Verführung hat er sich aus Filmen abgeschaut, doch irgendwann kommt immer der Punkt, an dem ihn das Drehbuch im Stich läßt.

»Willst leicht mit mir schlafen?« fragt Lucie, während der Abspann läuft. Sie hält seine Hand fest mit ihren kleinen Fingern, und er möcht in sie hineinkriechen und nicht mehr aufzufinden sein.

»Schon irgendwie, aber ich hab' Angst, daß es dann mit unserer Freundschaft vorbei ist.«

Lucie denkt nach, und er würde gern das Für und Wider hören, doch er kriegt nur das Resümee. »Ach, Ludwig, lassen wir's sein. Aber ich kann heut' Nacht bei dir schlafen, wennst magst. Ich kenn das: Die Tage sind grad' so auszuhalten, aber die Nächte sind manchmal schlimm. Wenn du wach liegst und dich fragst, was das alles soll – und wofür es sich lohnt, wieder aufzustehen.«

Sie streichelt seinen Handrücken, und es fühlt sich gut an, nicht allein zu sein. »Mein *shrink* sagt, daß ich mir jeden Morgen eine mentale Liste machen soll mit dem, was ich vom Tag erwarte. *Positive thinking* – er war lange in New York und haßt Freud. Ich hasse ihn auch, besonders den Aspekt des Penisneids. Aber du hast recht. Laß uns nebeneinander schlafen. Schließlich sind wir alte Freunde.«

»Sind wir nicht«, erwidert Lucie unnachgiebig. »Wir haben nur sonst keinen, der bei uns schläft. Wußtest du, daß die Monroe ermordet wurde?«

»Macht's einen Unterschied?« Ludwig denkt schon darüber nach, wie es sein wird, mit Lucie aufzuwachen. Frauen am Morgen sind was Grausliches, und was ist, wenn sie schnarcht? Irgendwann hat er gelesen, daß kleine Menschen besonders geräuschvoll schlafen.

»Was ist?«

»Schnarchst du?«

»Nein, aber ich red' im Schlaf. Weil ich soviel träum'. Von meinen Selbstmördern. Sie reden mit mir, verstehst du?«

Eines Tages, denkt Ludwig, wird sie doch im *Steinhof* landen, in der Gartenstadt der Irrsinnigen, wie Joseph Roth die Wiener Psychiatrie genannt hat. Erzähl mir nichts von deinen Träumen, Lucie, ich hab' meine eigenen. Komm ins Bett mit mir, und sei ganz still. Schweigende Frauen sind was Schönes. Beinah hätte er sich mal in eine Taubstumme verliebt, doch dann störte ihn, daß sie Laute von sich gab.

»Aber morgen darf ich bei dir baden«, sagt Lucie, als sie vor seinem monumentalen Wasserbett stehen. »Weil ich eine Existenz mit Dusche auf dem Flur bin ... Wie kannst du nur in so was schlafen?«

Er hat es sich angeschafft, um Frauen zu beeindrucken. Aber bei Lucie wirkt so was nicht. Sie zieht sich im Bad aus und kommt mit dem Schlafanzug zurück, den er ihr hingelegt hat. Er ist ihr viel zu weit und zu lang, weshalb sie nur das Oberteil trägt. Die Frage, ob sie darunter nackt ist, beschäftigt Ludwig eine Weile, während Lucie ihre Finger über seinen Rücken gleiten läßt. Er liegt mit geschlossenen Augen auf der Seite und stellt sich die Szene vor. Er ist der Kameramann, alles läßt sich aus der Distanz betrachten, wenn man Nahaufnahmen nicht mag.

Was Ludwig nicht sehen kann, ist Lucies Gesichtsausdruck, während sie ihn streichelt. Er hätte ihn erschreckt. Eine Gier liegt darin, alles zu erfahren, zu wissen, zu tun. Über Grenzen zu gehen, die sichtbaren und unsichtbaren. In der Zeit, die bleibt.

NEUNTES KAPITEL

Anna Sirnova gehört zu den Menschen, die ausschließlich Reklame in ihren Briefkästen finden. Keine Rechnungen, denn sie bezahlt bar: Miete, Strom und Heizung, Handykarte, Taxifahrten, die Arztkosten. Eine ausländische Schwarzarbeiterin zählt zu den halblegalen Existenzen ohne Bankverbindung. Trotzdem öffnet Anna jeden Tag, bevor sie das Haus verläßt, ihren Briefkasten, auf dem der Name des Besitzers steht, der ihr die Wohnung zum Wucherpreis überlassen hat. Arm sein ist teuer, wenn du in der Stadt lebst, doch von ihrem tschechischen Heimatort hat Anna sich schon zu weit entfernt.

Sie war die Dorfschönheit inmitten von Kartoffeläckern, obwohl sie sich eher wie eine Mißgeburt vorkam. Sexuelle Belästigungen, das Bestreben ihrer Mutter, sie zu Höchstpreisen an den Mann zu bringen, die Mißgunst der Geschwister und aller übrigen Mädchen im Dorf … es war keine gänzlich unbeschwerte Jugend, wie man so sagt. Mit vierzehn verließ Anna die Schule, und drei Jahre später ihr Zuhause, um sich nach Prag durchzuschlagen. Zwar glaubte sie nicht mehr an Märchen, doch immerhin daran, daß alles besser sein mußte als ein tschechisches Dorf.

Die Geschichte hätte im horizontalen Gewerbe enden

können, doch Annas außergewöhnliche Schönheit half ihr, davonzukommen. Elena sprach sie am Bahnhof an, dort, wo alle stranden, die vom Lande flüchten. Sie blieb vor ihr stehen und sagte: »Wenn du keine Hure werden willst, solltest du mit mir gehen.«

Diesen Satz hat Anna nicht vergessen. Manchmal möchte sie ihn zu den Mädchen sagen, die im zweiten Bezirk ihr Brot verdienen, im Stuwerviertel, wo die Autos langsamer fahren als anderswo und die Frauen, die sich nicht verkaufen, ihren Gang beschleunigen, wenn ein Wagen mit laufendem Motor neben ihnen hält. Die Wohnung hat Anna nur deshalb bekommen, weil der Besitzer die *gewerbliche Unzucht* in seiner Straße nicht länger ertragen konnte. Eine Weile protestierte er mit den anderen Anwohnern, dann gab er auf und zog in eine kleinere Wohnung nach Hietzing, und Anna legte sich in seine riesige Badewanne und dachte vorübergehend, im Paradies gestrandet zu sein.

Neben der Wanne steht eine Palme, die Hähne glänzen golden, und zu jeder Tages- und Nachtzeit gibt es heißes Wasser. Mehr Luxus, dachte Anna, als sie mit ihrem Koffer einzog, brauche sie nicht. Zwei Zimmer sind unbewohnt, sie lebt im Bade- und Schlafzimmer und nutzt die Einbauküche für die Zubereitung des Frühstücks. Einmal im Monat fährt Anna mit der Straßenbahn nach Hietzing und überbringt ihrem Vermieter einen Umschlag mit zweitausend Euro. Das ist zuviel für das Stuwerviertel, sie weiß es, und er weiß es, doch beide haben, was sie wollen, und verschwenden keinen Gedanken an die Ausbeutung von Ausländern.

Anna hat keines der Mädchen angesprochen, seit sie hier wohnt, sondern geht mit gesenktem Blick an ihnen vorüber wie alle anderen Leute der Hillerstraße. Fast alle diese

Frauen kommen aus dem Osten, und sie tragen enge Jeans, hochhackige Stiefel und gesteppte, glänzende Jacken, die sie gegen die Kälte schützen – von oben, denn unten zeigen sie mehr. Anna denkt, daß ein Großteil von ihnen ohne »Deckel« arbeitet, die Kontrollkarte, die sie zu regelmäßigen Untersuchungen verpflichtet. Fast täglich fahren Streifenwagen durch das Stuwerviertel, und die Präsenz der Polizei macht Anna nervös, weshalb sie stets mit einem unförmigen Mantel und Kopftuch unterwegs ist, um nur ja nicht aufzufallen. Sie ist Ausländerin, sie arbeitet schwarz, und ihre Angst vor Uniformen würde sie sofort verdächtig machen. Die *Kieberer* sind auch nur Männer, und vor Männern hat Anna das Fürchten gelernt.

Elena hat sie geliebt und beschützt wie eine Tochter, obwohl das Verhältnis schließlich intim wurde. Das eine schließt das andere nicht aus. Es war eine Abhängigkeit. Eine Liebe auf Zeit, die nicht in Frage zu stellen war. Damals nicht, und bis heute denkt Anna, daß es ein Glück war, daß Elena sie angesprochen hatte. Die goldene Stadt bietet schlimmere Alternativen für Mädchen vom Land, und Elenas Haus, alt und prächtig und ein wenig verfallen, war wie eine Burg, die alles abwehrte, was von außen kam. Anna wäre gern auf eine Schule gegangen, doch dann wurde Elena krank und pflegebedürftig. Die Burg wurde zum Gefängnis.

Anna läßt Wasser in die Badewanne laufen und fügt ätherische Öle hinzu, weil sie es gern mag, wenn es im Badezimmer nach Rosen riecht. Eine Vase mit verdorrten, dunkelroten Blumen steht auf dem Glastisch neben der Wanne. Monika hat sie mitgebracht bei ihrem letzten Besuch. Sie haben immer gemeinsam gebadet und Verdi gehört aus der Stereoanlage, die Anna zu ihrem fünfundzwanzigsten Geburtstag von ihrer Liebhaberin bekam.

Vielleicht lernte sie Deutsch wie im Schlaf, spricht es fast ohne Akzent, weil sie musikalisch ist. Zumindest hat der Pfarrer das gesagt, der auch versuchte, ihr das Orgelspiel beizubringen. Er liebte Bach und junge Mädchen.

Monika schätzte Verdi und Mozart, und es waren diese Stunden im Bad, die zu Annas besten Erinnerungen gehören. Sie waren losgelöst von der Welt, schwerelos, und selbst wenn sie danach miteinander ins Bett gingen, wozu Monika manchmal keine Zeit mehr hatte, war der Zauber doch gebrochen, wenn sie in ihre Bademäntel schlüpften und der Sog das Wasser nach unten zog ins Kanalsystem, wo es nicht mehr nach Rosen duftet.

Die Rasierklingen, die sie im Drogeriemarkt gekauft hat, legt Anna neben die Vase. Sie haben immer Sekt getrunken, sie hat eine Flasche mit Monikas Lieblingsmarke gekauft, und nun geht sie in die Küche, um zwei Gläser zu holen, während das Wasser läuft. Das Handy piepst, sie öffnet es und liest eine Nachricht von Ludwig, der sie wegen eines neuen Filmprojekts für Dienstag nachmittag ins Studio bestellt. Anna widersteht dem Impuls, ihm zu antworten, und schaltet ihr Handy ab. Morgen ist ein Tag, mit dem sie nicht mehr rechnet. Es ist ihr egal, ob es schneien oder regnen wird, der Eiswind durch die Straßen fegt oder die Sonne scheint. Er wird böse sein, wenn sie nicht auftaucht, aber auch das ist nicht mehr wichtig.

Anna mag Ludwig, der sie immer mit Respekt behandelt hat und nicht wie eine Nackerte, die Pepi, der Kameramann, den Huren gleichsetzt. Vor Pepi hat sie sich immer gefürchtet, während sie bei den anderen Distanz hielt, aus Scham bestimmt, aber auch, weil sie sich nichts zu sagen hatten. Weil Anna von sich glaubt, daß sie ein langweiliges und ziemlich einfältiges Wesen sei.

Es reicht vollkommen, daß du schön bist. Das hat Elena gesagt, und auch Monika sagte es manchmal, um eine Art Gleichgewicht zwischen der älteren Frau und ihrer jungen Geliebten zu schaffen. Du suchst in anderen, was dir fehlt, findest es aber nicht. Monika wurde nicht jünger und schöner, und Anna nicht klüger. Oder doch? Eine Göttin, die nicht allzugut lesen und schreiben kann. Das zu verbergen hat sie mehr Kraft gekostet als alles andere auf der Welt.

Gott ist gerecht. Hat Annas Mutter immer gesagt und keinen einzigen Beweis dafür gefunden, was den Glauben eher noch verstärkte. Ihre Vorstellungskraft reichte vom Frühstück bis zum Abendessen, und jeden Tag gab es Kartoffeln, weshalb Anna nie wieder welche gegessen hat, seit sie in Wien angekommen ist. Vom Glauben abzufallen ist nicht schwer. Leichter, sich in etwas zu fügen, was man Schicksal nennt, Zufälligkeiten, Begegnungen, die alles verändern. Wenn das Schicksal ein träger Fluß ist, bewegt sich Anna darin wie ein furchtsamer Goldfisch. Kein Grund zu weinen. Keine Tränen.

»Schönheit ist ein Geschenk Gottes«, sagte der Pfarrer, der sie im Beichtstuhl überfiel und den sie mit dem Rosenkranz fast erwürgte, so daß er von ihr abließ und sie einen Teufel schimpfte. Fast alles, was Männer sagen, findet Anna verstörend. Sie hat gelernt, mit ihnen umzugehen, vorsichtig und aus dem Blickwinkel eines gehetzten Hasen. Es gibt wenige wie Ludwig Abel, der sie wie einen Menschen behandelt hat und niemals von ihr forderte, was sie nicht zu geben bereit war. Anna denkt, daß er schwul ist, dies aber vor sich selber nicht zugeben kann. Sie hat ihm gleich beim ersten Treffen gesagt, daß sie nur Frauen mag, und er schien es wirklich zu verstehen.

Monika, die ihre Arroganz vor sich hertrug wie eine

Ritterrüstung, hat nicht verstanden, wie Anna für Ludwig Abel arbeiten konnte. Als ob es so schwer wäre, sich auszuziehen, hinzulegen und Regieanweisungen zu folgen. Für eine Modellkarriere, sagte Anna immer, sei sie schon fast zu alt und vor allem zu träge. Und darüber hinaus habe sie nichts gelernt, was sich in Geld umsetzen ließe.

Anna sieht in den Spiegel und begegnet einer Frau ohne Eigenschaften. Ihre einzige eigenständige Leistung war, das Dorf zu verlassen. Alles andere hat sich ergeben, und sie hat sich dareingefügt. In eine Liebe und eine zweite, und wenn Ludwig sie nicht angesprochen hätte, gäbe es auch keine Arbeit. Die Wahrheit ist, daß sie, ganz auf sich gestellt, keine Entscheidungen treffen mag. Nicht einmal die, ob sie fürs Abendessen einkaufen oder ins Beisl gehen soll. Sie braucht jemanden, der sie anweist. Ludwig hinter der Kamera oder Monika im Privaten.

Ihre Geliebte hat nicht verstanden, daß Politik für Anna ein böhmisches Dorf ist, das sie mit geschlossenen Augen passieren kann. Daß sie keine Zeitungen liest, aber bei Mozart eine seltsame Verzückung verspürt. Wenn sie ihr ein Buch mitbrachte, merkte sie nicht, wie sehr sie Anna damit quälte. Schon deshalb, weil es mühsam ist, Buchstaben aneinanderzureihen und zu Worten und Sätzen zu formen. Manchmal hat sie Lucie gefragt, was in den Büchern steht, um es dann als ihre eigenen Gedanken auszugeben. Monika war leicht zu täuschen, weil so simple Schwächen in ihrer Welt nicht vorkamen.

Anna öffnet die Sektflasche und füllt zwei Gläser. Es ist warm und feucht im Badezimmer, ein Klima, das sie mag. Monika wollte mit ihr nach Thailand fliegen. Sie hatten Pläne für ein gemeinsames Leben, und es waren gute Pläne. Doch man soll keine Pläne machen, weil doch alles anders kommt. Weil es zwei Arten von Leben gibt: das gewünschte und das ungewollte, das du nicht beeinflussen kannst. Es hinzunehmen, das gehört zu der Demut, die ihr die Mutter predigte. Anna hat sich bemüht, jeden Tag schön zu finden, und oft ist ihr das gelungen. Doch es gibt Grenzen. Nicht weinen. Tränen lösen gar nichts.

Elena starb nach drei qualvollen Jahren an Lungenkrebs. Sie wollte Anna ihre Wohnung, den Schmuck und die Sparkonten hinterlassen, doch gegen Ende vergaß sie es, und so erbten die Neffen. Auch sie haben Anna eine *Hure* genannt, als sie sie vor die Tür setzten. Sie hat eine Uhr mitgehen lassen und die Silberlöffel und finanzierte damit die Fahrt von Prag nach Wien. Elena hat ihr immer nur Taschengeld gegeben. Sie hatte Angst, daß Anna sie sonst verlassen könnte. Sie traute ihrer Schönheit nicht. Es war die Oberfläche, die sie interessierte: die makellose Haut. Das war auch bei Monika nicht anders. Sie auf diese Fläche zu reduzieren bedeutete auch, Anna Sirnova klein zu halten. Kleine Flammen verlöschen schnell. Anna zündet die Kerzen im Badezimmer an.

Trotzdem, es war eine gute Zeit mit Elena, weil Anna nichts tun mußte, außer ihr Gesellschaft zu leisten, tagsüber und in der Nacht, wie eine Katze, die gestreichelt und gefüttert wird. Katzen führen eine faule Existenz, wenn sie nicht jagen, und Anna hat kein Verlangen danach. Elena hat das nicht verstanden, genausowenig wie Monika. Es gab Parallelen zwischen den beiden Frauen, auch wenn Elena älter und gütiger war. Sie starb unter großen Schmerzen, und zuletzt hat sie Anna angefleht, sie doch endlich zu *befreien.* Anna hat es nicht fertiggebracht, bei aller Liebe und bei allem Mitleid. Wenn sie ihr gesagt hätte, was zu tun sei, vielleicht dann …

Monika hätte sich nie so vor ihr erniedrigt. Monika war *oben,* immer beherrscht und herrschend. Selbst an dem Abend, als man sie zum Rücktritt gezwungen hatte, ließ sie sich nicht gehen. Sie war zornig, sehr zornig, doch das Lächeln gelang ihr immer noch, diese Öffentlichkeitsmaske, die alle Gefühle zudeckte wie dickes Eis. Sie trank Sekt und sprach von Reisen und einem gemeinsamen Haus im steirischen Salzkammergut. Der Rückzug aufs Land, und sie hat Anna in ihre Pläne einbezogen, doch nicht nach ihrer Meinung gefragt. Es gab immer nur eine Meinung.

Anna zieht sich vor dem Spiegel aus, wie sie es für ihre Geliebte getan hat, in den eitlen Spielen. Er zeigt ihr diesen weißen Körper, den Monika *eine vollkommene Schneelandschaft* nannte. Schwarze Haare und türkisfarbene Augen, Anna kann an diesem Gesicht nichts Besonderes erkennen. Es ist schön, doch auch langweilig in seiner Symmetrie. Die feine Haut zeigt erste, winzige Fältchen um Mund und Augen. Monika war kurzsichtig, sie hat diese Vorboten des Verfalls nie gesehen. Sie dachte, daß Anna der perfekte Leib zu ihrem perfekten Geist sei. Sie war hoffärtig. So bewundernswert in ihrem Anspruch, besser als alle anderen zu sein.

Hättest du mir nur einen Teil, einen winzigen Teil deines Selbstbewußtseins hinterlassen, flüstert Anna dem zweiten Sektglas zu. Deiner Stärke, die für uns beide gereicht hat. Richtig ist, daß nichts geblieben ist außer einer Leere. So groß, daß Anna sich nicht vorstellen kann, sie irgendwann, irgendwie zu füllen.

Sie wendet sich vom Spiegel ab und dreht den Hahn zu. Es ist genug heißes Wasser in der Wanne, bei der es lange dauert, bis sie gefüllt ist. Kein Mozart, kein Verdi. Anna mag auch Volkslieder und Schlager, das hat sie Monika nie verraten. So sorgsam darauf bedacht, Ignoranz zu verbergen, und es war leicht, dieses Täuschungsmanöver.

Anna prüft die Temperatur, bevor sie in die Wanne steigt. Heißes Wasser und kalter Sekt, das ist Luxus, von dem Frauen ihrer Art träumen. Die Wanne ist viel zu groß für eine Person. Sie hat nie mit einem Mann geschlafen, und Siggis Berührungen vor der Kamera zählen nicht. Ludwig gab ihr immer Sekt vor dem Dreh, weil Anna andere Rauschmittel ablehnt. In einer Sektlaune an Ludwigs Geburtstag hat sie ihm ihr kleines Geheimnis verraten. Sie wollte ihn mit einer Ministerin beeindrucken, was ihr auch gelang, denn Ludwig war fortan noch netter zu ihr. Trotzdem fühlte sie sich als Verräterin, und sie beschwor ihn, ihr Geheimnis niemandem zu verraten.

Drei Wochen später trat Monika von ihrem Amt zurück. Anna erfuhr es zunächst aus dem Fernsehen, und zum ersten Mal sah sie Tränen in Monikas Augen. So viel Zorn. Anna saß schluchzend im Bett und fühlte sich schuldig, schuldig, schuldig.

Eine katholische Kindheit wirkt immerfort. Anna betrachtet ihre rotlackierten Zehennägel, die unter dem Wasserspiegel wie blutige Male aussehen. Alles, was schön und leicht ist an der Liebe, ist gleichzeitig vulgär und schwer. Das Glück ist schwindsüchtig. Monika hat ihr nie vorgeworfen, der Grund für ihr Versagen zu sein, denn so empfand sie es: daß sie gescheitert war. Alles, wofür sie ihr Leben lang gearbeitet, gekämpft, gelogen, sich verbogen und gekrümmt hatte … all das zerschellte an der Leidenschaft für eine Hure? Sie hat es nie ausgesprochen. Es gab keine Schuldzuweisungen. Doch irgendjemand mußte schuld sein, weil Monika sonst an ihrem Zorn erstickt wäre. Die Zeit, die sie immer durch Tage und Abende gehetzt hatte, wandte sich nun gegen sie. Sie wurde zu einer zähen Masse, die nicht wegzuschieben war. Sie gab es nicht zu, doch Monika war zu Tode gelangweilt.

Sie machte Anna nie den Vorschlag, in ihre schöne Wohnung in Hietzing einzuziehen. Selbst dann nicht, als sie von ihren Ämtern zurückgetreten war. Der Hund, der keine Fremden mag – das war eine jämmerliche Ausrede. Am Ende, in den letzten Tagen, war sie nur noch eine verbitterte Frau, die ihre Sünden bereute. Die, bei denen man sie erwischt hatte. Anna weiß bis heute nicht, wie es herausgekommen ist. Ob Ludwig es jemandem verraten hatte? Monika vermutete hinter dem Brief, der sie einer Liebschaft mit einer Pornoschlampe bezichtigte, ihre ehemaligen Parteikameraden, besonders einen, den sie für den Satan persönlich hielt. Und sie glaubte nicht daran, mit ihrer Demission ausreichend gebüßt zu haben.

»Lesbisch und pornographisch, das ist zuviel – dafür werden mich die Heuchler kreuzigen.« Ihre Worte am Grab ihres Vaters, an diesem letzten Tag am Zentralfriedhof. Anna kann sich ebensogut an Monikas ersten Satz erinnern: »Du bist so schön, daß es weh tut.« Das war im Tanzcafé »Jenseits«, als sie sich zum ersten Mal begegneten und Anna nicht wußte, wer die Frau war, die sie mit den Augen liebte. Sie war ein wenig betrunken, diese Frau, sie feierte ganz allein ihren Geburtstag, dessen Zahl sie nicht nennen wollte, und trug eine komische blonde Perücke. Um nicht erkannt zu werden, doch Anna, die mit Steffi gekommen war, sah nur eine pathetische, ältliche Frau, die sie an Elena erinnerte, an jemanden, der stark und voller Selbstvertrauen war, auch arrogant, doch genau diese Eigenschaften hatten sie immer zu Frauen hingezogen. Es war wie beim Dreh: Nach dem richtigen Stichwort folgte die gewünschte Szene. Die erste gemeinsame Nacht verbrachten sie im Hotel.

Das war vor Monaten, Ewigkeiten. Sie sind nie wieder ins »Jenseits« gegangen oder an andere öffentliche Orte. Diese Liebe war in einer Wohnung eingeschlossen, im Bad und im Schlafzimmer. Ganz sicher hat Monika sich für Anna geschämt, obwohl sie es nie zugab. Und Anna fügte sich. Fühlte sich geehrt, verehrt, versorgt, beschützt ... und zahlte dafür mit sexueller Münze. Läuft es nicht immer darauf hinaus? Monikas Sadismus war so kontrolliert wie alles andere in ihrem Leben. Sie hat es nicht ertragen können, die Kontrolle zu verlieren.

Anna prostet dem zweiten Glas zu und trinkt ihres leer, bevor sie nach der Rasierklinge greift. Längs schneiden und die Hand unter Wasser halten, damit es nicht so weh tut und schneller geht. Sie hat ihren letzten Tausender in einen Briefumschlag gesteckt und an die Mutter geschickt. Keinen Brief, sie will nicht, daß ihre letzte Botschaft voller Rechtschreibfehler steckt, obwohl der Empfängerin dies kaum aufgefallen wäre. Wenn Mutter das Geld sieht, wird sie sich freuen.

Anna hält die Rasierklinge in der linken Hand und führt sie zur Innenseite der rechten. Sie ist Linkshänderin, auch so ein teuflischer Defekt in einem katholischen Dorf. Das Wasser duftet nach Rosenöl, und die Palmenblätter weisen braune Flecken auf. Sie brauchen Sonne, nicht nur künstliche Wärme. Das Paradies ist kein Ort, sondern ein Zustand, der dann eintritt, wenn du liebst. Daraus vertrieben zu werden ist ein Schmerz. Wie der Schnitt auf ihrer rechten Hand, der nicht tief genug war. Anna weiß es, weil nicht genügend Blut fließt und sie dem Tod nicht entgegenschwimmt, sondern er ihr auf einer großen Welle ausweicht. Sie bringt es nicht fertig, die Klinge noch einmal an die Wunde zu setzen. Kann es einfach nicht. Monika war viel stärker, viel besser als sie. Sie hätte Anna mit in den Tod nehmen können, doch nicht einmal dafür war sie ihr gut genug. Es tut weh. Alles. Anna reißt ein Handtuch vom Halter und bindet es um das blutende Handgelenk. Das Wasser ist rötlich und sieht obszön aus. Kein Rosenduft mehr, nur der seltsame Geruch von Blut. Weshalb sie nicht untertauchen kann, um zu ertrinken. Schlaftabletten, der Arzt hat ihr keine verschrieben. Sie sei doch so jung und gesund, hat er gesagt und sie verlangend angesehen. Alle verlangen etwas, was keiner zu geben bereit ist. Liebe zum Beispiel.

Lucie, mit der sie ab und zu ins Kaffeehaus geht, sagte einmal, daß alle auf den Tod warten und sich pausenlos beschäftigen, um davon abgelenkt zu werden. Anna jedoch fühlt sich einfach nur zu träge zum Leben. Zu müde. Zu traurig. Sie greift mit der rechten Hand nach dem Sekt und trinkt aus der Flasche. Elena und auch Monika haben versucht, ihr feine Manieren beizubringen. Sie hat sich bemüht, ja, sie hat gelernt, sich Bücher im Großdruck besorgt, und sie vor Monika verborgen. Sie weiß viel über Musik, viel mehr, als sie ihren Geliebten je verraten hat. Denn es war nicht genug, und beide haben sie verlassen. Endgültig.

Wie bringt man sich stilvoll um? Anna greift nach dem Föhn, muß sich dazu aus der Wanne lehnen und blutet auf den weißen Badeteppich. Sie sinkt zurück in die Wanne und schaltet ihn ein. Er summt eine Melodie des Todes, und Anna sagt ihm adieu, bevor sie ihn aus der Hand ins Wasser gleiten läßt. Armer Föhn. Es tut weh, doch der Schlag ist nicht so stark, wie sie erwartet hatte.

ZEHNTES KAPITEL

Die von den Illuminaten angestrebte Weltherrschaft ist eine prächtige Verschwörungstheorie, vielleicht die beste, gefolgt von der Vergiftung von Papst Johannes Paul I. durch die Vatikan-Mafia. Der HIV-Virus wurde in den CIA-Labors entwickelt, und die Mondlandung von der NASA nur vorgetäuscht. Bill Gates ist der Teufel, weil die Buchstaben seines Namens, in Zahlencodes umgerechnet, die 666 ergeben. Die Putzfrau ist eine Außerirdische mit böhmischem Akzent und dem geheimen Plan, Akten immer so zu verlegen, daß man sie am nächsten Tag nicht wiederfindet.

Österreichs Demokratie existiert nur in der Phantasie seiner Bewohner. Auch so eine Theorie des Verschwörungsjunkies Ado Spengler. Jeder, den die Politik nicht paranoid macht, spinnt. Ado hat sich folgendes zusammengereimt: Opus Dei beeinflußt seit den 80er Jahren das religiöse, politische und wirtschaftliche Leben Österreichs mittels vierhundert einflußreicher Mitglieder. Schlüsselfigur des »radikal gelebten Christentums« war in den Gründungsjahren der damalige Auxiliarbischof Kurt Krenn, was wiederum eine Verbindung zur homosexuellen Bruderschaft herstellt, die sich in kirchlichen und weltlichen Kreisen organisiert, um an Einfluß zu gewinnen. Dazu gesellen sich das Bündnis aus Kärnten und eine konservativ bis austrofaschistische Allianz von Politikern, Industriellen und Wissenschaftlern. In ihrem Österreich haben Frauen nichts zu sagen (selbst wenn sie Ministerinnen sind) und Juden wie Linke nichts zu suchen. Das ist historisch nichts Neues, doch in der Vernetzung ein Potential, das Ado in halbwegs nüchternen Momenten tatsächlich beschäftigt. Er nennt seine Theorie die *Heldenplatz-Verschwörung.*

Daß du nicht paranoid bist, heißt noch lange nicht, daß sie nicht hinter dir her sind. Diesen Satz hat er sich in seinen Schreibtisch im Büro geritzt, und er liest ihn jeden Tag. Die Außerirdische hat es nicht geschafft, die Worte wegzuwischen, obwohl sie das Mobiliar mit einer Art Säure bearbeitet, die nach Pest und Schwefel riecht. Auf seinen Vorrat an Betäubungsmitteln ist sie noch nicht gestoßen, weil er ihn nachts einschließt.

Ado Spengler nimmt einen Schluck aus der Rotweinflasche. Es ist kurz vor Mittag, und sie ist halb leer. Die Flasche könnte auch halb voll sein. Ansichtssache. Ado sieht sich nicht als Alkoholiker, sondern als Mensch, der seine Wut mit der angemessenen Menge einer legalisierten Droge auf erträglichem Niveau hält. Wie man eine Blume gießen muß, weil sie sonst verwelken würde. Bisher ist ihm noch keiner draufgekommen. Glaubt er. Weil er alles unter Kontrolle hat. Weil er funktioniert.

Aber ebendas ist ihm immer schon schwergefallen, weshalb er halt trinken muß. Begonnen hat es während seiner Laufbahn in der Provinz, wo sich die meisten einen andudeln ab dem späten Vormittag, weil nichts passiert und alles so fad ist. Alkohol und Sex: Damit konnte Ado Spengler seine Verschwörungsparanoia streckenweise im Zaum halten. Er sieht es so: Ohne Betäubung, dem grellen Licht der Sonne, der infantilen Sprache und dummen Gemeinheit der Menschen ausgesetzt, würde er zum Massenmörder werden, im Irrenhaus landen und krepieren, in dieser Reihenfolge. Prost Ado, daß er sich dieses Schicksal erspart.

Heldenplatz-Verschwörung: Der Hofrat ist ein Opus-Dei-Mann, das hat er ihm bei der letzten Weihnachtsfeier im Zustand erheblicher Trunkenheit verraten. Ein Katholik auf Messers Schneide. Was wollen die denn, hat Ado ganz naiv gefragt, und die Antwort hat ihn zutiefst befriedigt: *Die Welt im Sinne des Christentums verändern.* Weltherrschaft, dachte Ado gleich, doch weiteres Nachfragen blieb ohne Ergebnis, weil der Hofrat vornüberfiel und auf seinem Tortenteller sanft einschlief. Hofräte schnarchen nicht einmal, wenn sie besoffen sind.

Ado tippte die Antwort in seinen Computer, wo er unter dem Stichwort »Felix Austria« alles notiert, was zu seiner V-Theorie paßt. Es ist eine lange Liste, doch er scheut davor zurück, seine Recherchen ins Internet zu stellen. Da könnte man ja gleich einen Anschlag am Rathaus machen. Und dann würde er so enden wie fast alle Zeugen im Kennedy-Fall: tot. Wie Marilyn Walle, Stripperin im Jack-Rubys-Nachtclub in Dallas, die nach der Ankündigung eines Enthüllungsbuches erschossen wurde. Wie Jack Ruby. Die Mörder werden nie gefunden, das gehört zum guten Ton einer Verschwörung.

Regierungen sind Horte der Paranoia, Geheimdienste sowieso, multinationale Konzerne, die Kirche, Parteien, die Banken, überhaupt alles bis hin zu Ados Sportverein, wo subtil formulierte Aufnahmebedingungen gewisse Menschen ausschließen. Er ist beigetreten, um seine These zu beweisen, und auch, weil er den körperlichen Ausgleich für seine ungesunden Gewohnheiten braucht. Rauchen und trinken, das wird auf die Dauer nicht gutgehen, obwohl er andererseits beinah dran glaubt, daß er unsterblich ist. Hätte es sonst diesen Sturzregen gegeben, auf dem Schulhof? Wäre er nicht bei der letzten Razzia erschossen worden, als die Kugel eines Kollegen ihn haarscharf verfehlte? Ado fährt Auto wie ein bekiffter Formel-1-Fahrer, doch die anderen weichen immer aus. Mut ist das nicht, eher der Versuch einer Verführung des Schicksals. Lektionen erteilt es ihm immer nur in Gestalt von Frauen.

Auf den Akten, die die Putzfrau nicht verräumt hat, liegt eine handschriftliche Notiz des Hofrats: *Finden Sie nicht, lieber Spengler, daß die Suizidanten es ein bisserl übertreiben in diesem Monat? Ein Virus? Eine Epidemie?*

Ado denkt sofort an Lucie, weiß nicht, warum. Sie war komisch beim Abschied, beinah unfreundlich. *Postkoitale Depression* war einer von Josefines Lieblingsausdrücken, sie ist ein freudianischer Schmetterling mit Birnenarsch. Lucie im Himmel mit Diamanten … sie ist anders, so ganz anders, vielleicht einfach nur meschugge.

Vor Zwergen und Krüppeln mußt du dich hüten, hat der Vater immer gesagt, und das war noch einer seiner harmlosen Rassismen. Eltern sind die kleinste Zelle der Verschwörung mit dem Ziel, infantile Monster nach ihrem Ebenbild zu formen. Lucies Mutter ist ins Wasser gegangen, und ihre Tochter beschäftigt sich in dreifacher Art mit dem Tod. So was ist doch nicht normal. Und wenn sie ihm auf die Schliche gekommen sind und Lucie als Spitzel geschickt haben? Dieser böse kleine Gedanke hat ihn bisher tatsächlich davon abgehalten, sie anzurufen. Weil er an sie denken muß, vor allem nachts, wenn der Rotwein nicht die Schwere bringt, die er zum Schlafen braucht. Nachts geistert Lucie durch sein Hirn und flüstert ihm Obszönitäten zu. Sehr erregend. Doch am Morgen, wenn er aufstehen muß, um zu funktionieren, verdrängt er sie aus seinem System.

Ado glaubt nicht an Zufälle, das widerspräche allen Verschwörungstheorien. Warum also sollte er sie nach all der Zeit zufällig wiedergetroffen haben? Damit sie ihn ein zweites Mal zum Brennen bringt?

Er zerknüllt die Notiz und wirft sie in den Papierkorb. Suizidvirus, so ein Schmarrn. Der Hofrat hält sich aus laufenden Ermittlungen weitgehend heraus, um nur ja keinen Fehler zu machen. In den oberen Etagen der Exekutive ist die Luft dünn, und Zwangsversetzungen in Abstellkammern sind ebenso möglich wie gewaltige Beförderungen. Die Kriminaldirektion I ist mit einer neuen Führungskraft zu besetzen, und der Hofrat hat Ambitionen. Auch das Amt des Polizeipräsidenten muß neu besetzt werden, dazu fühlt er sich garantiert berufen, doch dazwischen liegt eine Nationalratswahl, und somit ist alles offen.

Der Virus, das sind die grassierende Günstlingswirtschaft, die mafiosen Strukturen der Sozialpartner, die Unseligkeit der Untertanenservilität. Wer es in diesem Land nicht mehr aushält, bringt sich halt um, wenn er fürs Auswandern zu gemütlich ist. Es wird keinen Staatsstreich mehr geben, wozu auch? Das Volk konsumiert, was man ihm vorsetzt, und alles wird Rausch – vom Heurigen über die Medien bis hin zum Opernball, den sie im Fernsehen anglotzen, obwohl es nichts zu sehen gibt außer Pinguinen mit ihren häßlichen Weibern.

Jetzt ist die Flasche tatsächlich leer, und Ado steckt sie in seine Aktentasche, die vornehmlich zur Beförderung von

Wein und Leergut dient. Rotwein in Maßen sei schon gesund, hat ihm der Polizeiarzt gesagt, augenzwinkernd, und von einer Verschwörung der Alkoholiker kann keine Rede sein.

Der Hofrat und seine Virustheorie: Vierundsiebzig Selbstmorde hat es im Februar in Wien gegeben, das entspricht einer Steigerung gegenüber dem gleichen Monat des Vorjahres um fünfzig Prozent. Ein fleißiger Kriminaler hat die Suizidanten nach Alter, Geschlecht, Beruf und Todesart aufgelistet. Zwei Prominente sind mit von der Partie, die Exministerin und Liesl Wimmer, und sie gehören zu den vierzig Prozent Frauen in der Statistik. Die meisten von ihnen waren über fünfzig, einige wenige um die dreißig, und eine Vierzehnjährige. Die Kleine war Hauptschülerin in Simmering und hinterließ einen Abschiedsbrief an ihre Mutter, in dem sie die Zahnspange verantwortlich macht.

Die meisten Frauen haben letzte Worte geschrieben, bevor sie zu Tabletten griffen, zum Strick oder zur Rasierklinge. Rattengift ist beliebt, und Apothekerinnen und Ärztinnen neigen zu Schlaftabletten, Zyankali oder anderen verschreibungspflichtigen Substanzen. Einige stürzten sich aus dem Fenster, zwei vor die Bahn, nur eine ging in die Donau.

Muß sie große Überwindung gekostet haben, in den eiskalten Fluß zu springen, denkt Ado, und daß Frauen eine größere Affinität zu Wasser haben als zu Feuer. Früher war Gas die bevorzugte Entleibungsmethode in Wien, doch seit es nicht mehr so schnell und giftig wirkt, ist es aus der Mode gekommen.

Die Selbstmordstatistik bestätigt Ados These, daß die Geschlechter bis zuletzt verschiedenen Geschmacksrichtungen folgen. Männer hängen sich lieber auf, und wenn sie eine Waffe haben, erschießen sie sich, meistens durch den Mund nach oben, aber auch die Schläfenversion erfreut sich gewisser Beliebtheit. Messer oder Rasierklingen nehmen Männer eher selten, vielleicht, weil sie kein Blut sehen können? In Ados Liste finden sich Schwammerlvergiftete, das könnten auch Unfälle sein. In zwei Fällen nahmen die Suizidanten ihre Familie mit in den Tod, und Männer hinterlassen seltener Abschiedsbriefe als Frauen.

Sprachlos bis in den Tod? Ado hat damals, bevor er sich mit dem Benzinkanister auf den Schulhof begab, ein langes Pamphlet hinterlassen. Der Vater hat zwei Grammatikfehler gerügt, hinterher.

Kohlenmonoxydvergiftung im Wagen, das ist männlich, doch Parallelen finden sich in den Altersgruppen. Über fünfzig, das ist der größere Teil, und je älter und bedürftiger, desto lieber entlasten sie die Pensionskasse. Zweiundzwanzig Personen haben das Leben in Pflegeheimen nicht mehr ertragen. Drei Suizidanten sprengten sich mit selbstgebastelten Bomben in die Luft, und einer hat in seiner Wohnung Feuer gelegt. Ein malawischer Asylbewerber in Abschiebehaft rammte seinen Kopf so lange gegen die Wand, bis sein Genick gebrochen war. Ein Japaner zog sich die Schuhe aus, bevor er sich von einem Gasometerturm in die Tiefe stürzte. *Das ist bei Japanern so üblich,* schrieb der Verfasser dieser Statistik in Klammern dahinter. Für alles gibt es eine Erklärung. Nur fürs Leben nicht.

Der Gedanke macht ihn durstig, doch er zwingt sich, bis zur Kaffeepause zu warten, um aus dem Weinladen an der Ecke Nachschub zu holen. Er ist ein disziplinierter Trinker, er hat alles im Griff. Fast alles. Ein Kollege öffnet die Tür, vor den Rauchschwaden zurückweichend schließt er sie schnell mit einem »Servus« wieder. Wollen sie kontrollieren, ob er an seinem Platz ist und seine Arbeit tut? Zutrauen würde er es ihnen, obwohl er sie hofiert mit falscher Freundlichkeit und regelmäßig für die Witwenkasse spendet. Keiner *hackelt* sich hier zu Tode, aber wenn einer in der Gunst des Hofrats steht, passen sie neidisch auf, ob er einen Fehler macht. Die Notiz des Kollegen Gramlitz bestätigt diese Annahme: *Du warst mal wieder nicht an deinem Platz, also hab ich die Zeugin im Fall Wimmer an deiner Statt vernommen. Protokoll anbei, Kopie geht an den Hofrat.*

Heimtückisches Gfraßt, denkt Ado, während er die Aussage der Zeugin Maria Magatsch liest – die Zugehfrau der Familie Wimmer –, die sich erst im zweiten Anlauf an eine Begebenheit erinnert, die sie bei der ersten Befragung glatt vergessen hatte. Nämlich, daß Liesl Wimmer am Tag ihres Todes doch Besuch bekommen habe. Die Zugehfrau, auf dem Weg zu den Mülltonnen, eigentlich auf dem Nachhauseweg, hat eine Person aus dem Lift steigen sehen, als sie dort stand, um auf ebendiesen zu warten. Die Zugehfrau hat sich umgedreht, natürlich, und erkannt, wie die fremde Dame an der Tür ihrer Herrschaft klingelte. Mehr weiß sie nicht, weil sie ja in den Lift stieg und mit selbigem nach unten fuhr. Doch Maria Magatsch war in der Lage, die Besucherin zu beschreiben. Sie sah »ganz normal« aus, also inländisch, hatte allerdings feuerrote Haare.

Die Zeugin trug, nach Aussage der Zugehfrau, einen schwarzen Umhang und einen orangefarbenen Schal sowie einen Hut, der wie eine Kappe aussah. Eine große Tasche hatte sie bei sich, und Maria Magatsch, seit zwei Jahren in den Diensten von Liesl Wimmer, hatte diese Person vorher noch nie bei ihr gesehen. Weitere Angaben zur Person konnte sie nicht machen. Sie habe diesen Vorfall bei der ersten Vernehmung vergessen, weil ihre Schwiegertochter an diesem Tag ins Krankenhaus gekommen sei, um dort ein Kind zu gebären.

Kollege Gramlitz kommt aus dem Burgenland, und für ihn spricht nur, daß sein Vater Weinbauer ist. Seine gestelzte Wortwahl wird ihm von den Kollegen als Arroganz ausgelegt und hat ihm den Spitznamen »Piefke« eingetragen. Ado hat eine lebenslange Aversion gegen solche Verhöhnungen und bemüht sich um Freundlichkeit, obwohl er Gramlitz aus vielen Gründen nicht leiden kann. Er hält ihn unter anderem für einen verschlagenen Karrieristen, Küß-die-Hand vorn und Arschtritt hinten, und der unnatürliche Fleiß ist auch verdächtig.

Er legt das Protokoll zurück zur Akte *Wimmer* und zündet sich eine weitere Zigarette an, bevor er den Gedanken zuläßt, daß die Beschreibung dieser Person auf Lucie Haberer zutreffen könnte. Nur, was sollte Lucie mit Liesl Wimmer zu tun haben? Wie viele Frauen mit feuerroten Haaren laufen durch Wien?

»Jede Menge«, sagt Gramlitz am Telefon. Auch seine Schwester habe leuchtendrotes Haar, die Farbe sei zur Zeit en vogue und würde von jedem Vorstadtfriseur gefärbt. Er ist der Meinung, daß diese Zeugenaussage für den Fall völlig irrelevant sei. Wenn er überhaupt einen Fall darstelle.

»Du glaubst doch alles«, erwidert Ado.

»Glaubst du besser?«

»Nein, aber ich irre mich interessanter. Und der Zeugin ist sonst wirklich nix an der Person aufgefallen?«

Gramlitz grollt, das hört Ado am Unterton. »Ich hab' drei Stunden mit ihr verbracht, obwohl's ja eigentlich deine Akte ist. Die Magatsch ist eine alte Tratschen, und die unbekannte Person vermutlich eine Hausiererin oder Zeugin Jehovas oder was weiß ich. Hat geklingelt, und die Wimmer hat die Tür nicht geöffnet, weil sie gerade mit ihren Schlaftabletten beschäftigt war. Worauf willst du überhaupt hinaus, ich versteh' dich nicht.«

»Das tut keiner. Danke, daß du's gemacht hast, während ich beim Arzt war. Ich schulde dir einen Gefallen.« Er hat nicht vor, ihn einzulösen, doch Gramlitz sieht sich schon in der Gunst des Günstlings des Hofrats. Er erzählt ihm jetzt von seiner rothaarigen Schwester, Medizinstudentin, die Ado nicht interessiert. Daß er den Hörer mittendrin auflegt, ist ein feindlicher Akt, für den Gramlitz sich rächen wird. Ados Finger fährt über die Kerben des Wortes *paranoid.* Es fühlt sich gut an. Wie Lucie auch, wollte er immer was Besonderes sein. Held ist einer, der gegen viele steht. Leider sitzt er die meiste Zeit.

Ado öffnet das Fenster und verschließt sein Büro, um in den Weinladen zu gehen, doch unterwegs überlegt er es sich anders und lenkt seine Schritte zum Naschmarkt. Beim Türken kann er gleich was essen, obwohl das zweitrangig ist.

Er sieht sie schon, als er durch die Tür tritt. Lucie sitzt an dem Fenstertisch, und ihre Haare sind nicht mehr feuerrot. Eher schwarz. Frauen gehen zum Friseur, wenn sie ihr Leben ändern wollen. Oder hat der Farbwechsel andere Gründe? Erst auf den zweiten Blick fällt ihm die zweite Person an Lucies Tisch auf. Sie ist das schönste Wesen, das er je gesehen hat.

ELFTES KAPITEL

»Föhn oder Gas sind seit zehn Jahren passé, lebst du hinter dem Mond?«

Anna, mit einer Brandwunde am Oberschenkel, hatte von Lucie mehr Mitgefühl erwartet. Erstaunen, Entsetzen, Tröstendes … und jetzt kommt sie sich einfach nur blöd vor. Lucie nennt es einen Todesflirt, dem sie sich hin und wieder hingebe, aber man müsse in der Wahl der Mittel schon zielsicher sein. »Sonst landest am Ende im Steinhof, weil Selbstmörder ja irre sein müssen.«

Anna verfällt Lucies Worten, auch wenn sie grausam sind. Sie bewundert ihre heldenhafte Einsamkeit, die Anna schon immer fürchtete. Lucie verbringt ihre Tage und Nächte mit Geschichten von Toten und verfaßt auch noch Drehbücher für Ludwig. Das Lebendige ist ihr eher gleichgültig, zumindest vermutet Anna das. Doch jetzt, denkt sie, ist sie für Lucie endlich interessant geworden. Nein, sie hat es nicht wegen der Arbeit getan, obwohl sie immer einen Brechreiz kriegt, wenn sie Siggis Ding sieht, das aus der Nähe wie eine verdorbene Wurst ausschaut. Es war mehr der Liebeskummer, vielleicht aber auch eine Wut auf Monika … das Leben überhaupt.

»Liebe ist eine starke Schwäche«, behauptet Lucie und

blickt, den Hals leicht verrenkend, nach oben, weil ein Mann hinter ihr steht.

»Servus, Lucie.« Ado sieht über sie hinweg, sein Blick ist auf Annas Gesicht fixiert, und schon dafür könnte Lucie ihn hassen. Nein, ein zu starkes Gefühl, es ist mehr eine Wehmut, das Verstehen, daß Männer Frauen auf eine Weise sehen, der sie nicht gerecht wird.

»Servus, Ado«, flüstert sie. Denkt nicht daran, ihm Anna vorzustellen, die von einem zum anderen schaut und eine Spannung spürt, für die sie sich augenblicklich verantwortlich fühlt. »Ich bin lesbisch«, sagt sie, und Ado murmelt »sehr erfreut«, das ist ihm so rausgerutscht und hört sich deppert an. Lucies Mundwinkel zucken.

Sie lacht wie eine gestörte Nachtigall. Vor langer Zeit verliebte er sich in diese Einmaligkeit, die ihn hier und jetzt beschämt.

Wenn ihr klar wäre, wo die Grenzen zwischen ihnen verlaufen, würde Lucie ihn auffordern, sich an den Tisch zu setzen. Doch Nähe und Distanz betreffend ist sie Analphabetin, und daß er die Anna jetzt nicht mehr so anstiert, geschieht ihm ganz recht. Soll er doch denken, was er will. »Bist festg'wachsen?«

»Das ist mein Stammbeisl, weißt du noch?« Seine Hand mit der Narbe weist auf den Tisch, an dem sie saßen, bevor sie in sein Hotel gingen. »Ich wollt dich ja anrufen, aber …«

»Ich hatte eh keine Zeit.« Lucies Stimme klingt unnatürlich hoch. Verletzt, und das ärgert sie. Weil Lucie denkt, daß ihr nichts mehr nah genug kommen kann, um wirklich weh zu tun. Kein Mann. Das würde nicht zu ihrer Geschichte passen. Dem Nachruf, an dem sie schreibt, der aber noch Zeit hat, bis das Buch fertig ist. Lucie Haberer, gestorben am Tag X, aber eigentlich schon vorher, in der Stunde, in der sie auf die Mutter gewartet hat und wußte, die ganze Zeit wußte, das sie nie mehr kommen würde. Seither möchte sie nichts mehr fühlen, aber so einfach ist das nicht.

Natürlich konnte er nicht anders, als Anna bewundernd anzustarren. Die schönste Wiener Leich' hätte sie sein können, und im Moment zöge Lucie diese Variante vor. Annas Schilderung ihrer Badeinszenierung war fast schon Kino. Wenn das Tragische scheitert, gerät es rasch zur Komik. Was auch für die Liebe gelten mag. »Schleich dich, Ado.«

Sie könnte mein Untergang sein, denkt Ado, der nie gelernt hat zu schwimmen. Er würde trotzdem gern bleiben, weil er das Alleinsein fürchtet. »Warum hast du die Haare schwarz gefärbt?«

Nicht, um Anna zu gleichen, denkt Lucie, das wär' sowieso unmöglich. Sie zuckt mit den Achseln. »Das Rot war zu rot. Mach's gut, Ado.«

Die Lesbe schenkt ihm einen fast mitleidigen Blick, bevor er sich abwendet und zum Ausschank geht, weil kein Platz mehr frei ist im Lokal. Der Wirt wird ihm einen Tisch besorgen, und er will einen mit Aussicht auf die beiden Frauen. Die eine ist schöner, als die Polizei erlaubt, und die andere ein Stachel in seinem Fleisch. Wespenstiche, dagegen ist er allergisch, und Ado spielt mit dem Gedanken, Lucie aus seinem Leben zu verbannen. Zunächst braucht er was zum Festhalten – ein Glas und eine Zigarette.

Er beobachtet, wie sie auf ihre Begleiterin einredet. Sie bewegt ihre Hände dabei, kleine Hände, und ab und zu nippt sie an ihrem Bierglas. Ado hat, dem Türken sei Dank, eine Flasche *vom besten Roten* vor sich, und der geht aufs

Haus, wie er weiß. Er zwingt sich, langsam zu trinken, als ob es ihm Genuß bereite, während es doch nur darum geht, einen gewissen Pegel zu erreichen, den Zustand der Gleichgültigkeit gegenüber allem – vor allem sich selbst.

Es wird Zeit: Die Wespe tändelt durch sein geschwächtes Immunsystem, während die Lesbe bei längerer Betrachtung zu einem schönen, ein wenig langweiligen Bild erstarrt. Er fragt sich, was die beiden miteinander zu tun haben. Lucie auf dem Weg zu neuen sexuellen Ufern? Alles würd' er ihr zutrauen. Verzeihen aber auch, weil es Passionen gibt, von denen du nie loskommst.

Josefine hat ihn nicht wegen des Rauchens verlassen, sondern weil sie seine Trinkgewohnheiten nicht mehr ertrug. Oder wegen beidem, spielt ja auch keine Rolle mehr. Wenn du säufst, bist du sowieso allein. Brauchst nur die Gesellschaft einer Flasche, und die Welt wird kleiner, übersichtlicher, viel weniger bedrohlich. Und wenn du gar nichts mehr spürst, weißt du, daß du angekommen bist in deiner kleinen, privaten Hölle.

»Ein Bekannter aus der Schulzeit«, hat Lucie ihm als Nachruf hinterhergeschickt, doch Anna interessierte sich ohnehin nicht für diesen oder irgendeinen anderen Mann. Ins Leben zurückgekehrt, hat sie sich vorgenommen, alles anders zu machen, und besser natürlich. Wie das aussehen könnt', weiß sie noch nicht, weshalb sie Lucie um Rat fragt.

»Fast alle, die gescheitert sind, versuchen es kein zweites Mal.« Lucie lächelt, mehr über sich selbst, weil sie ja doch eine Ausnahme von der Regel ist. Einmal wird sie zur richtigen Zeit mit richtigem Mut am richtigen Ort sein. Golden Gate Bridge, das ist so ein Traum von ihr, oder das Manila-Hotel, in dem Zimmer, in dem sich Gustav Gründgens seiner Dämonen entledigte. Das Letzte muß Stil haben, weil der in ihrem Leben fehlt. Es besteht im wesentlichen darin, den Schillingen nachzurennen, die jetzt Euros heißen. Vielleicht kommt es ihr nur so vor, daß die noch schwerer zu verdienen sind.

Anna hat wieder einmal das Gefühl, daß Lucie nicht zuhört. Ludwig behauptet ja, daß seine Drehbuchschreiberin nur deshalb noch lebe, weil ihr kein g'scheiter Nachruf zu Lucie Haberer eingefallen sei. Zum Beispiel der: Berühmte Autorin verläßt Wien für immer. Wenn man Lucie nach ihrem Manuskript fragt, erzählt sie einem immer nur eine Geschichte ohne Happy-End. Die will Anna im Zustand einer Neugeborenen aber nicht hören. »Also, was soll ich jetzt machen? In der Zeitung suchen sie Modelle für Unterwäsche, was meinst?«

»Das klingt fad.« Lucie überlegt, daß sie Anna mögen könnte, wenn sie sich in ihrer Gegenwart nicht so unscheinbar fühlte. Neidisch, eifersüchtig, all die dummen Gefühle, die sie entbehren könnte auf der Suche nach … vielleicht nach einem Grund, am Leben zu bleiben? Dazu wiederum müßte sie ein anderer Mensch werden, und wie der ausschauen könnt', gehört zu den ungelösten Rätseln. Mehr Selbstvergessenheit hilft gegen Depression, fand Nietzsche. Musik, Tanz und Liebe. Überhaupt wär's besser, weniger nachzudenken und einfältiger zu agieren. Sinnsuchern wie Ado aus dem Weg zu gehen. Am Ende gibt es keine Antworten, und du hast vergeblich geforscht und einen Haufen Zeit verschwendet, um doch nur wie die anderen zu zerbröseln.

»Hast eine bessere Idee?« Anna denkt an die Brandwunde am Oberschenkel, die für Unterwäschefotos ungünstig wäre.

»Vielleicht«, sagt Lucie, und hat Euros im Blick. So viele Nachrufe kann sie gar nicht schreiben, daß es reichen würde für eine ordentliche Existenz. Das Zeilenhonorar ist ausbeuterisch, und Ludwig Abel kann nicht alle Lücken füllen, bis das Buch fertig ist. »Weiß der Ludwig überhaupt davon, daß du ihn verlassen willst?«

»Nein, ich hab' mich noch nicht getraut.« Anna erwog, einfach wegzubleiben, weil sie Konfrontationen lieber aus dem Weg geht. Monika hat oft gesagt, daß Anna überhaupt keine eigene Meinung habe. Hat sie schon, sagt sie aber selten. Die neue Anna: Sie wird zu Ludwig gehen und es ihm schonend beibringen. Er ist ein netter Mann. Wahrscheinlich deshalb, weil er eigentlich schwul ist.

»Du könntest Grabrednerin werden«, sagt Lucie.

Anna setzt ihre Kaffeetasse vorsichtig ab. »Jetzt spinnst aber.«

»Na, ich denk' schon länger dran, weil es was Lukratives ist. Die Leut' sterben, Anna, das ist ein Geschäft, das immer Konjunktur hat. Ich helf' doch manchmal bei der Weiniger aus, in ihrem Begräbnisladen. Und die Konfessionslosen, die brauchen halt auch einen, der an ihrem Grab steht und was Schönes sagt. Da feilschen die Hinterbliebenen nicht um Geld, wenn's um die letzte Ehre geht. Das ist ein todsicheres Geschäft, sag' ich dir.«

»Warum machst du's dann nicht selbst?« Anna kann sich als Hauptdarstellerin einer Begräbnisfeier nicht vorstellen. Nicht einmal zu Monikas Feier ging sie hin, aus Angst vor all den Leuten und Kameras und Mikrofonen. Und Monikas Mutter wollte sie auch nicht begegnen. Die Alte hat sie gehaßt, was Monika gefallen hat. Weil Monika wiederum ihre Mutter haßte. Es war ein Reigen, der bös enden mußte.

»Weil ich zu klein bin und eine piepsende Stimme habe. Mich sieht und hört doch keiner. Aber du bist groß und schön und hast eine Stimme, die nachhallt. Das feine Lispeln ist sogar interessant, und du bräuchtest ja nur zu reden. Das Schreiben übernehme ich schon. Ich wär' dann der Ghostwriter im Hintergrund.« Das paßt zu mir, denkt Lucie. Als Kind wär' sie für ihr Leben gern ein Geist gewesen, ein böser.

Anna denkt nach. Einerseits schmeichelt ihr Lucies Angebot. Das andere ist ihre Leseschwäche, ein sorgsam gehütetes Geheimnis, obwohl ihr's dank der Großbuchstaben nun einfacher wird. Sie hat sich vorgenommen, es mit einem Buch im Normaldruck zu versuchen, von Hesse oder von Roth. Elena hat wohl geahnt, daß ihr das Lesen schwerfiel, doch nie darüber gesprochen. Monika war viel zu beschäftigt, mit ihrer Arbeit und dem Spagat zwischen öffentlichem Leben und privaten Phantasien. So nannte sie den Sex, den sie hatten, die sadistischen Spiele, zu denen sie manchmal aufgelegt war. Die Katholikin bereute, die Ministerin verdrängte, die Frau hatte ihren Spaß daran. Und Anna spielte mit. Aus Liebe. Was sie dafür gehalten hat. Liebe macht dich zum Affen, der tanzen lernt. Sie will nie wieder tanzen.

»Das mußt nicht heut entscheiden, Anna. Aber bald. Ich möcht' Geld verdienen und noch eine Reise machen. Wegen des Lesens mach dir keinen Streß. Ich kann dir den Text auf Tonband sprechen.«

So viel zu Annas Geheimnis. »Woher weißt du es?«

»Weil du mich immer gefragt hast, was in den Büchern drinsteht, Anna. Denkst, ich bin blöd?«

»Nein, ich bin's.«

»So ein Schmarrn. Eine Leseschwäche haben mehr Leut',

als du glaubst. Nimm es wie das Lispeln: Das ist ein winzige Abweichung von Perfektion. Was Charmantes. Schau dich doch um: Siehst du einen hier ohne Achillesferse? Die meisten tragen sie im Gesicht, und das Problem hast du grad' nicht. Weißt du, was ich machen werd', wenn wir genügend Geld verdienen? Hohe Schuhe kaufen, ganz viele schöne hochhackige Schuhe. Zehn Zentimeter im Absatz, und in allen Farben.«

Anna schaut auf Lucies Füße. Sie sind klein und in billigen, flachen Stiefeln verborgen. »Ich kann es nicht, Lucie. Ich hab' Angst. Außerdem könnt' mich einer erkennen aus Ludwigs Filmen.«

»Glaub' ich nicht. Der Pepi hält sowieso nur auf Brüste und Unterleib, und Ludwig sagt, daß dein Gesicht zwar schön, aber unbrauchbar ist. Weil du entweder gelangweilt dreinschaust oder komisch grinst.«

»Ich bin halt keine gute Schauspielerin«, sagt Anna. Wenn ihr zum Weinen ist beim Dreh, dann muß sie gegen den Lachreiz kämpfen. Noch so ein Defekt, der gegen die Grabrednerin spricht. Aber Lucie läßt sich durch kein Argument beeindrucken. Am kommenden Sonntag wär' es soweit. Kundschaft von Frau Weiniger, der Doppelselbstmord eines Rentnerpaares, und die Kinder wollen ein Begräbnis mit allem Drum und Dran, grad weil sie ein schlechtes Gewissen haben. »Versuch's doch wenigstens einmal«, sagt Lucie, und das Flehen in ihrer Stimme klingt echt. »Fünfhundert Euro auf die Hand – und wir teilen es schwesterlich.«

Annas lange, schwarze Haare sind zu einem Zopf gebunden, mit dem sie immerfort spielt. Perfekt lackierte Nägel, so was hat Lucie noch nie fertiggebracht, weshalb sie seit Monaten ganz darauf verzichtet. Maniküre, das wär' auch so ein Luxus, den sie sich gönnen würde. Nicht, daß es ihrem Leben einen Sinn gäbe. Aber angenehm wär's doch.

Wenn Anna nachdenkt, beißt sie mit den Zähnen auf die Unterlippe. Auch das sieht hübsch aus, und Lucie drängt den Gedanken fort, daß Anna und Ado ein schönes Paar wären. Rein äußerlich. Dieser Witz von einem Griechen mit ranziger Wiener Seele. Und so wie er waren sie alle: beiläufige Beischläfer. Nach dem Sex die Zigarette oder kalte Dusche. Das Begräbnis gleich nach dem Höhepunkt. Eigentlich hätt' sie sie alle ermorden können und bestialische Nachrufe schreiben.

»Ich überleg's mir«, sagt Anna. »Bis morgen. Ich muß ja auch noch mit Ludwig reden.«

»Dann erzähl' mir heut' noch was über die Monika. Ja, ja, der Ludwig hat's mir gesteckt, aber ich hab' es keiner Menschenseele verraten. Es ist nur für das Buch, ich brauch' ein paar intimere Sachen. WARUM ist die offensichtliche Frage.«

»Sie mochte Ludwigs Pornos nicht«, sagt Anna und lacht. Sie könnte auch weinen, aber das hat Monika immer erregt bei ihren Spielen, weshalb Anna nicht mehr weinen mag. »Ich kann's dir nicht sagen. Offensichtlich hat der Rücktritt ihr den Boden unter den Füßen weggezogen. Freiwillig hätte sie sich von der Macht nie verabschiedet. Es gab da einen Brief, einen anonymen, darin stand so ziemlich alles über mich und unsere Beziehung. Und das schreibst du nicht, Lucie, sonst red' ich nie wieder mit dir oder für dich. Sie ist erpreßt worden, und Monika vermutete dahinter ihre alten Parteifreunde, die ihr den Austritt nicht verziehen haben. Aber ihr war klar, daß der Rückzug aus allen Ämtern vielleicht nicht reichte. Jeden Tag hat sie damit gerechnet, daß es in der Zeitung steht.

Sie war fertig mit den Nerven. Eine Kurzschlußhandlung nennt man das wohl. Aus Liebe hat sie es jedenfalls nicht getan.«

»Warum hat sie den Hund erschossen?«

Anna lacht schon wieder. Es klingt kaum fröhlich. »Warum hat sie nicht auch mich mitgenommen? Waren ihr zwei Begleiter ins Jenseits zuviel? Und kannst du mir sagen, warum es mich vor allem kränkt? Sie hat sich davongemacht und mich zurückgelassen. Ich bin zornig auf sie, das ist mir erst nach der Badewanne klargeworden.«

»Vielleicht«, sagt Lucie, »hast du diese Wut schon länger. Ich meine, sie war bestimmt eine schwierige Frau.«

Jetzt könnte Anna Geschichten erzählen, doch sie schweigt. Sie kennt Lucie noch nicht lange genug. Zwei Frauen in ihrem Leben hat sie vertraut, und sie haben sie beide im Stich gelassen. Lucie sendet keine sexuellen Strahlen aus, aber eine platonische Beziehung wär' schon schön. Weil Anna wieder einmal allein dasteht und Wien genausogut verlassen könnte. Ein neues Leben, aber wo und wie?

Grabrednerin, auf so etwas kann nur Lucie kommen. Doch die Vorstellung, nie wieder in Ludwigs Studio zu müssen, ist irgendwie verlockend. Keine Steffi-Schreie mehr, die eher verzweifelt klingen, wenn man genau hinhört. Siggis Ständer nie mehr sehen und Pepis gierige Augen durch die Kameralinse nie mehr fühlen. Ein neues Leben … auf Friedhöfen. »Wie kannst du nur für Ludwig Drehbücher schreiben?«

Ausgerechnet Anna fragt so was. »Das ist ganz einfach, es ist nur Sex. Daß Ludwig Poesie begehrt, macht die Sache allerdings schwieriger. Ich würd' auch gern aufhören, aber ich brauch' sein Geld. Entweder schreibe ich am Buch oder ich renn' den Groschen hinterher. Und die ganze Zeit denk' ich, daß es mich vom Wesentlichen ablenkt. Wir sind verirrte Sinnsucher.«

»Ich nicht. Mir reicht die Liebe vollkommen.«

So ein pompöser Satz. Spürt sie jetzt wirklich Neid? Lucie hat in keiner sterblichen Minute ihres Lebens gedacht, daß sie sich aus Liebeskummer umbringen könnte. Die unerwiderte Zuneigung zu sich selbst, das wäre der beste Grund. Diese lebenslange Abneigung gegen alles, was du bist und nicht sein kannst. Nicht gut genug. Jeder weiß das, und du vor allem weißt es. Annas Optimismus ist himmelschreiend. »Liebe? Der Triumph der Hoffnung über die Erfahrung?«

»Was verstehst du schon davon?« sagt Anna. Sie sieht durch das Fenster einem jungen Mädchen mit langen blonden Haaren nach.

Lucie ist ihrem Blick gefolgt. »Sie ist hübsch.«

Jetzt lächelt Anna mit ihren weißen Zähnen. »Ja, aber sie ist keine von uns.«

»Das weißt du nicht.«

»Doch. Sie hat zurückgeschaut, und dann spürst du es immer. Monika und ich – das war nur ein Blick. Gott, jetzt red' ich schon so, als ob sie endlos weit weg wär'. Und vorgestern wollt ich mich noch umbringen. Ein schlampiger Charakter, das hat Monika von mir gesagt. Sag mir, wie ich ein besserer werde.«

Sinnsucherin, schon wieder eine. »Geh Anna, such dir eine lesbische Psychiaterin. Was für die Seele. Ich hab' keine Zeit für so was. Ich hab' überhaupt nur noch wenig Zeit.«

»Wegen des Drehbuchs für Ludwig?«

»Nein.« Lucie fühlt Ados Blick. Er sitzt vor seiner zweiten Flasche, die der Wirt soeben gebracht hat. Sie sollte jetzt aufstehen und gehen und schreiben, statt Zeit zu vertratschen und auf einen Mann zu schielen, der sie für einen Nachmittag benutzt hat, um Vergangenheit abzuschließen. Soll die Anna doch tun, wozu immer sie Lust hat. Lucie hat keine Erfahrung mit Freundinnen, war immer mit sich allein, vielleicht nicht aus freien Stücken, aber so ist's halt.

Lucie bezahlt die Rechnung für beide, weil Anna alles Geld nach Hause schickte anstelle eines Abschiedsbriefs. Sie wird Lucies Angebot annehmen müssen oder pornographisch weitertrödeln, denn Leben kostet. Anna bedankt sich bei Lucie, die, was jeder weiß, der sie kennt, ein willfähriges Opfer von Schnorrern ist. Weil, aber das weiß kaum einer, Lucie den vagen Glauben an die Wiedergeburt – sehr unsicher wie alles Überirdische – mit guten Taten ausfüllt. Geld für die Zukunft zu sparen, das würde nicht passen. Alles, was du nicht in Händen hältst, ist bloß ein Traum. Lucie hat noch fünfzig Euro, das muß reichen bis zum Wochenende, bis die Zeitung für den Nachruf zahlt.

Für Selbstmordangebote im Internet hat ihr Geld noch nie gereicht. »Peisithanatos« fordert auf seiner Website zweitausend Euro für den Zyankalicocktail oder die Mischung aus Luminal, Truxal und Diazepam. Wird per Post verschickt, nach der Überweisung auf ein Konto in Budapest. Der *Schwammerlsucher* ist billiger, weil er den Grünen Knollenblätterpilz für sechshundertsechsundsechzig Euro anbietet inklusive der Warnung, daß dies kein schöner, schmerzfreier Tod sei. Im Frühling hat er den Giftrötling und zwischen August und Oktober den Orangefuchsigen Schleierling und den Nadelholz-Häubling im Angebot.

Daß er Rezepte zur Zubereitung von Pilzgerichten mitliefert, erscheint selbst Lucie zynisch. Aber vielleicht ist es auch nur der österreichische Humor, der sich besonders in Todesnähe entfaltet.

»Also, du überlegst es dir«, sagt Lucie, während sie an der Garderobe nach ihren Mänteln suchen. »Denk dran, ein todsicheres Geschäft.«

Anna lächelt. »Und du gierst nach Schuhen.«

»Ja, weil ich mir neben dir wie der letzte Trampel aus der Provinz vorkomme.« Lucie schaut neidisch auf rote Stiefeletten, passend zur Handtasche, und der weiße Mantel ist sowieso ein Traum. Ein bisserl Hedonismus vor dem Tod kann keine Sünde sein. »Und ruf mich an wegen der Adresse des Altersheims. Ich muß die furchtbare Mutter besuchen, weil du ja nichts erzählen willst über die Monika.«

Anna verspricht auch dies, bevor sie entschwebt, verfolgt von gierigen, neidischen Blicken. Das hat ihr immer etwas ausgemacht: angestarrt zu werden. Weshalb sie beim Gehen meist nach unten sieht.

Als sie an seinem Tisch vorbeikommen, will Ado nach Lucies Hand greifen, doch er verfehlt sie, sein Arm sinkt nach unten, und sie haben nur einen Blick getauscht. *Du hast mich enttäuscht,* sagt ihrer, und seiner: *Gib mir noch eine Chance.* Doch weil sie beide Analphabeten sind, geht dieser Augenblick vorüber. Als die beiden Frauen draußen sind, geht ein unhörbares Stöhnen durch den Gastraum. »Wer war dieser schwarze Engel?« fragte der Türke seinen Lieblingskieberer, der seinen besten Wein trinkt wie Wasser.

»Was net, aber ich frag' die Lucie, wennst möchtest.« Ado merkt, daß er schon mit schwerer Zunge spricht, er hat das Stadium erreicht, in dem die Außenwelt durch einen Schleier von ihm getrennt ist. Er möchte sein Dasein von dem der anderen absondern. Das ist die Grundidee. Andererseits will er Lucie Haberer noch einmal sehen, um sie zu fragen, warum das Rot zu rot war. Die Antwort auf diese Frage erscheint ihm ungemein wichtig, während die Akten, die im Büro auf ihn warten, in seinem jetzigen Zustand gar nichts mehr bedeuten. Laßt die Toten ruhen, denen kann eh alles Wurscht sein. Ihm jedoch sind die Tschicks ausgegangen, das ist die Tragödie des Augenblicks, und er fragt den Taxler am Nebentisch sehr höflich, ob der ihm eine borgen könnt'.

Der Dunkelhäutige, der ausländische Mitbürger, das Wiener Kind seit dreißig Jahren, hält seine Zigarettenpakkung fest. »Schleich di, Sandler«, zischt er Ado zu, nicht wissend, daß er in die Nähe einer Beamtenbeleidigung kommt. Nach einem vergeblichen Versuch, dem Gast ein Zeichen zu geben, eilt der Wirt zum Tisch, nimmt eine Zigarette aus der Schachtel und reicht sie Ado. »Wir sind alle eine Familie«, sagt er mit seinem breitesten Lächeln, während er dem Verweigerer heimlich ans Schienbein tritt. »Der Herr Oberst ist ein wertvoller Teil dieser Familie«, fügt er hinzu, und daß er eine Runde Schnaps auszugeben gedenkt.

»Das eherne Wiener Herz«, murmelt Ado anstelle eines Dankes und hüllt sich in Rauch und Schwere. Es gibt Tage, an denen er mäßig *tschechert*, aber dann gibt es Stunden, die auch nur annähernd nüchtern nicht zu ertragen wären. Die Konservativen und die Kirche rotten sich zusammen, um das Land in die Vergangenheit zurückzuführen. Er weiß es, doch er kann nichts beweisen. Lucie hat ihre Haare schwarz gefärbt. Der griechische Philosoph Hegesias hat den Leuten gepredigt, ihr Leben, dessen Werte und Normen, radikal in Frage zu stellen. Worauf sich ein paar umgebracht haben. Feigheit vor dem Feind, dem Leben. Ado beginnt zu lachen, ganz für sich allein, weil alles so komisch ist und er ein Held. Oder auch nur Überlebenskünstler mit Fettleber. Das Organ wird ihn noch eine Weile aushalten müssen. Solange er eben dauert, der Kampf.

ZWÖLFTES KAPITEL

Das Seniorenheim liegt unweit der Rasumofskygasse, so daß Lucie am »Café Zartl« nicht vorübergehen konnte. Das Frühstücksbüffet ist auf einem Billardtisch aufgebaut, der noch aus Zeiten der Monarchie stammt. Einer der magischen Orte morgendlicher Völlerei, und wenn sie schon ihr Zimmer und ihren Bezirk verläßt, dann soll es sich lohnen. Lucie fügt den gekochten Eiern im Glas Senf, Worcestersauce und Tabasco hinzu, und darein tunkt sie die Weißbrotschnitten und fühlt, daß es einer ihrer guten Tage ist. Keine Donaubrücke an diesem Tag und nicht der Anflug von Endzeitstimmung. Es war eine Nacht ohne böse Träume. Kein leerer, fensterloser Raum, in dem ein Kind sitzt. Sie nennt es ihren Sarg-Traum.

Die Mutter hat aufgeräumt und geputzt, bevor sie das Haus verließ, um an den Teich zu gehen. Sie hat ihre Briefe verbrannt und die Asche in den Müll geworfen. Dem Kind, das von der Schule kam, hatte sie kein Essen hingestellt. Das war unaufmerksam, und macht Lucie heute noch zornig. Daß die Mutter keinen Gedanken mehr an sie verschwendet hat in ihren letzten Stunden. Nur aufgeräumt. Damit die Gendarmen nicht im Ort herumtratschen konnten, daß Sophie Haberer eine schlechte Hausfrau gewesen war. Unglücklich, aber nicht unordentlich.

Lucie hat diesen einen Fall ausgelassen in ihrem Buch. Kein Nachruf für Sophie, keine Erinnerung, keine Erklärung: Das mag späte Rache sein, Lucie weigert sich, darüber nachzudenken. Wie wenig sie weiß! Der Vater hat nie mehr über Sophie gesprochen, und Lucie war zu klein, um in ihr etwas anderes zu sehen als die Hüterin des Hauses, die kochte, putzte und ihr Schlaflieder vorsang, sie hatte eine schöne Altstimme, die im Kirchenchor geschätzt war. Die Erinnerung ist blaß, Sophie war eine stille, disziplinierte Person, die nicht zu Gefühlsausbrüchen neigte, auch nicht zu Zärtlichkeiten. Glücklich schien sie nur, wenn sie sang oder auf dem Klavier spielte. Brahms vor allem, und Lucies Bild von Sophie ist das eines zarten Rückens über dem Klavierschemel, und ein langer, dicker, brauner Zopf, der sich manchmal bewegte, wenn die Spielerin von der Melodie fortgerissen wurde. Lucie mußte auf Zehenspitzen durchs Zimmer gehen, wenn Sophie am Klavier saß.

Sie war ein unmusikalisches Kind, vielleicht war dies ein Grund für die Fremdheit zwischen ihnen. »Lucie kommt ganz nach ihrem Vater«, sagte Sophie manchmal, und wie sie es sagte, ließ das Kind noch blasser werden. Aber es stimmte gar nicht, weil der Vater der unkomplizierte, lebenslustige Part der Familie war, der an den wenigen Tagen seiner Anwesenheit das Haus aufzuhellen schien. War er da, so saß Sophie nicht stundenlang am Klavier und Lucie mußte nicht leise sein. Ist es das? Der Mangel an Zuneigung, die Kälte einer Kindheit, an der Georg Trakl mit Siebenundzwanzig zugrunde ging?

Lucie hat ihn unter die Selbstmörder aufgenommen,

obwohl nicht erwiesen ist, ob die Kokainvergiftung gewollt oder ein Unfall war. Bevor man ihn ins Krakauer Militärhospital einwies, hatte er versucht, sich zu erschießen. Trakls Schwester Greta, seine einzige große Liebe, brachte sich drei Jahre später um.

Familienangelegenheiten – ein langes, kompliziertes Wort. Sophie hat nur einmal von der Großmutter gesprochen, der Geigerin, deren Ehemann sie verließ, als die Nazis in das jubelnde Wien einzogen. Sophie hat sie gefunden, auf dem Dachboden, und noch versucht, die Mutter vom Strick zu befreien, das Gewicht des Körpers mit ihren Schultern aufzufangen, doch sie war zu klein, zu schwach, um den Tod zu verhindern. Zwei Tage blieb Sophie mit der Mutter auf dem Dachboden, bis sie von einer Tante entdeckt und bis Kriegsende in deren Haus im Burgenland versteckt wurde.

Es habe nur wenige Helden gegeben in dieser Zeit, sagte Sophie, und auch, daß die Musik so falsch gewesen sei. Diesen Satz hat Lucie nicht verstanden. Sie hat ja versucht, das Klavierspiel zu lernen, doch ihre Finger wurden steif und unbeweglich, wenn die Mutter neben ihr saß. Lucie erinnert sich daran, wie das Metronom weitertickte, wenn sie aus dem Takt kam, das Ticken und die Schläge auf den Handrücken. Nicht fest, der Schmerz kam aus einer anderen Quelle, der des immerwährenden Versagens. Manchmal glaubt sie, ihn immer noch zu spüren, und dann reibt sie an der Stelle und löscht ihn aus.

Das tut sie jetzt, und das Wunderwesen einer Kellnerin mißdeutet die Geste als Aufforderung, die Rechnung zu bringen, und Lucie bezahlt und verläßt das »Zartl« und geht über die Straße in Richtung des Altersheims, in dem Monika Weiss-Langers Mutter lebt, seit ein paar Jahren.

Die Adresse hat sie von Anna bekommen, die noch hinzufügte, daß Monika ihre Mutter jeden Sonntag besuchte.

In Gedanken daran, wieviel Anna ihr verschweigt, überquert Lucie die Straße und wird von einem Taxifahrer knapp verfehlt. Er hat, weil er nicht mehr bremsen konnte, ein Ausweichmanöver versucht, mit glücklichem Ausgang, was ihn zunächst in Rage versetzt, so daß er anhält und aus dem offenen Fenster eine Kanonade von Schimpfwörtern in Lucies Richtung brüllt. Wiener Taxler sind die Helden der Straße und der verbalen Kraftakte. Lucie ignoriert den Beißer und geht einfach weiter. *Wülst di umbringen?* Na schon, vielleicht, aber nicht so und nicht heute.

Es ist wahr, sie schaut nie nach links und rechts, bevor sie die Straße überquert, so, wie Gerti es ihr beibrachte. All die praktischen Dinge, die kleinen Überlebensstrategien, über die die Stiefmutter so akkurat Bescheid wußte. Gerti spielte kein Instrument, doch sie hörte gerne Schlager und Volksmusik und sang dazu mit ihrer fröhlichen, grauslichen Stimme, und in ihrer Gegenwart gab es andere Gründe, still zu sein.

Das Seniorenheim liegt an einem kleinen Park, eine Jugendstilvilla, die allen Renovierungen und Verschandelungen standgehalten hat. Eine angemessene Unterkunft für die gebrechliche Wiener Oberschicht, denkt Lucie, und daß sie sich diesen letzten Aufenthalt nicht leisten könnte, nicht leisten muß. Der Empfangsraum ist groß und leer, und es riecht nach Lavendel. Erst nach einigem Suchen begegnet Lucie einer weißgekleideten Schwester, die sie nach dem Aufenthalt von Frau Professor Langer fragt. Sie sei eine entfernte Verwandte aus der Provinz, sagt Lucie, und ihr wird der Weg in den Wintergarten gewiesen, wo die Damen gewöhnlich sitzen und auf das Mittagessen warten.

Weil es ja ein Wartesaal zur Hölle ist, murmelt Lucie, doch die polnische Schwester lächelt, sie versteht nur die Hälfte von dem, was die Leute zu ihr sagen, was auch ein Segen sein kann. Sie ist einen Kopf größer als Lucie und von dieser professionellen Freundlichkeit, die sich in immerwährendem, gleichgültigem Lächeln ausdrückt. Sie ist Lucie in den Wintergarten gefolgt, wo die Bewohner in kleinen Gruppen in Rattansesseln oder Rollstühlen sitzen, vor sich hin dösen, lesen, fernsehen oder Karten spielen. Die Schwester weist diskret auf eine Dame, die allein am Fenster sitzt. »An manchen Tagen geht's ihr gut und dann wieder nicht. Sie müssen selber sehen, gnä' Frau.« Mit diesen Worten entschwebt sie auf Gesundheitsschuhen mit Gummisohlen, ganz in Weiß und lautlos.

Lucie steht im Raum und wird gemustert. Für zu klein befunden, natürlich. Schäbig angezogen: der dicke schwarze Rock, die schweren Stiefel, die plumpe Daunenjacke. Lucie fühlt sich ärmlich unter arroganten Blicken und wünscht sich neue Kleidung, für die sie kein Geld hat. Es wird stark geheizt im Wintergarten, weil die Insassen leicht frieren, und sie schält sich aus ihrer Jacke, während sie sich dem Fenster nähert, an dem Professor Langer sitzt und eine Patience legt. Über ihre Beine ist eine Decke gebreitet, farblich passend zu dem braunen Twinset, und Lucies erster Eindruck ist, einem Koloß zu begegnen. Monikas Mutter sitzt im Rollstuhl, der gewaltige Fleischmassen trägt und unter ihnen gleichsam verschwindet.

»Was starren S' mich so an. Kenn ich Sie?«

Lucie denkt an einen Beluga-Wal und sieht sich selbst als einen kleinen Fisch, der gleich gefressen wird. Es ist nicht nur die Erscheinung, sondern auch dieser Wiener Oberklassenakzent, das gelinde Näseln und der feine Hauch des Dialekts, die sie einschüchtern. »Nein, ich … bin Lucie Haberer, eine Freundin ihrer verstorbenen Tochter. Mein Beileid. Es war sehr tragisch.«

Die dicken Finger, mit Ringen bestückt, halten eine kleine Patiencekarte, den Kreuzbuben. Mit der anderen Hand greift Maria Langer nach ihrer Brille, die an einer Perlenkette um den Hals hängt. Sie mustert Lucie durch die Augengläser und weist auf den Sessel neben ihrem Rollstuhl. »Darfst dich setzen, weil mir fad ist. Die Patience geht sowieso net aus. Aber so ein Farferl wie dich hätt' die Monika nicht mal zur Jausn g'essen. Also: Wer schickt dich?«

Lucie setzt sich und legt Jacke und Schal neben sich. »Niemand. Eigentlich bin ich eine Freundin von Anna Sirnova. Und ich schreibe ein Buch über … bedeutende Persönlichkeiten, die den Freitod gewählt haben. Anna meinte, daß Sie die richtige Person wären, die Ministerin ins rechte Licht zu rücken.« Mein Gott, beinah hätte sie gestottert. Monikas Mutter hat etwas Einschüchterndes, und das hat nichts mit Masse zu tun.

Auf dem Tisch, neben den Karten, steht ein Teller mit Gebäck. Maria Langer greift danach, und Vanillekipferln verschwinden in ihrem Mund. Eins nach dem anderen. Sie ist, denkt Lucie, monströs, obwohl sie Ähnlichkeiten mit der Tochter entdeckt. Monika war fünfzig Kilo leichter, ungefähr. Auch groß und stark, aber noch in dem Rahmen, der als üppig durchgeht. Sie bietet ihr nichts an, obwohl Lucies Blick an den Kipferln hängt.

»Du bist also eine Freundin der tschechischen Schlampe. Bist auch so eine Verdrahte?«

Lucie schüttelt den Kopf, und die Frau, die fest entschlossen ist, ihren neunzigsten Geburtstag zu erleben, weil sie glaubt, daß der Wille das Fleisch besiegen kann, sieht ihre Besucherin skeptisch an. »Na, wen kümmert's. Wennst alt wirst und der Tod an die Tür klopft, is eh alles a Hetz. Mußt auf nix mehr Rücksicht nehmen, net woar?«

Lucie lächelt vage zustimmend. Der Teller ist leer, doch Maria Langer bietet ihr immerhin Tee an. Lucie haßt Tee, greift dennoch nach der Tasse und schenkt ein. Die Mutmaßung, daß Maria Langer Widerspruch eher selten duldet, bestimmt ihr Handeln. Schließlich will sie was von ihr.

»Das Flitscherl hat sich nie hergetraut, und ich hätt's ihr auch nicht geraten. Hat genug angerichtet, denk' ich mir. Weil sie doch Schuld hat an allem. Ich hab' der Monika immer schon g'sagt, daß sie sich für was entscheiden muß – Karrier' oder Affär'. Eine schmutzige G'schicht mit bösem Ende.«

Sie redet ein wenig zu laut in der Art von Schwerhörigen, und Lucie registriert eine gewisse Stille im Wintergarten. Wissende, boshafte, eher selten mitleidige Blicke. Maria Langer bewegt ihren Rollstuhl in Richtung der Lauschenden: »Schauts net so blöd, sie war immerhin Ministerin, während euer Bagage nur wartet, bis sie das Erbe verschleudern kann.«

Sie schauen weg. Haben es immer getan, wenn etwas unangenehm wurde, und warum sollten sie im Alter mutiger werden? Unterbrochene Gespräche werden wiederaufgenommen, eine Schwester bringt frischen Tee und Säfte, und dezent klirrt Porzellan zum Gemurmel der betagten Gäste. Lucie denkt, daß dieses Hotel der letzten Einkehr eine Menge Geld kosten muß.

Mit herrischer Geste bedeutet ihr Maria Langer, sie aus dem Raum zu schieben. »Wir ziehen uns in den Park zurück«, sagt sie, und im Gang eilt eine Schwester herbei, die der alten Dame eine Stola umhängt. Den Rollstuhl zu bewegen erfordert Lucies ganze Kraft, und sie ist froh, als sie draußen sind und am Brunnen anhalten.

Der Tag ist schön und klar, Frühling fast, und Maria Langer beugt sich vor und taucht ihren Finger in das kalte Wasser. Noch etwas zu spüren ist eine Freude. Die Sonne zu sehen, und die Luft zu atmen. Das Leben anhalten, darauf konzentriert sie ihren Willen. Eine muß es ja tun, jetzt, da alle tot sind, die ihr was bedeutet haben. »Die Monika war immer eine Kluge, aber schwach, zu triebhaft. Ich denk' ja, daß der Mann an allem schuld ist, dieser perverse Judenbengel.«

Die Sprache, sie ist so verräterisch. Maria Langer hat sie zeitlebens unter Kontrolle gehalten, der gutbürgerlichen Idylle untergeordnet und den beruflichen und familiären Zwängen. Nur in Gedanken zugelassen, was sie für gemeine Wahrheiten hält. Doch mit dem Tod des Gatten und der einzigen Tochter hat sie eine radikale Kehrtwendung vollzogen. Es muß keine Rücksicht mehr genommen werden, auf niemanden. Sie kann tun, was sie will – im Rahmen der begrenzten Möglichkeiten. Vor allem reden kann sie, wie ihr der Schnabel gewachsen ist. Wie schockierend für die Heuchler, mit denen sie das betreute Restleben teilt. Entnervend für die Schwestern, Pfleger und Ärzte. So erfrischend, wenn man zu guter Letzt ehrlich sein darf. Die Wahrheit ist halt oft ordinär. Unbeliebt, wie vermutlich das Mädchen, das neben ihr am Brunnen hockt, in Augenhöhe, weil sie ja alle Rücksicht nehmen auf die Krüppel und sich dabei die Gelenke ruinieren, obwohl ihr das so gleichgültig ist wie alles andere. *Mentscher* wie Lucie Haberer kennt sie aus ihrer Lehrzeit: Sie sind stille Wasser, deren Tiefe schlecht abzuschätzen ist. Immerhin ist sie eine

Schriftstellerin, auch wenn sie noch nie von ihr g'hört hat. Eine von der darbenden Sorte, der Kleidung nach zu schließen. Davor hat man gewissen Respekt, und sie hat außerdem eine Rechnung zu begleichen. Mit einer Toten.

Nicht eine Zeile hat Monika ihr hinterlassen. Diese Mißachtung hat geschmerzt, obwohl Maria von sich dachte, daß die Zeit der seelischen Verwundungen vorbei sei. Und so erzählt sie der Fremden von ihrem einzigen Kind, in das sie alle Hoffnungen, alle Wünsche gesetzt hatte. Olympiasiegerin sollte die Monika werden, sie war eine hervorragende Langläuferin, ein Bergfex überhaupt. Oder Nobelpreisträgerin, denn sie war klug, fleißig und ehrgeizig. Weshalb Monika ein Jahr an die Wirtschaftsschule nach London ging, wo sie Alexander Weiss begegnete, einem Sohn aus reichem Haus, der, von allem gelangweilt, mit Drogen, Kommunismus und Masochismus experimentierte. Eine grausliche Mischung, wie Maria Langer anmerkt, und daß sie das *Bürscherl* von Anfang an durchschaut habe. Aber die Monika in ihrer blinden Liebe habe ja nicht auf sie gehört, nicht einmal auf den Vater, der darüber vor Gram gestorben sei. An Krebs, der zuallererst diejenigen dahinrafft, die an seelischem Kummer leiden.

Marias Mann war ein stilles, in sich zurückgezogenes Wesen, ein seelischer Eremit, und sie kann sich nicht erinnern, ihn einmal geliebt zu haben. Doch arrangiert hat man sich, und jetzt trägt ihn die Witwe an ihrem Ringfinger, und er funkelt strahlender als zu Lebzeiten. Asche wird zum Rohdiamanten umgewandelt, der nach Wunsch – in ihrem Fall herzförmig – geschliffen wird. Billig war das nicht, aber andererseits kostet ja so ein Ring auch ein Geld. Auf jeden Fall ist er an ihrem Finger besser aufgehoben als in der Urne, und Maria hatte sich durchgesetzt, obwohl ihre Tochter es geschmacklos fand. Monika wollte partout kein Schmuckstück werden, sondern unterirdisch vermodern. Gott sei ihrer verkrüppelten Seele gnädig, und einen zweiten Ring hätte Maria sowieso nicht tragen wollen. Man soll's nicht übertreiben mit der Erinnerung, das wär' ja so, als würde man einem *Royal Flush* ewig nachhängen.

Drei Jahre dauerte Monikas Ehe, und die letzten zehn Monate verbrachte das Paar in Wien, wo Alexander Weiss zu der bereits in Auflösung begriffenen »Wiener Gruppe« stieß, kommunistische Provokateure und Pseudokünstler nach Professor Langers Meinung, bekiffte, versoffene Gaukler, die sich über Kunst und Kultur lustig machten. H. C. Artmann, Konrad Bayer, Gerhard Rühm, Oswald Wiener und Friedrich Achleitner … die teils talentierte, aber insgesamt meschugge Bagage, deren Extravaganzen den Engländer magisch anzogen.

Ihr Gedächtnis hat sie nie im Stich gelassen, nur der Körper, dieses Fleisch, das sie nie haben wollte, mit dem sie verflucht und beladen und an den Rollstuhl gefesselt ist. Wie sie diesen Mann gehaßt hat, wie sie versucht hat, ihre Tochter aus seinen Klauen zu befreien! Doch ja, das wilde, süße Leben habe die Monika einerseits abgestoßen und andererseits angezogen. Weshalb sie es fertigbrachte, bürgerliche Tochter und gute Studentin, gleichzeitig die Hure ihres Ehemanns und seiner Gespielen zu sein.

Der schöne Alexander Weiss lebte in Wien seine masochistischen Neigungen auch mit Männern aus, alles war ein Spiel mit Tabubrüchen und Grenzüberschreitungen, und er fühlte sich in der Tradition von Leopold von Sacher-Masoch, dem Schriftsteller, der sowohl mit seiner Geliebten wie auch seiner ersten Ehefrau Verträge über das

Tragen von Pelzen, sexuelle Gepflogenheiten inklusive des Gebrauchs der Peitsche geschlossen hatte. Sie mußten sich allerdings verpflichten, ihn sechs Stunden täglich *nicht* zu demütigen.

Professor Langer, die vor der Geburt ihrer Tochter Literatur unterrichtete, fügt hinzu, daß Sacher-Masoch ein trivialer Romancier und ganz zu Recht nur noch als Namensgeber perverser Neigungen bekannt sei. Doch Alexander, entweder bekokst oder besoffen, habe von Kunst und Literatur sowieso keine Ahnung gehabt. Dem sei es immer nur um kranken Sex gegangen – ohne sechsstündige Pause. Daß er zur Hölle fuhr, nachdem er sich im LSD-Rausch an einem Adlerflug versucht hatte, findet Maria Langer bis heute erheiternd. Sie lacht bellend, während sie mit ihren Fingern das Wasser bewegt. Sie hat fette, kräftige Hände, und der Diamant glitzert in der Sonne.

»Schön war der Alexander nicht mehr, als sie seine Leiche aus der Donau fischten. Wir haben ihn nach London überführen lassen, weil ich ihn nicht einmal als Toten in der Nähe haben wollt'. Aber für Monika war es zu spät, sie war schon infiziert von seinen Perversitäten. Man möcht' es von seinem Kind nicht glauben, ich hab' lange weggeschaut. Und sie war so eine perfekte Heuchlerin, die Monika. Eine durch und durch verdorbene Kreatur, die wandelnde Gotteslästerung.«

»Ist das nicht ein bisserl hart?« flüstert Lucie.

»Nona. Wenn jeder seine Triebe auslebt, wo kommen wir da hin? Ich red' nicht von Moral, sondern von Disziplin. Man hat eine Verantwortung gegenüber sich selbst, und Monika hat alles weggeschmissen, wozu ich sie erzogen hab'. Hat mir ins Gesicht gelacht, wenn ich ihr das vorwarf. Wenn du den Respekt vor dir selbst verlierst, ist auch für andere nichts übrig. Am Ende ging's ihr nur noch darum, das öffentliche Gesicht zu wahren.«

Lucie schaut erschrocken aus, und Maria Langer versteht, daß sie ein bisserl zu weit gegangen ist. Doch es hat etwas Befreiendes, über Monika zu richten, jetzt, da sie unter der Erde ist. »Das erzähl' ich dir zum Verständnis, nicht zum Schreiben. Außerdem denk' ich, daß die Sirnova dir eh schon einiges g'steckt hat, was soll ich drum herumreden? Mein Leben lang hab' ich gelogen, und jetzt mag ich's nimmer. Monika hat zuletzt was Richtiges gemacht, nämlich die Konsequenz aus ihrem verpfuschten Leben gezogen.«

Dabei, sagt Maria Langer nach einer Pause, in der sie durch Lucie hindurchsieht in eine stille Welt zwischen Leben und Tod, sah es eine Zeitlang gut aus nach Alexanders Verschwinden. Monika trauerte, aber nicht allzusehr, beendete ihr Studium mit Auszeichnung und ging nach einem kurzen Gastspiel in der Wirtschaft in die Politik. Logisch nur, daß sie sich nach der Kommunistenehe von den Linken abgestoßen fühlte und ins rechte Lager wechselte. Eine kleine Partei mit großen Aufstiegschancen, und nach drei Jahren wurde sie zum Nationalrat aufgestellt und gewählt. Eine Karriere wie im Bilderbuch, nur daß Monika immer unzufriedener wurde, zuviel trank, über die *Burscherlwirtschaft* in der Partei lamentierte und … ein *Pantscherl* mit ihrer Assistentin begann.

»Ich hab' sie in flagranti erwischt«, sagt Maria Langer mit so viel Haß in der Stimme, daß Lucie zusammenzuckt. »Meine Tochter war wieder einmal dabei, sich alles zu zerstören, was sie aufgebaut hatte, und wieder war's die große Liebe …«

Schläft sie? Lucie sitzt vor einer alten Frau im Rollstuhl,

deren Augen geschlossen sind. Die Hände liegen jetzt auf der Decke, ein wenig bläulich vom kalten Wasser. Der kleine Park ist fast leer, nur zwei alte Männer führen ihre Hunde aus, Promenadenmischungen, und auf einer entfernten Bank sitzt ein Liebespaar, das ineinander verschmolzen scheint. Der steinerne Brunnen mit dem wasserspeienden Engel ist mit Graffiti verschandelt worden. *Neger raus. Tod den Faschisten. Sex is a Hetz. Adi liebt Hedwig. Kreuzigt die Muslime. Wien bleibt Wien.*

»Was lesen S' das Graffelwerk? Sind eh nur Kommunisten, Ausländer. Sogar im Heim sind zwei Jüdinnen. Das weiß ich, weil sie koscher essen, und mit unsereins reden die nicht. Wo war ich? Bei der Heidi, diesem Kärntner Flitscherl. Ist diese Tschechin a Masochistin?«

Die Frage überrascht, aber nicht allzu sehr. Es paßt, denkt Lucie, zu Annas Schweigsamkeit in dieser Beziehung. Wie wenig sie über Anna weiß, obwohl sie sich seit zwei Jahren kennen. Lucie zuckt mit den Achseln.

»Hat's dir die Sprach' verschlagen?« Maria Langer zieht Lucie zu sich heran. Sie hat Kraft in den Armen, und aus der Nähe riecht sie nach Kampfer, gemischt mit einem süßlichen Parfum. »Das Bürscherl hat der Monika so einiges beigebracht an Perversitäten. Da könnt' ich Geschichten erzählen, da graust's dir. Aber ich hab' geschwiegen und die Monika gedeckt, so gut es ging. War ja mein Fleisch und Blut, und was hätt' ich sonst tun können? Aber wenn s' dich erwischen, bist du tot, hab' ich immer zu ihr gesagt. Und genau so ist's gekommen.«

Kein Mitgefühl, denkt Lucie, aber vielleicht verliert sich das, wenn man so lange lebt. Sie fragt nach der Quelle des Verrats, doch die alte Frau kann oder will ihr in diesem Punkt nicht helfen. Sie mutmaßt, daß die Tschechin die

Geschichte an einen Journalisten verkauft hat, der sie wiederum der Partei steckte und dafür Schweigegeld kassierte.

»Kein Journalist hätt' sich so eine Story entgehen lassen«, widerspricht Lucie und verteidigt Anna, der sie das keineswegs zutraut. Sie ist aufgestanden, weil die Knie schmerzen, und lehnt jetzt am Brunnen. »Warum hat sich Ihre Tochter nicht gewehrt? Sie wußte doch sicher was Kompromittierendes über die anderen? So macht man das doch in der Politik, oder?«

Maria Langer lacht jetzt, und es klingt furchtbar. »Vielleicht, aber das hätt' nix genutzt, und sie hat's g'wußt. Vielleicht war da zuletzt ein bisserl Anstand, das trau' ich ihr noch zu. Gibt eh genug Skandale in der Politik, und sie wär' in jedem Fall untergegangen. Gute alte K-&-K-Tradition: Den gesellschaftlichen Tod darfst du nicht mehr erleben. Monika hatte ihren Stolz, aber es war der falsche.«

»Hat sie Ihnen was gesagt oder geschrieben, bevor sie ...?«

Professor Langer sieht Lucie an, als habe sie eine verbotene Frage gestellt. Sie bewegt ihren Rollstuhl, so daß sie mit dem Rücken zu ihr sitzt. Es ist still eine Weile, und Lucie wartet. Blauer Himmel, nur ein paar weiße Wolkenfetzen sind zu sehen. Lucie fühlt so etwas wie Mitleid. Wenn es keine Liebe mehr zwischen den beiden Frauen gegeben hat, war sie doch immerhin eine Mutter, die sich nicht davonstahl. Du kannst sie dir nicht aussuchen. Und umgekehrt.

Lucie kann ihr Gesicht nicht sehen, doch die Stimme klingt zornig. »Nichts. Sie hat in den letzten Wochen nur noch Anstandsbesuche gemacht. Ohne Worte. Wir haben übers Wetter geredet oder übers Essen. Heute mittag gibt's

Tafelspitz, und ich fürchte, daß die Audienz jetzt vorbei ist. Darfst mich zurückschieben. Und ich will auf jeden Fall lesen, was du über sie schreibst. Auf Fehler steht die Todesstrafe.«

Sie lächelt, als sie das sagt. Lucie steht jetzt neben ihr und kann nicht glauben, was sie gehört hat. Maria Langer sagt nichts mehr auf dem Weg, und nachdem sie die Eingangshalle passieren, fährt sie davon auf ihrem Elektrorollstuhl, den man gar nicht zu schieben bräuchte. Die Tür öffnet sich automatisch, und sie verschwindet, ohne sich verabschiedet zu haben. Es riecht nach Lavendel, aber auch ein bißchen nach Tod.

Als Lucie das Haus verläßt, pfeift sie. Weiß nicht, warum. Vielleicht, weil sie niemals so werden wird. Jenseitig diesseitig. Draußen scheint die Sonne, die das Liebespaar auf der Parkbank immer noch wärmt. Es ist ein schöner Tag. Trotz allem.

DREIZEHNTES KAPITEL

Wieso fallen ihm auf der Straße immer die alten Weiber auf? Jenseits der Kärntnerstraße, die er in Seitengassen umgeht, um den Touristen auszuweichen, sind die Geschäfte kleiner und edler, und die alten Frauen tragen seltsame pelzige Hüte oder Kopftücher über faltigen oder feisten Gesichtern, es ist wohl auch eine Frage des Standes, wieviel Fett du auf deine Rippen frißt, Backhendl oder Sushi, und manchmal ertappt sich Ludwig dabei, wie er den Gwamperten bewundernd nachschaut, weil sie ein Schönheitsideal von früher verkörpern, das Fleisch, von dem er sich abgewendet hat, weil er meint, in modernen Zeiten zu leben.

Ludwig Abel geht zu Fuß zu seinem Psychiater, weil du in der Innenstadt sowieso keinen Parkplatz kriegst, oder nur zu horrenden Preisen. Er spaziert, schlendert, flaniert und liebt seine Stadt, manchmal, wenn das Rheuma ihn nicht quält und das Wetter es zuläßt, ohne Regenschirm zu gehen. Außerdem fühlt er sich gut, fast euphorisch, weil er erstens beschlossen hat, Lucies Film »Haut« zu drehen, und zweitens die Aktienkurse gestiegen sind, die ihm diese Kühnheit erlauben. Er könnte in eines der feinen Geschäfte gehen und ein Geschenk für Lucie kaufen. Glück soll man teilen, sagte seine Pornochefin Erika immer, doch war sie selten in dieser Stimmung. Die fetten Frauen erinnern ihn an seine Ersatzmutter, während die dürren und faltigen eher nach der eigenen Mutter kommen, die bei seiner Geburt die Vierzig überschritten hatte.

Der erste Mensch, dem er ins Gesicht schaute, hatte Falten und Linien von vier Jahrzehnten, in denen es kontinuierlich abwärtsgegangen war. Ludwigs Mutter war eine Verarmte, Tochter aus gutem Haus, doch zu guter Letzt eben nur Beamtenwitwe mit mäßiger Pension in einer schaurig-schönen Altbauwohnung am Ring, Besitzerin eines Kanarienvogels und eines Sohns, der ihre zarten Kräfte überforderte.

Der Vater war beim Bergsteigen umgekommen, in eine Gletscherspalte gefallen, hieß es, und lange träumte Ludwig von ihm im ewigen Eis, einem zweiten Ötzi und etwas Besonderem in seinem gewöhnlichen Leben. Unsterblichkeit, davon träumt er immer noch, träumen alle, und es sind die besten Wünsche, die nicht in Erfüllung gehen.

Durch das Fenster eines Kaffeehauses sieht er vier Frauen beim Tarockieren zu, ein Spiel, dem seine Mutter ihre letzte Leidenschaft gewidmet hat. Dreimal die Woche kamen die Damen zum Spiel in den *Salon,* das Wohnzimmer, verblichene Pracht mit Schonbezügen, ein Witwenvierer, bei dem moderate Einsätze über den Tisch gingen, zehn Groschen der Punkt, und stundenlang saßen sie mit funkelnden Brillengläsern am Tisch und verloren sich in der Welt der Tarockkarten, der Solos und Dreier und Bettler und Valats. Sie mochten einander nicht und pflegten sonst keinen Kontakt, doch wenn sie spielten, die vier alten Frauen, dann hätte die Welt untergehen können, und sie hätten weiter die Karten gemischt.

Als Ludwig dreizehn war, starb eine der Witwen, und er wurde von der Mutter angelernt, als Vierter einzuspringen, zwei Abende in der Woche und am Sonntagnachmittag. Doch es war nicht mehr wie früher, denn jetzt spielten sie nur noch um einen Groschen, und seine Verluste wurden von der Mutter alimentiert, wohingegen er seinen Gewinn behalten durfte. Das war die Verlockung, der er nicht widerstehen konnte, obwohl er kein *afficionado* war wie die alten Weiber, die zum Tarockieren Kräuterlikör tranken und Gebäck knabberten, das immer zu hart war, weil seine Mutter eine miserable Mehlspeisköchin war, was sie nie, niemals, zugegeben hätte. Unangenehme Wahrheiten fielen unter den Tisch, wo sich nach und nach Staub ansetzte, als die Mutter zu kränkeln begann. Ludwig band sich ihre Schürze um und putzte die Wohnung, was ihm seltsamerweise Freude machte. Auch das Kochen und Einkaufen, die Tratscherei mit der *Greißlerin* an der Ecke, die später einem Supermarkt weichen mußte.

Die Mutter starb, als Ludwig achtzehn war. Die nunmehr halbierte Tarockrunde nahm ihr das übel, und die Witwen sprachen beim Leichenschmaus kein Wort mit dem Waisenknaben, der kurz vor der Matura stand und den Hirnschlag mit Todesfolge zeitlich unpassend fand. Ludwig kann sich nicht erinnern, seine Mutter geliebt zu haben. Er hat mit ihr Tarock gespielt.

Keine Ahnung, ob sie es immer noch tun, die Wiener Witwen in ihren Altbauwohnungen, doch er nimmt es an, denn in dieser Stadt ändern sich nur ein paar Fassaden, und dahinter bleibt alles beim alten. Geburten, Hochzeiten, Todesfälle und dazwischen ein bisserl Leben. Kaffeehaus, Heuriger, Grinzing oder Wienerwald, die Oper vielleicht, das Kartenmischen bestimmt, und sie sehen mehr fern, was die Verfettung beschleunigt und die Vereinsamung auf erträglichem Niveau hält.

Alte Frauen sind für Ludwig immer schwarz, auch wenn sie angezogen sind wie die Papageien. Wien ist, abgesehen von einer Handvoll Leuten und ein paar schrägen Vögeln, keine Stadt der Eleganz, sondern eher schäbig von einer Ecke um die andere, so wie die Häuser und Geschäfte auch, ein Mischmasch aus Sanierung und Verfall, wie bei den Frauen, die seine Wege kreuzen.

Doch du kannst ihnen nicht ausweichen, den Hektaten Wiens, den schwarzen alten Weibern. Die Griechen haben sie eingesperrt, ihre Göttinnen der Rache und der Nacht, nachdem sie sie umgetauft hatten und sie Eumeniden nannten, die Wohlmeinenden, wie sie voller Aberglauben sagten. In Ludwigs Stadt laufen sie frei herum. Sitzen in Kaffeehäusern und zocken oder lösen Kreuzworträtsel, halten sich an Einkaufswagen von Hofer oder Billa fest oder fahren mit der Tramway zu den Friedhöfen, die das Größte in Wien sind.

Ob es demoskopisch korrekt ist oder nicht: Für Ludwig verdrängen sie die Jungen aus dem Stadtbild, zumindest tagsüber, und jetzt wär' er beinah über eine gestolpert, die auf einer Bank sitzt und Tauben füttert. Sie schimpft ihm giftig hinterher, obwohl er sich entschuldigt hat, und Ludwig beschleunigt seine Schritte, um der kreischenden Stimme zu entgehen. Kleinere Vergehen werden erbarmungslos geahndet, während alle größeren diese Stadt in Walzerklängen ersäuft.

Ludwig wirft eine Münze in den Hut des Stehgeigers, der sich vor dem Hauseingang seines Psychiaters postiert hat. Eine kluge Standortwahl, weil Doktor Liebkind viele Patienten hat, wie die beiden Kolleginnen auch, die in den unteren Stockwerken praktizieren. Danken tut der Geiger nie, sondern spielt einfach weiter, der Kälte trotzend und dem, was er Schicksal nennt, denn er hätt' ja auch Virtuose werden können, ein Philharmoniker, wenn nicht widrige Umstände, diese undurchdringliche Vetternwirtschaft des Kulturbetriebes, ihn auf die Straße getrieben hätten.

Doktor Liebkind empfängt in einem Zimmer, das blau und ultramodern eingerichtet ist, kühl und glatt wie ein Bergsee, Ludwigs zweite Heimat nach dem Kaffeehaus, und der Psychoanalytiker erinnert ihn sogar an seinen Stammkellner, denn beide sind weißhaarig, liebenswürdig und undurchdringlich. Bis heute kann er nicht sagen, ob sie ihn mögen oder ablehnen oder ob ihnen – das ist das Wahrscheinlichste – Ludwig Abel völlig gleichgültig ist.

Ludwig versinkt in dem grauen Sessel und erzählt dem *shrink* von den schwarzen Frauen, was wiederum zu seiner Mutter führt und zu Erika, doch über sie will er heute ausnahmsweise nicht reden, sondern über Lucie und die »Haut« und seine Bereitschaft, sich in ein finanzielles Abenteuer zu stürzen, das ihn ruinieren könnte. Ist das heldenhaft?

Liebkind macht sich keine Notizen, sondern zeichnet die Gespräche auf Bändern auf, die er in grauen Schränken verwahrt. Seine Antwort ist wie immer leidenschaftslos: »Eher mutig. Risikofreudig. Aber wenn es Ihr Traum ist, mein lieber Ludwig, sollten Sie ihn sich erfüllen. Irgendeine Ahnung, welche Rolle Lucie bei diesem Entschluß spielen könnte?«

Liebkind zupft an seinem Ohr, während er auf Antworten wartet, das macht Ludwig manchmal nervös, aber nicht, wenn die Fragen einfach sind. »Sie hat das Drehbuch geschrieben. Obwohl ja nicht viel gesprochen wird, alles ist Bewegung, Berührung. Eine Zärtlichkeit von einem Film … Wahrscheinlich werd' eh ich keinen Verleih finden.«

»Ist Lucie zärtlich?« fragt der Mann, der, mehr tut er nicht, Ludwig zwingt, über Fragen und Antworten etwas genauer nachzudenken. Sie war lieb in jener Nacht, aber ohne jede erotische Komponente. Hat seinen Rücken gestreichelt und ist dann schnell eingeschlafen, während er noch wach lag und über »Haut« nachdachte und darüber, wie er den Film finanzieren könnte. Sie war morgens weg, bevor er die Augen aufschlug, wofür er ihr dankbar war, auch wenn sie vergessen hatte, das Wasser aus der Badewanne abzulassen. All das erzählt er Liebkind und auch, daß sie fast die ganze Flasche seiner teuren Badeessenz ins Wasser geschüttet hatte. Sie übertreibt immer alles, nur bei Gefühlen ist sie sparsam. Dabei sollten Frauen nach Ludwigs Vorstellung ein reicheres Innenleben haben als Männer. Gefühlsorgien, die verbindet er mit dem weiblichen Geschlecht. Erika und seine Mutter sind die Ausnahmen von der Regel – und die übrigen Frauen, die er kennt.

»Es gab also in beiderseitigem Einvernehmen keinen Verkehr im üblichen Sinne?«

»So könnte man's nennen. Mit Lucie kann man sehr unkörperlich sein, vielleicht, weil sie so winzig ist. Sie schien mir auch nicht drauf aus zu sein. Hab' ich eine asexuelle Ausstrahlung?«

»Möglicherweise. Empfinden Sie es so, Ludwig?«

Ludwig sieht in Liebkinds braune Augen. Sie sind teilnahmslos. Seit drei Jahren kommt er jede Woche hierher, und für das Geld hätt' er sich schon ein Filmstudio einrichten können mit der neuesten Technik. Das Problem ist wahrscheinlich, daß er in diesem Mann den Vater sucht, der im Eis liegt. Ewig, und das ist ein Wort, das ihn schon immer erschreckt hat. Wird er ewig bei Liebkind auf der Couch liegen, in jeder Sitzung versuchen, ihn zu beeindrucken? Was ihm nie gelingen wird.

»Ich weiß nicht, ich denk' manchmal, daß ich auch eine Frau sein könnt', so, wie die Dinge liegen.«

Liebkind zieht an seinem Ohr und läßt den Satz wirken. »Fühlen Sie sich denn zu Männern hingezogen?«

»Nein. Auf keinen Fall.« Das war zu schnell, zu heftig, und Ludwig leidet unter dem zweifelnden Blick. »Ich hab' immer lieber mit Mädchen gespielt, schon als Kind. Es ist ihr sanftes Wesen, das mich anzieht. Mit Männern hab' ich nicht mal was anfangen können, wenn es um Freundschaften ging. Die weinen ja nicht mal bei den schönsten Filmszenen. Lucie schon. Die kann wunderbar weinen.«

»Haben Sie schon mal darüber nachgedacht, ob Sie für Lucie mehr als Freundschaft empfinden? Und falls ja, könnte es sein, daß Sie Angst haben, der Sex könnte diese Beziehung zerstören?«

Sex? Womit? Ludwig versucht ein selbstironisches Lächeln. »Was denken Sie, weshalb ich hier sitz' seit Ewigkeiten? Die Impotenz kam vor Lucie, die ist ja nun wirklich nicht schuld daran. Ich mein', sie ist klein und nicht besonders schön. Obwohl sie ein interessanter Typ ist, klug und ein wenig verrückt. Sie schreibt ein Buch über Selbstmörder, hab' ich Ihnen doch erzählt. Wahrscheinlich wird sie nie damit fertig werden, weil sie einmal sagte, daß sie sich umbringen wird am Schluß. Wenn es zu Ende geschrieben ist. Ist doch meschugge. In so was kann man sich nicht ernsthaft verlieben, oder?«

Das *oder* am Ende aller Fragen ist bereits die Antwort darauf, denkt Liebkind. Er ist einundsechzig und hat eine

Leidenschaft für eine Neunzehnjährige entwickelt, die erst seine alte Ehe und dann ihn, den alten Mann, vernichten wird. Wo die Liebe hinfällt, wachsen verkrüppelte Bäume, fleischfressende Pflanzen und neurotische Tiere. »Ob Sie das ernsthaft können, lieber Ludwig, müssen Sie allein entscheiden. Glauben Sie denn, daß Miß Lucie für Sie ähnliche Gefühle hegt?«

Manchmal streut Liebkind Anglizismen in sein hochdeutsches Wienerisch, nur um sich daran zu erinnern, daß er Jahre in New York gelebt hat, wo alles besser war, zumindest gab es dort mehr Juden und weniger Antisemiten.

Ludwig wünscht sich nicht zum ersten Mal, daß sein *shrink* ihm eine klare Antwort gibt. So in der Art eines Gurus, der dir sagt, wo es langgeht, dir Entscheidungen abnimmt und dein Leben grandios vereinfacht. Liebkind ist wie der Punchingball in seinem Fitneßcenter. Du schlägst rein, und hinterher fühlst du dich besser und hast keine Ahnung, wieso. Dem Ball ist das egal.

»Ich weiß nicht, ich denk' schon, irgendwie. Glauben S' denn, daß ich irgendwann wieder einen hochkrieg'?«

Die Frage ist unausweichlich in jeder verdammten Sitzung, denkt Liebkind, und wenn er eine Antwort wüßte, könnte er auch mit seiner infantilen Obsession fertig werden. Er mustert seinen pornographischen Zwitter mit väterlicher Güte: »Das glaube ich durchaus, Ludwig, wenn Sie durch all Ihre Ängste gehen und sich Ihren Gefühlen stellen. Ich denke, daß wir schon nahe dran sind. Hat sich irgendetwas bewegt in jener Nacht?«

Das Wasserbett. Ludwig lag nur still da, während sie ihn streichelte, und sprach ein stummes Gebet, daß sie ihn dort nicht berühren sollte. Es wurde erhört. »Nein. Mein

Geist war willig, das können Sie mir glauben. Vielleicht ist es doch das Fleisch …«

Liebkind seufzt unmerklich. »Aber das haben wir doch schon geklärt. Alle einschlägigen Untersuchungen sprechen dagegen. Ihr Unterbewußtsein verweigert die Erektion, Ludwig. Warum wollen Sie es nicht doch einmal mit Viagra versuchen?«

Ludwig wischt sich mit einem Taschentuch die Stirn. Der Raum ist überheizt, und er hat das Gefühl, dieses Gespräch schon hundertmal geführt zu haben.

»Weil ich ein Hypochonder bin, Doktor, das wissen Sie doch. Ein abergläubischer Hypochonder. Eine Zigeunerin hat mir vor Jahren die Hand gelesen – und wissen Sie, was sie gesagt hat? Daß ich während einer Erektion an Herzversagen sterben werd'. Sie nannte es einen schönen Tod, die alte Hex'.«

Liebkind hat sich in seinem Stuhl aufgerichtet. »Das haben Sie mir noch nie erzählt! Wann war das?«

»Vor über zwanzig Jahren, vergessen S' den Zusammenhang. Es ist mir vor ein paar Tagen erst wieder eingefallen, als ich mit Lucie im Prater war und sie sich von einer Zigeunerin die Zukunft lesen ließ.«

»Manchmal«, sagt Liebkind, »speichert unser Gedächtnis Informationen in der Abstellkammer unserer Ängste, und durch irgendetwas ausgelöst, treten sie zu Tage. Glauben Sie denn an das, was die Zigeunerin Ihnen erzählt hat?«

Wie lange kann er diese teilnahmslosen Ochsenaugen noch ertragen? Ludwig springt auf und geht ans Fenster. »Nein, und ich glaub' auch nicht, was sie Lucie prophezeit hat. Und Viagra will ich nicht. Sowenig wie Schlaftabletten zum Schlafen oder Abführmittel für die Verdauung.« Ludwig hält inne und dreht sich zu Liebkind um. »Schauen Sie mal da – gegenüber. Da steht jemand auf der Balustrade. Drehen die einen Film?«

Liebkind ist kein neugieriger Mensch, die Wiederholung von allem langweilt ihn zutiefst, doch als Ludwig insistiert, steht er auf und geht ans Fenster. »Ich sehe nichts.«

»Aber ja doch, direkt gegenüber im dritten Stock. Da steht einer … und unten stehen sie auch schon, die Gaffer.«

Auch wenn der Doktor auf die Entfernung schlecht sieht, sind die Sirenen von Feuerwehr und Polizei nicht zu überhören. Die Menge weicht unwillig zurück, als die Wagen den Raum vor dem Haus okkupieren und Uniformierte aus den Autos springen.

»Es ist eine Frau«, sagt Ludwig. »Vielleicht sollten Sie rübergehen und was tun.«

»Suizid ist keine ansteckende Krankheit.« Liebkind ist einen Schritt vom Fenster zurückgetreten, er leidet unter Höhenangst, weshalb er Ludwigs Vorschlag mitnichten in Erwägung zieht. »Ich kann gar nichts tun, mein Lieber, da hat die Polizei immer einen Experten an der Hand.« Einen schwindelfreien, setzt er für sich hinzu. »Seltsam, daß es sich in diesem Monat so häuft. Als ob's doch eine gewisse Nachahmungskomponente gäbe.«

Ludwig läßt die Frau, die er nur schemenhaft erkennen kann, nicht aus den Augen. Wenn ich wegsehe, denkt er, wird sie springen, was völliger Blödsinn ist, doch hat nicht viel Unglück damit zu tun, daß immer und überall weggeschaut wird? Sie bewegt sich nicht, steht ganz still und hält den Kopf nach oben in den fast blauen Himmel dieses Tages.

»Ein unnatürlicher Tod«, murmelt Liebkind neben ihm, und Ludwig sagt: »Gibt es so etwas wie einen natürlichen?«

Die Frau bewegt sich jetzt einen Schritt nach vorn, mehr Spielraum hat sie nicht auf dem schmalen Sims, und die Menge, von der Polizei zurückgedrängt, stöhnt auf, für dieses Drama muß man nicht ins Burgtheater, und jetzt erscheinen die ersten Kameras, die ihre Objektive nach oben richten. Es ist unwürdig, denkt Ludwig, weil sie jetzt ihr Gesicht heranzoomen und der Schmerz, vielleicht ihr letzter, zu einem öffentlichen Spektakel wird. Vielleicht machen sie irgendwann eine Show daraus, wer der beste Selbstmörder Österreichs ist, Suizid-Superstar mit Ruhm posthum.

Liebkind spricht in Ludwigs Rücken: »Natürlich gibt es den: Wenn Sie an Altersschwäche sterben. Steht zwar in keinem Totenschein, erscheint mir aber doch die angenehmste Art und Weise, die Welt zu verlassen.« Liebkind geht zu seinem Schreibtisch, öffnet ihn und kommt mit einer Zigarre im Mund zurück. Das hat er noch nie getan.

»Zünden Sie sie nicht an?«

»Nein, ich rauche nicht mehr. Ich muß meine Lippen an etwas festhalten. Glauben Sie, daß sie springen wird – und macht Ihnen das angst?«

Ludwig hat die Frau keine Sekunde aus den Augen gelassen und sieht jetzt im Fenster eine andere Frau hinter ihr auftauchen. Das ist gut, denkt er und sagt: »Nein, irgendwie nicht. Sie hätte schon längst springen können, wenn sie es wirklich gewollt hätte. Die Polizeipsychologin redet jetzt auf sie ein.«

Liebkind spricht mit Zigarrenmund. »Es ist feige, aus der Absurdität des Daseins in die Absurdität des Nichts zu fliehen.«

»Das sagt sie bestimmt nicht zu ihr. Was würden Sie mir erzählen, wenn ich dort stünde?«

Liebkind sieht auf seine Uhr, die ihm sagt, daß die Therapiestunde vorbei ist. Alles, was er jetzt antwortet, ist gratis, privat und unbedeutend. »Daß Sie möglicherweise den größten Fick Ihres Lebens verpassen, wenn Sie springen.«

Sein *shrink* nuckelt an einer Zigarre und scherzt mit dem Tode. Ludwig spürt fast eine Art Zuneigung, doch seine Augen bleiben auf die Frau gerichtet. »Ich werde daran denken, wenn's soweit ist.«

»Sie sind nicht der Typ des Suizidanten, aber in einer Viertelstunde kommt ein Patient, der ...« Geheimnisverrat. Liebkind räuspert sich: »Laut Adler sind Selbstmord wie Neurose kindliche Formen der Reaktion auf kindliche Überschätzung von Motiven, Herabsetzungen und Enttäuschungen. So dient der Suizid als Sicherung, um in unkultureller Weise dem Kampf des Lebens mit seinen Beeinträchtigungen zu entgehen.«

Die Zuneigung löst sich in nichts auf. Ludwig fragt sich, ob die Frau in den nächsten fünfzehn Minuten springen wird. Er wird nicht vom Fenster weichen, sie nicht aus den Augen lassen. Die Gasse ist jetzt fast vollständig abgesperrt, weil sich immer mehr Gaffer angesammelt haben, und einige rufen jetzt: »Kumm owa«, was beide Möglichkeiten offenläßt.

»Spring nicht«, flüstert Ludwig, weil er abergläubisch ist und sich vorstellt, daß Lucie an ihrer Stelle stehen könnte. Lucie hat sich zwei winzige Engelsflügel auf ihren Rücken tätowieren lassen, das hat er gesehen, als sie sich auszog. Doch sie kann nicht fliegen.

»Es wird langsam kalt, würden Sie bitte das Fenster schließen«, sagt Liebkind.

Das klingt gereizt, und normalerweise hat Ludwig Angst vor ihm. Doch jetzt nicht. »Ist Ihnen die Frau egal?«

»Sie ist keine Patientin von mir, soweit ich das erkennen kann, und ich neige nicht zu Sensationslust oder gemeiner Heuchelei. Kommen Sie, Ludwig, es wird auch langsam fad. Sie wird nicht springen.«

Hat sie es gehört? Nein, das ist ganz unmöglich, doch genau in diesem Augenblick tut sie es. Als die Frau am Fenster nach ihr greifen will, macht sie eine Bewegung zur Seite und stößt sich ab. Ludwig hört das Stöhnen der Menge und sieht einen Körper fallen, so schnell, daß seine Augen kaum folgen können, bis zum Aufprall auf dem Trottoir. Sie ist durch den Positionswechsel dem Sprungtuch ausgewichen und streifte im Fall einen der Männer, die es festhalten. Er liegt auch am Boden. Hätte er sie retten können, wenn sie das Sprungtuch bewegt hätten in letzter Sekunde? Falsches Drehbuch.

Ein Narr, wer das Schicksal für Zufall hält. Fred Astaire in »Scheidung auf amerikanisch«. Sie wollte, sie mußte sterben, denkt Ludwig, und daß er diese Szene anders gedreht hätte. Mit ihrer Rettung, und anschließend verliebt sie sich in den Mann, der das Sprungtuch bewegte.

Ein Sanitäter beugt sich als erster über den Körper der Frau, und Ludwig sieht, wie er den Kopf schüttelt. Wenn jetzt einer klatscht da unten, denkt er, übergebe ich mich. Doch es ist ganz still für einige Sekunden, als ob die Zeit angehalten wurde. Die Zuschauer drängen nach vorn, um auf die Leiche zu gaffen, und im Blitzlichtgewitter liegt sie für kurze Zeit schutzlos ausgeliefert, bis sie zugedeckt wird.

Liebkind hat seine Zigarre durchgebissen und wischt sich Tabak aus dem Mundwinkel. »She has been waiting for years to fuck up her life like this«, sagt er, während er das Fenster schließt.

So viel Wärme liegt in seiner Stimme, daß Ludwig nicht glauben kann, was er gehört hat. »Sie ist tot, Mann, und Sie sind ein furchtbarer shrink.«

»Es war ja nur eine Ferndiagnose«, antwortet Liebkind mit einem Lächeln, das Ludwig an Jack Nicholson erinnert. Er hat es oft probiert, aber nie geschafft, so abgründig zu grinsen.

»Also dann – bis nächsten Dienstag«, sagt Liebkind und schiebt ihn beinahe zur Tür hinaus, begierig, einen Patienten, der überzieht und ihn auch noch kritisiert, so rasch wie möglich loszuwerden. Ludwig geht die Treppe langsam hinab, weil er den Rest der Szene nicht mehr sehen will. Den Leichenwagen. Den Sarg. Lucie, denkt er, wird mir das nicht antun. Weil in all ihren Schwächen eine Stärke liegt. Weil du nicht springst, solange dich Filme zum Lachen oder Weinen bringen.

Ludwig bleibt vor dem Geiger stehen. Keine Musik mehr. Der Mann zählt seine Münzen.

»Warum?« fragt ihn Ludwig.

»Weil es keine Antworten gibt.«

VIERZEHNTES KAPITEL

»Deine Selbstmörderin heißt Wanda Plachnik und studierte Philosophie. Außerdem war sie aushilfsweise Skilehrerin und Bergführerin. Höhenangst hatte sie jedenfalls keine … Ludwig, renn net so.«

Sie sind im »Himmel«, Lucie, Ludwig und Anna. Ein Betriebsausflug, den Lucie vorgeschlagen hatte, um über den Film zu reden, an dem sie alle leiden, jeder für sich. In »Haut« spielt Anna zum letzten Mal für Ludwig, und Lucie hat sich für ein ordentliches Honorar als »Beraterin« verpflichtet, was zu ständigen Streitereien mit Pepi, dem Kameramann, führt. Es ist die Hölle, und Ludwig ahnt, daß ihn dieser Film ruinieren wird.

Sie sind oberhalb von Grinzing auf dem ehemaligen Pfaffenberg, und Ludwig bleibt auf der Kuppel der Himmelwiese stehen, um den alten Baumhain zu bewundern, bis die Bäume zu sprechen beginnen, ein elektronischer Trick mittels Lichtschranken, abartig ist das, und die drei flüchten im Laufschritt in Richtung Wald, als letzte Lucie, die über eine Wurzel stolpert und fällt. Es ist nur Gras, das sie auffängt, hartes Wintergras, und während sie am Boden liegt und spürt, daß sie noch lebt, erinnert sie sich daran, daß sie als Kind glaubte, es könne singen, das Gras, weshalb sie sich an warmen Tagen in Wiesen legte und ihrer Einbildung lauschte.

»Willst erfrieren?« Ludwig steht neben ihr und streckt ihr seine Hand entgegen, an der sie sich hochzieht. Die Jacke ist dreckig, mehr ist nicht passiert, doch es ärgert sie, weil es eine Neuanschaffung ist. Von Anna beraten, hat sie angefangen, ihre Garderobe zu erneuern. Fort mit den wallenden, langen Röcken und überdimensionalen Pullovern. Das Geld kommt und geht, weil es ihr gar nichts bedeutet, wenn es auf der Bank liegt.

Und mehr ist zu erwarten. Anna als Grabrednerin war grandios. Sie hatte anfangs zu schnell geredet, sich einmal versprochen, und es war ganz egal, weil sie von allen angestarrt wurde. Beim letzten Satz bebte ihre Stimme immer noch vor Aufregung, was die Leute als Rührung deuteten, und in der Stille, die folgte, dachte Lucie, daß ein Applaus sie nicht gewundert hätte. Denn Anna in ihrem dunkelvioletten Kostüm war so überirdisch, daß sie den Tod in den Schatten stellte. Das Rentnerpaar, das sich vergiftet hatte, lag schon in der Erde, doch über ihnen, am offenen Grab, stand Anna Sirnova und erzählte den Verwandten und Freunden, den Sportkameraden und Mitgliedern des Alpenvereins von zwei wunderbaren Menschen, deren Liebe sie bis in den gemeinsamen Tod getragen hatte. Romeo und Julia, nicht mehr, eher weniger, doch unnachahmlich lispelte Anna zwischen Nekrologenkitsch und -kunst Worte der Tröstung, der Hoffnung, der Erlösung.

Lucie hatte sich mit dem Text Mühe gegeben, doch darauf kam es nicht an, das wurde ihr klar, als sie neben Anna stand, um ihr im Notfall zu soufflieren, und in die Gesichter der Umstehenden blickte. Verzückung beinahe, denn nichts scheint mehr Trost zu spenden als das Leben in seiner schönsten Gestalt, wenn du mit dem Tod konfrontiert wirst und dem unausweichlich folgenden Gedanken an die eigene Sterblichkeit.

»War ich gut?« fragt Anna zum dritten Mal, und Lucie versichert ihr, daß dies der Anfang einer großen Karriere sei. Ludwig, sie merkt es, steht der Sache skeptisch gegenüber. Ludwig ist, seit er Zeuge des Selbstmords wurde, von dem Gedanken besessen, sich ein Denkmal zu setzen. Den Film zu drehen, der ihn auf den Heldenplatz der erotischen Kunst befördert. Doch Lucie denkt inzwischen, daß ihr Drehbuch von der guten Idee zur schlechten Umsetzung verludert. Annas Haut ist überall wundervoll, doch ihr Gesicht im Auge der Kamera eine lustlose Maske, tiefgefrorene Lust, und nichts, was man ihr sagt oder mit ihr tut, ändert etwas daran. Anna ist eine begabte Rednerin, doch eine schlechte Schauspielerin, und Ludwig merkt es nicht. Geblendet von Annas Schönheit und von dem Wahn, ein Meisterwerk zu schaffen.

Das auszusprechen, bringt Lucie nun doch nicht fertig, wofür sie sich feige schilt. Der Ausflug zu den sprechenden Bäumen war schließlich ihre Idee. Doch Anna ist so berauscht von ihrer Grabpremiere, daß es geradezu bösartig wäre, sie jetzt mit Kritik zu behageln. Anna redet auf Ludwig ein, der unbehaglich wirkt. Der Stadtmensch, Lucie weiß es, kann mit Natur nichts anfangen. Sie schmutzt, und sie ängstigt ihn mit ihrer Stille. Obwohl ihn die plappernden Bäume auch nicht amüsiert haben.

Lucie hat kein zweites Mal in seinem Wasserbett übernachtet, auch wenn es dort keusch zugegangen war. Vielleicht deshalb. Lucie träumte in dieser Nacht vom Ertrinken, und es war erstaunlich leicht, sie fühlte sich schon fast schwerelos und flirtete mit einem goldenen Fisch, der sein

Maul geöffnet hatte, um sie zu verschlingen. Sie dachte noch, er könne Gott sein, bevor sie aufwachte.

Gott: Die Leute reden von ihm bei Begräbnissen und beim Leichenschmaus. Zumindest anfangs, bevor Speis und Trank sie wieder dem Irdischen zuführen. Lucie und Anna sind eine Stunde mitgegangen zum »Plachutta«, und Anna wurde hofiert, zumindest vom männlichen Teil der Trauergesellschaft. Keine gute Idee, dachte Lucie, als sie die Augen der Frauen sah. Sie hatte Anna geraten, sexuelle Präferenzen nicht zu erwähnen und statt dessen Visitenkarten zu verteilen. Mit der Geschäftsnummer, also Lucies Telefonanschluß. Ihre Idee, ihre Worte, doch natürlich heimste Anna alle Lorbeeren ein, während Lucie sich dem Tafelspitz widmete und den Gesprächsfetzen lauschte. Gott, so eine Art Heurigenwirt, und die Verstorbenen seine lieben Dauergäste. Zigeuner, als Engel verkleidet, geigen Schrammelmusik auf Rauchwolken, in der Ferne hat man sie am liebsten, die Zigeuner, und der Selbstmörder litt an unheilbarem Lungenkrebs, weshalb er seine Qualen verkürzen wollte, und ob die Gattin ihn wirklich freiwillig ins Jenseits begleitet hat, wird nie einer erfahren. Weil, sie war ja *pumperlgsund* und eine an sich lebenslustige Person. Wenn es über die Umstände der Entleibung verschiedene Auffassungen gab, so waren sich die Leichenschmausgänger doch in einem einig: Die Grabrede war sensationell, ganz zu schweigen von der Rednerin.

»Ich bin vor Lampenfieber fast gestorben«, sagt Anna zu Ludwig, der das Gefühl hat, von allen verlassen zu werden. Erst Wanda, die Todesspringerin, dann Lucie und Anna, die sich zu einem morbiden Geschäft verbandelt haben. Zwei Frauen und kein Sex, dafür Geschichten vom Friedhof, er kann es nicht mehr hören, und seine

Aktien fallen auch, woran also soll er sich festhalten im Diesseits?

Ludwig zeigt auf ein Glashaus in Oktagonform und schlägt vor, der Natur den Rücken zu kehren. Zu Lucie: »Und ich will alles wissen, was du über Wanda Plachnik erfahren hast.«

Hat er einen Wimpernschlag weggesehen, als Wanda den entscheidenden Schritt ins Leere machte? Die Frage quält Ludwig in der Nacht, wenn er mit sich und dem Ziehen in seinen Gelenken allein ist. Dann spricht er mit seinen Schmerzen und sagt ihnen ganz vergeblich, daß sie sich zum Teufel scheren sollen. Denn dort sind sie schon und verhöhnen ihn mit lautloser Kraft. Wenn sein Körper zum Feind wird, kann er nur noch mit ihm kollaborieren, denn Tabletten sind kurzfristige Waffen. Am ärgsten ist es stets in der Dunkelheit und manchmal, wenn er in seinem Regiestuhl sitzt und auf die Nackerten schaut. Dann ersäuft er beinah in Schmerz und Mitleid mit sich selber.

Die »Haut« ist ein vorübergehendes Heilmittel, der Film, Annas Haut, die ihm perfekter scheint als jede andere. Es müßte, denkt er, eine Mischung aus Anna und Lucie geben, ohne die Lesbenvariante natürlich. Doch selbst dann gäb' es noch einen Haken. Die Hoffnung, daß sein Psychiater ihn aufrichten könnte, hat Ludwig im Grunde aufgegeben.

Lucie, die einen dieser Tage hat, an denen sie niemals satt wird, bestellt Blutwurst. Ihr beim Essen zuzuschauen hat für Ludwig etwas Sexuelles. Weil Lucie so eine Befriedigung darin zu finden scheint, sich Bissen in den Mund zu schieben, und gierig daran kaut, wenn auch beinah geräuschlos, worauf er Wert legt. Bizarr bepreiste *Blunzegröstl* und doch Geld, sein Geld bedeutet ihr nichts. Alles verschwindet in ihrem großen Mund, der ihr Gesicht zu beherrschen scheint. Ludwig denkt an Oralsex bei diesem Mund, doch der Gedanke ist müßig, das Fleisch schwach und die erotische Zukunft eine Utopie.

Anna, immer noch erfolgsberauscht, trinkt nur Kaffee, während Ludwig Blätter aus seinem Salatteller pickt, er will ja ewig leben im Gegensatz zu Lucie. Oder zu Wanda Plachnik, deren Bild am nächsten Tag auf allen Wiener Titelseiten war. Eine Schönheit war sie nicht, mehr der sportliche Typ, doch jung, viel zu jung, um mit dem Leben abzuschließen.

Er hat Lucie angerufen am Abend und ihr alles geschildert, und sie warf ihm vor, sie nicht auf der Stelle geholt zu haben. Sie hätte das Geschehen gern live verfolgt, sagte Lucie und klang so mitleidlos wie sein Psychiater. Um dann einen Ausflug in den »Himmel« vorzuschlagen. Was schon ein Wunder ist, weil sie sich über die Stadtgrenzen Wiens kaum hinausbewegt. Lucie war noch nie im Ausland, nicht einmal in Graz oder Salzburg. Landschaften interessieren sie nicht, und historische Gemäuer gäbe es in Wien mehr als genug. Und die Leut'? Geistig tragen sie alle die gleichen Trachten, sagt Lucie. Warum also reisen?

Annas Kopf ist gegen die Stuhllehne gesunken, und ihre Augen sind geschlossen.

»Schläft sie vielleicht?« fragt Ludwig und betrachtet ein schönes, friedliches Bild. So etwa sieht Anna aus, wenn Hände über ihren nackten Körper gleiten. Sie hat bloß einen Gesichtsausdruck, selbst wenn die Augen offen sind. Er ist überwältigend, nur zu lange darf man nicht hinschauen.

»Sie hat die ganze Nacht nicht geschlafen – vor Aufregung. Aber sie war spitzenmäßig. Die Leut' haben ihr aus der Hand gefressen, genau wie ich's mir gedacht hab'.«

»Seit wann bist du so scharf aufs Geld, Lucie?«

Sie zuckt mit den Achseln. »Vielleicht geh' ich nach San Francisco. Wenn das Buch fertig ist.«

Ludwig denkt sofort an die Brücke. Ihr Buch, das ist die Krücke, mit der sie sich fortbewegt von einem Tag zum nächsten. Lucie ohne ihr morbides Lebenswerk ist unvorstellbar. Als ob sie gar nicht existierte. »Warum hat sie sich umgebracht, hast du's erfahren?«

»Sie war beim Arzt. Wanda Plachnik hatte Knochenkrebs.«

Ist das eine echte Träne in ihrem Augenwinkel? Ludwig beugt sich vor, doch Lucie wischt sich mit einer schnellen Handbewegung übers Gesicht. »Ihre Schwester hat's mir erzählt. Ich hab' ihr gesagt, daß ich was fürs Fernsehen machen will über Wanda und daß es Geld dafür gibt. Der Schwester ist alles eher peinlich, aber sie braucht eine neue Waschmaschine. Geschieden mit zwei Kindern, und Wanda hat bei ihr gewohnt. In der Währinger Straße, gleich da, wo das ›Süße Eck‹ ist, und sie haben dort Schweinsgrammeln in Schokolade getunkt, kannst du dir das vorstellen?«

Manchmal graust ihm vor ihr, und Ludwig widersteht dem Impuls, Anna aufzuwecken und mit ihr fortzugehen. »Will ich gar nicht. Hast du keine Skrupel, diese Frau derart anzulügen?«

»Doch«, sagt Lucie, »aber sie wollt' nichts erzählen, weil die *Zeitungszumperln* sie derart malträtiert haben. Und weißt du, was ich glaube? Insgeheim ist sie froh, daß ihre Schwester es auf diese Weise gelöst hat. Sonst hätt' sie sie pflegen müssen bis zu ihrem Tod, und sie hat doch Kinder und arbeitet halbtags im Büro.«

»Hat sie das so g'sagt?«

»Nona, ich hab's halt rausgehört. Wanda hatte sonst

keinen, die Mutter ist im Altersheim, der Vater tot, und von ihrem Freund hat sie sich vor ein paar Monaten getrennt. Sie war allein. Ihre Schwester sagt aber auch, daß Wanda eine Kämpfernatur war. Du weißt schon: Ich und der Berg, der Berg und ich – und alles ist eine Herausforderung.«

»Der Tod ist auch eine«, flüstert Ludwig, mehr zu sich selbst. Niemand bringt sich um, weil er Rheuma hat, diese Krankheit ist so etwas wie vorweggenommenes Fegefeuer. »Hat sie einen Abschiedsbrief hinterlassen?«

»*Ich geh' auf eine lange Wanderung.* Findest du das poetisch? Das hat sie auf den Küchenzettel geschrieben, bevor sie die Wohnung verließ. Wanda hat die Kinder, auf die sie manchmal aufpaßte, vorher zur Nachbarin gebracht. Das hat die Schwester geärgert, sie kam mir überhaupt eher ang'fressen als trauernd vor. Wenn es eine Liebe zwischen den beiden gab, dann hat sie diesen Tod nicht überdauert. Die Schwester schämt sich vor den Nachbarn, weil die sich jetzt das Maul zerreißen.«

»In einer Zeitung stand, daß Wanda Aids hatte.«

Lucie schlägt mit ihrer kleinen Faust auf den Tisch. »Das ist so grauslich, diese Leichenfladerei! Als ob man die Toten net in Ruh' lassen könnt'.«

Anna hat ihre Augen aufgeschlagen und reibt sich den schmerzenden Nacken. »Na, du brauchst nicht reden, gerade du, Lucie.«

»Sie ist eine Künstlerin«, sagt Lucie. »Sie hört im Schlaf.«

Anna lächelt verlegen, und Ludwig verspürt den dringenden Wunsch, in sie hineinzukriechen und nicht mehr auffindbar zu sein. Lucie ist anstrengend. Anna hingegen strahlt etwas Sanftes, Beruhigendes aus. Komisch, daß er sie so lange falsch eingeschätzt hat. Er dachte, sie wär' dumm. Was man so denkt von den Mädchen, die sich für Pornos hinlegen. Aber Anna hat mehr drauf, das spürt er, seit sie »Haut« drehen. Gegen Lucie, die immer was bewegt, vorzugsweise den Mund, wirkt Anna wie ein Beruhigungsmittel. Ich wäre, denkt Ludwig, gern eine Frau. Für Anna.

»Bei mir ist das was anderes. Ich hab' Respekt vor den Toten. Ganz am Schluß mußt du nicht mehr lügen. Ich deute ihr Leben von ihrem Ende aus, damit tue ich ihnen nicht mehr weh.«

»Morbid bist du«, sagt Ludwig und winkt dem Kellner, um zu bezahlen. Hochnäsig oder auch nachlässig wird seine Handbewegung ignoriert, obwohl um diese Jahreszeit kaum was los ist im »Himmel«. Nur im Sommer strömen die Leut' in die Naherholungsgebiete, um kurz zu wandern und lang zu tafeln. Im Wienerwald stinkt es dann nach Backhendln, und aus den *Heurigen* quellen die Weinleichen. Lucie riecht zu jeder Jahreszeit wie ein Keks, und im Winter mag er das. »Weißt du, welches Parfum Wanda benutzt hat?«

»Spinnst du jetzt? Im Badezimmer stand eine Flasche ›Opium‹, aber die kann auch ihrer Schwester gehören. Wanda war nicht der Typ, der sich aufputzt. Jedes Wochenende ist sie zum Bergsteigen oder Skifahren. Sie mochte die Stadt nicht, sie fühlte sich in Wien eingesperrt.«

»Warum hat sie dann nicht einen Berg gewählt, statt sich vor meinen Augen umzubringen, mitten in der Stadt?«

»Das war wirklich sehr rücksichtslos von ihr«, sagt Anna. Ludwig und Lucie sehen sie an. Man weiß bei ihr nie, ob sie ihre Einwürfe ernst oder ironisch meint. Und ob sie die Ironie ernst meint.

»Find' ich auch«, sagt Lucie in der Stimmlage vergifteter Punschkrapfen. Sie fährt mit der Hand durch die schwarzen Haare, in die sie tags zuvor eine weiße Strähne gefärbt hat. Sie ist noch unentschieden, mit welcher Haarfarbe sie sterben will. Die letzten Entscheidungen mußt du mit Bedacht treffen. »Andererseits hat sich Wanda ihren Tod so ausgesucht, und viele wollen halt nicht allein sterben. Springen hat was Heroisches. Es erfordert Mut.«

»Den Mut der Verzweiflung«, sagt Anna geradezu fachkundig. Ihrer, denkt sie, läßt sich an einem Föhn messen. Sie hat ihn umgebracht und einen neuen gekauft.

Lucies Plädoyers überfordern Ludwigs rheumatisches Gemüt bisweilen, und dann stänkert er gern: »Ich kann nichts Heroisches dran sehen, aufs Trottoir zu klatschen. Es ist nur ein Ende, wie in einem schlechten Film. Ich hasse schlechte Filme.«

»Du mußt's ja wissen.« Patzig kam das, und Lucie ärgert sich, obwohl sie weiß, daß Ludwig es nicht so meint. Sie kann mit ihm nicht über »Haut« reden, nicht, wenn er in dieser Gemütslage ist. Ludwig ist ein Seelchen, ein Butterkeks von einem Mann, was der Grund sein mag, weshalb sie ihn nie sexuell anziehend fand. Ihr Geschlecht hat einen fatalen Hang zu Helden, die aber meist Deppen sind. Wie Ado.

»Streitet euch nicht«, sagt Anna. »Und laßt die Toten ruhen.«

»Lucie? Niemals!« Ludwig lächelt und zahlt. Wäre Anna nicht dabei, dann würd' er jetzt mit Lucie streiten. O ja, sie ist besonders klein und besonders streitbar. Sie nutzt ihn aus, nur weil er sich normalen Leuten unterlegen fühlt mit seinem komischen Beruf. *Habe die Ehre, Herr Produzent,* sagt der Kellner immer, wenn er sein Kaffeehaus betritt, und schwingt da nicht ein spöttischer Ton mit, diese demütigende Verhöhnung, in der sie miteinander umgehen in dieser Stadt, in der sich so viele als grandiose Versager fühlen. Woher nimmt Lucie ihre gottverdammte Arroganz? Sie ist nichts, sie hat nichts, und wenn er nicht wäre, würd' sie dem Staat auf der Tasche liegen. Obwohl sie ja glaubt, jetzt mit Anna das große Los gezogen zu haben. Noch eine, die sie ausbeuten wird.

»Was wirst du über Wanda schreiben?« fragt Ludwig, als sie den »Himmel« verlassen und abwärts nach Grinzing gehen, vorsichtig, denn an manchen Stellen ist das nasse Gras rutschig, und einmal muß er Anna festhalten, sonst wäre sie hingefallen. Natur ist gelegentlich tückisch, so wie Lucie. Sie zitiert aus Dostojewskis Beichte eines Selbstmörders: *Diese Natur, die mich so ungeniert und frech geschaffen hat, damit ich leide … da ich aber diese Natur nicht vernichten kann, so vernichte ich nur mich allein …*

»Ohne Schmäh: Willst ihr Dostojewski in den Mund legen?«

»Geh na … aber Tod und Pathos g'hören z'sammen wie Tafelspitz und Apfelkren.«

Ludwig verabscheut beides. Hat sich ein Leben lang damit beschäftigt, den Tod zu verdrängen. Seinen und den der anderen. Er hat Erika nicht umgebracht. Nicht wirklich. Er hat nur zu lange gewartet, bis er den Notarzt rief, weil er das ewige Klagen der Hypochonderin nicht mehr ernst genommen hat. Weil sie ihm auf die Nerven ging mit ihrem Gegreine, wo es überall weh tut und daß sie keine Luft mehr kriegt und das Herz so pumpert und … Die Tür hat er zugemacht und den Fernseher eingeschaltet, und sie lag in ihrem lächerlichen rosa Himmelbett und schrie nach ihm, und Ludwig fühlte sich mächtig und so böse, weil er sie mit seinem Schweigen bestrafen konnte wie ein ungezogenes Kind. Nicht schuldig. Er hat sie nicht absichtlich umgebracht, wußte nicht, daß sie ihn als Alleinerben eingesetzt hatte. Na, vielleicht hat er es geahnt, aber das wär' kein Grund gewesen. Er ist kein Mörder. Wahrscheinlich wäre Erika auch gestorben, wenn er früher reagiert hätte. Nicht schuldig.

Mit niemandem hat Ludwig bisher darüber gesprochen, und auf einmal denkt er, daß er es Anna erzählen könnte. Anna besitzt die seltene Gabe des Schweigens. Hat sich bei ihm untergehakt und fühlt sich warm und freundlich an. Anna redet nicht dauernd vom Tod, auch das ist angenehm. Er wird Wanda Plachnik aus seinem Gedächtnis löschen. Und Erika. Und seine Mutter. Die Schöne mit dem Silikonbusen, bei der er zum ersten Mal seiner Impotenz begegnete. Dennoch: Was hätte er zu Wanda gesagt, wenn er hinter ihr gestanden hätte?

Er stellt Lucie diese Frage, als sie kurz vor Grinzing sind, eine Postkartenidylle, Ort des Sommergrauens, wenn Touristenbusse über Kopfsteinpflaster rumpeln und Fliederbüsche in Abgaswolken hüllen. An einem Sonntag im März sind vor allem die heimischen Ausflügler unterwegs, mit Spazierstöcken, Wanderhüten, Mittelklassewagen und Feiertagsgesichtern: hungrig, durstig, auf der Suche nach einem Ort, der laut, nahrhaft und net fad ist.

Lucie nimmt ihre Umwelt nur bedingt wahr, weil sie fast immer durch ihr eigenes Universum spaziert. Sie denkt über eine Antwort nach, und erst als sie vor Ludwigs Auto stehen, sagt sie: »Es kann immer noch schlimmer kommen.«

Ludwig öffnet ihr die Wagentür: »Ohne Schmäh? Das würdest du sagen?«

»Na, ich denk' schon. Ist doch eine brauchbare Alternative zum … Nichts. Wenn du nicht mehr existierst, kann dir nichts Gutes und nichts Schlechtes mehr passieren, verstehst? Vorausgesetzt, du schließt Himmel und Hölle aus, Wiedergeburt und den ganzen metaphysischen Krempel. Ich weiß nicht, warum die Leut solche Angst vor dem Tod haben, wenn er doch nur bedeutet, daß dir nichts mehr geschehen kann.«

Anna zwängt sich auf den Notsitz: »Ich würde den Satz positiv umdrehen.«

»Dann wär er nur eine blöde Phrase«, sagt Lucie. »Ich hasse diese Gurte, was ein Grund sein muß, warum ich nie den Führerschein gemacht hab'. Wenn ich tot bin …«

»… muß ich mich nicht mehr anschnallen.« Ludwig startet den Wagen und fährt betont langsam, weil er es genießt, wenn die Passanten seinen Aston Martin angaffen. Ein kleines Vermögen hat das Auto gekostet, aber von irgendwoher muß die Anerkennung kommen. Er braucht sie – und an manchen Tagen besonders.

Lucie, die rein gar nichts von Autos versteht, fand den Wagen nur *nett,* doch Anna pfiff bewundernd, schläft aber schon wieder. Sie muß wirklich sehr müde sein, denkt Ludwig, der sie im Rückspiegel beobachtet, weil nur wenige im Wachen oder Schlafen so aussehen. »Gibt's was, das dich vom Nichts trennt?«

Lucie schaut auf den Tachometer: »Rennfahrer. Gutes Essen. Filme, die zum Lachen oder zum Weinen sind. Sex manchmal. Toilettenhäusl im Jugendstil. Den Verleger, der mein Buch kauft, wenn es fertig ist. Ich hab gehackelt wie blöd und bin jetzt bei T wie Trakl. *Immer tönt an schwarzen Mauern Gottes einsamer Wind.* Er war genial und hat es mit einer Überdosis Kokain geschafft – riskant, aber es hat funktioniert.«

Er mag ihn nicht, diesen frivolen Ton. Ludwig spürt, daß ihr Gerede nie ganz echt ist. Gefärbt, wie die Haare, und du kannst den Unterschied zu Annas natürlicher Farbe genau sehen.

»Fahr schneller, Ludwig, weil ich sonst auch einschlaf'. Ich vertrau' darauf, daß ich mein Buch fertigschreib'. Von A wie Anfang bis Z wie Zyankali. Warum überholst den Sandler nicht?«

Als Ludwig aufs Gas tritt, um einem Gefährt minderer Pferdestärken zu zeigen, was sein Auto kann, fühlt er sich wie Lucies Rennfahrer. Doch das Glücksgefühl ist flüchtig, denn schon im Überholvorgang hört er ein widerwärtiges Geräusch. Eine Wiener Polizeisirene.

FÜNFZEHNTES KAPITEL

Ich lebe unter Vollidioten, Ignoranten und Verbrechern, die von einer Bande dumpfer Schleimbeutel gestützt werden. Ado kann nicht einmal vor sich selbst abstreiten, daß er ein Bandenmitglied ist. Jeder Tag, an dem er sein Maul hält, wenn er etwas sagen sollte, nicht protestiert, sondern zur Flasche greift, zur Zigarette sowieso, jeder Tag also, an dem er sich mit Krücken fortbewegt, vielmehr vorankriecht, ist ein verlorener. Helden braucht das Land. Helden brauchen Mut. Den hat er verlebt, versoffen und verhurt, und längst ist er einer von denen geworden. Selbst der Hofrat, diese Karikatur eines österreichischen Beamten, scheint das erkannt zu haben, weil er ihn doch tatsächlich in den *Austria-Club* eingeladen hat, »ein g'selliges Beisammensein der recht wichtigen Leut'«, wie er ihn nennt, und Ado denkt, daß dieser Club ein Teil der Heldenplatz-Verschwörung ist. Also wird er der Einladung folgen, für die er sich beinah mit einem Diener bedankt hat.

Diese Unterwürfigkeit, die er an anderen haßt. Wie er sich bemüht hat, flach zu atmen, damit der Alte keine Fahne riecht. Wodka ist geruchsneutral, doch den trinkt er nur nachts, damit es schneller geht, das Hineindämmern in den Schlaf, den er braucht, um tagsüber zu funktionieren. Kontrolle bewahren, darum geht es.

Ados Schwester rief an und beschimpfte ihn, weil er den Geburtstag des Vaters vergessen hatte. Der Geschäftsführer des »Ananas« hat ihm mit Kündigung gedroht, weil er nachts zu laut Musik höre. Lucie legte auf, als er sie anrief, keine Ahnung, wie spät es war, aber sicher nach Mitternacht. Er wollte nur ihre Stimme hören und hätte sie gar nicht gefragt, ob sie die Frau war, die an Liesl Wimmers Tür geläutet hat, am Selbstmord-Tag. Auch nicht, ob sie sich deshalb die Haare schwarz gefärbt hat. Nein, er möchte diese rothaarige Zufälligkeit gar nicht weiterverfolgen, nur mit ihr plaudern wollte er, weil er, so glasklar betrunken, erkannt hatte, daß Lucie die einzige Frau ist, die er je geliebt hat. Für ihn ist sie groß. Nicht austauschbar wie die anderen mit ihren Brüsten und Hintern, Theaterabos und Edelheurigenlaunen. Jeanne d'Arc war auch klein, glaubt er jedenfalls. Erhebe dich aus der Masse, und du wirst verbrannt, gekreuzigt, gesteinigt. Oder lebst in Wien und wirst zum Schleimer.

Lucie könnte die Rettung sein. Das hat er schon einmal geglaubt, und er tut es wieder. Zumindest dachte er es letzte Nacht, in dieser Endzeitstimmung, die den Übergang von Wein zu Wodka kennzeichnet. Es gibt auch Momente, in denen er sich stark fühlt, dann braucht er niemanden. Er hat Lucie schlecht behandelt an jenem Nachmittag, ihre Gefühle verletzt und damit auch seine. Ado nimmt einen Schluck aus der Rotweinflasche, um die Erinnerung zu verwässern. An alles. Du schaust rückwärts und schauderst. Möchtest es nicht noch einmal leben, doch der Blick nach vorn ist verstellt. In Abwesenheit eines großen Plans regiert der Zufall, der Verfall.

Draußen ist ein schöner, lauer Tag, der an Frühling erinnern könnte. Selbst der schlechtgelaunte Wind hat aufgehört, an Bäumen und Menschen zu zerren. Nichts bewegt sich außer seinen Fingern auf der Computertastatur. Ado tippt den Abschlußbericht zu Liesl Wimmer und schreibt, daß die Spur einer rothaarigen Frau, wie von der Zeugin beschrieben, zu nichts geführt habe. Eine Hausiererin oder Vertreterin vielleicht, in jedem Fall eine unbekannte, nicht identifizierbare Person, die mit dem Freitod in keine Verbindung zu bringen sei. Akte geschlossen. Der Hofrat wird seufzen, und der Witwer hat sich längst mit einer anderen Goldgräberin getröstet. Wer soviel Geld und Schulden hat wie der Häusl-Wimmer, muß nicht allein bleiben.

Die Zeitungen schreiben immer noch über die Selbstmörderinnen, die letzte war ein Fenstersturz, eine Studentin, und als Verschwörungstheoretiker müßte Ado längst stutzig werden, doch auch diese seine ideologische Leidenschaft hat mit der Zeit gelitten. Du lächelst deinem Hintern zu, gibst den Widerstand auf und gleitest in die leichteren Varianten des Überlebens. Mit Lucie zum Beispiel. Sie könnten sich eine Wohnung und Möbel suchen, in der Leopoldstadt, die er von allen Bezirken am liebsten mag, im »Dunklen Stern« zu Abend essen und im »Blue Tomato« Musik hören. Am Naschmarkt Käse kaufen, in Kaffeehäusern Schach spielen und in Antiquariaten verstauben. Ganz normal leben. Mehr Sex und weniger Alkohol – und Liebe natürlich.

In der Anfangsphase mit Josefine hat er sich auch zurückgehalten, er kann es ja, auch wenn die Checkliste der Anonymen Alkoholiker dagegen spricht. Die hat er nur so zum Spaß ausgefüllt und war hinterher erschrocken. Sucht ist ein schreckliches Wort, doch sagt er sich, daß halb Wien zu diesem Ergebnis käme. Die Kollegen picheln auch, mehr oder weniger, und selbst der Hofrat hat in seinem Büro einen Giftschrank mit steirischen Schnäpsen. Verschwörungstheorie: In den Wohnzimmerschränken, Kaffeehäusern, Beiseln, Bars und Heurigen flößen sie dir Wurschtigkeit und Biegbarkeit ein, bis du zum sprachlosen Dienst an der Ordnung bereit bist.

Ado kann sich erinnern, wann er aufgehört hat, moderat und unregelmäßig zu trinken: Es war in dem Kaff, in dem er als Polizist stationiert war. Sie verfolgten Ladendiebe, betrunkene Autofahrer und klauende Zigeuner, die üblichen Verdächtigen, und beschützten den Betreiber des einzigen Bordells, das es in der Gegend gab, wofür die Gendarmen freien Zutritt hatten. Die ganz ordinäre Provinzposse, und Ado spielte mit, protestierend anfangs, dann immer leiser werdend, und vielleicht wäre er mit der Zeit so geworden wie die anderen, also normal. Doch dann verliebte er sich in Irma, eine Philippinerin, die aus Klagenfurt kam, weil die Puffs die Mädchen untereinander austauschten, von Zeit zu Zeit. Irma war klein und zierlich, schutzbedürftig, wie er fand, und manchmal, nach dem Sex, sprachen sie davon, wie es wäre, für immer nach Manila zu gehen. Irma wollte dort ein Lokal aufmachen, mit ein paar Mädchen für die Touristen, und Ados Aufgabe wäre es gewesen, ihren Paß vom Bordellbetreiber zu organisieren, zwei Flugtickets zu kaufen und das Startkapital einzubringen.

Ado zögerte weniger ob der unmoralischen Dimension dieses Plans, sondern weil er nicht wußte, wie er das Geld auftreiben sollte. Wegzugehen erschien verlockend, doch schwierig, und Irma war zu ungeduldig. Sie beklaute einen

Freier, der sie zwar nicht anzeigte, um Ehekrise und Schadenfreude abzuwenden, doch gab er seinem Spezi bei der Gendarmarie einen Tip, worauf Irma in einer Nacht-und-Nebel-Aktion in die Arrestzelle gesteckt und verhört wurde. Nach ein paar unsanften Vergewaltigungen gab sie das Versteck des Geldes preis, aber das erfuhr Ado erst am nächsten Tag, als er seinen Dienst antrat. »A Hur' kau ma gor net vergewoltigen«, sagten die Kollegen, die im übrigen alles abstritten. Es waren dreitausend Schilling, die abermals den Besitzer wechselten, und tausend davon spendete der Großmütige für den Weihnachtsbazar der Gendarmerie.

So weit, so gut, nur prügelte sich Ado mit drei der beteiligten Kollegen, nachdem Irma sich geweigert hatte, sie anzuzeigen. So dringend wollte sie nicht in die Heimat zurück, als daß sie eine Zwangsabschiebung riskiert hätte. Lieber eine Versetzung ins Burgenland, in ein Kaff in der Nähe der ungarischen Grenze, wo sich Fuchs und Hase und liebesbedürftige Bauern gute Nacht sagen. Wenn sie Ados Einsatz für ihre Ehre heldenhaft gefunden hatte, so drückte sie dies in Worten nicht aus. »Ein Haufen Scherereien« war das, was von ihrem *Pantscherl* übrigblieb. Ein blaues Auge und eine aufgeplatzte Lippe bei Ado, und in Irmas Fall Hautabschürfungen sowie ein Tripper ungeklärter Herkunft.

Ado war einer, der den Kollegen in die Suppe gespuckt hatte, also wurde auch er versetzt, auf einen Posten in Irdning mit Blick auf den Grimming und mit einem anderen Bordell, wo er sich von den Huren fernhielt und still seinen Dienst tat. Mit dem Trinken begann er, weil die Stille so laut war.

Er braucht einen Plan, um Lucie zu gewinnen. Darüber

brütet Ado, als Kollege Gramlitz seinen Kopf ins Zimmer streckt, nachdem er einmal geklopft und dann die Tür geöffnet hat. Gramlitz' roter Kopf, jetzt in Rauchschwaden gehüllt, verrät eine gewisse Aufregung, und er spricht im Kollegenton, während er dem Hofrat gegenüber seine Stimme senkt, demütig senkt: »Das mußt du dir ansehen: Im Parterre haben die Kollegen ein paar Huren aus dem Stuwerviertel versammelt, im Zuge einer Rauschgiftrazzia.«

»Sind die Weiber alles, was sie gefunden haben?« fragt Ado, obwohl es ihn gar nicht interessiert.

»Na net. Sie haben auch ein paar Tschuschen und Neger erwischt, aber die Kopferln dahinter natürlich nicht.«

»Die sehen sich das Alpenglühn weiterhin aus ihren Kitzbühler Villen an.«

Gramlitz lacht über diesen Witz und meint, daß die Damen aber doch eine gewisse Entschädigung seien.

»Huren interessieren mich nicht, Gramlitz.«

»Ich weiß schon, aber eine ist dabei, die mußt du dir anschauen. Schwarze Haare, türkis leuchtende Augen – und eine Figur, zu der kannst du Sie sagen. Ich hab' so was in meinem Leben noch nicht gesehen, so ein Schneewittchen.«

Seine Stimme klingt beinahe ehrfürchtig, und Ado denkt an Lucie und den Türken und die Frau, die er anstarren mußte, weil sie so wahnsinnig schön war. Die Lesbe. Es hatte nichts mit Begehren zu tun, es war, als ob man ein Bild, ein Kunstwerk bestaunte, das man gar nicht angreifen, nur sehen möcht'. Daß sie eine Hure ist, kann er kaum glauben. »Und was macht ihr mit den Mädchen?«

Gramlitz, der immer noch an der Tür steht, halb drin und halb draußen, lacht wie ein Ziegenbock. »Na, was denkst du? Erst wurden die Personalien aufgenommen, jetzt werden sie verhört und dann ...?«

Das unausgesprochene Fragezeichen nistet sich in Ados Gedächtnisspeicher ein. Irma. Sie haben ihr weh getan, doch sie fand es ganz normal. Es gibt Opfer, und es gibt Täter und solche, die das alles nichts angeht. So kommen alle bösen Geschichten daher. Ihm ist auf einmal übel, er könnte speien, zumindest braucht er einen Schluck, und das geht nicht, solange Gramlitz da steht mit seinem roten, geilen Gesicht. Er könnte ihn umbringen.

»Na, was ist, Spengler? Hast keine Lust, dir Schneewittchen anzusehen, solang' es noch nicht in den giftigen Apfel gebissen hat?«

Der Wiener Humor ist ein nachblutender Witz. Wie sie gelacht haben, als sie die Juden zwangen, die Trottoirs mit Zahnbürsten zu säubern. Gelacht haben und sich gefreut, als der Landsmann einzog, dann nochmals bei den Amis, während es ihnen bei den Russen vergangen ist, das Gelächter. Jetzt allerdings, da sie mit ihren Rubeln ankommen und die Wiener Jugendstilvillen aufkaufen, ist das natürlich was anderes. Jetzt sind sie wieder lustig, die Russen.

Gramlitz deutet das Schweigen als Affront, und seine Stimme klingt beleidigt. »Na, wenn du nicht neugierig bist, ich wollt dich nur auf dem laufenden halten. Dachte nämlich, du hast ein weiches Herz für Huren. Was man so hört …«

Sie wissen also, was damals geschehen ist. Ado schaut auf die geschlossene Tür, während seine rechte Hand die Schublade öffnet und nach der Flasche tastet. Sie ist da, sein treuester Freund, der ihn nie im Stich läßt. Sein Freund hat es getan damals, er war auch einer von denen, die Irma *verhört* haben. Und einer, der auf ihn einschlug, als er schon am Boden lag. Das hat auch weh getan, aber

Irma hat nur gemosert, wie man so blöd sein kann, gegen drei anzutreten. Er wird die Frauen nie verstehen.

Der Rotwein läuft wie Samt durch seine Kehle und füllt seinen Magen mit Wärme und Zuversicht. Hat Lucie ihn wirklich einen *Untermieter der Moral* genannt, der nicht zahlen will? Das Gedächtnis läßt ihn manchmal im Stich, der Satz kann auch anders gewesen sein, ist auch egal, sie wird schon recht damit haben, sich von ihm fernzuhalten. Würde sowieso nichts werden, weil zwei Blinde noch nicht sehend werden, bloß weil sie sich aneinander festhalten.

Von unten hört er Gelächter, als er das Fenster öffnet. Sie amüsieren sich in der Herrlichkeit ihrer Überlegenheit, im Bewußtsein ihrer kleinen, miesen Macht, und Ado holt tief Luft, weil ihm wieder schlecht wird. Mit diesem Atemzug beschließt er, nach unten zu gehen, nicht mehr als das, nur aus dem Zimmer, die Treppen ins Parterre und in den großen Verhörraum. Er geht langsam, weil er denkt, daß ein Depp ist, wer aus Fehlern nicht lernt. Er geht schneller, weil es genau umgekehrt sein könnte.

Noch nie hat Ado im Verhörraum so viele Kollegen in Zivil gesehen. Neun Mädchen sitzen da wie Hühner auf einer Leiter, und sie kommen in allen Nationalitäten und Farben. Einigen sieht man es auf den ersten Blick an, anderen nicht – doch sie beherrscht den großen Raum, die Blicke, alles Verlangen. Völlig gleichmütig sitzt sie auf der Bank, als ob sie nicht wüßte, was Angst bedeutet. Sie trägt einen weißen Parka, der viel zu warm ist für den überhitzten Raum, doch sie hat nur den Reißverschluß geöffnet und ihn nicht ausgezogen. Er schützt dich nicht, denkt Ado, und dann fällt ihr Blick auf ihn, so wie damals beim Türken, und ein flüchtiges Erkennen liegt darin, mehr nicht.

Der Raum riecht nach billigem Parfum und ranzigem Verlangen. Ado steht an der Tür und registriert Gramlitz, der ihm zuwinkt. Die Beamten in Zivil sind nur die Kieberer, diejenigen, die beim Spielen zusehen, während die Uniformierten die Karten mischen. Alle tun sie so, als ob sie zufällig hier wären oder auf den Spuren von Rauschgift, und in der sauerstoffarmen Luft liegt ein Verhängnis, das vielleicht nur Ado spürt. Weil alles schon einmal geschehen ist. Weil es Arrestzellen gibt, etwas abseits im Gebäude, so schön ruhig und abgeschieden. Wenn sie dich dorthin führen, bist du allein, ausgeliefert, der Staatsgewalt in den Schoß gefallen.

Eines der Mädchen randaliert und wird von zwei Beamten festgehalten und aus dem Raum geführt. In einer Ecke sitzen drei Männer, sie sehen wie Serben oder Kroaten aus, kleine Dealer, die immer als Bauernopfer herhalten. Ado steht an der Tür. Naheliegend, sie zu öffnen und den Raum zu verlassen. Er erschrickt, als Gramlitz ihn anspricht. »Na, hast du es dir anders überlegt? Ein Tohuwabohu ist das hier, aber ich hab' dir wohl nicht zuviel versprochen, oder? Schneewittchen ist schon vernommen worden, und sie ist natürlich unschuldig. Hier wimmelt es von Unschuldslämmern. Sie ist Tschechin und besucht ihren Freund, der im Struwerviertel eine Wohnung hat. Sagt sie. War natürlich nur zufällig auf der Straße.«

»So was kann passieren«, sagt Ado.

»Haha. Na ja, Stoff hatte sie keinen dabei. Kondome übrigens auch nicht. Spricht ausgezeichnetes Deutsch. Ich freß einen Besen, wenn die nicht ständig in Wien lebt und einer illegalen Arbeit nachgeht. Den angeblichen Freund will sie uns nicht verraten, wir werden sie also vorerst hierbehalten müssen.«

Ado sieht auf das schöne Bild. »Wie heißt sie?«

»Anna Sirnova.«

Sie sieht weder klein noch schutzbedürftig aus, denkt Ado, aber manche können ihre Furcht gut verbergen. Er sollte jetzt gehen und die Idioten ihren Idiotien überlassen. Doch er bleibt und sagt: »Sie sieht nicht aus wie eine Hure, und es liegt nichts gegen sie vor, nicht wahr? Man muß sie laufenlassen.«

Er hat lauter gesprochen als beabsichtigt, und ein paar seiner Kollegen sehen jetzt auf ihn, und in ihren Blicken spürt Ado einen Fausthieb gegen die Lippe, und dann noch einen …

»Geh, Ado, es ist doch nur a Hetz. Willst ein Spielverderber sein?«

Der Uniformierte, der Annas Personalien aufgenommen hat, sieht von Ado auf seine Armbanduhr und denkt, daß er bald nach Hause kann zu seiner Freundin, die Physik studiert und viel zu schlau für ihn ist. Sie ist längst nicht so hübsch wie die Frau vor ihm, doch er liebt sie sehr. Und er hat schon gemerkt, daß Schönheit gefährlich sein kann. Die Zivilen, die herumstehen und sich einmischen, tun es nicht wegen der kleinen Dealer, die ins Netz gegangen sind. Es ist Anna Sirnova, die sie haben wollen, und der Hauptkommissar hat das auch überrupft. »Von mir aus«, sagt er laut, lauter als sein Mut ist, »kann sie gehen. Es liegt nichts vor.«

Keiner widerspricht ihm. Sie sehen sich an, die anderen, und Wörter werden gezückt wie Pistolen, lautlos und gefährlich, doch einer muß anfangen und das Rudel Wölfe führen. Nur die Frauen protestieren: Sie sind auch unschuldig, freie Bürgerinnen im falschen Land, im falschen Viertel sowieso, da könnt' man ja nicht auf der Straße spazieren, ohne gleich verdächtigt zu werden. Die Kieberer schwächeln, das haben sie gemerkt, weil sie Männer gut kennen, und jetzt werden sie lauter und aggressiver, bis Gramlitz brüllt: »Goschn holtn.«

Es sind immer die Feigsten, die am lautesten brüllen, denkt Ado. Er haßt Gramlitz, der jetzt, er spürt es, an die Spitze des Rudels will. Sein Mund ist trocken, und ihm ist immer noch schlecht. Er könnte gehen, und nichts würde geschehen, wovon er wissen müßte. Doch er sagt: »Ich werde Frau Sirnova jetzt hinausbringen, weil es keinen Grund gibt, sie festzuhalten. Und wir sollten wieder an die Arbeit gehen, Kollegen, der Hofrat geistert durchs Haus.«

Sätze gibt es, die Feinde fürs Leben schaffen. Er erkennt das an Gramlitz' Blick und an dem einiger anderer. Doch sie schweigen, als Anna ihren Paß entgegennimmt, ihn in ihre Handtasche steckt, aufsteht und auf Ado zugeht. Sie lächelt nicht, sondern zieht den Reißverschluß ihres Parkas zu. »Dann gehen wir also.«

Keine Dankbarkeit, nur diesen sonderbaren Gleichmut spürt er, und natürlich den Haß der anderen. Lucies Untermieter der Moral, er reicht ihr seinen Arm, weil er sich plötzlich übermütig fühlt, als ob er einen Sieg errungen habe. Eine winzige, unbedeutende Schlacht, das weiß er schon, und daß Helden nicht in solchen gedeihen. Er führt Anna Sirnova aus dem Verhörzimmer zum Ausgang und öffnet das Tor zur Freiheit. Sie bleibt stehen und sieht ihn an. Hat sie erkannt, in welcher Gefahr sie war?

»Danke. Sie sind der Schulkamerad von Lucie, damals am Naschmarkt.«

»Und Sie sind die Lesbe. Das war ein komisches Zusammentreffen. Ich bin Oberst Spengler, Ado Spengler. Ich weiß nicht, was Lucie sonst noch erzählt hat?«

»Nichts«, sagt sie und schaut in den Himmel, der leer ist. Keine Wolke. So wie jetzt hat sie sich damals gefühlt, als sie aus der Badewanne stieg. Noch einmal davongekommen. Es ist leicht, Männer nicht zu mögen, doch diesem hier ist sie dankbar, und sie lädt ihn zu einem Kaffee ein. Sie können über Lucie reden, die sie beide kennen, aber sie sagt ihm auch, daß sie nicht viel Zeit habe. Ein neuer Auftrag für eine Grabrede, doch das erzählt sie ihm nicht. Wanda Plachnik wird unter die Erde gebracht, und Lucie hat ihr ein Tonband mit dem Text geschickt. Während sie Lucie nachspricht, liest Anna das Manuskript und lernt gleichzeitig, flüssiger zu lesen. Leicht ist es nicht, doch sie fühlt sich gut dabei. Eines Tages wird sie Lucies Bänder nicht mehr brauchen. Niemanden mehr, weil Anna Sirnova sich neu erschaffen hat.

»Sie lächeln doppelt schön«, sagt Ado Spengler. Daß sie für keinen Mann geschaffen ist, könnte eine Tragödie sein, wenn er nicht von Lucie verhext wäre. So, wie es ist, wird er mit Anna Sirnova Kaffee trinken und sie über ihre Freundin ausfragen. *Lucy in the sky with diamonds.* Sein Herz ist aus Glas.

Gramlitz, am Fenster stehend, sieht ein Paar, das an der Fußgängerampel wartet. Sie stehen nah beieinander und lächeln sich an. Das macht ihn so zornig, daß er in seinen Knöchel beißt. Verrat ist das Wort der Stunde. Ist ja längst bekannt, daß der Spengler ein Kollegenschwein ist, und nun hat er es bewiesen. Verräter müssen bestraft werden, und er weiß auch schon, wie.

SECHSZEHNTES KAPITEL

Die Gesichter sind eins. Alte Gesichter, auch bei den Jüngeren. Hart sind sie, aber dann auch weich gegenüber der eigenen Gier. Geklonte Machtvisagen, denkt Ado, froh, daß er noch halbwegs nüchtern ist und diese Wut von früher spürt. Sie brennt nicht mehr, ist bloß noch ein leichter Schmerz. Eher ein Wütchen, das er hinter seinem zuvorkommenden Lächeln verbirgt.

In einem Jagdhaus vor den Toren Wiens trifft sich der »Club Austria« zu einem geselligen Beisammensein mit höfischem Charakter. Die Kellner tragen Frack, die Kandelaber sind aus Silber, und der Hofrat hat ihn gewarnt, nicht zu laut zu sprechen, sowieso niemanden anzureden und Titel und Ämter zu vergessen. Man ist unter sich, und die meisten duzen sich. Die österreichische Elite ist klein, ein Hofstaat aus Politik, Kirche, Medien, Wirtschaft und Wissenschaft, die Gesichter sind alt und bekannt, ungewöhnlich ist nur die geschlechtsspezifische Beschränkung. Keine Frauen, nicht einmal beim Personal.

Jedes Mitglied darf einmal pro Jahr einen Gast mitbringen. Warum der Hofrat ihn erwählt hat, ist Ado nach wie vor schleierhaft. Er vermutet einen Plan, doch sein Vorgesetzter schwieg auf seine Frage, lächelte geheimnisvoll und fuhr fort, ihn in Nuancen der Etikette zu belehren. Als sie aus dem Wagen stiegen, gab er ihm den Rat, mäßig zu trinken. Das war beunruhigend.

Ado greift sich ein Glas Roten vom silbernen Tablett und erkennt nach dem ersten Schluck, daß hier nur Spitzenweine ausgeschenkt werden. Die Elite darbt nicht, und wenn er sich an diesem Abend betrinken sollte, dann vom Feinsten. Aber das hat er nicht vor, er muß relativ nüchtern und wachsam bleiben inmitten der Feinde. Denn das sind sie, und vor Jahren noch hätte er mit dem Gedanken an eine Bombe gespielt. Bevor er zur Polizei ging, um das System von innen zu unterwandern. Die Wandlung vom romantischen Anarchisten über den pragmatischen Anarchisten zum versoffenen Pragmatiker: die Geschichte seines Lebens, und Helden kommen darin nicht mehr vor. Fast, ja fast möcht' er sie bewundern, die Herrschaften, für ihre zur Schau getragene Selbstachtung, die bescheidene Arroganz, die Leichtigkeit des höfischen Scheins.

Mir san kommod, der Wahlspruch geht bis an die Urnen und reflektiert das Wohlgefühl der Verdrängung. Ado registriert drei Minister, Staatssekretäre, jede Menge Adlaten und ministeriale Hofräte en gros. Einen Kardinal und einen Weihbischof, der gegen Schwule und Muslime wettert, zwei Medienzaren, die einander hassen, Chefredakteure, Sportfunktionäre, die im Land zu den Mächtigen zählen, graue Banker, Wirtschafts- wie Gewerkschaftsvertreter, die ja sowieso verbandelt sind, und es überrascht ihn nicht, daß auch der Häusl-Wimmer da ist, so verschuldet inzwischen, daß die Kreditinstitute ihn garantiert nicht fallenlassen. Vertreten sind alle Parteien außer den Grünen, auch die Penthouse-Sozialisten, die sich äußerlich durch gar nichts von den anderen unterscheiden. Die Schwarzen,

Roten, Blauen und Orangenen tragen graue Anzüge in allen Farbschattierungen, und um die wichtigsten Figuren schart sich der Hofstaat der Schleimer.

Ado fühlt sich einsam. Der Hofrat hat ihn dem Clubdirektor und ein paar unbedeutenden Gästen vorgestellt und ist dann in der Menge verschwunden. Niemand hat sich lange bei ihm aufgehalten, wen interessiert schon ein Kriminaler, der gar nicht dazugehört? Es darf geraucht werden, das ist ein Trost, und so hüllt er sich in Qualm und greift sich ein neues Rotweinglas, weil er so was Edles selten trinkt. Die Kellner laufen mit Tabletts herum, die mit Getränken beladen sind, und im Saal ist ein Büffet aufgebaut, das Lucie hingerissen hätte. Bevor es durch den Direktor eröffnet wird, ertönt aus den Lautsprechern die Bundeshymne. Die Gespräche verstummen, sie stehen alle still, einige halten die Hand aufs Herz, an die Orden, die sie tragen, und die meisten singen mit. Ado nicht. Er hat sich schon als Schüler geweigert, aus Gründen, an die er sich kaum erinnern kann, doch er bleibt dabei.

Nach den bewegenden Minuten stürmen die Sänger ans Büffet, und Ado bleibt fast allein im Salon, der mit Gemälden österreichischer Monarchen geschmückt ist, und in Ermangelung einer anderen Beschäftigung studiert er ihre Gesichter und findet, daß sie zumeist dumm und arrogant aussehen. Falls sie es nicht waren, haben sie ihre Person zumindest gut zu verbergen gelernt im Verlauf ihrer Regentschaft. Die Mode hat sich geändert, die höfische Etikette und ein paar Spielregeln, doch am Ende aller Tage ist alles gleich. Die Bagage herrscht mit voller Lust, ziemlicher Ignoranz und einer Sprache, die nur Blasen wirft. Macht ist klebrig wie Vogelleim, mit dem früher Spatzen und Tauben gefangen wurden. Und wer sich auf sie einläßt, klebt selber. Ado ist ein Spatz, der sich verirrt hat. Sie beachten ihn nicht, den Zuschauer, Zuhörer, der zu verbergen weiß, daß er ihnen nicht auf den Leim geht.

Doch in diesem Augenblick begreift Ado, daß seine Heldenplatz-Verschwörung ein Schmarrn ist. Das hier ist Wien. Es gibt keinen großen Plan und keine Revolution der Rechten, nur das Getuschel und Gemauschel, die Sehnsucht nach dem Alten und die Angst vor dem Neuen. Die faltigen Buben wollen Honig saugen und am besten unter sich bleiben. Ganz ohne Volk. Und weil das nicht wirklich funktioniert, plauschen s' darüber, wie es am bequemsten geht. Wenn die Zeitungen schreiben, was die Politiker wollen, und der ORF sendet, was den Regierenden genehm ist, wenn die Wirtschaft nicht zu viele Arbeitslose produziert und die Polizei für Recht und Ordnung sorgt, dann sind alle zufrieden. Bis auf die querulanten Intellektuellen und ein paar Künstler, das läßt sich aushalten. Das ist keine Verschwörung. Das ist Österreich.

Schlimmer als die Macht, denkt Ado, ist die Ohnmacht. Das Ressentiment, das nicht nur klebt, sondern auch stinkt. Die Bürscherl von ganz rechts, die vergebens nach der alleinigen Macht gieren, stinken geistig aus dem Maul. Verpesten die schöne Provinz, wo sie ihre Viertelmacht vorführen wie Pudel bei der Hundeschau. Ado fühlt sich betrogen. Fast so wie damals auf dem Schulhof, als der große Regen kam. Kein Feuer, nur Schmerz und Demütigung. Was er für groß hielt, ist klein. Also ist er es auch. Nichts, was er bewegt außer der Hand, die nach dem Glas greift. Sie zittert ein wenig. Und er sollte jetzt gehen und sich irgendwo richtig besaufen. Ado versucht, sein leeres Glas abzustellen, als er angerempelt wird.

Der Instinkt, nicht sofort zuzuschlagen, mag falsch sein.

Sein Kontrahent entschuldigt sich wortreich für das Mißgeschick und stellt sich vor. Ein jugendliches Gesicht mit alten Augen, beginnender Glatze in Form von ausgeprägten Geheimratsecken, mit modischer Brille und Siegelring. Das alles nimmt Ado in sich auf und murmelt Rang und Namen, weil er sich nicht mit jedem duzen mag, der in keine Verschwörung verwickelt ist. Doch, ja, er trinkt noch einen mit, weil der Wein so gut ist, und Dr. Ferdinand Himmelstätter, der mit Vornamen angeredet werden möchte, prostet ihm mit fast unwiderstehlichem Lächeln zu.

»Ich bin auch erst seit kurzem bei der Truppe. Die alten Herren brauchen frisches Blut. Und wir brauchen unsere Protegés. Prost – auf die Wahl, die wir g'winnen werden.«

»Wer sind *wir?*«

Ferdinand lacht wie über einen guten Witz. »Daham statt Islam«, sagt er mit verschwörerischem Lächeln. »Wir machen grad' a brainstorming, und der Minister fand's bombig, das Sprücherl. Und wenn wir jetzt noch die Bawag-G'schicht hochkochen, ist's a g'mahte Wiesn.«

Ein Maulstinker, denkt Ado und weicht einen Schritt zurück. Der Mann kann es nicht riechen, weil er teures After-shave benutzt. Ferdinand rückt nach, weil er keinen Helden vor sich sieht, sondern einen leicht angetrunkenen Oberst. Er prostet ihm zu und schlürft den Wein mit Kennermiene. Er kennt alles, weiß alles, vor allem, daß er seinen Weg machen wird durch die Labyrinthe der Macht.

Ado hat ein paar Gesprächsfetzen belauscht, bevor die Schlacht am Büffet begann. Bawag und Wahl, das waren die Themen. Die Bank der Gewerkschaften, eigentlich für die kleinen Sparer da, hat sich großspurig in der Karibik verspekuliert. Milliarden verschleudert, und jetzt sind auch die Streikkassen leer, und es wird vertuscht und gelogen, aber vor den Wahlen kommt den Konservativen ein Skandal gerade recht. Lange genug haben die Medien auf dem Finanzminister herumgehackt, jetzt geht es gegen die Gewerkschaften und damit gegen die Sozis, und so mäht man eine Wähler-Wiese. »Ich find' den Spruch primitiv«, sagt Ado, und sein Gegenüber lacht wieder so herzig.

»Geh, Ado, wir wollen keinen Literaturpreis, sondern in die Regierung. Volksnähe. Gemütlichkeit. Abgrenzung. Der Spruch ist genial, dafür müßt' ich einen Orden kriegen. Oder zumindest einen guten Job in der Koalition. Unser Mann verschüsselt das schon nicht.«

Er lacht gern, der Sprüche-Erfinder. Ado könnte ihn erwürgen, doch er lacht mit. Gewöhnungssache. Er hat sich schon zu lange verstellt, um zu wissen, wer er wirklich ist. Wie er sich jetzt nach Lucie sehnt, nach einem Menschen, bei dem er nicht einmal lächeln muß, wenn's ihm nicht danach ist! Wenn sie da ist, braucht er kein Glas zum Festhalten – oder nicht so dringend. Das Schlimme ist, daß dieser Ferdinand nicht wie ein Feind daherkommt. Früher war das Feindbild klar. Alles, was deutlich war, ist heute verschwommen, buchstäblich. Der Mann ist freundlich, zutraulich und erzählt ihm jetzt von seiner Freundin, die als Juristin für Asylbewerber arbeitet. Im Herbst wollen sie heiraten, und manchmal streiten sie über die Politik, aber die Liebe sei halt größer als alle Meinungsverschiedenheiten, und man richtet sich's ein.

»Der Wein ist immerhin gut«, sagt Ado, und Ferdinand erzählt ihm, daß er im Burgenland extra für den Club abgefüllt wird. »Wir tschechern exklusiv.« Nach diesem Satz muß er wieder lachen, dann gibt er Ado seine Visitenkarte und zieht weiter, auf der Suche nach wichtigeren oder zumindest amüsanteren Leuten.

Ado besitzt keine Visitenkarten, wozu auch? Er hat ja nicht einmal eine Wohnung, und über das Hotel »Ananas« hätte Ferdinand sich wieder zerwuzelt. Ein schrecklich lustiger Mensch, und auf seinem Weg zum Ausgang begleitet Ado die entspannte, exklusive Stimmung, das fröhliche Bechern und dezente Schmatzen. Niemand nimmt Notiz von Ado Spengler, der sich von einer fixen Idee verabschiedet, die ihn zwei Jahre seines Lebens beschäftigt hat.

Seine Heldenplatz-Verschwörung hat Selbstmord begangen. Der Satz würde Lucie gefallen. Sie hat ohnehin nie daran geglaubt, daß Opus Dei und Ultrakonservative die Macht in Österreich an sich reißen, Schritt für Schritt und beginnend mit der Ausschaltung aller kritischen Medien, die sowieso nur ein winziges Häuferl sind.

Der Hofrat winkt ihm von der Ferne zu, er scheint ihm etwas zuzurufen, doch Ado ignoriert ihn. Er geht hinaus, durch den Park auf die Straße und marschiert durch die Nacht, zuversichtlich, daß ihm schon noch ein Taxi begegnen wird. Der Pegel seiner Trunkenheit ist moderat, in diesem Zustand glaubt er, sehr klar zu denken. Er muß Lucie retten, denkt Ado, und daß ihn nur seine Hirngespinste davon abgelenkt haben, das Wichtige zu erkennen. Weshalb er in Richtung Simmeringer Hauptstraße geht, unbeirrt von den Autos, die an ihm vorbeirasen. Er spürt keine Furcht, keine Kälte und hat keine Ahnung, wie spät es ist. In der Nähe der Mächtigen hat er sich immer ermordet gefühlt. Beischlaf ist keine Lösung, doch immerhin eine Ablenkung.

SIEBZEHNTES KAPITEL

Sie hat die Tür geöffnet, das ist das Wunder dieser Nacht. Eine kleine Ewigkeit stand sie vor ihm in einem lächerlich karierten Pyjama, und Ado dachte, daß man nicht immer anständig sein kann, doch zumindest anständig angezogen. Er dachte auch, daß sie die Tür wieder vor ihm zuschlagen würde, doch Lucie sagte »Komm rein«, legte den Riegel vor und schlurfte mit zu großen Pantoffeln vor ihm her zu ihrem Zimmer. So klein. Vielleicht wäre sie als größerer Mensch anders geraten, doch das konnte man nicht wissen. Im Hausflur roch es nach Kraut und Knofel, und die Funzel an der Decke spendete diffuses Licht. Ado fühlte sich beobachtet, wie in der Kulisse eines Horrorfilms, das Haus schien viele Augen zu haben, und hinter einer Tür hörte er eine Frau schreien, schwer zu sagen, ob aus Lust, Wut oder Schmerz.

»So leben Proleten«, sagt Lucie, als sie ins Zimmer kommen. Ado antwortet nicht, folgt ihr nur und setzt sich auf den einzigen Sessel vor dem Fernsehapparat. Der ist alt, aber nicht antik, und Ados Rundblick erfaßt einen großen Raum, der von Schreibtisch und Bett beherrscht wird. Die Bücherstapel dienen als Ablage für Zeitungen, und ein einziger Schrank beherbergt Lucies Garderobe und vielleicht auch ihr Geschirr. Andererseits ist es mehr, als er hat, nämlich eine Art Zuhause, und bei geringen ästhetischen Ansprüchen sogar ein gemütliches Zimmer.

Lucie stellt, ohne ihn zu fragen, ein Häferl auf den Boden neben dem Sessel, schenkt dann Kaffee ein und süßt ihn mit drei Löffeln Zucker. Sie steht vor ihm in dem rosaverwaschenen Pyjama, mit zerzausten Haaren und diesem arroganten Kindgesicht. Ados Herz schlägt schneller.

»Wußtest du, daß das Riesenrad bis 1938 Eduard Steiner gehörte? Dann wurde es *arisiert,* und Steiner kam später nach Auschwitz. So ein großes Mahnmal, nicht wahr?«

»Warum erzählst mir das?«

Lucie hat sich auf den Flokati vor ihrem Bett gesetzt und lehnt sich mit dem Rücken gegen die Matratze. »Weil sich eine umgebracht hat auf dem Riesenrad, es kam grad' in den Spätnachrichten. Sie hat Seidelbast g'essen und sich dann in die Gondel gesetzt. Fünf Fahrten hintereinander, dann wurde sie gefunden. Auf dem Weg ins Krankenhaus ist sie gestorben.«

»Kein schöner Tod.« Ado trinkt Lucies Kaffee, er ist stark und bitter, und er möchte jetzt eine Zigarette rauchen, nachdem er mit dem Taxler gestritten hat, ob es denn bei offenem Fenster gestattet wäre. »I los mi net vergiftn«, sagte der Taxler stur, und schließlich hat Ado aufgegeben. Er fragt Lucie, ob sie es erlaubt, das hat er noch bei keiner Frau getan, und sie nickt und macht das Fenster auf. Die Nacht ist lind, und der Straßenlärm um diese Zeit erträglich.

»Aber ein billiger Tod ist's«, sagt Lucie in seinen Rücken. »Seidelbast wächst hier und dort, brauchst nur auf den Friedhof zu gehen, um ihn zu finden. Marianne hat sich in die Gondel gesetzt, weil sie zuletzt mit ihrem Liebsten dort war, bevor er sie für eine andere verlassen hat. Frauen sind romantisch bis in den Tod.«

»Kam das auch in den Nachrichten?«

Lucie ignoriert die Frage. »Warum bist überhaupt hier?«

Ado schnippt die Zigarette aus dem Fenster und dreht sich um. »Ich war in der Gegend«, sagt er, »und ich wollt' es schon lange. Unsere Geschichte ist nicht zu Ende, nur war der Anfang falsch. – Soll ich das Fenster zumachen?«

Lucie nickt und scheint zu überlegen, was sie mit seinen Worten anfangen soll. Und weil er nichts erklären kann oder will, erzählt er ihr von seinem Abend im Jagdhaus und vom Verlust seines Glaubens. Weil er möchte, daß sie versteht, was ihn treibt, getrieben hat, und daß er sich jetzt wie eine leere Flasche fühlt, nein, das ist das falsche Bild, wie ein Wanderer, der sein Ziel verloren hat. Die Welt ist kälter geworden, weil ihn die Wut nicht mehr wärmt, dieser Grundzorn, den er sich bewahrt hat über all die Jahre. Der enttäuschte Liebhaber von Verschwörungstheorien verläßt den Hort seiner Paranoia und begibt sich ins Grau des Alltäglichen. Und denkt, daß er eine Leidenschaft gegen eine andere eintauschen könnte, weshalb er ja hier ist.

Lucie hört unbewegt zu, trinkt ab und zu einen Schluck und hat das Gefühl, daß er kleiner wird, je länger er redet. Die P-2-Verschwörung in Italien, die läßt Ado noch gelten, die Konspirationen des CIA und der Geheimdienste, das Kennedy-Komplott: all dies könnte wahr sein. Doch die mysteriösen Geschichten um die Illuminaten, Freimaurer, Malteserritter, Bilderberger und die Gnomen von Zürich: die verwirft er als Hirngespinste. So wie die Heldenplatz-Verschwörung, und jetzt argumentiert Ado genauso vehement dagegen, wie er vorher dafür geredet hat. Denkt, daß er sie überzeugen muß, damit es für ihn klarer wird.

»Glaubst du wirklich, daß an allem, was auf der Welt schiefgelaufen ist, nur die Dummheit schuld ist?« fragt Lucie.

»Ausschließlich.« Nein, das glaubt er nicht, doch jetzt will er sie umarmen, etwas fühlen, was gut ist, warm und wahr, und Lucie fragt nichts mehr, sondern antwortet seinen Lippen, der rauchigen Zunge, den Händen, die unter ihren Pyjama kriechen. Sie riecht nach Weihnachtsgebäck, wie Zimt und Nelken, und alles, was Verstand sein könnte, zerstäubt in Zärtlichkeit und Gier, kein Gegensatz ist das, sondern alles paßt zusammen, was ihn in diesem Augenblick bewegt. Die Welt ist draußen, sie ist ihm egal, nur ihr Körper ist wichtig, und seiner ist es, der Gleichklang ihrer Bewegungen, der Eintritt ins Paradies, das einzige, das er kennt. Du wirst daraus vertrieben, immer, und er schreit, als es soweit ist, während Lucie nur ganz leise seufzt. Ihre Finger streichen über seinen Rücken wie Engelsfedern. Josefine hat gekrallt, weil sie Lust von Schmerz nicht trennen wollte.

Sie bleiben auf dem Teppich liegen, seitwärts, ineinander verwoben durch sein Glied, das jetzt zu klein wird, um sich in ihr zu halten. Er denkt, daß er ewig so bleiben könnte, und weiß, daß es unmöglich ist. Unbequem auch, denn ihr zarter Leib ist seltsam schwer. Lucies Augen sind offen, waren es die ganze Zeit, und sie sagte kein Wort, atmete nur schneller, und er hat nicht die verdammteste Ahnung, was sie denkt und fühlt, wenn er in ihr ist. Jetzt erst stört er sich daran, und an dem Teppich, der haart, und an den Schuhen, die unter dem Bett stehen.

»Ich hab keinen Schuhschrank«, sagt Lucie, während sie die Pyjamajacke zuknöpft. Liebesworte. Alles Körperliche ist einfach mit ihr, doch an den Worten scheitern sie, mehr noch am Unausgesprochenen.

»Es ist ein schönes Zimmer.« Ado nimmt ihre Hände und denkt, daß er jetzt etwas Fundamentales sagen sollte. Wie *Ich liebe dich* oder *Verzeih mir, daß ich dich liebe* oder *Liebe mich, weil ich sonst untergehe.* Sie lächelt, als ob sie von allem wüßte, eine winzige Sphinx aus Oed, die sich mit dem Tod doch nur beschäftigt, weil sie das Leben nicht fertigbringt. »Geben zwei Mal minus plus, Lucie?«

»Nur in der Mathematik.« Sie entzieht ihm ihre Hände, und vielleicht bildet er sich ein, daß ihre Stimme zittert. »Ist die Geschichte jetzt zu Ende?«

»Nein.« Das ist fast ein Schrei. Behutsamer: »Wir könnten uns eine Wohnung nehmen. In der Leopoldstadt, mit Blick auf die Donau. Ich hätt' schon eine an der Hand, ein Kollege will umziehen aufs Land.« Wenn sie ja sagt, denkt Ado, hör' ich mit dem Trinken auf. Vielleicht auch mit dem Rauchen. Wenn sie ja sagt, beginnt ein neues Leben. »Du hättest auch dein eigenes Arbeitszimmer – mit Aussicht. Und sie ist gar nicht so teuer, die Wohnung.«

Lucie krempelt die Hosenbeine des Pyjamas hoch, Sachen zu kürzen war ihr immer lästig. Auch das: Entscheidungen zu treffen, die Zukünftiges berühren. »Ich hab' ein sehr unregelmäßiges Einkommen, Ado, davon kann ich grad' das Zimmer bezahlen. Das Grabredengeschäft ist ja erst am Anfang, und ich muß alles mit Anna teilen. So ein Umzug würde mich umbringen. Apropos: Ich war bei Liesl Wimmer an dem Tag, als sie starb.«

Jetzt sieht sie ihn erschrocken an. Mit allem hat Ado gerechnet, nur nicht damit. Nach dem Bericht von Gramlitz und der Aussage der Zugehfrau, die eine rothaarige Person an der Wimmer-Tür gesehen hat, war da so eine Ahnung. Aber er wollte sie gar nicht bestätigt wissen. Nicht von Lucie, nachdem er ihr fast einen Antrag gemacht hat. »Hast was zu trinken im Haus?«

Lucie bietet an, von den Nachbarn eine Flasche Roten zu borgen, entfernte Verwandte von ungarischen Weinbauern, und Salami könne sie auch mitbringen und vielleicht noch etwas Brot.

»Ich hab keinen Hunger, nur Durst.«

Sie aber schon, sagt Lucie und zieht sich einen Mantel über, bevor sie das Zimmer verläßt. Ado, immer noch nackt, wäscht sich an der Bassena, weil das Bad im Flur ist, worauf er keine Lust hat, und er zieht sich an, bevor er das Fenster öffnet, um zu rauchen. Lucie braucht lange, bis sie wiederkommt, aber er merkt es nicht, weil er darüber nachdenkt, was er ihr sagen soll. Hast du Liesl Wimmer vielleicht umgebracht?

Lucie ist verrückt, er ist verrückt, die ganze Welt ist verrückt – also normal. Auf der anderen Straßenseite grölen betrunkene Burschen ein Nazilied, und eine einsame Hure, die am Straßenrand auf Freier gewartet hatte, flüchtet in einen Hauseingang. Wäre sie belästigt worden, hätte er wohl einschreiten müssen, oder auch nicht, weil er doch außer Dienst ist. Vier gegen einen, und seine Waffe hat er im Büro gelassen, in der Schreibtischschublade, die er manchmal vergißt abzusperren.

Lucie kommt mit einer Zweiliterflasche, einer Stange Salami und einem Brotlaib zurück. Sie legt alles auf den Schreibtisch, holt einen Korkenzieher, zwei Gläser, Messer und Schneidbrett aus dem Schrank und zieht erst dann ihren Mantel aus. »Sie waren schon im Bett, aber ich hab' sie rausgeklopft. Der Wein ist nichts G'scheites, aber man kann ihn trinken.«

Ado öffnet die Flasche mit einer Gier, die ihn ärgert.

Der Rote schmeckt grauslich, aber es gibt Verfassungen, in denen du alles trinkst. Lucie bricht den Laib und schneidet mit einem stumpfen Messer dicke Salamischeiben. Sie setzt sich auf ihren Schreibtischstuhl, während er wieder am Fenster steht, weit weg von ihr. Sie hätte nichts sagen sollen, denkt Lucie. Je näher dir einer steht, desto klüger solltest du lügen. »Magst wirklich nichts essen? Die Salami ist vom Bauern, die ist wirklich gut.«

Ado schenkt sich nach und steht jetzt auf der anderen Seite des Tisches. »Ich wollt' nicht wirklich sterben damals, und das Benzin hab' ich mit Wasser verdünnt und hab' gewartet, bis es regnet. Ich war ein einsamer Trottel, der Aufmerksamkeit wollte. Du hast meine Aufmerksamkeit, Lucie. Warum warst du bei Liesl Wimmer? Und was soll diese Selbstmordgeschichte, die meinst du doch nicht ernst?«

Die Nachtigallenstimme klingt spröde. »Familientradition. Es war immer eine Trauer da, verstehst? Die Großmutter hat sich erhängt, und die Mutter ist in den Teich gegangen. Depression ist ein Wort, das ich nicht mag. In mir, das ist mehr wie eine Grundtrauer, so wie dein Zorn. Und weil ich einen Plan hab', kann ich sie meistens überwinden. Es macht mich froh, daß ich vom Ende weiß. Klingt das blöd?«

»Ja.« Der Wein schmeckt nach faulen, süßen Beeren. Ado denkt, daß er noch viel mehr trinken muß, um dieses Gespräch zu überstehen.

»Ich dachte, du würdest mich verstehen. Grad' du. Es ist, als ob man auf der Rasierklinge lebt, jeden Tag, und darauf achtgibt, nicht auszurutschen. Alles ist ... heroischer irgendwie, auch das Alltägliche. War das nicht deine Idee von früher: ein Held zu sein?«

»Ich war vierzehn, Lucie. Heute laß ich alles gelten: Haß,

Angst, Verzweiflung, Krankheit oder auch nur Müdigkeit vom Leben. Aber Heldentum? Das ist der größte Schmarrn, den ich je gehört hab'. Wenn du's tun willst – bitt' schön, niemand kann dich daran hindern. Aber such dir einen anderen Grund.«

Nun ist sie verletzt, bestätigt in der Annahme, daß Männer und Frauen nicht miteinander reden können, wenn es wesentlich wird. Tod und Liebe, das sind Geschichten mit Anfang und Ende, und es kommt doch darauf an, den Ausgang selbst zu bestimmen. Lucie spürt, daß sie friert, auf einmal, und sie holt eine Strickjacke. »Willst nicht wissen, warum ich bei der Liesl Wimmer war?«

Eigentlich nicht, denkt Ado, weil ihm ihre Grundtrauer schon aufs Gemüt geschlagen ist. »Der Mietvertrag läuft auf zwei Jahre. Gibt's einen Zeitplan?«

Sie lacht sogar, obwohl er es nicht als Witz gemeint hat. »Es hängt von dem Buch ab, dem Manuskript. Wenn ich fertig werd' und einen Verlag hab' …«

… also vielleicht nie, diesen Gedanken spricht Ado nicht aus. Glasklare Trunkenheit wieder, es ist seine beste Phase, obwohl der Wein immer süßer wird mit jedem Glas. Noch ist die Flasche viertelvoll, und noch ist Lucie sehr lebendig. Zeit, er braucht einfach Zeit, und die wird, die muß sie ihm geben. »Was ist mit Liesl Wimmer?«

»Ich hab' sie nicht umgebracht. Die Schlaftabletten hat sie von ihrem Arzt, und der Grund war, daß sie Angst vor dem Alter hatte, das war schon eine Paranoia. Jeden Tag hat sie vor dem Spiegel gesessen und ihren Verfall studiert. Schönheitschirurg, Psychiater, Liebhaber … niemand hat ihr helfen können. Ihr Mann sowieso nicht, der hat Jüngere gesucht und gefunden. Liesl hat diesen komischen Heini tatsächlich geliebt. Sie war, wenn du sie aus dem Klischeerahmen nimmst, ein netter, einfach g'strickter Mensch. Aber sie wollte in Schönheit sterben. So hat jeder seinen Irrsinn, und manchen begräbt er halt.«

Und manche macht er stärker, denkt Ado. »Sie war nicht schön. Anna ist schön. Und du auch, irgendwie schon – selbst in diesem irrsinnigen Schlafanzug.«

Lucie streicht über das Erbstück ihrer Mutter. Viel hat Sophie nicht hinterlassen, doch Lucie brachte es nicht fertig, auch nur ein einziges Teil wegzuwerfen. Manches trägt sie auf, obwohl ihr die meisten Sachen zu groß sind. Ado ist eitel, das muß sie noch lernen. »Ich hab Liesl über meine Internetseite kennengelernt. Chatten für Lebensmüde. Kein Schmäh, das ist ein Renner, grad in Wien. Ich halt keinen davon ab, aber zureden tue ich auch nicht. Es geht mir darum, über die richtigen Gründe und die todsichere Methode zu … ist das Wort plaudern in dem Zusammenhang frivol? Ich sammle Stoff für mein Buch, Ado.« Und für mein Ende: Das spricht sie nicht aus.

»Du bist ›Hegesias‹«, sagt Ado. Er hätte, denkt er, früher darauf kommen können.

»Ja, das ist mein Pseudonym. Du kennst also die Seite. Die meisten geben sich Namen, auch Liesl, aber die hat sich schnell verraten. Sie hat sich fast jede Nacht eingeloggt, weil sie niemanden hatte, mit dem sie reden konnte. Anfangs hab ich versucht, sie auf ein anderes Gleis zu bringen, aber irgendwann hab' ich ihr dann geschrieben, daß sie sich Schlaftabletten und Brechmittel besorgen soll.«

»Beihilfe zum Selbstmord ist strafbar«, sagt Ado, weil er schon zu lange Polizist ist.

»Ja, ja, willst mich verhaften? Als sie mir dann schrieb, daß sie es tun wird, bin ich hin zu ihrer Wohnung.«

»Letzte Worte? Sammelst du die auch?« Ado spürt, daß

er von alkoholgeschwängerter Milde in die Phase zynischer Aggression gleitet. Er schenkt sich den letzten Tropfen ein, Lucie hat kaum etwas getrunken.

»Eigentlich wollt' ich sie hindern, aber sie war schon zu weit weg. In dem Stadium, wo dir alles egal ist. Sie hat mir einen Brief für ihren Mann gegeben. Sie wollte nicht, daß die Polizei ihn findet.«

Liebe und Wahrheit sind ein ungleiches Paar. Die Flasche ist leer, und Lucie bereut ihre letzten Worte. Ados Gesicht hat sich verändert, es sieht gröber, härter aus als noch vor ein paar Minuten. Liebe verzeiht viel weniger, als man denkt. Er raucht und trinkt zuviel, und er ist Polizist. Liesl hat sie einen komischen kleinen Todesengel genannt. Das behält Lucie für sich, auch, daß sie die Gelegenheit hatte, die restlichen Schlaftabletten, die auf dem Nachttisch lagen, wegzunehmen. Sie hat es kurz erwogen und dann gedacht, daß es falsch wäre, Liesl Wimmer aufzuhalten. Sie war schon so schläfrig.

»Und dann bist du einfach gegangen?«

»Ja. Ich hab' die Tür ganz leise zugemacht. Den Brief hab' ich abgeschickt.«

»Davon hat er der Polizei nichts gesagt. Was stand drin? Du hast ihn doch sicher gelesen.«

Er kennt sie schon ganz gut. Lucie könnte ihm das Manuskript zeigen, in dem sie aus Liesls Brief zitiert hat, aber man kann Vertrauen auch übertreiben. »Sie hat ihn bös beschimpft, so in der Art, daß er ihr Leben ruiniert hat. Es muß immer einen Schuldigen geben. Es gibt solche, die sich umbringen, um die Lebenden zu bestrafen.«

»Und du, willst du mich bestrafen?« fragt Ado und beugt sich über den Schreibtisch, bis sein Gesicht ihres fast berührt. Er riecht nach schlechtem Wein, und Lucie nach

Knoblauchsalami, was der Nähe ein wenig von ihrem Charme nimmt.

»Wofür?« Lucie lehnt sich ein Stück nach hinten, doch Ado rückt nach.

»Dafür, daß ich dir zu nah komm'? Du bist total meschugge, Lucie, und das weißt du auch. Trotzdem hast du mich unterwandert, vielleicht grad' deshalb. Ich frag' dich noch einmal, ob wir unsere Rasierklingen zusammenlegen? Es wird ein Fiasko.«

Bestimmt, denkt Lucie, aber auch, daß die Liebe von Verrückten etwas Besonderes sein könnte. Weil sie ja sowieso nicht logisch ist, die Liebe. Obwohl keiner das Wort ausgesprochen hat.

»Und du verhaftest mich nicht.«

»Nein. Du stinkst nach Knofel.«

»Und du nach Fusel.«

Völlig ungeklärt, der Stand der Dinge, doch wenn zwei sich küssen, braucht es keine Auflösungen. Zunächst. Lucie Haberer und Ado Spengler tauchen in die Versenkungen ihrer Körper, die – zumindest – passen zueinander. Vielleicht klammern sie sich auch nur aneinander, doch es reicht – wenigstens für den Augenblick.

ACHTZEHNTES KAPITEL

Sie pokern in der Viererrunde und trinken Tee mit kubanischem Rum, den Helgas Nichte ins Heim geschmuggelt hat. Hochprozentiges ist verboten, bis auf den Sherry, der an Sonn- und Feiertagen gereicht wird, *a letschates Gsöff* in den Worten von Maria Langer, die von ihren Mitspielern mit *Frau Professor* angeredet wird. Helga, in ihrem früheren Leben Lehrerin, ist *Frau Magister,* dem *Kommerzialrat* zufolge ein minderer akademischer Titel, wie auch die *Baronin* dem niedrigen Adel angehört, der in Österreich nicht qua Enthauptung abgeschafft, sondern dessen Titel via Verfassung verboten wurde. Woran sich keiner hält, sowenig wie an das Schnapsverbot im Seniorenheim und eine Reihe anderer Hausordnungspunkte der noblen Anstalt. Glücksspiele zum Beispiel sind nicht erlaubt.

Das Verbotene zu tun ist nicht mehr so aufregend wie am Anfang, doch weil sie den Spieleinsatz kontinuierlich erhöhten, ist ein Lustgefühl geblieben. Maria Langer hält ein Doppelpärchen mit Assen in der Hand und setzt fünfhundert Euro, wohl wissend, daß Frau Magister aus Feigheit aussteigen wird, der Kommerzialrat ein schlechtes Blatt hat, weil er sich an den Ohren zupft, was er in diesem Fall immer tut, und nur die Baronin ist schwer einzuschätzen, weil sie schon ein wenig *antschechert* ist und darum verwegen wird.

Tatsächlich steigt sie ein und erhöht um einen Tausender. Die Hand, die die Karten hält, zittert, sie leidet an leichtem Muskelschwund, ist aber ansonsten *pumperlgsund*, und solang sie ihr Blatt halten kann, wird sie mitspielen.

Poker ist, darin sind sich alle einig, ordinärer als Bridge oder Tarock. Aber weniger anstrengend, kinderleicht eigentlich und außerdem sexy. Dieser Einschätzung des Kommerzialrats stimmen die Damen zu, obwohl er sonst einen schweren Stand hat gegen die weibliche Übermacht.

»Ich geh' mit und will sehen. Du bluffst doch nur, Baronin.«

Maria spürt dieses Prickeln, wie immer, wenn der Augenblick der Wahrheit naht, kurz bevor die Karten auf den Tisch kommen. Der Kommerzialrat beugt sich vor, um besser zu sehen, grauer Star im Anfangsstadium, und er pfeift anerkennend, als er den Königsdrilling sieht.

Die Unterlegene muß ihre Karten nicht zeigen, und Maria legt sie verdeckt auf den Stapel. Sie ist eine schlechte Verliererin, war es schon immer, doch hat sie gelernt, es zu verbergen. Fast dreitausend Euro haben die Seite gewechselt, darauf trinkt sie von ihrem Rumtee und genehmigt sich ein gustiöses Teil, das von Trzéniewski geliefert wurde. Das Beste ist grad' gut genug, so lautet der Wahlspruch der Viererbande; auch wenn sie einander allesamt nicht leiden können, so eint sie doch ein gemeinsames Verlangen: noch a Hetz haben, bevor Brüderlein Fein an die Tür klopft.

Pokern ist ein veritabler Ersatz für Sex, findet Maria, während die Baronin der Auffassung anhängt, daß keine Leidenschaft der geschlechtlichen vergleichbar ist. Frau Magister, die ihr Lebtag nicht geheiratet hat, läßt die erotischen

Diskurse der Pokerrunde schweigend über sich ergehen. Sie trauert um Poldi, ihren Langhaardackel, den ihre Nichte betreut, seit Helga ins Heim ziehen mußte. Altersdemenz, Alzheimer … was immer die depperten Ärzte diagnostizierten, es ist unerheblich angesichts der Tatsache, daß sie eine alte, vergeßliche Frau ist, die sich selbst nicht mehr versorgen kann. Die Nichte, da ist sie sich sicher, behandelt Poldi schlecht, doch bei ihren Besuchen bringt sie ihn mit und hätschelt das arme Tier, das so fett wie eine *Buchtel* geworden ist. Sie möcht' erben, die Nichte, und Helga läßt sie in dem Glauben, obwohl sie testamentarisch verfügt hat, daß alles ans Tierheim geht unter der Bedingung, daß sie Poldi, den Alleinerben, dort wie einen König behandeln.

Die Baronin, die heut eine Glückssträhne hat, hinterläßt ihr Bares einem Verein, der sich um gefallene Mädchen, überwiegend aus dem Osten, kümmert. Das sei ganz im Sinne ihres verstorbenen Gatten, der sich zeitlebens um die *armen Hascherln* gekümmert habe. Frau Professor lacht immer so schäbig, wenn die Baronin das sagt, sie ist der alles verneinende Geist dieser Runde, und immer, wenn sie verliert, verschlingt sie die Trzésniewski-Brötchen, als wären sie einzig für sie geliefert worden. Daß die Extravaganzen und Verbotsübertritte geduldet werden, hängt wiederum damit zusammen, daß das Personal bis hin zur Heimleitung geschmiert wird. Geld ist nützlich, besonders im Stadium körperlicher Gebrechlichkeit, die mit unerotischen Abhängigkeiten einhergeht.

Der Kommerzialrat ist noch gut bei Fuß, sieht aber immer weniger. Die Baronin leidet an Hypochondrie, eine Geisteskrankheit, die sie sich aussuchte, um die Aufmerksamkeit ihres Mannes zu fesseln. Auch nach seinem Tod bedarf sie der Sorge und Pflege ihrer Umwelt dank immer neuer Leiden, deren Ursprung vermutlich Liebesmangel ist, aber darüber nachzudenken, hat sie sich nie gestattet.

»Wer kriegt eigentlich deine Marie?« fragt Helga, während sie verteilt.

Professor Langer tupft sich mit der Serviette die Lippen und greift dann nach ihren Karten. »Was geht's dich an?«

»Nix. Seniorenkonversation.«

Der Beinahe-Flash auf ihrer Hand stimmt Maria milde. »Der Buddhistische Friedhof, wenn ich's mir nicht noch anders überleg – oder alles verlier am Kartentisch.« Maria legt eine Karte auf die Mitte des Tisches. Ihr Rücken schmerzt, im Grunde der ganze verfluchte Körper, fett und unbeweglich, wie er ist. Da kann Sonja, die polnische Schwester, noch soviel Wundcreme draufschmieren, es nutzt gar nichts. Nur Morphium, wenn es ganz arg wird. Steht natürlich nicht auf dem Speiseplan der Heimleitung, aber man hat seine Quellen.

Gift und Geld, sie hätte nicht gedacht, daß sie im Alter noch kriminell werden könnte, aber eigentlich war es ganz logisch. Ab einem gewissen Punkt hast du nur noch die Wahl, ein altes Schaf zu werden oder eine alte Sau. Möge Buddha ihr verzeihen, vielleicht ist er ja auch bestechlich. Maria nimmt eine Karte und bemüht sich um ein Pokerface, als sie sieht, daß es tatsächlich ein Herz-Flash ist. Wenn jetzt die anderen mitziehen, kann sie sie richtig abzocken. Geld ist erotisch, und die Geschäfte laufen erfreulich. Und wenn sie alles verspielen würd', gäb's ja doch keine weinenden Erben. Beim Kommerzialrat ist es etwas anderes, weil er drei Exfrauen mit ihrer Brut zu versorgen hat. Würd' man ihm gar nicht zutrauen, dem alten Flaneur, so wie er da sitzt mit seinem greisen Babygesicht. Außer einer leichten Herzinsuffizienz und Sehschwäche fehlt ihm nix, und Maria glaubt, daß er letztlich ins Altersheim geflüchtet ist, um seinen Weibern, Kindern und Enkeln zu entkommen. Hier kann er ungestört Zeitung lesen, Poker spielen und sich Pornos auf den Computer laden. Der Kommerzialrat ist ein Computerfreak, und er hat ihr vieles beigebracht, aber ganz allein könnte Maria es nicht durchziehen. Geld, das schöne Geld, mit dem man so viel Trost kaufen kann, und auf den *Partezettel* können sie ihretwegen schreiben, daß sie eine alte Sau war. Was eh nicht passiert, weil die Verlogenheit bis über den Tod hinausreicht.

Der Kommerzialrat steigt aus dem Spiel aus, während die Baronin und Helga mitbieten. Leider will Frau Magister, die so vorsichtig setzt, wie es ihrem Respekt vor Geld entspricht, schon früh die Karten sehen, und Maria rafft den Gewinn von tausend Euro von der Mitte des Tisches auf das Häuferl vor ihrem Platz. Enttäuschend wie so vieles im Leben, und am Ende steht die Erkenntnis, daß *die Hetz* sich in überschaubaren Grenzen hielt.

Anstand, Versagung, Pflichterfüllung – das ganze fade Repertoire einer bürgerlichen Existenz ohne Glanz und Gloria. Sie hätte Monikas Galan umbringen sollen, bevor er ihre Tochter in seinen Sumpf zog. Den Grantler von Ehemann verlassen und eine Affär' mit dem Assistenten beginnen, der letzte, der ihr Avancen machte, bevor sie aus dem Alter kam, an dem irgendein Mann sie noch mit Begierde anschaute. Zu spät alles. Der einzige Mensch, den sie je geliebt hat, war eine Enttäuschung. Hat sich davongestohlen, als es schwierig wurde. Was im übrigen Monikas Charakter entsprach. Die starke, sadistische Nummer war aufgesetzt, zur Schau getragen wie ein Kleid, das vorn und hinten nicht paßt. Die Bürscherln in der Partei haben das wohl erkannt. Die taugen nichts, aber Schwäche schnuppern sie wie Trüffelhunde, und wenn's ihnen grad' kommod ist, beißen sie zu. Ihnen die Schuld an Monikas Tod zu geben, wär' allerdings zu einfach. Außerdem hat die Monika ihre Unterlagen verbrannt, bevor sie auf den Friedhof ging. Anstand war das nicht, sondern wieder so eine Schwäche, weil sie geahnt haben muß, daß ihre Mutter die Papiere nutzen würde. Aus Rache oder auch nur aus Bosheit, weil, wenn du so alt bist, die Moral Falten wirft. Alle, wie sie da sitzen, haben runzelige Seelen und schämen sich nicht dafür – ein bisserl vielleicht, aber nie genug, um die Hölle in Erwägung zu ziehen.

Die Helga nutzt ihre Nichte schamlos aus und belügt sie mit dem Testament, um sie bei Laune zu halten. Der Kommerzialrat darf endlich der durch und durch egoistische Bub sein, den er immer kaschiert hat, und muß die Schwestern, denen er den Hintern tätschelt, nicht heiraten und ernähren. Die Baronin, die sich jetzt ans Herz faßt, weil sie wieder einmal einen Anfall vortäuscht, um sich wichtig zu machen, trickst sogar beim Kartenspielen, und wenn sie mischt und die Karten austeilt, ist Vorsicht geboten. Eine zwanghafte Betrügerin nach Marias Auffassung, und gut möglich ist, daß der Verein für die gefallenen Hascherln keinen Euro sieht, wenn's denn soweit ist. Obwohl, das kann noch dauern, weil man an Hypochondrie eher selten stirbt.

Wie erwartet, findet das Spiel ein jähes Ende, Karten und Geld werden eingesammelt und hernach die Schwester gerufen, die den Arzt holt, der ein EKG veranlaßt. Alle sind aufmerksam, aber nicht besorgt, weil sie das Spiel schon kennen, und Maria sagt zu Helga, daß die Baronin im Ernstfall schlechte Karten habe, weil ihre Attacken ja keiner mehr ernst nehme. Aber sie sagt es leise, weil sie die Runde mit ihren ungeschliffenen Wahrheiten weitgehend verschont.

Es reicht ja, die anderen Heimbewohner zu schockieren und sich über die Beleidigten zu amüsieren. Maria ist über das Stadium hinaus, geliebt werden zu wollen, jene lebenslange Antriebsfeder für Heuchelei, und Geld fängt vieles auf, was sie sich an Rücksichtslosigkeiten leistet. Das Seniorenheim kostet viel, dazu kommen die Trink- oder Schweigegelder fürs Personal, die lukullischen Exzesse – und das Pokerspiel.

Mit der Pension könnt' sie das nicht finanzieren, also hat sie sich mit dem Kommerzialrat, dem Computerfreak, das *Geschäft* ausgedacht, jene sprudelnde Geldquelle, die eine gewisse kriminelle Energie erfordert, auch ein bisserl Unmoral, denn letztlich ist's ein Geschäft mit dem Tod.

Ist er nah genug, verliert er an Bedrohung und gewinnt an Schrecken. Nah genug erscheint er wie ein Freibrief, mehr zu wagen, als man sich zutraut. Weil das Irdische ja doch nur ein ungemachtes und ein bisserl verdrecktes Bett ist, auf dem man's sich zu bequem eingerichtet hat. Es zu verlassen wird leichter durch die Vorstellung, mit dem Tod zu spielen. Komm doch, und hol mich – oder andere zuerst, dann bist du satt und wartest noch ein Weilchen. In manchen Stunden glaubt Maria, ihn zu riechen, den Tod, herb und süß zugleich wie teures Parfum. Je nach Schmerzen und Stimmung sehnt sie ihn herbei oder will ihn verjagen. Die Kapsel mit dem Zyankali trägt sie in dem herzförmigen Amulett, und wenn sie danach greift, fühlt sie sich beruhigt. Das Amulett beherbergt die letzte Kontrolle, die sie übers Leben hat.

Helga und die Baronin haben auch ihre *Pille*, die sie allerdings nicht am Herzen tragen, weil sie denken, daß es ewig weitergeht. Nur für den *Ernstfall*, so denken sie, weil sie notorisch heitere Naturen sind. Skrupulös, aber dann auch wieder geldgierig. Sie wurden eingeweiht, weil die Nichte für Botengänge gebraucht wird und die Baronin sich mit Sonja, der polnischen Schwester, angefreundet hat, deren Cousins den Medikamentennachschub organisieren. Der Kommerzialrat legt Wert darauf, mit den *polnischen Schiebern* nicht in direktem Kontakt zu stehen, schließlich ist er als ehemaliger Banker ein ehrenwerter Mensch. Brecht sah das ganz anders, denkt Maria, aber über Literatur diskutiert der Kommerzialrat eher selten. Er ist für die Angebote im Internet zuständig, die Konten in Österreich und Ungarn, die Preiskalkulation und die Gewinnverteilung nach Abzug aller Unkosten.

Fünfundzwanzig Prozent für jeden, das erscheint ihm ungerecht, doch Maria besteht darauf, denn die Idee stammt schließlich von ihr, und die beiden anderen tragen auch ihr Scherflein bei. Sie sind eine Bande, schon das Wort bereitet ihr Genuß. Eine Aufregung, die davon ablenkt, daß sie in diesem Haus dem Tod entgegensiechen. Den Launen des Personals ausgesetzt sind, das andererseits durch üppige Zuwendungen stark motiviert wird. Nein, Maria bereut nichts von dem, was sie in den letzten acht Monaten getan hat. Vieles davor. Der Schmerz um ihr Kind war das letzte echte Gefühl, und sie kann gut damit leben, nichts mehr für andere zu empfinden. Auch nicht für diejenigen, denen sie nach der Überweisung auf das Budapester Konto den Tod frei Haus liefern: Zyankali, ein Medikamenten-Cocktail oder Schlaftabletten, je nach Gusto und Vorrat.

Daß Maria mit dem Kommerzialrat Wetten abschließt, ob sie's dann tun oder nicht, finden die beiden anderen Damen frivol. Sie gehen sonntags zur Beichte, und der Pfarrer, der das Seniorenheim katholisch betreut, wirft Maria manchmal eigentümliche Blicke zu. Daß er mit dem Beichtgeheimnis zu hadern scheint, amüsiert sie. Ein beschränktes Leben ist dankbar für jede Aufmerksamkeit. Nur kein Selbstmitleid, dieses Gefühl ist ihr so verhaßt wie Heuchelei. Wieviel Zeit sie vergeudet hat, sich nach anderen zu richten, die Wahrheit zu vertuschen, vergeblich um Zuneigung zu buhlen. Monika hat ihr für nichts gedankt, und vielleicht hatte sie recht damit. Ein verpfuschtes Leben mit kriminellem Ausgang, und das letztere, das bereut sie nicht. Die Todsünden sind zu schön, um nicht berührt zu werden. Alles, was Maria Langer in ihrem Leben nicht getan hat, erscheint ihr heute als verlorene Zeit.

Zwei Fälle im Heim, damit hat alles begonnen. Die Schauspielerin mit Knochenkrebs, die nicht bis zum Ende leiden wollte, und der Major mit seinen schweren Gichtanfällen, sie waren die ersten beiden Kunden, obwohl es damals ja mehr ein barmherziger Akt war als eine finanzielle G'schicht. Krankheit, Schmerz und Tod, damit lebst du im Altersheim, auch wenn es von der edleren Sorte ist. Du denkst dir, daß es Gott sei Dank wieder einen anderen erwischt hat, aber selbst durch gepolsterte Türen hörst du sie schreien, winseln, klagen. Und fragst dich: Wie wird mein Ende sein?

Würdelos sei das, sagte Maria Langer damals am Kartentisch. Selbst Viecher kriegen einen Gnadenschuß, und daß es keiner von den maroden Greisen verdiene, so zu enden. Sie sagte es nicht mitleidig, sondern voller Zorn. Und räsonierte über Epikur, der seinen Jüngern geraten hatte, den schmerzvollen Teil ihres Lebens mit ironischer Seelenruhe und einer Art Einfachheit zu beenden.

Philosophie für Anfänger, doch die Baronin, eine pragmatische Person, führte die Diskussion in die Gegenwart. Denn es gab eine einfache Lösung: Schwester Sonja und ihren Bruder, den Arzt, sowie ihre Cousins, die gegen Vorkasse alles aus dem Osten nach Wien schaffen könnten, was der Mensch für seinen Abgang so brauche.

Der Major bekam die Überdosis Morphium, und die Schauspielerin den tödlichen Tablettencocktail, wofür sich beide mit einem letzten Scheck dankbar erwiesen.

Es war leicht, dem Tod unter die Arme zu greifen, denkt Maria, weil niemand Fragen nach der Herkunft der Drogen stellte. Weil alle froh waren, daß die Schreihälse die ewige Ruh' gefunden hatten, die Erben sowieso. Erstklassige Begräbnisse und Leichenschmaus vom Feinsten: Maria ließ sich von ihrem Gewissen nicht beißen und war überzeugt, das Richtige getan zu haben.

Das ist sie heute noch, obwohl die altruistischen Motive nun zu einem Geschäft geworden sind. Als sie in der Zeitung verfolgte, wie viele sich freiwillig *abbeindln,* kam Maria auf die Idee, den Aktionsradius auszuweiten. Der Kommerzialrat, kein moralischer Bedenkenträger, war schnell dabei, nur bei Helga und der Baronin mußte mit Überzeugungsarbeit nachgeholfen werden. Weil sich ja alles, auch das Böse, gut begründen läßt.

Sie leisten Sterbehilfe. Sie helfen den Kranken, Müden, Verzweifelten, ihren letzten Willen in die Tat umzusetzen. Die Entlastung der Pensionskasse und des Gesundheitswesens ist nur der politische Nebeneffekt. Es geht um Würde, ein Wort, das nicht in aller Munde ist und von der Kirche anders ausgelegt wird. Maria glaubt daran: Der Mensch gehört nur sich selbst, was ihn legitimiert, sein Leben zu beenden, wann es ihm paßt. Feigheit mag es sein, war es in Monikas Fall sicher, verbunden mit der Scham des Versagens. Daß sie dem Kind nicht verzeihen kann, was sie anderen zubilligt, ist nur eine Schwäche. Wie Liebe eine ist.

Schwester Sonja macht mit, weil sie das Geld für ihren Freund braucht, der den Pferdewetten verfallen ist. So hat jeder seine Leidenschaft, sein Laster, denn das, was dich umbringt, ist die Langeweile. Seit sie um viel Geld pokern und Wetten auf den Sterbemut der Kundschaft abschließen, ist Maria nicht mehr fad. Ganz im Gegenteil ließe sich sagen, daß neue Lebensgeister erwacht sind. Sie spielen zu dritt weiter, und Maria setzt einen Tausender auf zwei Kreuzsieben. Sie blufft.

NEUNZEHNTES KAPITEL

Der Sommer wartet mit Wahlkampf auf. Ein sportlich ausgetragenes Ereignis mit Spielern, die sich auf Hochglanzplakaten als *klasse Burschen* verkaufen und verbale Elfmeter schießen. Auch die größte Glocke im Stephansdom, die Retterin in den Türken-Kriegen, muß herhalten. *Pummerin statt Muezzin:* die künstlerische Variante von *Wien darf nicht Istanbul* werden. Die *Jugendarbeitslosigkeit halbieren* steht gegen *Wir für euch,* und *Deutsch statt nix verstehen* gegen jene, die durch ihre Anwesenheit der Überfremdung des Vielvölkerstaates Vorschub leisten. Der innere Stammtisch, zur Nationaldebatte avanciert, zeigt seine Fratze, und die Heurigenlokale füllen sich mit fröhlichen Zechern.

Daß es *Wurscht is,* wer von den *Großkopferten* das Land regieren wird, ist die vorherrschende Meinung des Wählervolks, doch es läßt sich umbuhlen und seine Larmoyanz ins Kraut schießen, Haß und Sentimentalität, Gemeinheit und schlichte Angst – alles Theater, schlechtes Theater sowieso, und seit der Peymann keine Skandale mehr in der *Burg* inszeniert, müssen halt die Politiker herhalten, die Gewerkschafter, die BAWAG-Penthouse-Sozialisten, der fesche Finanzminister oder der Kärntner Landesfürst, der die Nation mit dem *Ortstaferlstreit* um die von ihm verwehrten Rechte slowenischsprechender Volksgruppen narrt.

Ado Spengler hat den Wahlkampfslogan von seinem Abend im »Club Austria« wieder gefunden, doch den Kampf um die Wohnung in der Leopoldstadt verloren. Lucie hat so lange gezögert, bis die *Occasion* weg war, an ein anderes Paar vergeben, und so logiert er immer noch in seinem Zimmer im Hotel »Ananas« und Lucie in ihrer Simmeringer Behausung, wo sie den Computer mit den Schicksalen von Selbstmördern füttert. Sie ist beim Buchstaben T, und jeder Frühlingsmonat liefert neuen Stoff, weil die Lebensunlust weiter grassiert, keiner weiß, warum, aber alle spekulieren, angeführt von den Wiener Blättern, die den landesüblichen Pessimismus pflegen, daß ein verlorener Tag ist, wenn *nix Schlimmes passiert.* Dem Thema kommt sprachlich zugute, daß es in diesem Land so viele Begriffe für Tod und Sterben gibt. Wer *a Bretzn reißt,* begegnet *Brüderlein Fein, Gankerl, Klapperl, Quiqui* oder dem *Spirifangerl* – dem Tod in seinen vielen Gestalten.

Jedermann wird ihn einmal treffen, doch wer dieses Rendezvous vor seiner Zeit wählt, kommt jetzt in die Zeitung, erlangt kurzfristige Berühmtheit, und die Großmäuler wählen den Begriff der »Selbstmord-Hype«. Psychiater sprechen in Medien von einem »gewissen Nachahmungseffekt«, und Kabarettisten dichten, daß der Tod immer noch der Qual der Nationalratswahl vorzuziehen sei.

Lucie schreibt Nekrolog-Marathons und könnte speien, wenn sie auf die Straße geht und auf die Wahlplakate sieht. Sie hat das Kapitel über Marianne Tuschnigg fertig, die Achtzehnjährige, die sich mit Seidelbast vergiftete und für ihre letzte qualvolle Stunde eine Kabine des Riesenrads wählte. Sie habe den Ort ausgesucht, an dem sie das letzte Mal glücklich war, hat sie am Abend zuvor im Chatroom der Lebensmüden gestanden. Marianne hat ihren Abschiedsbrief an den Freund ins Internet gestellt, bevor sie im Garten ihrer Eltern in Grinzing die giftigen Beeren pflückte, sie mit Coca-Cola hinunterspülte, um dann mit dem Taxi zum Prater zu fahren.

»Mörderische Liebe« titelten die Gazetten, und Lucie widmet Marianne drei Buchseiten für ihr Leben, das mit einer Kapitulation geendet hat. Denn die *Nekrologenchansonniere,* wie Ado sie nennt, hat das Scheitern von Affären überlebt und ahnt, daß es um etwas ganz anderes gehen könnte: die Liebe, die man für sich selbst nicht aufbringt. Das Gefühl, nichts wert zu sein, nicht einmal das Leben. Wer anfängt, darüber nachzudenken, flirtet bereits mit dem Tod. Eine *Erlösung* sei er, hat Marianne in ihrem Abschiedsbrief geschrieben. Die Veröffentlichung ihrer letzten Worte war aber auch eine Art Mord, denn der junge Mann, der sie wegen einer anderen verlassen hatte, wird von den Medien verfolgt und als Schuldiger angeklagt, denn so einen muß es geben, weil sonst ja keine Gerechtigkeit herrscht, keine irdische. Seine italienische Abstammung kommt erschwerend hinzu, weil den *Katzelmachern* alles zuzutrauen ist, und nach zwei Wochen medialer Hetzjagd flüchtet er aus Wien in Richtung Süden, was ihm als Feigheit und moralisches Schuldeingeständnis angelastet wird.

Es darf keinen Schuldigen geben, schreibt Lucie in ihrem Kapitel über Marianne Tuschnigg. Damit spricht sie sich auch selbst frei, denn sie hat mit dem Mädchen korrespondiert in den Foren für die Verzweifelten, Einsamen,

Anonymen und Bekennenden. Was Spiel ist und was Ernst, bleibt ein Geheimnis bis zum Tod, weil die Todessehnsüchtigen auch einen morbiden Humor pflegen – jenseits der immerwährenden Frage nach dem Modus operandi. Es soll nicht weh tun, es darf nicht schiefgehen, und die Vorstellung eines entstellten Leibes ist vielen unerträglich. *Ich kann kein Blut sehen,* schrieb Marianne, und Lucie riet ihr davon ab, von den Gasometern oder vom Haas-Haus zu springen, weil dies erstens Passanten gefährde und zweitens jeder Sprung das Risiko des Überlebens in sich trage. Jemand anders hat ihr den Tip mit dem Seidelbast gegeben. Es war nicht »Hegesias«.

Lucie spürt, daß Ado »Hegesias« alias Lucie Haberer nicht über den Weg traut. Er stellt seltsame Fragen, zum Beispiel die, ob sie »Cerberus« kenne. Wer nicht, der sich in Selbstmord-Foren herumtreibt? Das Pseudonym wechselt, doch die Botschaft ist beständig. »Cerberus«, Höllenhund der griechischen Mythologie, Name eines Asteroiden, aber auch einer amerikanischen Investmentgesellschaft, die sich für die BAWAG-Ruine interessiert, bietet im Internet *Schöner Sterben* an. Schlaftabletten, der tödliche Medikamentencocktail, Zyankali – alles eine Frage des Preises, und »Cerberus« verspricht prompte Lieferung nach Überweisung auf ein Konto in Budapest.

Sie halten Wort. Lucie hat Schlaftabletten bestellt für tausenddreihundert Euro. Die blauen Pillen liegen in einer der Schuhschachteln unter dem Schreibtisch und warten auf sie. Es könnten Placebos sein, und »Cerberus« ein Betrüger, der sich auf Kosten von Selbstmordkandidaten bereichert. Das Päckchen wurde in Wien aufgegeben, und als Lucie es aufmachte, dachte sie für einen Augenblick, daß Ado etwas damit zu tun hat. Der Sohn eines Apothekers, der unwillige Polizist, der geläuterte Verschwörungstheoretiker, der an nichts mehr glaubt und wegmöchte aus Wien, aus Österreich. Nach der Wohnung in der Leopoldstadt schlug er eine Farm in Patagonien vor. Dort Schafe züchten. Oder ein Weingut in Südfrankreich. Wie willst du das bezahlen? fragte Lucie, und Ado zuckte mit den Achseln und meinte, daß Geld keine Rolle spiele, wenn man ein Ziel habe. Und daß Lucie aus dieser Stadt wegmüsse, um auf andere Gedanken zu kommen.

Du kannst nirgendwohin vor dir selbst flüchten, hat Lucie geantwortet. Dachte, daß Melancholiker es bestimmt nicht überleben, in Patagonien Schafe zu hüten. Und Alkoholiker sollten nicht ins Weingeschäft einsteigen. Das hat sie ihm nicht gesagt, weil Liebe und Wahrheit ein ungleiches Paar sind. Weil sie es zumindest für möglich hält, daß Ado der Höllenhund sein könnte. *Schöner Sterben* ist die Form von Zynismus, die zum ihm passen würde. Und die Frage, ob die blauen Pillen Placebos sind oder nicht, läßt sich nur auf eine Art beantworten. Andererseits konnte sie sie auch in einem Labor prüfen lassen.

Einerseits und andererseits, Lucies Lebensmotto. Zwischen Vertrauen und Zweifel, Weltschmerz und Freude, Leben und Tod pendelt sie auf maroden Gleisen einem unbekannten Ziel entgegen. Das Buch, das ist was zum Festhalten, aber nur so lange, bis das Manuskript in einem Verlag liegt und der Prüfung standhalten muß. Das Geschäft mit den Grabreden erfüllt Wünsche, von denen Lucie vorher nicht wußte, daß sie sie hatte. Schuhe, Kleider, Taschen, und das Geld ist ein flüchtiger Begleiter. Die Geschichte mit Ado ist schön wie eine Seifenblase.

Wann haben sie begonnen, einander zu mißtrauen? Vielleicht schon in der Wiege ihrer Liebe, wenn es denn eine ist und nicht nur Sentimentalität, die dem Sex als Tarnung dient. Die drei Wörter auszusprechen, das ist leicht, doch wo ist der Beweis, der allem Glauben fehlt?

Angesichts der eigenen Verlogenheit kann sie ihm kaum Vorwürfe machen. Sie hat sogar Monikas Mutter getäuscht und ihr ein entschärftes Manuskript zur Prüfung hingelegt. Professor Langer hat es ihr mit ein paar Korrekturen zurückgeschickt. Die Wahrheit über Monika Weiss-Langer? Lucie weiß, daß sie sich auf dem Terrain von Einschätzungen, Mutmaßungen und fremden Urteilen bewegt. Wie bei jedem ihrer Selbstmörder, weil auch in Abschiedsbriefen die Wahrheit nur eine Fußnote der Trauer ist. Am Ende bringst du eine Fremde um. Eine, die sich nicht verstand und darüber verzweifelte.

Anna, die soviel erzählen könnte, schweigt beharrlich, wenn Lucie Monikas Namen erwähnt. Sie wollte nicht einmal lesen, was über ihre Freundin geschrieben wurde. Anna will nach vorn schauen und nicht zurück. Jeden Schmerz ausblenden, alles, was häßlich ist und nicht zu ihrem schönen neuen Leben paßt.

Der Film, der Anna von der Pornographie in die Sphären erotischer Kunst befördert. Sagt Ludwig, doch Lucie denkt anders darüber. Ganzkörpermassage, mit schwülstiger Musik unterlegt. Ludwig liebt Geigen und Annas Gesicht, das im Auge der Kamera zur Maske wird. Ihre Schauspielkunst entfaltet sich auf Friedhöfen, wo Anna Sirnova die Toten gleichsam auferstehen läßt mit ihren Worten. Sie genießt ihre Auftritte, selbst wenn ihr kein Applaus beschieden ist, nur die stille Dankbarkeit der Trauernden, zustimmendes Gemurmel, befreiendes Gelächter bisweilen, wenn Lucie eine Anekdote in den Nekrolog eingefügt hat. Die unstillbare Sehnsucht nach der schönen Leich', dieses zutiefst wienerische Verlangen, hat in Anna eine Verkörperung gefunden. Und Anna somit ihre Bestimmung. Sie weiß es noch nicht, doch von Leiche zu Leiche wird sie sicherer im Auftreten, besser in der Rhetorik und schöner sowieso. Sie trägt ausschließlich violette Kleider oder Kostüme, und wenn es regnet, den farblich passenden Schirm. Es schüttet oft bei Begräbnissen, als ob der Tod und der Regen und diese Stadt zusammengehörten. Lucie steht immer hinter Anna und hält sich an ihrem Knirps fest. Man sieht sie kaum.

Friedhöfe sind idyllische Orte, weil sie von Wahlplakaten verschont bleiben. In infantilem Protest übermalt Lucie die Visagen der Kandidaten mit schwarzem Filzschreiber, zeichnet schwarze Schnurrbärte auf Oberlippen und einen strengen Seitenscheitel. Dann fühlt sie sich für einen Augenblick besser, aber es gibt zu viele Plakate in Wien, und dann meint sie, daß es g'scheiter wäre, bis zur Wahl überhaupt nicht mehr aus dem Haus zu gehen, keine Zeitungen zu lesen, den Fernseher nicht einzuschalten. Vor allem möchte sie flüchten, aber aus Wien will sie nicht weg.

Ado, wenn er nicht im Dienst ist, vergreift sich an den Plakaten, indem er sie mit dem Taschenmesser aufschlitzt. Er weiß, daß das kindisch ist. Er ist ein Kind, ein altes, ein bißchen krankes Kind. Die Lust des Denkens mündet ja doch in der Qual des Lebens. Sie ist so geringfügig, diese Qual, daß ein Haß ihn umarmen kann. Eine Liebe. Die Stadt ist ihm unerträglich geworden, seit Politiker ihn von allen Seiten angrinsen. Lucie trägt eine große schwarze Sonnenbrille, um schlechter zu sehen. Ihre Erklärung für die Selbstmordserie ist, daß sich die Leut' aus Ekel umbringen.

So weit würde Ado nicht gehen. Die Verschwörung der Selbstmörder im Internet, daran könnte er beinah wieder glauben. Er sollte zum Hofrat gehen und ihm Bericht erstatten. Darüber, daß im Internet der Tod frei Haus angeboten wird. Das ist kriminell. So wie das Verprügeln von Ausländern in Arrestzellen. Die Bestechung von Politikern. Das Verschleudern von Gewerkschaftsgeldern. Die Weigerung des Landeshauptmanns, dem Gerichtsbeschluß Folge zu leisten, zweisprachige Ortstafeln in Kärnten aufzustellen. Die Volksverhetzung durch Wahlplakate. Die faktische Legalität des Illegalen hebt moralische Urteile in zweiter Instanz auf. Er ist ein schlechter Polizist. Ein guter Mensch in Gedanken. Und in der Tat? Ein Trinker. Liebhaber auf verlorenem Posten, denn Lucie läßt mit keinem Wort erkennen, daß ihre Geschichte ein gutes Ende nehmen könnte.

Gut wäre, eine gemeinsame Wohnung zu suchen oder die Stadt, dieses Land gemeinsam zu verlassen. Doch Lucie mauert, und er wird es leid, gegen diese steinerne Wand anzurennen. Er richtet sich an der Oberfläche ein. Wohin gemma essen? Gibt's was G'scheites im Kino, Theater oder Kabarett? Sex in der Nacht. Das ist das einfachste.

Er hat Angst, sie zu verlieren. Er hat Angst, sich in ihrer Gegenwart so zu betrinken, daß er die Kontrolle über seine Angst verliert. Weshalb er nachts aufsteht, sich anzieht und mit der Straßenbahn nach Hause fährt. Durch die traurigste Straße Wiens in die Innenstadt. In Gesellschaft von Leuten, die müde sind wie er. Straßenbahngesichter, vom Leben aufgeschwemmt oder ausgezehrt, und wohin er auch schaut, sieht er vor allem Leere. Den stumpfen Blick nach unten gerichtet. So wenig Leben und Freude, daß er glauben möcht', er sitze schon unter Toten. Sie machen ihn durstig, diese Gesichter, und dann steigt er oft vorzeitig aus und geht in die nächste Wirtschaft. In Gesellschaft von Zechern fühlt er sich zwar nicht wohl, doch zumindest heimisch. Sie verschwören sich, die Zeit anzuhalten, bis das Glas, die Flasche leer sind. Bis Zeit flüssig wird, ein Strom, der dich trägt, ganz schwerelos, fast schmerzlos.

Die junge, fesche Kellnerin in der Wirtschaft »Zur vorletzten Einkehr« hat sich riesige Engelsflügel auf den Rücken tätowieren lassen. Sie fliegt ihm zu, doch Ado ist nicht mehr imstande, ein neues Rätsel zu lösen. Die G'schicht mit Lucie hat einen Anfang und ein Ende. Ein mögliches wär' die Wohnung in der Leopoldstadt. Oder der Friedhof der verlorenen Seelen.

Lucie sagt immer, daß sie schneller leben will. Große Portionen von allem, was glücklich machen könnte. So eine atemlose Gier, die sie treibt, beim Schreiben, Essen, Trinken. Beim Sex. Alles will sie wissen und nichts versäumen, weshalb sie nie mehr als fünf Stunden schläft. Viele Stunden vor dem Computer, ihrer zweiten Welt, und Ado könnte darauf wetten, daß sie selten aus dem Haus ging vor seiner Zeit. Wie viel er über ihre Selbstmörder weiß – und wie wenig von ihr! Die Kindheit, darüber redet sie, aber kaum über die Zeit danach. Das Studium, die Männer, die Freunde ... Lucie hat niemanden außer Anna und Ludwig Abel, den Pornoproduzenten, den sie einmal in der Stadt trafen, im »Dunklen Stern«. Ado fand ihn zunächst unsympathisch, diese Verkörperung des *klassen Burschen* in Kaschmirhülle, doch Ludwig gewann im Gespräch und es wurde ein fast lustiger Abend mit viel Wein und gutem Essen, und Lucie redete ausnahmsweise nicht über Selbstmörder, sondern über Filme; und die Politik, die ließen sie aus, weil daran nichts komisch ist in Wahlkampfzeiten – oder zu vieles.

Es gibt sie, diese Abende, doch Lucies Launen sind unberechenbar. Sie hat Angst vor Krankheit und Alter, vor Kindern und Hunden, vor Leuten, die auf sie herabschauen. Was unvermeidlich ist, von ihr aber oft falsch interpretiert wird. Manchmal sagt sie die drei Wörter, aber niemals außerhalb des Betts.

Lucie ist Gift für ihn – oder das Gegengift. Die Verschwörung der Frauen gegen die absurde Annahme der Männer, daß sie deren Rettung bedeuten. Was umgekehrt nicht angenommen wird und genausowenig funktioniert. In Augenblicken vielleicht, den zeitlosen Momenten geglaubter Seligkeit. Alles andere ist Lavieren in den Labyrinthen der Angst. Unterirdisch wie das Kanalsystem, das die Stadt durchzieht. Wien bleibt Wien. Ort der seelischen Verwüstung, Weltuntergangsversuchsstation nach Karl Kraus. Alfred Polgars fideles Grab an der Donau. Die Stadt, vor der Ado immer öfter graust.

ZWANZIGSTES KAPITEL

In der Hitze des Wahlkampfs fühlt Ludwig Abel den Sommer, die Wärme, das Scheitern. Es überrascht ihn weder noch schmerzt es. Wer mit Aktien pokert, kennt die Risiken des Spiels. Er war zu gierig. Die Gewerkschaftsmanager haben viel mehr verloren, über zwei Milliarden, doch in seinem Fall reicht eine Million, um in die Knie zu gehen. Der Film, den keiner sehen will, ist nur die Fußnote des Niedergangs. Als der Bankdirektor ihm erst keinen Kaffee und dann keine Umschuldung anbot, wußte Ludwig, daß er unten angekommen war.

Vor die Wahl gestellt, den Konkurs anzumelden oder das Studio zu einem Schleuderpreis zu verkaufen, hat er sich mit den Russen arrangiert, die ihm die Bank angedient hatte. Sie kaufen Wien, Stück für Stück, und sie haben schlechte Manieren, jedoch gute Anwälte. Ludwig unterschrieb den Kaufvertrag, ohne sich die Mühe zu machen, das Kleingedruckte zu lesen. Ein gelassener Verlierer zu sein erfüllt ihn mit sonderbarem Stolz. Wenn er den Wagen verkauft und die Wohnung, wird er nach Begleichung aller Schulden gerade genug Kleingeld haben, um ein Jahr lang über die Runden zu kommen.

Die Erika tät' sich im Grab umdrehn, sagt Pepi, als Ludwig das Studio abschließt. Der Kameramann weint, weil er ein sentimentaler Hund ist, und Anna ist die einzige aus dem nunmehr arbeitslosen Ensemble, die ihn an diesem letzten Tag zu einem Kaffee einlädt. Anna, *die Haut,* Hauptdarstellerin seines Films, der keinen Verleih findet, weil er entweder zu gut oder zu schlecht ist, beides ist möglich, aber für Ludwig schwer zu beurteilen, weil er diesen Film liebt. Er hat als Regisseur und Schauspieler sein Bestes gegeben, das scheint ihm das Wichtigste zu sein. Hat einen Traum verwirklicht, den letzten, den er mit Geld begleichen kann. Und es hat ihn glücklich gemacht für zwei Monate, die Zeit, in der sie drehten, schnitten, die Musik aussuchten.

Benommen von dem Gefühl, zum ersten Mal in seinem Leben *das Richtige* zu tun, arbeitete er wie im Rausch. Um seine Aktien, Rechnungen und Mahnungen der Gläubiger, allen voran die Bank, hat er sich nicht mehr gekümmert. Die Welt, sie existierte nur im Studio, im Auge der Kamera, in den zarten Haaren auf Annas Haut, die sich unter der Berührung seiner Hände sträubten wie das Fell einer Katze. Ihre Haut, seine Hand. Worte brauchte es kaum, nur sehr wenige. Pepi, hinter der Kamera, gähnte und raunzte in den Pausen, daß Kunst so was von fad sei, daß er im Stehen einschlafen könnt'.

Was braucht der Mensch außer Haut, Händen und Musik, dachte Ludwig, der Annas Körper erforschte wie eine unberührte Landschaft von abwegiger Schönheit. In all den Jahren, in denen er sie nackt gesehen hatte, war sie für ihn nur ein Körper gewesen, der benutzt wurde, ein *Ding,* dem er so wenig Beachtung schenkte wie allen anderen Weibern, die sich für die Kamera hinlegten. Soviel Blindheit, und wenn er während des Drehs die Augen schloß, weil es ja nicht um ihn ging, sondern nur um sie, um ihren Körper, dann konnte er Anna noch viel besser sehen mit seinen Händen. Sie blieb ganz still, nur ihre Haut antwortete auf seine Berührungen, Annas wunderbare Oberfläche, ihre Berge und Täler, die sie so selbstverständlich preisgab, und wenn die Szene vorbei war, sagte sie nur: *Es war schön.*

Es war schön. Er hatte niemals eine Erektion, doch Ludwig fühlte, daß es mehr gibt. Mehr als das, was er kannte und zu verstehen glaubte. Er fühlt es immer noch. *A gmahte Wiesn.* Das Leben ist ausgeleert, und die Dinge, die am Boden liegen, sind überflüssig geworden. Jede Nacht, wenn er seinen Film anschaut, könnte er weinen. Oder lachen. Ihn mit geschlossenen Augen nachspielen. Mit seinen Händen etwas erschaffen, was er nicht für möglich gehalten hatte: Wunschlosigkeit.

Des is vielleicht a Kunst, oba so was wolln di Leit net sehn. Pepis Worte, und die des Verleihers. Ludwig verstand, was sie sagten, und es ist ihm egal. Weil es sein Film ist, sein Werk, und wenn alle anderen blind und taub und auf ihre *goschate* Weise stumm geworden sind, spürt er nur sanfte Verachtung, sonst nichts. Er hat den fertigen Film bloß einem Verleiher gezeigt, weil er ihn ja gar nicht teilen will. Annas Haut, sie gehört ihm ganz allein.

Anna, die Ludwig zu einem Kaffee einlädt und ihm gleich am Anfang sagt, daß er Hände wie eine Frau habe. Und er spreizt seine Finger und denkt, daß sie recht hat. Frauenhände. Anna, die so still ist, mit der er nie wirklich geredet hat, sagt ihm an seinem Stammtisch, was sie gefühlt habe während seiner Berührungen. Erotisches Gestammel, das Ludwig seltsam berührt. Eine Liebeserklärung an ein fremdes Wesen, das Ludwig noch nicht kennt.

Das ihn aber hier und jetzt mehr interessiert als alles andere. Stammkellner Emil, der ihm ausnahmsweise ganz normalen statt des Luxuskaffees serviert, was ja auch schon ein Kuriosum ist, hat rote Ohren. Erst recht, als Ludwig ihn fragt, ob der Herr Emil denn was von der Liebe verstehe?

Nona, antwortet Herr Emil, der beinah lächelt und Anna so liebenswürdig übersieht, daß Ludwig die Antwort in den richtigen sexuellen Kontext setzt. Er glaubt sowieso, plötzlich alles zu verstehen, sich selbst nämlich, und das ist schon fast ein Urknall, ein *Schaas* von einem Urknall, der kein Universum erschafft, sondern einen Mann, der sich wie eine Frau fühlt. Wie ein Wesen, das Anna erotisch findet, und er selber auch. Was für Ludwig einiges erklärt, was ihm sein *shrink* so nie gesagt hat.

Ludwig sagt Anna in diesem Augenblick, daß er sie wie eine Frau liebe. Es ist ihm völlig ernst damit, und sie findet es nicht zum Lachen. Sie lächelt nur. Nimmt ihn mit in ihre Wohnung und rasiert jedes Haar an seinem Körper, eine Prozedur, die lange dauert und ihn keine Sekunde reut. Mozarts »Requiem« begleitet das sanfte, zärtliche Schaben der Rasierklinge auf Ludwigs Haut, während er sein maskulines Leben wie einen Film abspult, all die Cowboy- und Indianerszenen, die falschen Kämpfe und richtigen Ängste, die ganze vermaledeite Tristesse seiner Jagd nach den Nichtigkeiten, die von dem ablenkten, was verdrängt werden wollte.

Annas Badezimmer ist heiß und feucht, und ihr nackter Körper ist viel schöner als seiner, weiblicher, und Ludwig flirtet mit dem Gedanken, daß die scharfe Klinge in aller Konsequenz ihren Dienst tun könnte. Als er ihn ausspricht, scheint Anna gerührt, doch dann sagt sie, daß es dieses Liebesbeweises nicht bedürfe. Ludwig registriert dennoch ein kurzes Zögern, ein Zittern ihrer Hand, und er hätte sich nicht gewehrt, wer weiß. Oder doch, denn er kann kein Blut sehen, ist schon als Kind in Ohnmacht gefallen, wenn er sich geschnitten hatte.

Als Annas Werk getan ist, cremt sie ihn ein, und an manchen Stellen brennt die gerötete Haut, doch dieser Schmerz ist unerheblich, erotisch, und er fühlt sich wie neu geboren. Unschuldig. Inmitten von Haaren liegend, die überflüssig und obszön aussehen. Anna kehrt sie weg, bevor sie in die Badewanne steigen, in lauwarmes Wasser, das nach Rosenöl duftet. Sie trinken Sekt, so wie in den Pornofilmen, doch das ist der einzige Anklang an ein früheres Leben. Anna sagt, daß sie ihn Ludovica nennen wird, und sie spricht den Namen aus, als wäre er ihr Baby, ihr geliebtes Kind. Alles auf Anfang. Sie ist so schön und gut, daß auch der von allen Körperhaaren befreite Ludwig denkt, daß er sie nicht verdient.

»Der Name gefällt mir. Aber ich bin pleite, Anna. Fast. Wenn alles verkauft ist, werden maximal hunderttausend bleiben.«

Annas Seife ist türkis, beinah wie ihre Augen. Sie tragen ein verhaltenes Lächeln, diese Augen, das er in seinem unaufmerksamen, bisherigen Leben nie wahrgenommen hat. »Das ist doch viel Geld, Ludovica. Damit kommen wir eine Weile aus, wenn du hier einziehst, und außerdem verdiene ich mit den Grabreden ja auch was. Wir werden nicht verhungern.«

Frauen sind furchtloser, denkt Ludwig. *Wir Frauen* sammeln das Leben anders ein. Er will auf keinen Fall, daß Anna für die Russen arbeitet, überhaupt nicht mehr für Pornoproduktionen. Er möchte nicht, daß Männer ihren Körper anstarren. Er streichelt Annas Brüste, um die er sie beneidet. »Abgebrochener Philosophiestudent und gescheiterter Pornoproduzent? Das wird nicht leicht sein.« Aber dann, als Anna mit einem Seufzer untertaucht, schließt Ludovica nicht aus, daß alles leicht sein könnte. Schwerelos wie sein Fuß zwischen ihren langen Schenkeln. Er wird sein Filmstudio in ihrem leeren Wohnzimmer einrichten und ihr all die Filme zeigen, an denen sein Herz hängt.

Besonders seinen, weil er ja so etwas wie das Manifest ihrer Liebe ist. Der Beginn von allem, was perfekt sein könnte, nein, das ist das falsche Wort, einfach nur schön.

Weil er nie ausgeschlossen hat, daß Lucie eine Hexe sein könnte, glaubt er in diesem Augenblick, daß sie das alles eingefädelt hat. Indem sie ihm »Haut« aufschwatzte und meinte, daß nur Anna die Hauptrolle spielen könne. Den Part der Hände zu übernehmen war allerdings seine Idee. Die genialste Eingebung, die er je hatte. Danke, Lucie. Er hat sie fürstlich bezahlt, und er wird noch was drauflegen, nur um ein gnädiges Schicksal zu bedienen. Anna hat recht: Sie sind reich. Und gleich morgen wird er besseren Sekt kaufen, denn dieser hier schmeckt wie Zuckerwasser. Andererseits ist es auch Wurscht, solange man mit Anna eine Badewanne teilt. Seine Haut fühlt sich weich und glatt an, so empfindlich für Berührungen, und das, was ihm vom früheren Leben geblieben ist, erscheint so winzig und unbedeutend, daß er es vergessen könnte. Für immer. Fast.

»Lucie meint, daß ich noch zusätzlich als Modell arbeiten könnt'«, sagt Anna, nachdem sie ihn lange, sehr naß, geküßt hat. Ihre Zunge löst kleine Schauer aus, Wolllust ist das Wort, das ihm kommt, und er betet, daß sie nicht einmal unabsichtlich das berührt, was sie trennen könnte.

»Aber nix Nackertes.« Sie ist so *lescher* mit ihrem Körper, denkt er, als ob der nichts Besonderes wär'. Und nein, er will keine Bilder von früher sehen, die Szenen mit Siggi und den anderen pornographischen Rammlern. Den hirnlosen Schwänzen, die er beschäftigt hat, um Geld zu raffen, um es zu seinem *shrink* zu tragen, in teure Geschäfte und Wiener Nobellokale. Was ihn daran erinnert, daß er jetzt Hunger hat, und Anna weint fast, weil sie nichts im Haus hat, nicht einmal ein Stück Brot.

»Ich liebe dich doch«, sagt Anna, die sich nicht verzeihen kann, daß Ludovica etwas entbehren muß, und nach Minuten des gegenseitigen Beteuerns einer nie endenden Leidenschaft steigen sie aus der Wanne, trocknen sich gegenseitig ab, fallen miteinander ins Bett und zelebrieren alle Berührungen außer einer, dieser kleinen Tabuzone, die Anna nicht einmal ansieht, geschweige denn berühren möchte, nachdem sie sich bei der Rasur überwunden hat, das Ding in die Hand zu nehmen, um es vor der scharfen Klinge zu schützen. Dies ist nicht der Augenblick für weiterführende Pläne, doch Anna weiß schon, was man damit tun könnte. Wegmachen. Über chirurgische Eingriffe wird sie später mit ihm reden, an einem anderen Tag. Ludovica ist gerade erst zur Welt gekommen, und mit zarten Wesen muß man vorsichtig umgehen.

Es kostet Überwindung, das Bett zu verlassen und sich anzuziehen. Ludovica trägt das gleiche wie Anna: Jeans und ein weißes Hemd. Sie frisiert ihm die Haare, die sie sich länger wünscht, und schminkt ihn nur ganz wenig, ein Hauch von Lippenstift, Rouge und Wimperntusche. Im Spiegel, in dem sich ihre Augen treffen, sieht er, daß sie mit ihrem Werk zufrieden ist. »Du schaust fesch aus«, sagt Anna zu seinem Spiegelgesicht, und er denkt, daß er eine Art Frau, aber kein Transvestit ist. Oder doch? *Is schmafu*, ganz egal im Moment. Sie werden ins »Schwarze Kameel« gehen als ein Liebespaar. Eine Spezies, die er immer beneidet hat, wenn er allein unterwegs war. Vielleicht werden sie ein bisserl blöd schauen, die Kellner, und sich an einen Ludwig erinnern, der anders war.

Oder nur die Anna mit ihren Augen ausziehen, weil sie so eine Erscheinung ist. Diskret auf jeden Fall, weil diese Wirtschaft eine Institution in Wien ist, nicht bloß so ein Nobelbeisl, wo sie um einen herumscharwenzeln wie die Priester um das Goldene Kalb. Das braucht er nicht mehr, nie mehr.

»Du mußt mich immer lieben«, sagt Ludovica zu Anna, als sie im Taxi sitzen.

»Das werde ich«, erwidert Anna, die daran stärker glaubt als er. An die beiden anderen Frauen in ihrem Leben kann sie sich kaum noch erinnern. Nicht an das Schöne und nicht an das Häßliche, weil eine Liebe, die begraben wird, sich schneller auflöst als ein Leichnam. Das Skelett der Erinnerung macht ihr keine Angst mehr.

Schieß doch, hat sie zu Monika gesagt, als diese die Pistole aus der Handtasche holte. *Traust dich eh nicht,* das waren ihre Worte, als die Waffe auf sie gerichtet war. Wieder eins von Monikas perversen Spielen, dachte sie, und daß sie ihre Rolle darin nicht mehr mochte, es vielleicht nie getan hatte. Alles mußte eine Dramatik haben, eine Inszenierung, weil die ganz normale Liebe Monika fremd war.

Du bist nur ein Stück Dreck, sagte Monika zu ihr. *Eine Analphabetin.*

Die Demütigung war Teil des Spiels, so wie die entsicherte Waffe. Anna dachte, daß sie wie immer reagieren könnte, um Monika zu gefallen. Doch sie tat es nicht. *Und du bist eine alte Frau. Ein sadistisches Monster. Ich mag nicht mehr.*

Ich geh jetzt. Du mußt mich schon erschießen, um mich dran zu hindern. Aber besser wär's, du bringst dich selber um.

Anna hörte den Knall, als sie ein paar Schritte gegangen war. Einen und dann noch einen. Sie blieb stehen, weil sie dachte, daß sie getroffen wurde. Sterben würde. Doch sie spürte nichts außer ihrem Zorn. Auf sich und auf die Frau, die es immer so *erregend* gefunden hatte, ihr die Pistole in den Mund zu schieben. Dieses Spiel war das schlimmste von allen gewesen.

Es war ein schöner, kalter Tag. Sie war nicht verletzt, nirgends, und es war auf einmal so still auf dem Friedhof. Mozart kläffte nicht mehr. Es war totenstill. Anna brachte es nicht fertig, zurückzuschauen. Sie ging einfach weiter. Begann zu laufen, bis sie am Ausgang war, und stieg dann in die Tram. Sie fuhr in die falsche Richtung und dachte die ganze Zeit, daß Monika sie nur erschrecken wollte. Daß gar nichts passiert war. Alles nur ein Spiel.

»Woran denkst du?« fragt Ludovica, als er die Wagentür für sie öffnet.

»An nichts.«

EINUNDZWANZIGSTES KAPITEL

Die österreichische Polizei ist besser als ihr Ruf. Vom Dienst suspendiert wird der Kripochef, weil man ihm Verbindungen zur Bordellszene vorwirft. Gegen den Landespolizeikommandanten ermittelt die Staatsanwaltschaft wegen Geschenkannahme und Verrat von Amtsgeheimnissen. Oberstleutnant Friedrich Kovar, der zu Menschenrechtsorganisationen gute Kontakte pflegte, wird von der Bundespolizeidirektion in die Bezirksstelle Döbling versetzt. Die *Perlustrierung* von Afrikanern selbst ohne konkreten Verdacht ist durch inoffizielle Dienstanweisung geboten. Im Juli stirbt der Mauretanier Cheibani Wague in »staatlicher Obhut«. Vorwürfe wegen Mißhandlungen, Übergriffen und Folter werden auch in der Presse laut, die im übrigen unterstellt, daß die Ordnungshüter bei Ausübung ihrer Dienstpflichten keineswegs farbenblind seien.

Doch! Die Polizei ist besser als ihr Ruf, tönt der Hofrat während der Dienstbesprechungen. Schwarze Schafe gebe es schließlich überall. Auch unter den Afrikanern. Oder sind die dann weiß, die Schafe? Nach diesem Schmäh dürfen die Kollegen lachen, humorvoll und ohne rassistische Untertöne. Es ist eher ein leises Kichern, ein wenig verschwörerisch, kaum verschämt. Die Stimmung ist alles in allem heiter, sommerlich. Die Bürger wollen eine starke Polizei, und wo gehobelt wird, da fallen Späne. Das sehen die Regierenden nicht anders, und da kann man sich handwerklich wohl fühlen.

Walter Gramlitz schmiedet Pläne, Ado Spengler zu vernichten, und eine Suspendierung ist das geringste seiner Ziele. Er will Ados Posten, doch das ist für ihn nicht ausschlaggebend. In dieser Person vereinigt er all jene, die auf ihn, den Burgenländer, herabsehen. Der Spengler ist ein arroganter Hund und entrischer Linker, und unverständlich ist, wieso der Hofrat einen Narren an ihm gefressen hat. Daß der Kollege ihm die Tour mit der schönen Tschechin versaut hat, ist die Spitze des Ärgers, der seinen Magen zersägt, ein kalter Haß, der ihn sticht, schon wenn er morgens den Dienst antritt, an Ados Büro vorbeigeht und keine Erwiderung auf seinen freundlichen Gruß findet.

Ado Spengler anzuschwärzen, weil er im Dienst dem Alkohol zuspricht, erscheint Gramlitz nicht mehr adäquat. Zu geringfügig und zu schwierig, weil Spengler extrem diskret säuft und die leeren Flaschen jeden Abend entfernt. Ihm Dienstvergehen nachzuweisen ist auch diffizil, weil Spengler seine Faulheit mit brillant geschriebenen Berichten tarnt. Unerträglich, wie der Hofrat ihn deswegen vor allen lobt, während ihm, Gramlitz, schon zweimal vorgehalten wurde, daß er zu viele Fremdwörter verwende. Fremdwörter seien ihm suspekt, sagte der Hofrat, der doch selber immer so geschwollen daherredet. Wienerisch abstrus geschwollen, während der burgenländische Dialekt, den Gramlitz unter allen Umständen vermeidet, nichts als Spott hervorriefe, weshalb er hochsprachlich sehr bemüht ist. Die Wiener mögen die *Gscherten* nicht, sie kommen gerade noch vor allen anderen Ausländern, an denen sie ihre urban getarnte Provinzialität austoben können. Gramlitz mag die Wiener nicht, und nur sein Ehrgeiz hat ihn in die Stadt getrieben, weil du es ja woanders zu nichts bringst, schon gar nicht im Burgenland, wo sich die Störche gute Nacht sagen.

Doch so viel Diensteifer kann einer wie er gar nicht an den Tag legen, um nicht von Typen wie Ado Spengler desavouiert zu werden. Dem fliegt alles zu – das Lob, die Beförderung, die Frauen. Wenn die anderen ihn auch nicht mögen, so zeigen sie's nicht, weil er doch in der Gunst des Hofrats steht. Und nichts tut er dafür, außer fesch auszusehen und resch daherzureden. Ganz schön frech ist er manchmal, aber auf die komische Tour, und dann lachen die Kollegen, während die Pointen seiner eigenen Witze – Gramlitz weiß nicht, warum – immer irgendwo versanden. Es ist ungerecht, und Ungerechtigkeit muß man bekämpfen, wenn man bei der Polizei ist.

Gramlitz hat von der letzten Beschlagnahmung bei einem Kokaindealer, Afrikaner natürlich, ein Packerl abgezweigt. Hat keiner gemerkt, und er hat es nicht aus niedrigen Motiven getan. Vielmehr, um einen Plan in die Tat umzusetzen, der ihm angemessen erscheint, Ado Spengler zu bestrafen. Dafür, daß er so ist, wie er ist. Weil Ado jeden Versuch, sich mit ihm anzufreunden, in den Wind geschlagen hat. Ganz lässig, wie er alles handhabt, zum Beispiel den Bericht über die Suizide. Fällt doch jedem Nebochanten auf, daß die Selbstmorde mittels Gift überproportional zugenommen haben. Stellt sich die Frage: Wie kommen die Leute an die rezeptpflichtigen Substanzen? Antwort: Es gibt einen Lieferanten. Mögliche Kontaktaufnahme: Zeitungsanzeigen, das Internet, ein raffiniertes Netzwerk von Händlern mit dem Tode.

Ein möglicher Anhaltspunkt wäre die rothaarige Person, die von der Zugehfrau an dem Tag gesehen wurde, als Liesl Wimmer starb. Doch dieser Spur wurde genausowenig nachgegangen wie den Recherchen, die Gramlitz im Internet getätigt hat. Die Foren, in denen potentielle Suizidanten kommunizieren, sind die Fassade, hinter der die Geschäfte abgewickelt werden. Die Hintermänner, so vermutet er, kommen aus dem Osten, wo ja mit allem gedealt wird, was Geld bringt. Der »Dritte Mann«, dieser Wiener Filmklassiker in moderner Variante, und keine Jagd durch die Kanäle der Stadt, sondern durchs Internet-Channel. Die Zeiten ändern sich, werden aber nicht besser.

Das alles hat Gramlitz in seinen Bericht geschrieben, der auf dem Schreibtisch des Hofrats liegt. Zu lange schon, und ist wieder typisch für die Ungerechtigkeit, die ihm, nur ihm widerfährt.

Gramlitz hat durchaus versucht, Ado für seine Theorien zu begeistern. Gab es Interesse, Zustimmung, Dankbarkeit? Ados einziger Kommentar war, daß das Büro genug mit Mördern, Räubern und Dealern zu tun habe und man die Selbstmörder in Frieden sterben lassen solle. Dieser Zyniker und Faulpelz! Wie alle anderen versucht Ado, zusätzliche Arbeit zu vermeiden. Und der Hofrat? Seit zwei Wochen hat er den Vermerk und vermutlich noch nicht einmal gelesen. Zur Zeit rund um die Uhr damit beschäftigt, in die Fußstapfen des vom Dienst Suspendierten zu treten. Hastet von einem politischen Termin zum nächsten und delegiert die Arbeit an seine Abteilungsleiter, die wieder nach unten treten – und ganz unten, da arbeiten sie streng nach Vorschrift. So effizient wie nötig, und so wenig wie möglich.

Des Hofrats *Paradiesvogerl*, Ado Spengler, erscheint wesentlich nüchterner im Büro als noch vor ein paar Wochen. Das ist beunruhigend. Also kann ihn Gramlitz keinesfalls über den Alkohol stolpern lassen, nun braucht es härtere Mittel. Kokain. Er hat das Packerl in den Topf mit der Palme eingegraben, und wenn er an seinem Schreibtisch sitzt, muß er nur auf die Pflanze sehen und fühlt sich schon besser. Mächtiger. Weil er doch immer nur zu leisem Widerstand fähig ist. Zu Haß, der den Magen zersetzt, und furchtsamer Verachtung. Weil er stets alles richtig machen und von allen geliebt werden will.

Sie lieben ihn aber nicht. Schon gar nicht die Frauen, die so ein Gespür haben für seinen ungeschickten Ehrgeiz. Er sei einfach nicht *cool* genug, sagte Josefine, mit der er zweimal ausging, bevor sie sich Ado Spengler zuwandte, der ihre Leidenschaft gewiß nicht verdient hat. Der nichts von all dem verdient, was ihm so zufliegt, während Gramlitz sich für jedes bißchen plagen muß, sogar für das Lächeln der jungen Frau, die ihm morgens die Semmeln über die Theke reicht.

Doch eines Tages, da ist er sich sicher, werden alle wissen, was in ihm steckt: eine Führungspersönlichkeit, einer, dem die Weiber nachrennen, ein *klasser Bursch,* dem sie beim Heurigen zuprosten, einen Platz in der Kantine reservieren, den sie lieben und fürchten … und vor allem respektieren. Ein Held des Alltags, so was schwebt ihm vor, und dafür ist Walter Gramlitz bereit, das ein oder andere moralische Opfer auf dem Altar des Erfolgs zu bringen.

Der Tag, an dem er es wagt, ist ein Samstag, und die meisten der Kollegen, auch Spengler, vergnügen sich irgendwo draußen an diesem heißen Augusttag, während er sich für den Wochenenddienst eingetragen hat. Viele Büros sind leer, und Gramlitz begegnet keiner Menschenseele, als er in das Büro des Feindes eindringt, die unverschlossene Schreibtisch-Schublade öffnet und das Kokain ganz hinten unter dem Krimskrams versteckt – Flaschenöffner, Aschenbecher, zwei alte Ausgaben des »Falters«, ein Buch über Verschwörungstheorien, ein Gedichtband von Trakl, zwei Pornohefte, Ausdrucke von Internetkorrespondenzen mit einem gewissen »Hegesias«.

Der Name sagt Gramlitz nichts, und er verschwendet keine Zeit, die Blätter zu lesen, weil er Angst hat, entdeckt zu werden, es sind ja doch ein paar Kollegen im Haus, und er hört Schritte auf dem Flur. Er spürt seinen Schweiß und denkt daran, daß Spengler nicht einmal beim Polizeisport außer Atem kommt. Beim letzten Fußballspiel gegen die Mannschaft der Grenzschützer schoß Ado das entscheidende Tor und wurde als Held des Tages gefeiert. Und transpirierte nicht. Gramlitz schiebt die Schublade zurück in die Ausgangsposition, seine Hände zittern kaum, er hat alles unter Kontrolle, und leise pfeifend schlendert er zurück in sein Büro.

Es ist vollbracht. Am Montag, den Spengler freigenommen hat, wird er mit einem Kollegen unter dem Vorwand, eine Berichtskopie zu suchen, diese Schublade wieder öffnen. Und schau, was sich da findet: ein Kokainpackerl. Nein, das hätte er dem Spengler nicht zugetraut, obwohl doch jeder weiß, daß der im Dienst trinkt. Er wird laut darüber nachdenken, ob nicht auch Kokain ein Kavaliersdelikt sei. Der Kollege, von dem er weiß, daß er Spengler nicht leiden kann, wird widersprechen. Sie streiten also ein bißchen – und mit etwas Glück wird der Hofrat vorbeikommen oder ein Abteilungsleiter – und dann – die Falle schnappt zu. Sofortige Suspendierung vom Dienst ist nur der Anfang, und wenn alles gutgeht, wird die Sache eine strafrechtliche Ermittlung nach sich ziehen. Falls der Hofrat nicht versuchen wird, die Sache zu vertuschen. Wär' ihm zuzutrauen, weil der immer hintenherum denkt und fürchtet, daß ein Skandal seiner Karriere schaden könnte. Hauptsache, Ado Spengler ist weg. Einer ist aus dem Weg geräumt, und für die anderen Behinderer seiner Karriere wird er sich ebenfalls was einfallen lassen.

So einfach. Fast zu einfach, das macht ihm schon wieder Sorge. Einmal, auf dem Rückflug von Bangkok nach Wien, das war noch in der wilden Jugendzeit, hat Gramlitz einem Freund zwei Gramm Haschisch ins Handgepäck geschmuggelt, weil er den Gedanken nicht ertragen konnte, eventuell vom Zoll erwischt zu werden. Passiert ist nichts, sie kamen ungefilzt durch, nur mit der Freundschaft war's dann vorbei. Das ist lange her, das hat er verschmerzt. War sowieso ein Idiot, der Ludwig, und er hat ihn nie wieder gesehen nach dem gemeinsamen Urlaub. Die zwei Gramm hat er dann noch geraucht und nachher damit ganz aufgehört, um sich auf die Laufbahn zu konzentrieren. Alles zu seiner Zeit, und wer sich keine Ziele setzt und unbeherrscht dahinlebt, wird im Strudel unkontrollierter Ereignisse untergehen. Wie Ado Spengler.

Walter Gramlitz träumt die Zukunft in Etappen. Wenn er erst einmal Abteilungsleiter ist, wird er sich eine nette Frau suchen, eine Eigentumswohnung in Hietzing kaufen und zwei Kinder zeugen. Zur Zeit hat er keine feste Freundin, weil er die, die er kriegen könnte, nicht haben will. Manchmal geht er ins Bordell, nicht in die noblen wie die Großkopferten, er möcht ja nicht seinen Vorgesetzten begegnen. Sein Stammfickbeisl im 15. Bezirk hat den Vorteil guter und preiswerter Ware, und als Polizist kriegt er natürlich Rabatt. Dort haben sie Respekt vor ihm, das gefällt ihm. Die Klarheit der Hierarchien, wie er sie vom Burgenland kennt, ist in der Stadt arg angekratzt. Der Dorfpolizist, der gilt noch was, während sich die Jugendlichen, die Ausländer und Verbrecher in Wien aufführen, als wären Gesetze nur zum Übertreten da. Wenn er erst einmal pensioniert ist und die Kinder erwachsen sind, wird er zurück aufs Land ziehen, weil dort wenigstens noch Ordnung herrscht. Daran glaubt Walter Gramlitz, auch wenn die Fakten dagegen sprechen.

Früher sei sowieso alles besser gewesen, sagt sein Vater, der in einem Kaff hinter dem Eisenberg grauenhaften Wein produziert, den nur abgehärtete Trinker vertragen. Einmal hat er Spengler eine Flasche vom besten Roten mitgebracht, so zum Testen. Ado hat das Glas in einem Zug geleert und dann gesagt, daß man von diesem Gesöff eher blind als betrunken würde. Das war sehr unhöflich, auch wenn er recht hatte. So typisch, daß der Vater nicht wie die anderen Winzer im Burgenland den Zug der Zeit erkannte und auf Qualitätswein setzte. Nein, er panscht weiter vor sich hin, vergiftet sich und die Umwelt und wundert sich, daß sein Sohn ihn verachtet. So wie Ado Walter Gramlitz links liegenläßt auf seine lässige Tour.

Die Kollegen munkeln, daß Ado nach Josefine wieder eine feste Freundin habe, weil er nüchterner und leutseliger geworden sei. Gramlitz wüßte gern, wer sie ist, nur so aus Neugierde. Einmal hat er ihn mit einer kleinen Dunkelhaarigen in der Leopoldstadt gesehen. Keine Schönheit wie die Tschechin und kein Prachtweib wie Josefine, die *Leichenfladerin.* Eher was Zwergenhaftes, aber vielleicht hat sie Geld, und das wird der Spengler brauchen nach der Suspendierung. Die er verdient hat, und nicht der Schatten eines Zweifels liegt über seiner Tat. Er, Walter Gramlitz, hat dem Schicksal nur ein bisserl nachgeholfen. So einer wie Ado fällt sowieso immer auf die Füße. Hat nie zur Polizei gepaßt, und eigentlich könnt' der ihm fast dankbar sein, daß er ihn aus diesem Beruf erlöst.

Walter Gramlitz begießt seine Palme, die größte Pflanze im Präsidium. Er denkt an die schöne Tschechin und daß er mit ihr in ein exotisches Land reisen möchte, nach Thailand vielleicht. Wenn sie ihn näher kennen würde, wüßte sie von seinen inneren Qualitäten, seinem Fleiß und seiner Zuverlässigkeit. Wie er alles, was er anpackt, mit Hingabe und Leidenschaft zu Ende führt. Wie hat er sich um die schwerkranke Mutti gekümmert, sie gepflegt bis zu ihrem Tod, während der Vater im Weinkeller seinen Rausch ausschlief, auch in der Sterbenacht. Und Tante Martha, die besucht er jeden Sonntag im Altersheim, obwohl sie nichts zu vererben hat, weil alles für die Pflege draufgeht. Alte Frauen, leider nur die alten, Kinder und Hunde lieben ihn, weil sie hinter die Fassade sehen. Klein und ein wenig gedrungen, das mag der erste Eindruck sein, doch darunter steckt Größe. Sie mit Bescheidenheit, ja einer gewissen Demut zu tarnen, hat Gramlitz schon früh gelernt. Die anderen mögen das, weil sie sich dann besser fühlen. Daß Josefine ihn einen *falschen Fuffziger* nannte, nur weil er ein bisserl über Ado Spengler hergezogen hat, entspricht ihrem vulgären Naturell. Sie war nicht die richtige Frau für ihn und außerdem einen Kopf größer, weshalb er neben ihr immer auf Zehenspitzen zu gehen versuchte, was er freilich nie länger als drei Minuten durchhielt.

Walter Gramlitz dürstet nach Schönheit. Nur ein einziges Mal hat er die Tschechin wiedergesehen, in einem Feinkostladen am Graben. Er stand in der Schlange vor der Kassa, und sie saß an einem der Tische mit einem

Mann, der irgendwie schwul aussah. Lange Haare und ein weichliches Gesicht, das selbst aus der Entfernung geschminkt wirkte. Viel zu alt für die dandyhafte Kleidung, während sie, ganz in Weiß, wie ein Juwel unter allen anderen Frauen funkelte. Inzwischen glaubt er Ado, daß sie keine Hure ist. Geschöpfe wie sie verkaufen sich auf einer höheren Ebene. Er konnte gar nicht anders, als sie anzustarren, während ihn die Schlange vorwärtsschob. Sie wirkte glücklich und redete auf den Mann ein, der sie immerwährend angrinste. Wie er ihn haßte, diesen Mann! Und sie begehrte, diese Frau! Was fand sie an dem schwulen Typen? Vielleicht hatte er Geld? War Modefotograf oder einer von diesen Männern, die schönen Frauen die Wege ebnen? Dann ist es egal, wie du aussiehst, du kriegst sie alle.

Und er, Gramlitz, hätte sie bekommen, wenn Spengler es nicht verhindert hätte.

Die Palme ist wieder ganz unschuldig, weil das Kokain in Ados Schreibtischschublade liegt. Darauf wartet, gefunden zu werden. Er betrachtet seine schönste Zimmerpflanze mit dem Stolz des Gärtners. Im Präsidium nennen sie ihn den »grünen Gramlitz«, obwohl er mit dieser Partei nichts am Hut hat, mit diesen Moralmasturbierern, die sich in alles einmischen und selbst die Polizei in den Dreck ziehen. Konservativ und katholisch, damit liegst du in Österreich nie falsch. Das sind die Pfeiler, die das Land tragen. Selbst die Mehrzahl der Sozialisten ist konservativ und katholisch, weshalb ihm der Ausgang der Wahl ziemlich gleichgültig ist. Hauptsache, die Grünen kommen nicht an die Macht, aber damit rechnen nicht einmal sie selber.

Komisch, wie viele im Land sich in der Erfolglosigkeit gemütlich eingerichtet haben und in ihren Nischen dahinwurschteln – wie auch die meisten seiner Kollegen. Keine

Ahnung haben sie, daß er, Gramlitz, von anderem Kaliber ist. Du darfst es nicht zeigen, mußt vielmehr lavieren, weil die Sucht nach Erfolg nicht erkennbar sein darf. Nicht in Österreich. Diesem Land, in dem er einmal über die ganze Polizei herrschen möchte. Herrschen wird. Dann werden sie ihn alle hofieren. Die Tschechin, Josefine und die Frau, die ihm morgens die Semmeln verkauft.

ZWEIUNDZWANZIGSTES KAPITEL

Die Selbstmordrate ist im August deutlich zurückgegangen. Lucie Haberer stand seit Wochen nicht mehr auf Brücken oder vor offenen Fenstern in großer Höhe. Ein Sommerurlaub von allem, was schwer und nur auf eine Weise lösbar schien. Sie kann ihn nicht wirklich erklären, den Aufschwung der Gefühle. Es ist einfach so, daß sie morgens aufwacht und nicht die bleierne Müdigkeit verspürt und die Angst vor dem Tag und den Alpträumen der folgenden Nacht. Die Wärme ist ein Argument, der Triumph der Sonne über das Wolkengrau, und der Sommerregen ist eine laue Dusche, die auf der Haut prickelt. Der unsichtbare Kampf geht um das Wiedergewinnen des Verlorenen. Lebenslust.

Wenn sie ansteckend ist, so wie die Melancholie, hat Wien tief Atem geholt und haucht ihn über die Straßen mit ihren nach auswärts verlagerten Cafés, Beisln und Heurigen, über dickleibige Männer in kurzen Hosen und Frauen, die ihre Haut entblößen, häßlich oder schön, und Kinder, die arglos im Freien spielen und dem Eismann hinterherlaufen, der in den Arbeitervierteln seine Runden dreht.

Über die Innenstadt sind Touristen hereingebrochen

wie Heuschreckenschwärme, willkommene Opfer der Straßenmusikanten und der rumänischen Bettler, und Tauben scheißen noch eifriger als sonst auf die Parkbänke der Stadt, deren Mauern von Wahlplakaten übersät sind. Die Politik schwitzt ihre Phrasen aus, und Ado Spengler verteilt Wahlzettel der Sozialisten, der sogenannten SPÖ, der Roten halt, denen er sich als Helfer unentgeltlich zur Verfügung gestellt hat.

Eine Wahnidee, die er bereits bereut, doch nach der Suspendierung wußte er nichts mit sich anzufangen. Eigentlich war es Lucies Vorschlag, weil er ihr im Weg stand, lag oder saß. In seiner Gegenwart könne sie nicht richtig arbeiten, meinte Lucie, und in ihrer Abwesenheit hockte er in seinem Hotelzimmer und fühlte sich sehnsüchtig. Nicht unglücklich, das ist das Erstaunliche. Die Inszenierung seines Abgangs hatte eindeutig komische Elemente, weil der Schmäh so grob und durchsichtig war.

Der vorwurfsvolle Blick des Hofrats, der sich unendlich enttäuscht fühlte, ja beinah persönlich beleidigt, und die kaum unterdrückte Schadenfreude der Kollegen, angeführt von Gramlitz, der ihn seiner berufsübergreifenden Kameradschaft versicherte, was schon ein starkes Stück war, denn Ado hatte ihn von Anfang an im Verdacht, ihm diese Falle gestellt zu haben. Vielleicht war es auch eine konzertierte Aktion all jener, die er mit seinen Gleichgültigkeiten und Unterlassungen über die Jahre gekränkt hatte. *Schleich di,* sagten ihre Blicke, während ihre Münder Worte des Entsetzens und Bedauerns formten. Hinterfotzigkeit. Ein österreichischer Nationalsport, variationsreich ausgetragen, und am Ende kann sich der dumme August wie ein Held fühlen.

Ado hat sein Büro noch am selben Tag geräumt, sich

beim Türken betrunken und anschließend fünfzehn Stunden geschlafen. Dann hat er Lucie angerufen und ihr erzählt, daß er einen längeren Urlaub genommen habe. Sie hat es ungnädig aufgenommen, und manchmal glaubt er, daß sie sich von ihm bedroht fühlt. In Sachen »Hegesias« könnte vieles, was der Verräter Gramlitz in seinem Bericht zur Sterbehilfe zusammengetragen hat, Lucie tatsächlich belasten.

Wenn sie mit dem Tod nicht nur spielt, sondern auch handelt, kann Ado sich dennoch nicht zu moralischer Entrüstung aufraffen. Kommerzielle Sterbehilfe ist ein Verbrechen, das er so leichtnimmt wie Mundraub oder den Überfall auf eine Bawag-Filiale. Deren Manager haben Milliarden veruntreut und die Gewerkschaft fast in den Ruin getrieben. Man muß die kleinen Dinge in großen Zusammenhängen sehen. Wenn, dann wird Lucie es nicht aus rein finanziellen Gründen tun. Eher um dem Tod seinen Schrecken zu nehmen. Weil die Feigheit, die des Lebens treuester Begleiter ist, nicht bis zum Ende den Sieg davontragen soll. Also unterstellt er ihr für den Fall, daß hinter »Hegesias« mehr steckt, als Lucie zugibt, edle Motive – was aber auch die legendäre Blindheit aller Liebenden sein könnte.

Leider fehlt dennoch das Grundvertrauen. Ado ist sich ganz und gar nicht sicher, was Lucie fühlt. Wie alle Frauen in seinem Leben bleibt sie ein Rätsel. Es gibt Tage, da meint er, alles ist bestens, und dann wieder wird sie kalt und fremd. Das kann von einer Sekunde auf die andere geschehen. Nach dem Sex – wie's in der Regel bei Männern ist. Sie springt aus dem Bett, läuft auf den Flur zum Duschen und setzt sich dann in ihrem alten Bademantel an den Computer und scheint ihn völlig zu vergessen. Postkoitale Innigkeit ist für Lucie ein Fremdwort, und manchmal haßt er ihr Gerede über den Tod, die Selbstmörder in ihrem Buch, das ganze morbide Gemäuer, das sie errichtet hat, um über sich selbst hinauszuwachsen. Um ihren Widerstand gegen die Zeit, das Alles-Wollen und Nichts-Erreichen zu kaschieren. Die Chronik eines angekündigten Todes wird mit der Zeit ziemlich fad, und möglich ist, daß sie das spürt, weil sie schon seit Wochen nicht mehr darüber redet. *Lucy in the sky with diamonds,* das Lied fand er schon immer unheimlich, und jetzt hat er sich die Frau dazu gesucht.

Ado verteilt Wahlzettel in der Währinger Straße und fühlt sich wie auf einem Bahngleis, auf einen Zug wartend, von dem er nicht weiß, wann und wohin er fährt. Der Hofrat hat ihm in einem vertraulichen Gespräch nahegelegt, den Dienst zu quittieren, dann wär' es eleganter, auf eine Anzeige zu verzichten. Es gilt, den Ruf der Polizei zu wahren, das kann Ado verstehen. Andererseits will er es ihnen nicht zu leichtmachen. Er ist unschuldig, zumindest in diesem einen Fall. Er ist vielleicht Alkoholiker, doch von Drogen hat er immer die Finger gelassen. Weil er weiß, wie groß sein Suchtpotential ist. Viel mehr weiß er nicht über sich. Früher wollte er die Welt vor Verschwörungen retten. Nun stellt sich die Frage anders: Wie rettet er sich vor der Welt?

Indem er Walter Gramlitz umbringt? Der Gedanke war da, und er spielte mit ihm, doch ihm fehlt der nötige Haß, anders als dem Schrumpfkollegen. Erheiternd fast die Vorstellung, wie Gramlitz seinen grandiosen Plan durchdacht und in die Tat umgesetzt hat. Er sah gequält aus bei ihrer letzten Begegnung, von Furcht gepeinigt, daß Ado ihn durchschauen und sich rächen könnte. *Wir sehen uns wie-*

der, sagte Ado zum Abschied. Das klang wie eine Drohung, doch er hat es annähernd freundlich gemeint. Weil Gramlitz ihm vielleicht sogar einen Gefallen getan hat. Er hat ihm Zeit geschenkt, ein neues Leben, das er in alter Trägheit nie begonnen hätte. Eines Tages, denkt Ado, werde ich mit ihm darüber reden und erfahren, womit ich seinen Zorn verdient habe.

Aber vielleicht ist auch dieser Punkt nur noch unwichtiger Teil eines versenkten Lebens. Er muß nicht mehr so tun, als ob er zu allem dazugehört. Nicht mehr vorgeben, auf dem laufenden zu sein, mitlaufen, mitreden, wie die anderen funktionieren. Er ist halt gestolpert und aus der Spur gekommen. Wer nicht im Gleichschritt mitmarschiert, denkt langsamer, gründlicher.

Eines Tages wird er Lucie erzählen müssen, was geschehen ist. Doch zur Zeit ist ihre Beziehung so unkompliziert, daß er sich fürchtet, sie zu beschweren. Gelegentlich werden noch Wohnungen besichtigt, und er hat sich einen Sport daraus gemacht, im voraus zu ahnen, was Lucie an den Objekten zu meckern hat. *Eine fade Straße,* war das letzte Argument, aber es gibt auch zu belebte, zu feine, zu laute Gassen für ihren Geschmack. Zu helle und zu dunkle Zimmer, zu kleine Balkons und zu große Flure. Wenn ihr gar nichts mehr einfällt, findet sie die Wohnung zu teuer – oder zu billig. Lucie klebt an Simmering wie an einer grauslichen Heimat, die sie doch nicht verlassen möchte. Gar nicht daran zu denken, sie aus Österreich oder gar Europa zu entführen. Die vagen Auswanderungspläne hat Ado vorerst beiseite geschoben, obwohl gerade jetzt der richtige Zeitpunkt für eine radikale Veränderung wäre. Er hat noch nicht den Mut. Muß noch nachdenken.

Eine Ironie, daß Lucie jetzt das Geld verdient, das ihm

fehlt. Nicht, daß es ihr viel bedeutet. Sie gibt es aus, als gäbe es kein Morgen. Ihre Versuche, sich so fesch wie Anna zu kleiden, sind teuer und nicht immer erfolgreich. Der Geschmack ist exzentrisch, wie so vieles an ihr. Doch zumindest ihre Friedhofskleidung ist dezent, und die muß sie öfter tragen, weil die Gesellschaft mit beschränkter Haftung, die sie »Letzte Instanz« nennen, ein viel größeres Geschäft geworden ist, als Lucie und Anna sich vorstellen konnten. Es liegt vor allem an der Grabrednerin, die Lucies Nekrologe für jene, die keinen Priester am Grab stehen haben, mit sanfter Stimme und süßem Pathos vorträgt. *Wiens schönste Pomfineberin,* so haben die Zeitungen Anna getauft, und nachdem ihr Foto durch die Medien gegangen war, wurde der Andrang so groß, daß Lucie ein Büro im Gasometerturm mietete und eine Halbtagssekretärin einstellte.

Man muß Anna gesehen und gehört haben, um diesen Totentanz zu verstehen. Violett, das ist ihre Farbe, und sie muß dabei an die Korrespondenz mit den Augen gedacht haben. Anna geht nicht wie die anderen, sie schreitet. Mit gesenktem Kopf, bis sie am Grab steht, und dann hebt sie ihn – und ein Raunen geht durch die Reihen der Umstehenden. Es werden immer mehr, weil zu den geladenen Trauernden die Neugierigen hinzukommen, ein Andrang ist das, und mittendrin steht Anna mit ihrem Schatten Lucie.

Lucie versteckt sich hinter Anna. Sie mag Friedhöfe, doch bei Begräbnissen erschrecken sie die vielen Leute, und es werden von Mal zu Mal mehr, die kommen, um Anna reden zu hören. Zaungäste der Trauer, aber auch Reporter und Fotografen, und Lucie findet, daß das Spektakel langsam überhandnimmt. Als ob sie nicht auch selbst daran schuld wär'.

Doch Anna genießt es, dachte Ado beim letzten Mal. Ludwig war auch da, oder Ludovica, das seltsame Zwitterwesen, zu dem er geworden ist. Er ist immer da, wo Anna sich gerade aufhält. Bei allen Begräbnissen und beim anschließenden Leichenschmaus, wo die Tristesse versoffen und verputzt, verlacht und zerredet wird. Den Harlekin zu lieben bedeutet in der Commedia dell'arte, den Tod zu lieben.

Anna genießt ihre Wirkung auf die Zuschauer. Sie hebt ihren Kopf und sieht in den Himmel. Sekunden oder Minuten des Schweigens, und alle sehen nach oben, auch wenn es da nichts gibt außer Wolken oder blauem Himmel. Beim Begräbnis von Elfriede Jennerwein hat es geregnet, und die meisten Leute schauten in ihre Schirme, während Anna, viel kürzer als sonst allerdings, ihr Gesicht dem Regen preisgab. Er schien sie zu liebkosen, während alle anderen nur naß wurden. Und dann begann sie zu sprechen, Ado kannte den Text, weil Lucie ihn vorgelesen hatte, am Abend zuvor. Er begann mit den Worten: *Den Tod fürchten die am wenigsten, deren Leben den meisten Wert hat.* Immanuel Kant, Lucie startet immer mit einem Zitat. Andächtiges Schweigen, bevor Anna anfing, den Verwandten und Freunden, den professionellen Friedhofsgängern und unbeteiligten Neugierigen aus Elfriedes Leben zu erzählen, das wertvoll war für sie, ihre drei Kinder und den Mann, der leider zu früh verstarb. Wertvoll für das Finanzamt in der Josefstadt, wo sie sich bis zur Direktorin hochgearbeitet hatte. Für ihre Mitarbeiter und Freunde im Gesangsverein und in der Tarockrunde. Für die Nachbarn, die sie als gütige, hilfsbereite Frau schätzten.

Den meisten war sie verhaßt, weil sie eine richtige Bissgurn war, hatte Lucie am Vorabend zu Ado gesagt, doch der Tod löscht alles aus, das Gute und Böse, und Annas Sätze schwebten wie zarte Federn über den Sarg, der im frisch ausgehobenen Erdloch schwarz glänzte. Die Tochter schluchzte, und die beiden Söhne glotzten Anna an, als wär' sie eine überirdische Erscheinung. Deren Ehefrauen scharrten mit den Füßen in nassen Kieselsteinen. Anna pries Elfriedes Humor, den sie zweifellos hatte, weil sie in Wirtschaften ihr Essen stets mit den Worten bestellte: *Ich bin Direktorin und will Knödel.*

Elfriede Jennerwein wollte auch Liebe, doch leider war der Mann, den sie fand, ein *Strizzi,* der seine Freundin dazu mißbrauchte, Steuererklärungen zu fälschen. *Sie hat aus Liebe gefehlt,* sagte Anna, und die Trauernden nickten. Ein paar Frauen weinten, weil sie die Liebe kannten und auch traurig fanden. Die Männer – Ado war sich sicher, daß sie nicht an den Tod dachten, sondern an Sex. Die Phantasielosen vielleicht an Aktienkurse und die Geizigen daran, wie teuer der Kranz war, der ja doch nur einen Sarg schmückte. Anna tupfte sich mit einem violetten Taschentuch eine Träne von der Wange. Ihre Schminke verlief nie.

Als Elfriedes Tun entdeckt wurde, nahm sie den Strick. *Wir sind alle fehlbar,* sagte Anna mit diesem Lächeln, das sie stets bei schwierigen Passagen einsetzt. Uns wird am Ende alles verziehen, sagt dieses Lächeln, und die Leute verstanden es und fühlten, für einen Augenblick, Zuneigung zur Direktorin, weil sie ja auch nur ein Mensch war, ein schwacher, liebeskranker, und Anna führte sie auf den dornigen Pfad des Freitods mit blumigen Worten wie Würde, Freiheit und Erlösung. *Das Feste und Starke gehört dem Tode. Das Weiche und Schwache gehört dem Leben.* Konfuzius, Lucie endet auch immer mit einem Zitat. Anna warf den Schirm zu Boden und breitete ihre Arme aus. *Wir wünschen dir alles Glück, Elfriede.*

Schirme flogen, und Arme öffneten sich. Mit keinem Wort hatte Anna den Himmel erwähnt, doch dorthin sahen sie alle, weil der Ausblick trotz Regens immer noch besser war als der auf das Erdloch mit dem Sarg. So verharrten sie, während Ado dachte, daß der Schluß doch etwas kitschig sei. Aber er kam an, und den Part mit den himmelwärts gerichteten Armen setzt Anna immer ein, variiert nur den Spruch und verharrt dann in der Pose, die Fotografen so herzig finden. Engel im Regen kurz vor dem Abflug, und am Abend hatte Anna einen Schnupfen, der ihrer Schönheit aber keinen Abbruch tat.

Ludwig, die liebestolle Ludovica, hat Annas Arbeitserlaubnis und die Geschäftsgründung organisiert. Daß alles so schnell und reibungslos ging, findet Ado erstaunlich, und er vermutet, daß Geld im Spiel war. Heimat läßt sich bisweilen kaufen, und der noch amtierende Finanzminister ist fast zu schön, um wahr zu sein. Die vormalige Zugehörigkeit zur Partei des Kärntner Landeshauptmanns scheint nicht abgefärbt zu haben, und Lucie meint spöttisch, daß er das perfekte männliche Pendant zu Anna wäre, ein imposanter Grabredner und Schauspieler. Doch die österreichische Leich' ist noch lebendig, und so regieren einstweilen die Konservativen mit einer Partei, die vom Volk gar nicht gewählt worden ist, weil es sie nicht gab, was einerseits undemokratisch und andererseits typisch für die Verhältnisse ist.

»Geh, drah di mit deine Roten«, zischt ihn eine alte Frau an, deren großer, häßlicher Hund sein Geschäft genau vor Ados Stand verrichtet. Lucies Idee. Einer muß ja was Gutes, Unentgeltliches tun, während sie Nachrufe am Fließband dichtet und Anna in den Ring schickt. Ihr Manuskript der Selbstmörder ist bis zum Buchstaben W gediehen.

Der Philosoph Otto Weininger, der sich 1903 im Sterbehaus Beethovens erschoß. Die Dichter und Denker sind anfällig fürs mutwillige Ableben, was nach Ados Theorie nichts anderes bedeutet als das grandiose Scheitern am banalen Leben. Lucie widerspricht solchen Verallgemeinerungen prinzipiell. Jeden ihrer Selbstmörder will sie verstehen, jedes individuelle Leid und jede Befreiung davon. Für sie dichtet sie die schönsten Grabreden, und am Ende sind die Angehörigen und Freunde zu Tränen gerührt und fast versöhnt mit einer Tat, die sie ratlos und oft mit Schuldgefühlen zurückgelassen hat. Die letzten Worte, sie sind Lust und Schmerz, Pathos und Sanftmut, Wahrheit und gnädige Lüge, der sirenenhafte Abgesang auf alles, was schuldbeladen, häßlich und grau war. Und natürlich will jeder Mann mit Anna in die Kiste steigen.

Daß sie und Ludwig sich gefunden haben, hat Ado schon überrascht. Die Wandlung des Saulus zur Pauline, und wie Ludwig es fertigbringt, Mann und Frau zu sein, gleichzeitig, hintereinander und überhaupt. Er ist Annas Manager und Beschützer, ihre Liebhaberin und beste Freundin. Sie betet ihn an, und manchmal ist es kaum mitanzusehen, wie sie an ihm herumzupft, seine Frisur richtet oder seine Fingernägel manikürt. Ado und Lucie sind oft bei den beiden eingeladen, dann kocht Ludovica, und später sehen sie sich einen Film in Ludwigs Filmstudio an. Liebesdramen und Komödien meistens, Anna mag keine Gewalt- und Actionstreifen, und Ludwig tut nichts, was seiner Geliebten mißfallen könnte. Das perfekte Paar, die unsterblich Liebenden, und Lucie steht staunend davor und kann nicht genug davon kriegen.

Doch weil alle G'schichten einen Pferdefuß haben, ist Ludwigs Zweigeschlechtlichkeit allein auf Anna zugeschnitten. Wenn sie ihn verläßt, denkt Ado, wird er untergehen wie die Titanic. Sie alle hängen irgendwie von Anna ab: Lucie mit ihrem Geschäft und Ado mit dem Gefühl, daß diese seltsame Familie, die sie bilden, jeden von ihnen ein bißchen auffängt. Beim letzten Treffen war die Rede davon, gemeinsam ein Haus in Grinzing zu suchen oder in Gumpoldskirchen, irgendwas mit alten Bäumen und neuen Fenstern, und selbst Lucie schien der Idee nicht gänzlich abgeneigt zu sein. Sie möchte Kakteen, Anna Apfelbäume, Ludwig die große Küche und das kleine Filmstudio – und Ado könnte sich mit einem Weinkeller anfreunden.

Doch weil Glück und Erfolg in diesem Land etwas Fragwürdiges sind, glaubt Ado eh nicht dran. Ebensowenig wie an den Wahlsieg der Sozialisten oder daran, daß sie etwas ändern könnten an der *Packelwirtschaft,* diesem feinmaschigen Netz aus Abhängigkeiten und Verpflichtungen, das alle großen politischen Entwürfe auffängt und nur kleine, faule Kompromisse durchläßt. *Hände falten und Goschen halten.* Irgendwas geht immer, und besser wird's nimmer.

Es war Lucies Idee, daß er Wahlkampf für die Roten macht, während Ludwig Annas Anteil an dem Geschäft in Aktien und Obligationen anlegt. Ado ist der einzige in dieser Familie, der vollkommen erfolglos ist. Expolizist, Exverschwörungstheoretiker, Exalkoholiker. Exraucher. Eine Experson. Eigentlich könnt' er das tun, wovon Lucie die ganze Zeit redet: sich umbringen. Nur so ein Gedanke, während die jungen Leut' an seinem Stand vorbeigehen und darüber reden, daß ihnen die Politik so was von Wurscht ist. Traurige Verhältnisse. Nur bringt es nichts, zu lamentieren.

Immerhin tut er was. Verteilt Waschzettel und Broschüren und läßt sich von Müßiggängern anpöbeln. Das Volk ist auch nicht besser als sein Ruf, und daß es sich nun in Gestalt von Walter Gramlitz vor ihm aufbaut, verbessert seine Laune nicht.

»Servus, Ado. Man beschäftigt sich also.«

»Man tut, was man kann.«

»Na, dann werden die Roten wohl gewinnen – mit so einem Wahlhelfer.«

»Wir helfen alle ein bisserl nach.« Ado lächelt seinen Exkollegen an. »Bist schon befördert worden? Denn darum ging's dir ja immer.«

Er weiß es, denkt Gramlitz und hofft, daß die Errötung nicht nach außen dringt. Er ist bei der Beförderung übergangen worden, und es tut ihm schon leid, was er getan hat. Aber was geschehen ist, kann er nicht mehr ändern, und irgendwie sieht Ado besser aus als früher. Vielleicht war's ja doch eine gute Tat. »Nein, vielleicht das nächste Mal. Ich bin ein Mensch mit Geduld.«

»Ich auch«, sagt Ado und haut ihm eine runter. Auf die Wange und ziemlich fest, so daß Gramlitz nach hinten stolpert und beinah hingefallen wär'. Geplant war es nicht, aber jetzt fühlt Ado sich besser. Wenn's sein muß, denkt er, wird er sich mit Gramlitz prügeln, auch wenn der Gusenbauer so freundlich vom Plakat lächelt.

Doch Walter Gramlitz hält Rückzug für die angemessene Reaktion. Er geht, nein er rennt davon, und Ado fühlt sich fast wie ein Sieger. Wie alles ausgehen wird, denkt er, wird er nur erfahren, wenn er durchhält. Seit seinem letzten großen Besäufnis trinkt er nur soviel, wie nötig ist, um den gierigen Drachen zu befriedigen. Und mit dem Rauchen hat er aufgehört, weil Lucie und Anna sich das wünschten. Unmöglich, dem sägenden Willen von zwei Frauen zu widerstehen. Sie sind beide stark, jede auf ihre Art, nur verkörpert Anna die positive Energie, während Lucie Gefallen an dem melancholischen Clown gefunden hat, in dessen Kostüm sie irgendwann schlüpfte. Harlekin. Die Liebe wächst überall. Ado breitet die Arme aus und sieht nach oben, in den Himmel Wiens.

»So werden S' die Wahl auch net g'winnen, weil der da oben den Schwarzen hilft«, sagt die Frau mit dem häßlichen Hund.

DREIUNDZWANZIGSTES KAPITEL

Das Ergebnis der Nationalratswahlen echauffiert Maria Langer nur am Rande. Haben die Roten mit einer hauchdünnen Mehrheit gewonnen, na, werden s' halt ein paar Köpfe austauschen und in einer Koalition weiterwurschteln. Sicher hat sie konservativ gewählt, so wie der Kommerzialrat und die Baronin auch, per Briefwahl, weil man seinen demokratischen Pflichten bis zum Ende nachkommen sollte. Disziplin ist eine schätzenswerte Eigenschaft, und Ausnahmen beim Essen und Kartenspielen läßt sie gelten. Sie muß sich zwingen, morgens die Waschungen zu ertragen, sich in den Rollstuhl hieven zu lassen, sich immer so herrichten, als könnten Besucher kommen. Jeder Tag, an dem sie aufwacht, ist ein Geschenk, eines der Danaer, und der Krieg geht weiter. Altern ist nichts für Schwächlinge. Die Pokerrunde ist auf drei geschrumpft, weil sich Helgas Gesundheitszustand dramatisch verschlechtert hat.

Frau Magister wird jetzt im Bett *fixiert,* sie haben sie festgeschnallt, damit sie nicht aufstehen und sich verletzen kann. Sie geben ihr Beruhigungsmittel, und die meiste Zeit dämmert Helga vor sich hin. Über einen Tropf laufen Nahrung und Flüssigkeit in einen Körper, der seine Seele im Stich läßt. Eine Tragödie. Maria, die Helga nie mochte, weil sie ein Leben mit Schonbezügen führte, sitzt jeden Tag eine halbe Stunde an ihrem Bett. Vor einem fixierten Restmenschen. Manchmal wacht Helga auf und redet irgendeinen Schmarrn, zerrt an den Fesseln, aber nur kurz, vergeblich. Es gibt einen Klingelknopf im Bett, mit dem Helga die Schwester rufen könnte, doch Maria bezweifelt, daß die arme Sau das noch wahrnimmt. Im halbwachen Zustand phantasiert sie von ihrem depperten Dackel, und dann versucht Maria, mit ihr zu reden, aber es gibt keine gescheiten Antworten mehr. Dann zählt sie die Rautenmuster auf der Tapete und wartet darauf, daß die dreißig Minuten vergehen und die Schwester sie wieder zurück ins Zimmer rollt oder in den Aufenthaltsraum, je nachdem, ob ihr nach Gesellschaft ist und sie Lust hat, die alten Schmähtandler ein bisserl zu ärgern. Dazu reicht schon die Wahrheit: Fad ist es wieder, das Essen und Fernsehen, das Geraunze um Krankheiten und die leidige Verwandtschaft, die nie zu Besuch kommt. Ja, die Politik is a Hetz: Wenn die Roten mit den Grünen koalieren, werden s' die Einheitsrente einführen, und aus ist's dann mit den privilegierten Seniorenburgen, wo man sich das Erbarmen mit der Gebrechlichkeit noch kaufen kann.

Helgas Nichte, die jetzt öfter zu Besuch kommt, meint, daß es wohl nicht mehr lang dauern wird mit der Frau Magister. Ist leicht angeekelt, das Balg, doch voller Hoffnung, weil sie ja denkt, daß sie erben wird. Nona, man weiß es nicht. Theoretisch könnte Helga noch Jahre als verschnürtes Paket dahinvegetieren, das hat Maria ihr beim letzten Besuch gesagt. Keine falschen Hoffnungen. Der Tod ist nicht gnädig, genausowenig wie das Leben. Und eine Pokerrunde zu dritt ist eine Schrumpfveranstaltung. Keiner sonst in dem senilen Heim, der in Frage käme. Bridge,

Tarock, Schnapsen, das sind die Spielereien der Alten, wenn sie nicht Zeitung lesen, Kreuzworträtsel lösen oder vor dem Fernseher dösen. Hängen an ihren Groschen, weshalb sie Poker ein ordinäres Spiel nennen. Könnt' ja der Blutdruck hochgehen und die Gesundheit Schaden nehmen. Jeder Tag, an dem nix passiert, ist ein guter Tag. Man regt sich übers Essen auf, die Hitze oder den Regen oder den Dreck, der in der Presse steht und eh nicht stimmt.

Wiens Begräbnisschönheitskönigin: Da hat Maria gestaunt, als sie das Bild von Anna Sirnova sah, in diesem feschen, violetten Kostüm mit einer weißen Lilie im Revers. Dachte, daß Monikas pornographische Schlampe es weit gebracht hat, bis in die Schlagzeilen, und sogar im Fernsehen war sie einmal. Erwähnung fand auch eine Lucie Haberer, mit der die Sirnova zusammenarbeitet. Maria erinnert sich an den Zwerg, der sie im Frühjahr besucht hat. Ein g'scheites Mädchen, wenn auch lang nicht so schön wie ihre Partnerin. Wer weiß, vielleicht teilen sie ja auch das Bett. Obwohl die Sirnova im Fernsehen sagte, daß sie einen Freund habe. Ein Alibi, könnt' man sich denken, weil die Lesbierin als solche nicht so gut kommt in den Medien.

Von der möchte ich mich auch begraben lassen, sagte der Kommerzialrat, als er das Bild in der Zeitung sah. Geil und gierig, so was verliert sich nicht im Alter, es wird nur zweideutiger. Maria hat ihm nicht erzählt, was sie von der Sirnova weiß, obwohl's ihr auf der Zunge gelegen hat. Ein paar Geheimnisse muß man hüten und zu gegebener Zeit an die große Glocke hängen. Oder schweigen bis ins Grab.

Grabrednerin, auf so was muß man erst einmal kommen, und wenn Maria darüber nachdenkt, muß sie zugeben, daß sie den beiden zugearbeitet hat. Gab ja Selbstmörder wie Nackerte an der Donau in den letzten Monaten.

Daß die Zeitungen spekulieren, daß sich einer umbringt, damit die Sirnova an seinem Grab steht, ist aber auch das Letzte.

Aber leider stimmt, daß »Cerberus« ein Nachschubproblem hat. Die Preisgestaltung war immer moderat, doch jetzt haben Sonjas Zulieferer erkannt, daß aus der Sache sehr viel mehr rauszuholen ist. Die Welt hat nicht genug für jedermanns Gier. Verbrecher sind's, und die Erhöhung ums Vierfache ist eine Unverschämtheit. Sonja, das Hascherl, kann ja nichts dafür, aber trotzdem hat sie Marias Zorn abgekriegt, weil, du mußt einen haben, an dem du deine Wut ablassen kannst, sonst steigt der Blutdruck ins Unendliche, und die Ärzte dürfen wieder Herz-Kreislauf-Versagen ankreuzen, die allseits genehme Todesursache, die keine Scherereien macht.

Zweimal hat es funktioniert, und Maria Langer spricht in der Dreierrunde an, was sie seit Tagen beschäftigt: »Wir müssen uns was für die Helga einfallen lassen. Ihr Zustand ist tragisch.«

Die Baronin legt ihr Blatt seufzend zur Seite. »Wenn noch einer von uns über den Jordan geht, ist's aus mit dem Spiel. Pokern kannst du nicht zu zweit, es ist schon so keine Hetz mehr.« Sie hat ein Fullhouse, und keiner hat mitgeboten, das nennt sie Tragik.

»Wir brauchen frisches Blut, und nächsten Monat kommen zwei Neuzugänge, vielleicht ist da einer dabei.« Der Kommerzialrat schiebt die schönen Brote aus Marias Reichweite. Wie man so verfetten kann im Alter, ist ihm ein Rätsel. Natürlich ist sie an den Stuhl gebunden, aber trotzdem könnt' sie ja eine Diät machen. Seit dem Tod der Tochter hat sie noch mindestens zehn Kilo zugelegt, das kannst du auch mit feinstem Kaschmir nicht mehr verhüllen.

Maria hat seine Geste und den Blick wohl verstanden. Ein Ästhetiker, der gute Kommerzialrat, obwohl ihm ein klarer Blick in den Spiegel sagen müßte, daß der Verfall allgegenwärtig ist. »Ich red' nicht vom Poker, meine Lieben, sondern vom Tod. Die Erlösung, ihr wißt schon. Ich denk' mir, wir schulden der Helga das.«

»Sie war immer der Bremser in der Runde«, sagt die Baronin mit einer gewissen Kälte. Sentimentalitäten, Menschen betreffend, hat sie sich mit dem Alter abgewöhnt, und den Anblick der fixierten Magisterin hat sie sich nur einmal angetan. Sieht bös aus, irgendwie menschenunwürdig, doch andererseits wissen die Ärzte schon, was sie tun. Denn sie ist rabiat geworden, die gute Helga, und als sie noch konnte, hat sie die Schwestern mit Geschirr beworfen. Rabiat und geistig zerbröselt, was soll man mit so einem Menschen sonst anstellen?

»Aber sie ist eine von uns, das wollen wir doch nicht vergessen.« Maria Langer legt Autorität in ihre Stimme. Ab einer gewissen Schärfe haben die Studenten immer gebuckelt, und Aufsässigkeit hat sie sich nur von ihrer Tochter gefallen lassen. »Ich hab' nur noch eine Portion Zyankali, der Rest ist verkauft. Und für die neue Lieferung verlangen die Schurken so viel Geld, daß ich die Transaktion erst einmal unterbrochen hab'. Ich hab' der Sonja gesagt, daß wir nichts mehr brauchen.«

»Sonja ist das einzige Verbindungsglied«, wirft der Kommerzialrat ein. »Vielleicht sollten wir ihr die Portion zukommen lassen.«

Ein lausbubenhaftes Lächeln im alten Babyface: Maria revanchiert sich mit ihrem bösesten Professorinnenblick. »Bist du narrisch, das wär' doch Mord. Dafür kommst du in die Hölle, Kommerzialrat, und weit weg ist die nimmer.

Ein humanitärer Akt, davon red' ich. Im übrigen bin ich der Meinung, daß wir unser Geschäft ganz beerdigen sollten.«

Marias fleischiger Zeigefinger fuchtelt vor dem Gesicht der Baronin, die nie zugeben würde, daß sie sich vor der Professorin fürchtet. Gottlob ist sie dazu erzogen worden, Gefühle grundsätzlich nicht zu zeigen. Jetzt hat sie kaum noch welche, einiges ist eben auch leichter geworden mit dem Alter. »Ich weiß nicht, es lief doch alles so prächtig. Ich würd' das Geld schon vermissen. Wir könnten doch unsererseits den Preis erhöhen, weil den Leuten am Ende Wurscht ist, was es kostet. Und meinetwegen gib der Helga das Zeug, damit sie erlöst wird.«

»Unsere Frau Professor macht sowieso immer, was sie will.« Der Kommerzialrat beschließt für sich, einen Pakt mit der Baronin einzugehen und gegebenenfalls ohne Maria zu agieren. Gegen das endgültige Aus spricht die Gewöhnung an so leicht verdientes Geld. Und er hat sich ein bisserl mit Aktien verspekuliert, auch das kommt vor, obwohl er sich in aller Bescheidenheit für ein Finanzgenie hält.

»Ich würd' auch meinen, daß wir eine Pause einlegen sollten. Uns eventuell neue Zulieferer suchen. Die Kieberer sind ja auch nicht ganz blöd, die werden schon ein bisserl nachforschen, woher das Zeug kommt. – Hat noch einer Lust auf eine Runde?«

Maria nickt, und er teilt Karten aus. Doch vom Thema ist sie nicht abzubringen. »Na gut, vertagen wir die Entscheidung übers Geschäft. Aber das mit Helga … das pressiert. Da ich die einzige bin, die sie jeden Tag besucht, weiß ich, wie sie leidet.« Sie schnauft beim Anblick ihres Blatts. Pech im Spiel, den ganzen Nachmittag schon. Die Banknoten stapeln sich vor der Baronin, dieser niedrigstadeligen Kreatur, die so tut, als würd' sie in direkter Linie vom Kaiserhaus abstammen.

»Aber wenn die Magisterin es nicht mehr selber nehmen kann, ist es doch auch Mord. Das könnt' übel ausgehen.«

»Schieb die Brote rüber, Kommerzialrat, und gib mir zwei neue Karten. Ich bin fett und unbeweglich, aber verblödet bin ich nicht. Ich hab' mir überlegt, mit dem Doktor zu reden, der den Totenschein ausstellt. Junge Ärzte können immer ein Taschengeld gebrauchen. Und wir reden hier über jemanden, der keine Kraft zum Leben und schon gar keine zum Sterben hat.«

»Wenn er nein sagt, mußt du ihm das Zyankali geben«, sagt die Baronin, und ihr zwitscherndes Lachen deutet an, daß sie zwischen Witz und Ernst laviert. »Warum drückst du ihr nicht ein Kissen aufs Gesicht, das ist billiger. Ist auch ein schönerer Tod, wenn du mich fragst.«

Dieser Auffassung schließt sich der Kommerzialrat an, und er steigt nach dem ersten Gebot aus, weil sein Blatt einfach zu schlecht ist. Die Baronin ist heute ein Glückspilz, und er erwägt, sie um ein kleines Darlehen zu bitten. Daß sie ihre Marie den gefallenen Mädchen zuschiebt, glaubt ihr sowieso keiner. Almosen höchstens, sie ist ein geldgieriges, überaus zähes Luder. Wird wahrscheinlich Zinsen verlangen, und vielleicht wär's doch besser, die Professorin anzugehen. Da scheint noch ein Restherz zu pumpern unter den Massen, und ganz erstaunlich ist, wie sie sich um die arme Helga kümmert. Hätt' er ihr gar nicht zugetraut, der boshaften alten Hex'.

»Ich steig' auch aus.« Maria wirft ihre Karten in die Tischmitte. »Ich weiß nicht, warum immer alles an mir hängenbleibt. Ich mag sie nicht einmal. Aber wenn es mir so ginge, würd' ich mir auch wünschen, daß mir einer hilft. Es kann schließlich jedem von uns passieren. Heute, morgen … und was macht ihr dann, wenn ihr so liegt wie ein verschnürtes Packerl, das keiner abschicken will?«

Immer dieses defätistische Gerede, denkt die Baronin. Maria hat einfach keinen Stil. Das Unangenehme zu negieren, ja nicht einmal in Gedanken zur Kenntnis zu nehmen schafft die Contenance, mit den Gemeinheiten des Daseins fertigzuwerden. Der Baron, Gott hab' ihn selig, war ein Hurenbock. Jeden Abend, an dem es nicht gesellschaftliche Verpflichtungen gab, verbrachte er im Puff.

Herzversagen, das scheint ihr heute noch die gerechte Todesursache. Weil er dort, wo das Herz sein sollte, sein … Ding sprechen ließ. Auf dem Totenbett hat sie ihm dann doch einen Satz gesagt, der aus tiefster Seele kam: *Fahr zur Hölle, Josef.* So erstaunt hat er geblinzelt, bevor er seine Augen für immer schloß. Sie hat ihm ein schönes Begräbnis bereitet und sich die ganze Zeit vorgestellt, wie er in einem Kessel schmort und schwitzt und um Gnade fleht. Sollte sie ihn dort wiedersehen, wird sie so tun, als kenne sie ihn nicht.

»Was ist? Hat's dir die Sprache verschlagen?«

»Ach, Maria. Ich wurde so erzogen, daß man sich in sein Schicksal zu fügen hat. Was wir da veranstaltet haben in den letzten Monaten, ist doch ein wenig … exotisch.«

Sie hat in ihrem Leben noch nie einen wahren Satz gesagt, denkt Maria und lächelt bösartig. »Kriminell trifft eher zu. Aber gut verdient haben wir dabei schon. Die Helga hat sicher alles gespart, und das Tierheim wird sich freuen.«

»Eine Verschwendung, alles den Viechern zu geben.« Der Kommerzialrat erwägt, die arme Helga in ihrem Zimmer zu besuchen. Vielleicht hat sie ja in einer Schublade Geld herumliegen. Braucht sie ja doch nicht mehr. Und jetzt wäre der Zeitpunkt, in chinesische Brauereien zu investieren. Da könnte man ein Vermögen machen. Das verdammte Geld, es hat ihn ein Leben lang gejagt. Maria, die da hockt wie eine fette Kröte, wird ihm vielleicht aus Bosheit nichts leihen. Die Baronin aus Geiz, so sind die Weiber: Sie nehmen immer nur, auch den Samen, und glauben trotzdem, daß sie Göttinnen sind, nur weil sie gebären und die Menschheit am Laufen halten.

Die Baronin teilt aus und wirft dem Kommerzialrat einen strafenden Blick zu, weil er eine Zigarre aus seinem Jackett gezogen hat. Rauchen ist im Heim natürlich verboten, und an einiges könnt' man sich schon halten. Sie steht auf und geht zum Fenster, um es zu öffnen. Es ist heiß draußen, und im Park vor dem Haus flaniert gartenloses Pack. Höchst unvollkommen bekleidet und viel zu laut. Als sie jung war, war die Mode eleganter – und die Manieren waren es auch. Unvorstellbar, worüber sie heutzutage ganz öffentlich reden, sogar im Fernsehen. Der Charme der Diskretion wurde allenthalben beerdigt, und sind die Leut' deshalb glücklicher geworden? Apropos Beerdigung: Es ist Zeit, sich Gedanken darüber zu machen, was sie zu Helgas Begräbnis tragen wird.

»Hast du jetzt entschieden, was du machst?« fragt sie die Professorin, obwohl sie es so genau gar nicht wissen will.

»Ich überleg' noch, aber ich laß es euch wissen. Ich setze einen Hunderter. Wer geht mit?«

Daß Sonja in dem Augenblick klopft und ins Zimmer kommt, als sie einen Flush in der Hand hält, nimmt Maria ihr übel. Sie winkt ab und beendet das Spiel mit einem lächerlichen Einsatz, weil mal wieder keiner mitgeboten hat.

Sonjas Körperhaltung ist wie immer devot, ein bisserl verschlagen.

»Was gibt's?«

»Sie haben Besuch, Frau Professor. Unten im Salon.«

Die Polizei, denkt Maria und bekämpft einen Anflug von Panik. Wer sollte sie schon sonst besuchen, außer Journalisten, die sich nicht zu blöd sind, zu fragen, wie sie sich nach dem Selbstmord ihrer Tochter fühle? Den letzten *Leichenfladerer* hat sie mit wüsten Beschimpfungen rausgeworfen. Der kommt nicht wieder. »Hat er auch einen Namen, der Besuch?«

Sonjas Stimme zittert ein wenig, und ihre Wangen sind rot vor Aufregung: »Es ist die Friedhofsschönheitskönigin. Anna Sirnova. Und sie ist in Wirklichkeit noch hübscher als im Fernsehen.«

Der Kommerzialrat ist aufgesprungen. »Die muß ich mir ansehen.«

Überraschungen, sie mag sie nicht mehr, doch Maria muß zugeben, daß die Neugierde stärker ist als der Abscheu. »Mußt nicht glauben, daß ich euch vorstell'«, sagt sie, während sie den Rollstuhl in Bewegung setzt. Eine Luxuskarosse, ein winziges Stück Freiheit von den anderen. Nur wenn sie in boshafter Laune ist, läßt sie sich schieben.

Maria Langer benutzt den Lift, der ins Parterre führt. Der Kommerzialrat nimmt die Treppe, um Behendigkeit zu demonstrieren. Im Flur treffen sie sich, sie war ein wenig schneller, und auch solche liederlichen Triumphe kostet sie aus.

»Woher kennst du sie?«

»Geht dich nix an«, murmelt sie. Er läßt sich nicht abschütteln und rennt neben ihr her, schon ein bisserl außer Atem.

Maria Langer rollt auf die Frau zu, die ihre Tochter liebte. Zuviel oder zuwenig, man weiß es nicht. Monikas letzter Brief, eine Woche vor ihrem Tod, war eine Orgie an Selbstmitleid, doch wenig aufschlußreich. Man belügt sich bis zum Schluß, und die anderen sowieso. Sie hat Monika kaum gekannt, das ist ein Stück Wahrheit. Das Kind wurde zu einer fremden Erwachsenen. Ist fremd gestorben. Wenn du zu viele überlebst, kommst du dir wie ein *Schinakl* vor, das ziellos und zum Untergang bestimmt im Meer treibt.

Anna Sirnova, ganz in Weiß, sitzt auf der braunen Couch am Fenster. Die alte Frau im Rollstuhl fährt eine scharfe Kurve, bevor sie abrupt anhält. Das Manöver führt dazu, daß der ältere Herr neben ihr stolpert und zu Boden fällt. Das Dreifachkinn der Rollstuhlfahrerin zittert vor unterdrücktem Lachen.

Sie ist ein Monster, denkt Anna.

VIERUNDZWANZIGSTES KAPITEL

Die große Koalition regiert in Österreich und wird mit der mürrischen Gleichgültigkeit hingenommen, die sich aus minderwertiger Wut nährt. Die Großkopferten werden's schon richten. Für sich. Studenten demonstrieren gegen den Kanzler, weil die Roten in den Koalitionsverhandlungen ihre Wahlversprechen gebrochen haben. Fliegen werden die Eurofighter und alle, die ihre Studiengebühren nicht bezahlen können. Als ob das nicht normal wär' in der Politik, dieser fleißigen Kunst der faulen Kompromisse. Siebenundzwanzig Millionen Euro Wahlwerbungskosten – und jetzt werden die Plakate mit den Dada-Sprüchen abmontiert, was dem städtischen Ambiente deutlich mehr internationales Flair verleiht.

Es wird Herbst, und die Blätter fallen. Postenschacher. Mediale Deutungen. Den Argwöhnischen wird Recht gegeben, und die Wiener, Überblicksmenschen sowieso, prophezeien, daß diese Regierung nicht lange halten werde. Aber das wurde auch allen anderen nachgesagt, weshalb der Weltuntergang immer wieder verschoben wird. Ein gutes Rebenjahr, und der Kanzler wird die österreichischen Weinbauern *leiwand* vertreten. Sein Erfolgsschweiß glänzt im Scheinwerferlicht der Fotografen und Kameraleute, und er lächelt fröhlich, weil er angeblich schon im Sandkasten davon geträumt hat, Bundeskanzler zu werden.

Ado Spengler fühlt sich ein bißchen als Sieger, obwohl er ja nur Wahlzettel verteilt hat. Alles sei besser als die verkommenen National-Konservativen, die keine sind, sondern Repräsentanten einer radikalen Leere, sagt er zu Lucie, und darin schwingt eine Art Demut, ein Auskommen mit Verhältnissen, die immer noch schlimmer sein könnten. Ado Spengler versucht, zwischen Optimismus und Fatalismus zu lavieren und ein kleines, persönliches Glück zu finden. So was schwebt ihm vor – schwebt aber auch manchmal neben ihm und verhöhnt ihn.

Er hat den Dienst quittiert und wurde dafür mit Verzicht auf eine Anzeige belohnt. Der Hofrat wirkte beinahe gütig, als er ihm die Hand zum Abschied drückte. *Alles Gute, Spengler, und es wird schon wieder.*

Es wird schon wieder. Ado hat sein Zimmer im »Ananas« gekündigt und schläft abwechselnd bei Lucie oder in Annas Wohnung, wo er eine Kammer mit Bett bezogen hat. Er jobbt als Leibwächter für eine Agentur, die ihm tageweise Aufträge verschafft, und arbeitet ohne Salär bei einer Menschenrechtsorganisation, die sich für Asylbewerber einsetzt, die überall, aber besonders in Österreich malträtiert werden.

Die Menschenrechtler waren mißtrauisch anfangs, doch sie ließen sich davon überzeugen, daß Expolizisten auch Menschen sind. Manchmal benutzt er seine alten Kontakte, wenn es wieder einmal zur *Ergreifung einer ausländischen Person* kommt, alltägliche Begebenheiten, weil Asylanten, Sex und Drogen irgendwie zusammenhängen für die Obrigkeit – und fürs Volk sowieso.

In seinem neuen Leben macht Ado die Erfahrung, daß

die Guten nicht unbedingt den Gegensatz zum Bösen verkörpern. Die Guten, also seine Mitstreiter, sagen zwar oft die richtigen Dinge, doch sie handeln ebenso häufig mit falschem Eifer. Zerfetzen sich im Vorfeld, wenn es darum geht, ob und wie mit Medien oder Bürokratie zusammengearbeitet wird. Oder gar mit anderen Institutionen, weil die ja auch irgendwie Konkurrenten sind, ideologisch oder klerikal und überhaupt.

Neid und Mißgunst sind dem guten Menschen nicht fremd. Er hat eine unerschütterliche Meinung und humanitäre Berufung, und wenn einer anders denkt, hört die Hetz meistens auf. In Abwesenheit hierarchischer Strukturen wird verbal gezündelt, was das Zeug hält, und jedes sachliche Gespräch versandet in persönlichen Beleidigungen, wofür das Wienerische prädestiniert ist.

Ado versucht, Streitereien aus dem Weg zu gehen, und wenn's ihm zuviel wird, verschwindet er einfach. Zu Lucie oder Anna. Und preist die Tage, an denen er für seine Arbeit bezahlt wird und einfach nur dastehen muß als Bodyguard, unauffällig, aufmerksam, still, ein Schattenmann, und darin liegt eine gewisse Ironie, weil er jetzt die bewacht, die er früher mit Bomben bewerfen wollte.

Die Agentur rechnet nach Stunden ab und holt ihn, wenn Prominenz nach Wien kommt, Opernstars, Filmsternchen oder schützenswerte Sportler. Dunkler Anzug, Sonnenbrille und eine Waffe im Schulterholster, das ist seine Uniform, und manchmal gerät er ins Gedränge, rechnet aber nicht wirklich damit, die Schutzperson mit seinem Leben verteidigen zu müssen. Er denkt ja gar nicht daran. Es ist ein leichter Job, der schlecht bezahlt wird, doch er kommt über die Runden, und darum geht es ihm in diesen Tagen.

Wenn ihm langweilig ist und das Kinoprogramm nicht interessant genug, geht er immer noch zu Begräbnissen, auf denen Anna ihre Show abzieht. Das Geschäft läuft nicht mehr so gut wie am Anfang, doch Lucie nimmt es mit dem Gleichmut eines Menschen, den die Zukunft nichts angeht. Morgen, das geht noch, aber übermorgen, daran will sie nicht denken. Die gemeinsame Wohnung, die Suche danach, ist ein Witz, den sie miteinander, gegeneinander austragen. Weshalb es ihn nicht mehr aufregt, kann Ado auch nicht sagen. Vielleicht hat er sich mit dem Provisorium arrangiert, mit allem, was unzulänglich, aber erträglich zu sein scheint.

Froh sollte er sein, daß Lucie ihn zu lieben vorgibt und Anna und Ludwig ihn sozusagen in ihr Leben adoptiert haben. Obwohl er manchmal denkt, daß sie ihn nur brauchen, weil er als Puffer nützlich ist, wenn sie streiten wollen, es aber vor einem Dritten nicht tun. Er hat sowieso keine Meinung, und wenn er sie hat, unterdrückt er sie mit aller Kraft. Ein Schattenmann. Es ist die einzige Existenzform, die ihm zur Zeit einfällt.

Ist der Wandel eine Verbesserung? Wenn Ado es nüchtern betrachtet, findet er, daß es sich ohne Haß besser leben läßt. Manchmal zweifelt er an der Liebe. Lucies Herz hängt an dem Buch, dem fast vollendeten. Fast tausend Seiten sind es schon, und sie nähert sich dem Buchstaben Z.

Z wie Henry Zukwe, der Asylbewerber, der vor der drohenden Perlustrierung durch Zivilbeamte flüchtete, in den Donaukanal sprang und dort ertrank. Er konnte nicht schwimmen. Die Polizisten offenbar auch nicht, weil sie keine Anstalten machten, den Afrikaner zu retten. Ein Anruf bei der Wasserschutzpolizei erfolgte viel zu spät, die fanden nur noch die Leiche im Wasser. Selbstmord oder Totschlag durch unterlassene Hilfeleistung? Der Polizeisprecher stellte die Frage anders: Flüchtet ein Unschuldiger vor der Ordnungsmacht?

Henry Zukwe ist ein Fall für die Menschenrechtsorganisation, für die Medien und möglicherweise für die Justiz. Doch Ado hat eine Ahnung davon, wie die Prozedur dahinkriechen wird. Sie werden so lange untersuchen und Kommissionen einsetzen, bis sich die Sache in der Bürokratie verliert. Die Taktik der Verzögerung ist legendär in Österreich. 70 000 arisierte Wohnungen in Wien, deren Rückstellung vereitelt wurde. Weil ein Volk von »Opfern« ja nicht unbedingt entschädigen muß. Häuser, Firmen, Geschäfte, Hotels und bedeutende Kunstsammlungen, um die die Erben immer noch mit Österreich streiten. Eine juristische Odyssee im Niemandsland der Vergangenheitsbewältigung, denn auch die Frage der Rückgabe geraubten jüdischen Eigentums ist hierzulande ungeklärt. Da gibt's wichtigere Themen, zum Beispiel, wen der »Mörtel« zum nächsten Opernball einlädt.

So schaut's aus, und Henry Zukwe ist ein Untergeher. Weshalb Ado Lucie überredet hat, ihn in ihr Buch aufzunehmen, auch wenn es kein klassischer Selbstmord ist. Damit Henry nicht vergessen wird und irgendwo die Wahrheit steht, zumindest eine Annäherung. Henrys provisorische Aufenthaltserlaubnis war abgelaufen, und er sprang, weil er Angst vor der Abschiebung hatte. Weil er sich gerade in eine Äthiopierin verliebt hatte, die zu Protokoll gab, daß Henry weder geraucht noch getrunken, noch mit Suchtstoffen gedealt hatte. Manchmal spielte er – illegal – in einem Musikbeisl in Ottakring. Saxophon. Sein großes Vorbild war Jonas Gwanga aus Südafrika. Henry liebte Jazz und Backhendl und seine äthiopische Freundin. Er lachte gern. Doch er konnte nicht schwimmen.

Die kleinen Dinge sind wichtig, wenn er schon an den großen gescheitert ist. Ado hat Lucie dann doch gebeichtet, daß er nicht freiwillig aus dem Polizeidienst geschieden ist. Sie hat ihm zugehört und nichts kommentiert, wofür er ihr dankbar war. Er kann Gramlitz nicht hassen, dieses starke Gefühl ist ihm abhanden gekommen. Bloß verachten, auf milde Weise, wozu die Ohrfeige nicht ganz gepaßt hat.

Wir sind alle ein bisserl verwirrt, sagte Lucie, als er ihr von Gramlitz erzählte. Auf die Frage nach der Zeit, die sie ihm noch gibt – oder sich, weiß der Teufel, was in ihrem Hirn vorgeht –, kam keine Antwort. Das war verletzend. Er hat ihr Zimmer verlassen und ist zu Anna und Ludwig gefahren, mit der Straßenbahn, und er dachte die ganze Zeit, daß er nie wieder nach Simmering zurückkehren sollte.

Er hat sie gefragt, ob die Liebe einen retten könnte. *Liebe und Tod, das hängt doch zusammen.* Was für eine blöde Antwort! Er fand es nicht zum Lachen. Wenn sie in der Stimmung ist, alles ins Heitere, ins Lächerliche zu ziehen, wird es ihm ernst. Und umgekehrt. Welcher Teufel hat ihn geritten, nach der gemeinsamen Wohnung auch noch ein Kind ins Spiel zu bringen? Eigentlich wollt' er sie nur schockieren. Aber Lucie, plötzlich gar nicht mehr auf der Schmähwelle, gab eine seltsame Antwort. Sie sagte: *Wirf mir nicht so einen Rettungsanker hin.*

Eine Titanicfahrt, mit Lucie eine Familie gründen zu wollen. Daß Anna und Ludwig Gefallen daran fanden, war zu erwarten. Das Haus in Grinzing oder Klosterneuburg böte Platz für eine Großfamilie. Es war der Wahnsinn, das

Abgleiten in alle bürgerlichen Kitschsärge mit Plastiklilien, und je länger die beiden die Utopie zerredeten, desto klarer erschien die Ansage. Ein Rettungsanker, natürlich. Man mußte Lucie nur heiraten, schwängern und aufs Land locken. Der Simmeringer Tristesse entreißen, ihren melancholischen Spaziergängen und den Sirenenklängen der Nekrologe. Sie auf andere Gedanken bringen und ihr eine Verantwortung aufhalsen, aus der sie sich nicht so ohne weiteres stehlen könnte.

Ihre Mutter hat sich aber doch umgebracht, sagte Ado, und Ludwig antwortete, daß es so etwas wie einen Familienfluch nicht gebe. Lucie glaubt daran, dachte Ado, sprach es aber nicht aus. Ludwig argumentierte, daß sie zu viert für die Familie sorgen könnten. Die Einkünfte der »Letzten Instanz«, die Aktien … und während er auf ihn einredete, konnte sich Ado das Paradies vorstellen und wußte zugleich, daß es auch die Hölle wäre.

Glück. Anna und Ludwig redeten davon wie von einem Abonnement für die Oper. Es läßt sich kaufen. Es währt, solange du nur willst. Ein fast geläuterter Alkoholiker und eine sture Melancholikerin. Anna, die ein bißchen den Boden unter den Füßen verloren hat, weil der Erfolg sie auf einer Wolke trägt. Ludwig, der sich mit schwächer werdendem Widerstand gegen Operationen wehrt, die ihn in Annas Augen perfekt erscheinen ließen. Eine Geschlechtsumwandlung. Anna sägt, und Ludovica weicht mit Ängsten und Zweifeln aus. Es könnte eine komische Oper sein, doch Ado ist nicht überzeugt davon.

Er sieht ein Kind, das allein unter Apfelbäumen spielt. Die Äpfel sind wurmstichig, faul, und das Kind beißt trotzdem hinein. Es sieht einsam aus. Er war ein trauriges Kind und ein noch traurigerer Jugendlicher. Er fragte sich, ob Anna und Ludwig von ihren Glücksvisionen so besoffen sind, daß sie den Kater nicht in Betracht ziehen? Doch natürlich ist das Kinderthema eine willkommene Abwechslung von dem fast täglichen Kastrationsstreit. Ado kann Ludwigs Ängste verstehen, hält sich aber raus. Sie fetzen nicht vor ihm, aber irgendwann, meist unerwartet, läßt Anna ein leises Unbehagen sichtbar werden. Sagt Sätze wie: *Es wäre schön, wenn dein Bart nicht so schnell wachsen würde.* Ludwig fährt dann automatisch mit der Hand ans Kinn und sieht schuldbewußt aus. Er fühlt sich schuldig, weil er glaubt, Anna nicht zu verdienen. Das denkt Ado auch, vielleicht denken es alle, und Ludwig begibt sich in die Rolle eines Märtyrers, der Mitleid verdient und damit auf die Nerven geht. Möglich, daß Anna einen Sadismus entwickelt, den diese Liebe trägt. Denkt Ado. Er mischt sich nicht ein.

Nach Mitternacht fährt er mit dem Taxi zurück nach Simmering, und sie schlafen miteinander in Lucies engem Bett, und während er ihren schmalen Körper festhält, denkt Ado wie so oft, daß er, der Leibwächter, sie doch beschützen könnte. Vor sich selbst. Wenn nichts mehr, was er tut, ihm viel bedeutet, bleibt diese eine Aufgabe, die Verschwörung des Ado Spengler, Lucie Haberer am Leben zu halten. Mit allen Mitteln. Auch einem Kind, wenn es sein muß.

In Annas Bett spielt eine andere Melodie. Sie ist nicht ohne Dissonanzen, denn der Sex ist träge geworden, ein Spiel mit Hindernissen, die Anna mit jedem Mal mehr irritieren. Lustlosigkeit ist der Anfang vom Ende, das sie spüren, aber nicht greifen kann. Was immer Ludovica mit ihr tut, sie kann es nicht mit ihm machen. Es gibt keine

Brüste zum Festhalten und kein Geschlecht, in das sie sich verkriechen könnte. Sie mag ihn rasieren und maniküren, soviel sie will: Der Penis bleibt, und er ist eine Provokation. Die Schlange im Paradies, obwohl sie dieses Bild schon reichlich übertrieben findet. Diese Liebe ist nicht mehr neu. Und er riecht wie ein Mann nach dem Sex. Nachdem sie ihn mit einem Orgasmus belohnt hat für seine fingerfertigen Mühen. Und wenn sie in sein Gesicht sieht, erkennt sie seine Furcht vor der alten Frage: Wann wirst du dich operieren lassen?

Ludwig kommt ihr zuvor: »Willst du wirklich ein Kind?«

Woher, denkt Anna, soll ich wissen, was ich will? Ich weiß nur, was ich nicht mehr will: einen Mann im Bett. Es ist, als würde man Schnitzel vorgesetzt bekommen, wenn man Gemüse bestellt hat. Es ist, es war ein Irrtum, zu glauben, daß Wunder bestehen. »Vielleicht. Aber auf den Opernball will ich gehen.«

Schönheit ist Oberfläche. Ludwig stützt die Hände auf und betrachtet seine Geliebte, die ihn herausfordernd ansieht. »Bist du meschugge? Nur reiche Säcke gehen zu dieser Party. Wir haben zwar ein bisserl Geld, sind aber nicht vermögend.«

Mein Geld, denkt Anna. Ludovica mag es geschickt anlegen, doch sie verdient es. Natürlich ist sie ihm dankbar für alles, was er für sie tut. Doch Dankbarkeit kann sich zu einem faulen, gärenden Gefühl entwickeln. »Wir haben genug davon. Wir könnten sogar die Operationen bezahlen.«

Seit zehn Wochen geht das so. Ludwig sieht an sich hinunter. Ein fettloser, haarloser Körper, den sie in letzter Zeit nicht mehr so gern zu berühren scheint. Anna hat begonnen, im Bett zu lesen, oft bis weit nach Mitternacht. Der Roman mit dem Titel »Opernball«, ihre letzte Lektüre, scheint sie zu diesem furchtbaren Wunsch inspiriert zu haben. Vielleicht ist es auch nur ihre neugewonnene Lust, im Rampenlicht zu stehen und bewundert zu werden. Manchmal denkt er, daß sie nur deshalb bei ihm bleibt, weil sie sich nicht als Lesbierin outen will. Böse Gedanken. »Hast du dir mal über die negative Publicity Gedanken gemacht, Anna? Der Freund der Friedhofsschönheitskönigin läßt sich zur Frau ummodeln. Die Medien würden uns mit Häme überschütten.« Er findet immer neue Ausreden.

»Es muß doch keiner erfahren. Du könntest es im Ausland machen lassen. Geschlechtsumwandlungen sind heutzutage doch kein Problem mehr. Das Problem bist du, Ludwig. Du hängst an deinem Geschlecht.«

Er hängt, denkt Ludwig. Und dennoch, sie hat recht. Er würde ihn vermissen, seinen Penis. Weil er trotz allem zu ihm gehört. Mit diesem Körper wurde er geboren, und mit diesem Körper will er sterben. Irgendwann. Nicht so bald. Lucies selbstmörderische Anflüge sind ihm fremd. Nicht einmal Anna könnte ihn dazu bringen, Hand an sich zu legen. Obwohl er sie liebt wie ein Blöder.

Oder verliebt ist in die Liebe zu einer schönen Frau, die seine Impotenz in eine andere Dimension befördert hat. Lackierter Affe, damit kann er leben. Kastrierter Affe, nein.

»Hab ich die Wahl zwischen Opernball und Operation?«

So witzig. Wenn es ernst wird, flüchtet Ludwig in Ironie. Spielt seine Überlegenheit aus, bloß weil er mal ein bißchen Philosophie studiert hat. Einer, der sich jeden Tag

»Haut« ansieht und noch eine Reihe anderer tragischer Filme, kann nicht alle beisammenhaben. »Man hat immer die Wahl«, sagt Anna, bevor sie sich ihrem Buch zuwendet. Die hatte Monika auch, denkt sie, und daß ihre Freundin gern ein Mann gewesen wäre. Frauen haben kein Glück mit Männern. Oder ist es umgekehrt?

FÜNFUND ZWANZIGSTES KAPITEL

Soviel Angst. Anna hätte nie gedacht, daß sie Monikas Mutter gegenübertreten könnte. Und hat es doch getan. Weil Maria Langer die Wahrheit über Anna Sirnova kennt, und Wahrheit ist gefährlich. Denkt Anna, obwohl Ludwig meinte, daß niemand sie aus den Filmen erkennen könne, weil ihr Gesicht in Nahaufnahme nicht zu sehen war. Doch sind die Gespenster der Vergangenheit hartnäckige Begleiter, und wenn du oben bist, zerren sie von unten, bis sie dich vom Podest runterhaben. Anna will oben bleiben, um jeden Preis. Eine gute Einstellung in der Politik, hätte Monika gesagt. Sie hat zuletzt mit hohem Einsatz bezahlt, wofür sie mit Staatspomp begraben wurde.

Anna weiß jetzt, daß sie in der Rolle der Masochistin eine erbärmliche Figur abgegeben hat. Weil sie nur mitgespielt hat, um die Geliebte nicht zu verlieren. Alles Lüge, nur das Ende, das war echt: Als sie sich am Friedhof abwandte und dachte, daß eine von ihnen sterben müsse, um diese Affäre aus der Welt zu schaffen. So ein Wahnsinn, sich wegen Schuldgefühlen umbringen zu wollen. Anna lächelt, wenn sie die kleine Brandnarbe am Oberschenkel sieht. Eine Erinnerung. Sie vergilbt wie ein altes Foto. Wie auch Ludwigs Bild verblaßt von Tag zu Tag, und wenn er neben ihr liegt, stellt sie sich vor, daß er sich langsam auflöst. Nur sein Penis bleibt zurück und versteckt sich jämmerlich im violetten Laken. Dieses nutzlose Teil, von dem er sich nie trennen wird. Sowohl als auch, das funktioniert für eine Zeit, doch nicht für immer. Anna ahnt das Ende, weiß aber nicht, wie es aussehen wird.

Doch Ludwig ist nach wie vor nützlich, weil er Pepi mit einer monatlichen »Rente« von fünfhundert Euro dafür belohnt, daß er die Goschen hält. Der Kameramann, der jetzt für die Russen arbeitet, würde gegen seinen ehemaligen Chef nichts unternehmen, weil er seine Welt in Helden und Verräter unterteilt. Siggi ist nach Amsterdam verzogen, und Steffi ist tot. Eine Überdosis Heroin, und nun muß sie sich nicht mehr hinlegen und für die Voyeure stöhnen. Das ist gut, auch, weil sie nichts mehr erzählen kann, denkt Anna, die das Grab ihrer ehemaligen Kollegin regelmäßig mit Lilien schmückt. Sie ist ja regelmäßig auf diesem Friedhof.

Ihren Besuch im Altersheim hat Anna dem Ludwig verschwiegen. Er hätte sie gemahnt, daß schlafende Hunde keinen Wecker brauchen. Ludwig glaubt immer, alles besser zu wissen, und er tarnt diesen Hochmut mit philosophisch verbrämter Milde. Schwer zu beurteilen, wie er reagieren würde, wenn sie ihn verließe. Alles verzeihend oder rachedurstig? Das Zwitterwesen ist Annas gehorsamer Diener, doch sie denkt, daß Ludovica zu einer gemeinen Gegnerin werden könnte, selbst wenn Ludwig sein sanftes Lächeln behielte.

Liebe beginnt mit unendlicher Weite und endet mit Platzangst. Ein breites Bett wird zu schmal. Ludwig und Ado sitzen in der Küche und trinken Bier. Sehen sich Filme an, die Anna nicht mag. Benutzen das Bad, in dem sie ihre

Körperhaare zurücklassen. Männerhaare. Eine Männerfreundschaft, das ist fremd und ein bißchen absurd. Anna versteht selten, worüber sie lachen. Penishumor. Sie hätte damals, als Ludwig zu allem bereit war, mit der Rasierklinge radikaler umgehen sollen. Vielleicht, aber auch nur vielleicht, würde sie dann anders fühlen. Mehr Liebe und weniger Platzangst. Es ist doch so, daß sie inzwischen dankbar ist, wenn Lucie zu Gast ist. Wenn sie allein mit ihr ist und über Frauendinge reden kann. Ado sagt zwar selten etwas, doch Anna spürt seine Mißbilligungen. Zum Beispiel, wenn sie die Operation anspricht. Penisloyalität. Wenn Ludwig zugeben würde, daß er Angst davor hat, das könnte Anna verstehen. Doch seine lächerlichen Ausflüchte und ausweichenden Scherze machen ihn in ihren Augen immer kleiner. Frauen lieben Heldinnen. Lucie meint, daß Ludwig noch Zeit brauche. Aber die Zeit läuft doch immer gegen die Liebe.

Anna sitzt mit Lucie im »Schanigarten«, trinkt weiße Spritzer und redet über den Kampf der Geschlechter, ausgetragen auf dem Feld der nicht ewigen Liebe. Außerdem braucht sie ein Alibi für die Pokerrunde. Ludwig will immer wissen, wo sie ist und was sie tut. Schlimmer noch als Monika spielt er sich zum Herrscher über ihre Zeit auf. Anfangs fand Anna das schmeichelhaft, jetzt ist es lästig, und ihr Zurückweichen eine Schwäche, für die sie sich verflucht.

Lucie lacht – wie eine Nachtigall, würde Ado sagen –, als Anna ihr erzählt, daß sie an Sonntagen im Altersheim pokert.

»Du meinst, Maria Langer erpreßt dich, mit ihr Karten zu spielen?«

»Na, nicht so direkt«, sagt Anna. »Sie hat mich eingeladen, aber es war ein Angebot … Du weißt schon, wie in dem Mafiafilm.«

Sie lacht schon wieder. Mehr Kobold als Vogel, denkt Anna, und daß Lucie in einer ihrer Wahnsinnslaunen ist, in denen sie alles komisch findet. »Warum soll ich nicht mit den Alten Karten spielen für Geld? Es ist eine nette Runde, und sogar eine Baronin ist dabei. Der Kommerzialrat ist ein alter Charmeur, und Maria hinter der groben Fassade eine Seele von Frau. Sie brauchten halt einen Vierten in der Runde, und als ich sagte, daß ich schon mal gespielt hab' – mit Siggi und Steffi übrigens in den Drehpausen –, da hat sie mich eingeladen.«

Eine Schweigesekunde für Steffi, die den Herointod wählte. Lucie bestellt noch zwei Spritzer, und Anna gibt einem jungen Mann, der zu ihrem Tisch gekommen ist, ein Autogramm in großen, schwungvollen Buchstaben. Sie findet es immer noch wunderbar, wenn Leute sie ansprechen und sie ihren Namen schreiben darf.

»Wie hältst du soviel Anbetung nur aus?« Lucie stellt sich vor, wie es ist, wenn eines Tages die Autogrammjäger zu ihr kommen. Möglicherweise, weil das Leben kurz sein kann und ein Verleger erbarmungslos. In all der mit Schreiben verbrachten Zeit hat sie nie daran gedacht, daß einer die Veröffentlichung ablehnen könnte. Doch langsam bricht die Angst hervor.

Anna schenkte dem Jungen noch ein Lächeln, das sie dann auf ihren Lippen forträgt. »Macht mir gar nichts aus. Und ich werd' halt eine Zeitlang mit den Senioren pokern. Immer noch besser, als mit Ludovica spazierenzugehen an einem Sonntag, wo alle Geschäfte zu sind. Oder alte Filme anschauen. Ich kann bei Woody Allen nicht lachen.«

Weil du keinen Humor hast, denkt Lucie, oder zumindest keinen hinterfotzigen. »Und was willst du Ludwig erzählen?«

»Na, daß wir beide zusammen was unternehmen. Er hätte bestimmt was gegen das Pokern, ich kenn' ihn doch. Er ist auf alles eifersüchtig, sogar auf Monikas Mutter.«

»Ich versteh' nicht, weshalb du überhaupt hingegangen bist.«

Anna breitet ihre Arme aus und sieht in den Himmel, eine Geste, die Lucie nur zu gut kennt. »Na, weil ich Angst hatte, daß sie mich auffliegen läßt. Wegen der Pornos. Ich dachte, daß sie mich haßt, Monika hat das immer behauptet.«

»Dann wird es wohl stimmen. Aber sie würde sich ja ins eigene Fleisch schneiden, wenn sie die Journalisten auf dich hetzt. Das hätt' sie nie getan, Anna, und du pokerst ganz vergeblich.«

Lucie weiß auch immer alles besser, denkt Anna, nur kann sie es von ihr eher ertragen. Sie gibt noch ein Autogramm, diesmal an eine ältere Dame, die, man weiß es nie, bald Kundin sein könnte. Sie sterben nicht mehr so leicht in Wien, und die Selbstmordrate ist stark zurückgegangen. Anna findet das schade, weil sie sich für den Winter einen Pelzmantel kaufen wollte. Sie träumt von weißem Zobel, doch dafür müßte in Wien schon die Pest ausbrechen.

»Ich mach' es einfach, Lucie, und du gibst mir das Alibi. Dann sind alle zufrieden, und Maria hat sich so gefreut, daß ich mitspiele. Sie schaut grausig aus, aber sie ist eine imponierende Frau. Literaturprofessorin. Wir haben über den ›Opernball‹ von Haslinger geredet. Ich glaube, ich kann noch viel von ihr lernen.«

Daß Anna auf den Opernball will, hat Lucie schon von

Ado gehört, dem es wiederum Ludwig erzählt hat. Ludwig will auf keinen Fall gehen, wird es aber müssen. Manchmal tut er Lucie leid in seiner Doppelrolle, aber dann wieder denkt sie, daß jeder so liegt, wie er sich bettet. Die Frage ist, wie lange Anna ihn noch zudeckt. Denn Anna hat ein wenig abgehoben mit dem Ruhm einer Wiener Lokalgröße. Beim letzten Begräbnis hatte Lucie den Eindruck, daß die Show ins Burleske abgleitet. Ganze drei Minuten stand Anna schweigend und mit himmelwärts gebreiteten Armen da, und es war offenkundig, daß die Leute unruhig wurden.

Ist sie auch schon tot, fragte ein Kind, und die Umstehenden lachten. Lucie trat Anna von hinten in die Ferse, bis Anna die Augen öffnete und endlich weiterredete. Es war das erste Mal, daß Anna ihre Grabgesellschaft nicht im Griff hatte. Zu viele Pausen und zuviel Pathos, und an einem heißen Tag wie diesem wollten die Leute einfach nur in den Schatten, ins Gasthaus, um ihre Trauer zu kühlen. Und daß Anna beim Leichenschmaus zwar dezent, aber unübersehbar mit der Witwe flirtete, die gegen Ende der Veranstaltung ang'soffen und sexuell verwirrt war, fand Lucie auch nicht komisch. Nur wird es zunehmend schwierig, bei Anna Regie zu führen, weil die Verhältnisse sich verkehrt haben. Der Star läßt sich von seinem Schatten kaum noch was sagen und redet sogar schon in die Texte hinein. Dennoch: Die Aufträge kommen seit August nur noch spärlich, und auch die Presse interessiert sich immer seltener für die Friedhofsschönheitskönigin. Der Ruhm wird ranzig, und die Lebensmüden verkriechen sich in lebendiger Traurigkeit. »Cerberus« hat seine Dienste im Internet eingestellt. Lucie hat die Halbtagssekretärin entlassen müssen und erwägt, auch das Büro aufzugeben.

Nicht mal mehr auf die Toten ist Verlaß, denkt Lucie. Anna ignoriert den Niedergang, und jetzt pokert sie um ihren guten Ruf mit Monikas Mutter, die Lucie keineswegs als eine gütige alte Dame in Erinnerung hat.

»Habt ihr auch über Monika geredet, bei deinem Besuch?«

Sie gibt nie auf, denkt Anna und lächelt Lucie beinah unwiderstehlich an. »Nur ganz am Rand, und wenn's dich interessiert: Sie gibt mir nicht die Schuld an Monikas Tod. Warum auch? Ich hab' nicht davon profitiert.«

Das stimmt nicht ganz, denkt Lucie. Denn Anna war nach Monikas Tod frei, und das ist kaum mit Gold aufzuwiegen. Solange Monika lebte, war Anna ein Schatten, und von sich aus hätte sie es nie geschafft, die Affär' zu beenden. Mit Ludwig läuft es anders, aber auch von dem wird sie nicht loskommen, weil sie es nicht fertigbringt, den ersten Schritt zu tun. Ein Alibi fürs Pokern im Altersheim – das kommt Lucie nun wirklich meschugge vor. »Du meinst, du und die Langer, ihr habt euch quasi angefreundet – trotz allem, was passiert ist?«

»Na ja, sie ist halt einsam und … ich find' sie … außergewöhnlich. Stell dir vor, sie trägt eine Zyankalikapsel an ihrer Kette. In einem goldenen Herzen, das sich öffnen läßt. Sie hat sie mir gezeigt, die Kapsel.«

Für Anna, denkt Lucie, ist der Tod so weit weg wie der Mond. Sie lebt *jetzt,* und vermutlich ist das die beste Art, das *früher* oder *später* zu verdrängen. Lucie beneidet Anna nicht nur um deren Schönheit, sondern auch um die Leichtigkeit. Es gibt kein Problem außer jenem, Ludwig schmerzlos loszuwerden. Armer Ludwig, den Lucie noch lieber mag, seit er sich als Frau versucht. Armer Ado, den Lucie weniger schätzt, seit er so anspruchslos gleichmütig vor sich hin lebt und Leidenschaft nur noch im Bett entwickelt. Sex ist das, was sie zusammenhält, Sex und eine Freundschaft aus alten Tagen, Einsamkeit und Gewohnheit, und sie nennen es Liebe.

»Ist doch nichts Besonderes, Anna, so eine Zyankalikapsel. Kommt mir vor wie eine Lebensversicherung – wenn dir dein Leben nichts mehr wert ist.«

»Na, du bist lustig … Es sieht nicht gut aus mit unseren Toten, oder?«

Ein Wunder, daß Anna ein unangenehmes Thema berührt. Lucie sieht in ihr Gesicht, Annas größtes, vielleicht einziges Kapital. »Nein, und wir können nur auf den dunklen, nassen Herbst hoffen. Rilke und Trakl und den lokalen Weltschmerz unter idealen Wetterbedingungen.« Sie denkt mit Schaudern daran, daß sie spätestens im November mit dem Manuskript fertig ist. Sie wird sich so leer fühlen, und Ado, der ihre Arbeitswut respektiert, wird wieder mit seinen Auswanderungsplänen anfangen. Winter in Wien, das ist für ihn wie Eiszeit in der Hölle. Früher hat er sich seinen Haß auf die Stadt weggetrunken, aber jetzt pflegt er ihn mit nüchternem Sarkasmus, und der ist manchmal schwer auszuhalten.

»Na ja, es wird schon wieder, ich mach' mir keine Sorgen und nutze die Zeit. Maria hat mir ein paar Bücher geliehen. Ich hab' ihr erzählt, daß ich oft halbe Nächte durchlese. Thomas Bernhard und Ingeborg Bachmann. Und von Rilke hab' ich auch schon was gelesen. Ich bin nicht mehr dümmer als ihr.«

»Nein«, sagt Lucie. »Nur schöner, und das ist nicht gerecht.«

SECHSUNDZWANZIGSTES KAPITEL

Der Letzte im Alphabet: Stefan Zweig, Seite 1350 im Buch der Selbstmörder. Geschichten von Helden, die sich selbst besiegt haben. So könnte man es sehen oder auch anders, weil Lucie sich während des Schreibens die Frage stellte, ob Kapitulation und Tapferkeit zusammengehören. Zu viele Fragezeichen. Sinnsucher enden auch nur mit der einen, finalen Antwort.

Die letzte Seite eines Manuskripts ist ein anderer Abschied, Tod und Geburt zugleich, und sie zögert die letzten Sätze hinaus, korrigiert Geschriebenes und versinkt in Zweifeln. Die Toten können sich nicht mehr wehren, aber ein Verleger schon. Vor drei Jahren war sie noch ganz sicher, ein großes Werk zu schaffen. Dann sterben. So ein Hochmut, und er kommt vor dem Fall: Sie ist ja doch nur ein literarischer Zwerg, der sich todessehnsüchtig stellt. Gar nichts kann niemanden schmerzen, und wenn alles falsch war, von Améry bis Zweig, hat sie drei Jahre einen Traum gelebt.

Jean Améry, mit ihm hat alles begonnen. Lucie hat eingefügt, daß sein erster Roman, »Die Schiffbrüchigen«, in einer Wiener Manuskriptvermittlung gefunden und erst dreißig Jahre nach seinem Tod veröffentlicht wurde. Die

Geschichte eines Wiener Bohemiens, Kind jüdischer Eltern, das so gar nicht zum Helden geschaffen war und doch nicht anders konnte, als heroisch zu sterben. Im Duell mit einem stiernackigen Nazi, der, wäre es ihm bewußt gewesen, mit einem Juden nicht gekämpft hätte.

Chronik eines angekündigten Todes: Der Wiener Schriftsteller Johannes Mayer flüchtet vor den Nazis nach Belgien, wird dort als feindlicher Ausländer verhaftet, flieht erneut und schließt sich einer Widerstandsgruppe an, wird gefaßt und gefoltert. Er überlebt das Konzentrationslager, doch seine Frau, die sich während des Krieges verstecken konnte, stirbt fünf Tage vor seiner Befreiung an Herzversagen.

Ein Schiffbrüchiger in einem toten Meer der Trauer und des Hasses, der sich für kurze Zeit auf eine Insel rettet und Essays schreibt über seine Gefangenschaft, die Last des Überlebens und die Freiheit der Selbsttötung. 1976 nahm sich Jean Améry in einem Hotel in Salzburg das Leben. Auf seinem Grabstein wollte er nur den neuen, französischen Namen – und die Häftlingsnummer von Auschwitz.

Was gilt, ist die Option des Subjekts, hat Améry geschrieben. Würde war das Stichwort zum Tod seines Schiffbrüchigen, der sein Judentum auch hätte verleugnen können, um sich zu retten.

Würde und Freiheit, das sind die Wörter, die Lucie den Selbstmördern unterlegt wie harte Kissen, die keine Bequemlichkeit, kein Ausruhen zulassen. Oder? Es sind nur Wörter. Lucie legt Kissen auf Stühle, um sich größer zu fühlen, und hört den anderen zu, die von der Zukunft reden, als ob sie die Gegenwart nur übertreffen könne. Alles, sagt Lucie dann, hat auch ein Gegenteil, und nur darin liege das ganze Leben. Als ob sie wüßte, was das ist – das Ganze. Selbst Anna hat mehr Ahnung davon, weil sie von jedem Tag erwartet, daß er besonders gut zu ihr ist. Nicht von Sonntagen: Da verspielt Anna mehr Geld beim Pokern, als sie Ludwig verschweigen kann.

Ludwig liebt und leidet, sieht darin keinen Gegensatz und weigert sich im übrigen, irgendeine Entscheidung über sein Geschlecht zu treffen. *Warum kann ich nicht beides sein?* fragt er, und Anna antwortet ihm, daß sie beides nicht lieben könne. Theoretisch schon, aber praktisch nicht, fügt sie manchmal hinzu, was als Erklärung dafür dient, daß sie im Bett lieber Bücher berührt als seinen Körper. Er darf sie streicheln, wenn sie ihm den Rücken zukehrt. Damit begnügt er sich, der Bettler der Liebe, und dafür verachtet sie ihn ein wenig mehr, als sie Mitleid hat. Manche Gefühle sind schwer auseinanderzuhalten, so wie Loyalität und Feigheit, und wenn Anna ihn am liebsten sofort verlassen möchte, wird sie immer neue Gründe finden, die Entscheidung zu vertagen.

Wenn sie alle Bücher von Thomas Bernhard gelesen hat, denkt Anna, wird sie stark genug sein, oder wenn das Blatt sich wendet und sie beim Pokern gewinnt. Wenn die Fernsehproduzentin ihr einen Vertrag für eine eigene Show anbietet, statt nur in Endlosschleifen darüber zu reden. Bis dahin wird Anna Ludovica in ihrer Wohnung und in ihrem Bett dulden. Nicht mehr, nicht weniger, und obwohl die Operation immer noch ein Thema zwischen ihnen ist, hat dieser Liebesbeweis für sie an Bedeutung verloren. Ihn dennoch einzufordern ist ein wenig erbärmlich, bietet jedoch die Plattform für Rechtfertigungen jeglicher Grausamkeit.

Bettler sind für Almosen nicht dankbar, das weiß jeder. Ludwig auch, und es ist Annas Rückenansicht, die ihn davon abhält, ihr die Finger um den Hals zu legen und zuzudrücken. Annas Haut, so weiß wie Schnee, bedeckt eine Landschaft von solcher Schönheit, daß er glaubt, ohne sie verloren zu sein. Er könnte nirgendwo anders leben, denkt Ludwig, obwohl er die Kälte spürt, das Eis, in das er eines Tages einbrechen wird. Es spielt keine Rolle, in welchem Geschlecht er dann gefangen ist, das weiß er auch.

Ludwig kennt mehr von Annas Geheimnissen, als sie ahnt. Die Pokerrunde im Seniorenheim, die Treffen mit der Fernsehproduzentin, der Kredit, den sie bei Lucie aufnahm, um ihre Spielschulden zu decken. Ludwig liest in Annas Gesicht viele Lügen und das Sterben der Liebe; jeden Tag schlägt er eine neue Seite auf, und er muß weiterlesen, um das Ende zu erfahren, das er fürchtet.

Smokey, mein Freund, du begibst dich in die Welt des Schmerzes. John Godman in »The Big Lebowski«. Die Filme, die er allein oder mit Ado sieht, entführen für eine beschränkte Zeit. Manchmal bleibt Ludwig bis zum Morgengrauen im Studio, um sich dann ins Bett zu schleichen, zu seiner Schneelandschaft, die schnarcht, wenn sie auf dem Rücken liegt. Diese Unvollkommenheit entzückt ihn, und er könnte ihr stundenlang zuhören. Sie im Halbdunkel zu filmen, wie sie mit offenem Mund daliegt und sägt, ist zu einer Obsession geworden. Ludwig sucht den Beweis, daß Anna ihn verdient hat. Er tappt im dunkeln.

Mit Ado darüber zu reden fruchtet nichts. Ado Spengler kann zuhören, doch er weigert sich, eine Meinung zu äußern. Er habe, sagt Ado, in seinem Leben zu viele Meinungen gehabt, und alle hätten in Sackgassen geführt. An nichts mehr zu glauben: eine wohltuende Leere. Er *hackelt* weiterhin in seiner Organisation, die sich für die geschundenen Asylbewerber einsetzt, und freut sich über kleine, kleinste Erfolge, während er Niederlagen mit einem Gleichmut hinnimmt, der seine Mitstreiter in Rage versetzt. Der letzte, für den sie ein beschränktes Bleiberecht erstritten, hat sich mangels anderer Verdienstmöglichkeiten dem Drogenhandel zugewandt. Ado weiß es seit einiger Zeit, doch er hält die Goschen, weil er keine Diskussionen darüber provozieren möchte, ob ein Unrecht das andere aufhebt. Wenn jeder still ist und seine Arbeit tut, herrscht zwar kein Frieden, doch eine Art Waffenstillstand. Ado Spengler will keinen Krieg mehr führen, nur noch kleinere Scharmützel mit überschaubarem Ausgang. Das betrifft den Alkoholkonsum, den er auf einen halben Liter Wein pro Tag beschränkt, genau jenes Quantum, das die Sucht befriedigt und ihn nicht über den Punkt bringt, an dem er nicht mehr aufhören könnte.

Ein eingeschränkter Alkoholiker sei er, sagt Ado zu Lucie, die sowieso nicht *überrissen* hat, daß der Promillekasperl ein trauriger Hanswurst war. Daß er ihretwegen von den nächtlichen Räuschen ließ, fiel ihr wahrscheinlich gar nicht auf. Lucie ist so unaufmerksam gegenüber den Lebenden, daß er sie manchmal watschen könnte. Und dann wieder gibt es diese Augenblicke: Nachtigallenlachen. Ein Kuß. Die Hingabe eines Körpers, der nicht auf sich aufpassen will. Das Glück flirtet mit ihm nach Spielregeln, die Ado nicht durchschaut. Lucie ist beim Buchstaben Z. Z wie Zweifel. Zwietracht. Zerfall.

Sterben müßt' man, damit Lucie sich für einen interessiert, denkt Ado, und daß man so was zwar lieben kann, aber nicht die ganze Zeit und nicht mit ganzer Kraft. Kein Kind und kein Haus in Gumpoldskirchen, davon reden sie sowieso nicht mehr, seit Anna und Ludwig ihre Art des Geschlechterkampfes austragen, der so oder so in einem Blutbad enden wird. Ludwigs Blut nach Ados Auffassung, weil Anna unverwundbar erscheint. Kein Laster außer jenem, im Altersheim zu pokern, was ja auch ein humanitärer Akt sein könnte, so wie sein Wirken für die Asylanten.

Doch Ado ahnt, daß er und Anna etwas gemeinsam haben: Herzlosigkeit. Eine Form von Herzlosigkeit, die sich mit allem tarnt, was den guten Menschen ausmachen könnte. Sie sind zur Liebe fähig, zu Hingabe und Leidenschaft, und doch sind sie Pausenclowns in der Manege ihrer Eitelkeiten. Brauchen das geschätzte Publikum, aber aus einer gewissen Distanz.

Ado brauchte Lucie, um mit dem Saufen aufzuhören. Anna benutzte Ludwig, um ihre Trägheit zu überwinden. Vielleicht war sie auch von dem Experiment *Ludovica* fasziniert, erkannte sein Scheitern und behandelt Ludwig jetzt mit solch liebevoller Verachtung, daß schon das Zuschauen schwer zu ertragen ist.

Ado weiß jetzt, warum er Anna nie wirklich leiden konnte, und dieses Gefühl war wechselseitig. Sie haben sie beide gut verborgen, diese leicht zu überwindende Abneigung. Lucie und Ludwig haben nichts gemerkt, sie sind von anderer Art. Weniger Oberfläche. Sie wären, denkt Ado, ein ideales Paar, wenn Lucie eine Lesbe wäre oder Ludwig ein anderer Mann. Eifersucht ist eine Krankheit, an der Ado nie gelitten hat, nicht einmal in seinen schlimmsten Zeiten. Fort sind sie, und der Zustand innerer Ruhe ist wie ein schattiger Platz auf einer maroden Parkbank. Lucie versteht das nicht. Sie muß leiden. Österreichisches Nachtschattengewächs von geringer Größe. Ado nimmt immer öfter Aufträge an, als Leibwächter zu arbeiten, damit sie ihre äußere Ruhe findet. Das ist die eine Interpretation, die andere wäre, daß er vor ihr flüchten will. Weit weg, vielleicht nach Patagonien – oder Afrika.

Auf der letzten Manuskriptseite hat sich eine Fliege niedergelassen, die Lucie mit der Klatsche erlegt. Fliegen sterben lautlos, hinterlassen aber Spuren. Z wie Stefan Zweig: 1933 wurden seine Bücher öffentlich verbrannt, danach zog er mit seiner Frau von Salzburg nach England, wo er sich in seine Sekretärin verliebte. Nach dem Verlust der österreichischen Staatsbürgerschaft und Englands Eintritt in den Krieg wurde er zum »enemy alien«. Ein feindlicher Außerirdischer, ein jüdischer Emigrant, der mit seiner zweiten Frau nach Brasilien zog. 1942 nahmen sie sich in Petrópolis mit einer Überdosis Veronal das Leben. *Ich grüße alle meine Freunde! Mögen sie die Morgenröte noch sehen, nach der langen Nacht! Ich, allzu Ungeduldiger, gehe ihnen voraus.*

Letzte Worte. So enden Bücher auch. Jetzt sitzt sie vor ihrem Schreibtisch und fühlt sich leer. Ausgeschüttet alles auf tausenddreihundertzweiundfünfzig Seiten. Eine komische Zahl. Ado hat einmal an die Mystik der Zahlen geglaubt, die 666 aus frühchristlicher Untergrundliteratur, die für das Tier, den Antichristen stehen soll. Nero, Hitler, die Päpste, Computer, Roulette … unter Nutzung des hebräischen Alphabets und zielgerichteter Rechenkünste läßt sich fast alles auf diese Zahl bringen. Das Gegenteil kann richtig sein, und Ado glaubt sowieso nicht mehr daran. Das kleine Leben hat sich gegen seine große Leidenschaft verschworen, und so ist es übersichtlicher geworden. Für ihn. Lucie findet Ados Wandlung eher irritierend. Wenn einer alles versteht und verzeiht, selbst die Taxler, Kellner, Kieberer und sonstige Wahrer kleiner, gemeiner Machtbefugnisse, dann ist er in Wien am richtigen Ort.

Ado hat sich angewöhnt, Unverschämtheiten zu belächeln. Manchmal denkt Lucie, daß er selbst Mitleid mit

Gott hätte, wenn er denn an ihn glauben könnte. Das Feuer, das ihn auffraß, früher, ist zu matter Glut geworden. Tendenz Asche. Lucie weiß nicht mehr, ob sie ihn liebt, je geliebt hat. Sie ist in diese Affär' hineingeglitten, beide wohl, und jetzt nennen sie es Liebe. Möglich auch, daß er nur bei ihr bleibt, weil er Angst hat, daß sie sich umbringen könnt' nach dem Verlassen.

Noch nicht. Es gibt ein Manuskript, drei Jahre Lebenszeit, die abgeschlossen werden wollen. Die Phasen der Verzweiflung, in denen sie dachte, daß sie es nie schaffen würde. Die Brückengänge. Das Öffnen der Schuhschachtel, in der die Schlaftabletten liegen. Sie hat sie öfter in die Hand genommen und dann wieder hingelegt. Sich der Feigheit zu stellen ist auch eine Art Lebensmut. Lucie beginnt, an diesen Mut zu glauben, und findet das wieder zum Fürchten.

»Cerberus« hat sich aus dem Internet verabschiedet und ist in die Hölle zurückgekehrt. Die Zahl der Lebensmüden hat sicher nicht nachgelassen, wohl aber die der Selbstmörder in Vollendung. Nicht mehr soviel *Remmidemmi* auf den Friedhöfen, und das ist gut so. Schlecht fürs Geschäft, aber das war ihr ohnehin nie so wichtig wie das Buch. Sie hat es der Mutter und der Großmutter gewidmet, und die Stiefmutter wird halt beleidigt sein. Sie hat sich lange nicht mehr gemeldet, vielleicht hat sie Lucie schon vergessen.

Die Leut' vergessen so schnell. Ihre Träume, ihre Lieben, sich selbst. Insofern denkt Lucie, daß sie sich zumindest treu geblieben ist in allen Verwirrungen. Noch nicht reif für den »Steinhof«, wo die Gemüts- und Nervenkranken im Park unter der einzigen Jugendstilkirche der Welt spazierengehen. Aber fürs alltägliche Aushalten ist sie halt auch nicht ganz geschaffen. Die Balance zu halten, dazu haben ihr Ado, Anna und Ludwig schon geholfen. Das Schreiben, weil es ein Ziel bot. Einmal erreicht, ist es gar nichts mehr. Ein Haufen Blätter. Sie wird sie in einen Umschlag stecken, die Verlagsadresse draufschreiben und zur Post bringen. Kein Brief dazu, nur die Adresse. Wenn sie sie finden wollen, werden sie es tun. Stolz ist das, aber auch furchtbare Angst. Ein Standardbrief mit freundlichen, bedauernden Worten – das wäre fast ein Mord. Lucie leckt an den Briefmarken und klebt sie schief auf den Umschlag. Wäre sie abergläubisch, könnte das Glück bringen. Das Wort, dem alle hinterherrennen. Sie auch, aber langsamer, zögerlicher. Wenn sie mit Ado im Bett liegt, meint sie, einen Schatten zu fassen, doch dann graut der Morgen wieder.

Lucie wünscht sich, daß Ado hier wäre, um mit ihr zu feiern. Doch Ado treibt sich in der »Hofburg« herum und beschützt afrikanische Diplomaten. Er mag die Rolle des Beschützers, so wie Lucie die der Berichterstatterin der Toten. Die Konstellation ist verwegen, aber nicht aussichtslos. Lucie öffnet eine Sektflasche und prostet sich zu. Es könnte gutgehen. Alles oder auch nichts.

Abends werden sie zu viert im »Steirereck« feiern. Annas Einladung, sie wird direkt aus dem Altersheim ins Restaurant kommen und hoffentlich nicht pleite sein. Die Pokerrunde ist aus Annas Leben nicht mehr wegzudenken, und Lucie fände das komisch, wenn es nicht soviel Geld kosten würde. Doch Anna glaubt an das Glück, weil alles andere verschwendete Zeit wäre in ihrer optimistischen Weltsicht. Wien ist eine Begräbnisstätte voller Leben. Im »Bermuda-Dreieck« fliehen die Sorgen, die Angst vor dem Tod und dem Leben, und in den Beisln und Heurigen wird alles versungen, vertrunken, vergessen.

So werden sie es auch im »Steirereck« halten. Ein winziges Backhenderl, weil es ein vornehmes Lokal ist. Eine Flasche oder zwei vom besten Gelben Muskateller. Feines Geschirr und vornehme Ober. Tafelmusik. Sie werden sich verlustieren.

Ado wird wieder so fesch aussehen, Anna schön, Ludwig komisch, und Lucie … klein wie immer. Sie wächst ja nicht mehr.

SIEBENUNDZWANZIGSTES KAPITEL

Jeden Sonntag sucht der Kommerzialrat den Friseur ums Eck auf, damit ihn Herr Otto herrichtet für die Pokerrunde: Frisur, Rasur und ein bisserl Puder auf die Wangen. Das hat er früher nicht gemacht, und Herr Otto wunderte sich, doch er sperrt auf fürs Extrageld und einen seiner besten Stammkunden. Inzwischen ist er in die Intimitäten des Hauses eingeweiht, nämlich dergestalt, daß sonntags das Fräulein Anna zum Kartenspielen dazustößt, und die Tauben gurren von den Dächern, daß die Friedhofsschönheitskönigin den Seniorenstadl in höllischen Aufruhr versetzt.

Sie ist ein formidables Weib, sagte der Kommerzialrat zu seinem Friseur, dem er fast alle Geheimnisse seines Leben erzählt hat, die jugendfreien versteht sich, und so schwadronieren sie über Gott und die Welt und schöne Frauen, die das Salz in der Einbrenn oder auch Mehlschwitze sind, und nach Herrn Ottos Meinung übertreibt sein Stammkunde die Sache mit dem Pudern, doch andererseits steht er auf dem Standpunkt, daß jeder nach seiner Facon selig werden sollte. Und der Kommerzialrat braucht für seine Seligkeit nun einmal die Erotik. Sie erhält ihn jung, wenn nicht am Leben, und in dem Heim, Gott sei's geklagt, sind die alten Weiber in fataler Überzahl. Sie werden von seiner Frau bedient, im Damensalon, denn wer noch rüstig ist, kommt häufig zur Dauerwelle oder zum Färben. Silber mit Blaustich ist der Renner, und auch der Kommerzialrat bessert ein bisserl nach in der Farbe, weil er das Richard-Gere-Grau haben möcht, nicht das Mausgrau, das ihm die Natur aufgebürdet hat.

Der Kommerzialrat spricht von Anna als einer fundamentalen Schönheit und erklärt es damit, daß die Anna gar nichts dazutun müsse, um so auszuschauen. Alles natürlich, vom Kopfhaar bis zu den Zehenspitzen, und sie hätt' es gar nicht nötig, sich zu schminken. Was Frauen anbetrifft, gilt er als ausgewiesener Experte, zumindest im Friseursalon und im Seniorenheim. Alle, sogar die Damen, sind in Anna verliebt. Sie ist so jung. So makellos. Reizend zu allen, sogar zur Professorin, der das Verdienst gebührt, sie in die Pokerrunde eingeführt zu haben.

Wie sie das machte, darüber schweigt Maria. Der Kommerzialrat kann es nicht fassen, mit welch reduzierter Grobheit sie die Kartennovizin behandelt. Sie unterdrückt beinah alle giftigen Bemerkungen und begnügt sich mit einem Mindestmaß an Sarkasmen. Zeigt geradezu eine Engelsgeduld, auch wenn Anna sich in der ersten Kartenrunde ziemlich deppert anstellte. Es gibt Frauen, denen wird fast alles verziehen.

Inzwischen pokert Anna Sirnova mit diesem Face, das von türkisfarbenen Augen mit dichten, blaugetuschten Wimpern beherrscht wird. Sie spielen wieder mit Einsätzen, die aufregend sind, und es war Annas Wunsch, ohne Beschränkung zu setzen, wie es vor ihrer Zeit üblich war. Sie ist dem *Karteln* verfallen, eine leidenschaftliche Spielerin, und wenn die fünf Stunden vorüber sind, fühlt der

Kommerzialrat eine Wehmut, fast einen Schmerz, wie er ihn lange nicht mehr gespürt hat. Zum Abschied haucht Anna jedem ihrer Mitspieler einen Kuß auf die Wange, dies ist der Augenblick, in dem er meint, einem Infarkt nah zu sein.

Selbst die Baronin schließt ergeben ihre Augen, wenn Anna sie küßt. Sie neigt in letzter Zeit zu Frömmigkeit, besucht jeden Sonntag die Messe und nennt Anna einen Engel – mit leichtem Unterton von Mißgunst, gefärbt von der Erinnerung an Tage, an denen Männer sie mit Verlangen ansahen. Aber niemals so, denn sie hat zwar an sich herumgedoktert, doch eine Schönheit war sie nie. Der Vergleich mit einem Rassepferd war angemessen, mehr konnte sie nicht einfordern. Der Ehemann hat in den letzten dreißig Jahren nur noch durch sie hindurchgeschaut wie durch eine Klarsichtfolie. Aber er war nie unhöflich, das war er nicht. Nur so gleichgültig, daß sie auch im Sommer, auf der Terrasse, zum Frieren neigte.

Maria Langer muß nicht zur Messe gehen, um sich lammfromm zu fühlen. Sie hat etwas Neues an sich entdeckt: den Hauch von Zuneigung zu einem anderen, fremden Menschen. Das würde sie nie zugeben, außer vor sich selbst. Doch Anna hat sich in ihr Herz geschlichen. Nicht, weil sie beim Pokern so reizend verliert, obwohl das Gewinnen eine Freude an sich ist. Nein, Anna ist von einer liebenswürdigen Arglosigkeit, die entwaffnet. Als ob ihr gar nicht bewußt sei, wie ihr Aussehen auf andere wirkt, egal, ob Frau oder Mann. So ein Vergnügen, sie anzuschauen, und jetzt kann Maria ihre Tochter besser verstehen, aber es nutzt gar nichts mehr. Das muß eine Liebe gewesen sein, eine große, nur daß Monika es wieder nicht verstanden hat, die Kostbarkeit eines solchen Geschenkes zu schätzen. Trotz ihrer sadistischen Sexualpraktiken war sie eine Masochistin, von Schuldgefühlen getrieben bis zum Äußersten. Schuld war natürlich der Mann, es sind immer die Männer. Die anderen halt.

Wenn Maria nachts wach liegt, weil Schlaflosigkeit zu den Flüchen des Alters zählt, stellt sie sich vor, wie Monika und Anna es getrieben haben. Die homöopathischen Pillen, die im Heim verteilt werden, haben die Wirkung von Placebos. Möglich auch, daß sie schon zuviel Chemie geschluckt hat und ihr Körper als Auffanglager nicht mehr taugt. In den schlaflosen Stunden denkt Maria über vieles nach, was sie verdrängt, versäumt hat.

Es gab wenig Liebe. Sie hat sie nicht zugelassen, und Monika suchte sie an falschen Orten mit falschen Menschen. Als ihr Anna begegnete, war es wohl schon zu spät für eine ehrliche Beziehung. Anna behauptet, daß Monika eine große Liebe war, aber daran muß sie nicht glauben. Maria denkt, daß Anna in Monika eine Stärke gesucht hat, die es gar nicht gab. Nur im Sexuellen, doch selbst das war eine Schimäre. Glaubt Maria, und auch, daß Anna keine Masochistin ist und viel dominanter, als sie sich darstellt. Sie meint, daß sie sich hinter ihrer Schönheit verstecken muß, lieb und sanft und ein bisserl blöd sein, damit sie nicht beneidet oder angefeindet wird. So viel Potential – und Monika wird das wohl erkannt haben und auch, daß sie ihre Liebhaberin nicht auf ewig blenden kann.

Vielleicht, denkt Maria in den Geisterstunden der Schlaflosigkeit, hat Monika sich umgebracht, weil sie die Vergeblichkeit dieser Liebe erkannt hat. Stolz und Furcht und Überdruß mögen auch eine Rolle gespielt haben, aber letztlich gehen die Menschen an der Lieblosigkeit zugrunde. Vor allem dann, wenn sie nichts mehr haben, womit sie die Leere kaschieren können. So gesehen hätt' Maria sich schon längst umbringen müssen. Aber da sind ja noch der Sonnenaufgang, das Frühstück mit Speck und Eiern, die Musik, die sie noch hören, und die Bücher, die sie noch lesen möchte … und die Sonntage.

Anna bringt immer was mit, wenn sie kommt – Likör und Süßes –, und manchmal bleibt sie noch, um über Literatur zu schwatzen, ganz erstaunlich, wie Anna sich inzwischen im Werk von Ingeborg Bachmann auskennt und redlich versucht, an Thomas Bernhard Gefallen zu finden. Anna giert nach intellektueller Anerkennung, und Maria gibt sie ihr in kleinen Portionen. Wenn du alt und *schiach* bist, an den Rollstuhl gebunden und dem Tod zu nah, teilst du dir das Süße und Bittere bewußter ein. Annas dankbares Lächeln ist wie eine Cremeschnitte von Demel, und der Anblick des lechzenden Kommerzialrats bereitet Maria boshaftes Vergnügen. Nur beim Pokern kennt er kein Pardon, weil Geld für die meisten eine stärkere Kraft ist als Liebe. Weil er nicht mehr so flüssig ist, der Gute, seit die Einnahmen aus dem Sterbehilfegeschäft weggefallen sind.

Es war richtig, damit aufzuhören, weil das Risiko in keinem Verhältnis mehr zu dem Aufwand stand. Ein alter Freund des Kommerzialrats, Oberst in Polizeidiensten, hatte außerdem von gewissen Ermittlungen berichtet in Verbindung mit der hohen Zahl der Selbstmorde. *Wollt's auf die alten Tag noch in den Hefn gehen?* hatte Maria gefragt, und nein, der Aufenthalt im Heim schien ihnen allen immer noch kommoder als die Gefängniszelle. Die Baronin, auf ihrem gottesfürchtigen Pfad, fügte den irdischen Ängsten jene vor der ewigen Strafe hinzu. Ja, es ist eine Sünde. Es waren viele Sünden. Da Maria sie keineswegs bereut und der ewigen Verdammnis auch nichts abgewinnen kann, zieht sie die Theorie der Wiedergeburt vor. Ein Schmetterling schwebt ihr vor, was Luftiges.

Der Kommerzialrat hängt der Auffassung an, daß es sich überirdisch schon irgendwie richten läßt. Er stellt sich den Himmel als eine Art Kaffeehaus vor, und Gott ist der Oberkellner, der die Gäste nach Gusto bestraft, ganz Wurscht, wieviel Trinkgeld sie geben. Helga, das arme Magistermädchen, dürfte inzwischen mehr darüber wissen. Wenn's nicht doch die vollkommene Auslöschung ist.

»Was ist eigentlich mit meiner Vorgängerin passiert?« fragt Anna am Totensonntag, schon gegen Ende der Pokerrunde. Es ist dunkel draußen, und das Haus ist dezent kitschig mit Lichterkerzen und Tannenzweigen dekoriert. Vorweihnachtszeit. Anna hat Gebäck mitgebracht, von Ludwig gebacken, und gelogen, daß es ihres sei, worauf sie überschwengliches Lob erntete.

»Warum fragst erst jetzt?« Maria legt ihr Doppelpärchen auf den Tisch und räumt den Einsatz ab. Er ist bescheiden, so wie die Vanillekipferl, die fad schmecken, zuwenig Butter, und hart sind sie auch.

»Ist mir gerade eingefallen. Als ich unten im Salon war, hat jemand von ihr gesprochen.«

»Sie ist von uns gegangen, die Ärmste«, murmelt die Baronin, während sie das Kreuz schlägt. Zu viele Sünden, das wird sich nicht mehr einrenken lassen.

»Herzversagen, aber sie war vorher schon reichlich marod«, fügt der Kommerzialrat hinzu. Er hat sich eine neue, sehr modische Brille angeschafft, und es kränkt ihn, daß sie Anna nicht aufgefallen ist. Die Augen werden immer schlechter. Alles wird gebrechlicher. Wenn's so weitergeht, wird er eines Tages die schönen Frauen nimmer sehen können, und das wär' fast ein Todesurteil.

Maria Langer lächelt, während sie ihr Blatt sortiert. Es gibt Tage, da mischt dir das Schicksal die Karten wie einem Glückskind. Das Gesprächsthema ist den anderen peinlich, und Anna scheint sich auch nicht weiter dafür zu interessieren.

Sie studiert ihr Blatt. Spielt recht gut inzwischen, obwohl sie langsam ist. *Es zaht si,* bis sie sich für den Kartenwechsel entscheidet. Man könnt' unterwegs sterben, so wie die arme Helga, der mit der letzten Zyankalikapsel über das Leben hinweggeholfen wurde. Der Kommerzialrat fälschte Helgas Handschrift und verfaßte einen kurzen, wiewohl ergreifenden Abschiedsbrief. Wenn der Hausarzt Zweifel daran hatte, daß Helga dies in ihrem Zustand noch hätte fertigbringen können, so ließ er sich nichts anmerken. Es wurde geglaubt. Oder vertuscht. War ja ohnehin ein Segen, das Ende. Ein gewisses Risiko lag schon drin, doch die Variante mit dem Kissen hat Maria einfach nicht gepackt. Sie hat es schon in der Hand gehalten, das Kissen, aber dann erschien es ihr so direkt mörderisch, daß sie es wieder hinlegte. Frauen haben eine leichte Hand mit Gift, schrecken aber vor roher Gewalt zurück. Schlimm genug, daß sie Helgas letzte Minuten miterleben mußte.

Sie hat nur kurz gelitten, doch Schmerzen sind unvermeidlich, wenn du Zyankali nimmst. Die letzten Schmerzen, die du aushalten mußt vor dem großen Schlaf, und sie hat Helgas Hand gehalten, sie ganz fest gedrückt und sich gedacht, daß sie so nicht gehen will. Irgendwie anders, aber nicht so. Würdevoll, schmerzlos und vielleicht mit dem letzten Gedanken, daß die Ewigkeit eine Spielhölle ist, in der schöne Männer Cremeschnitten und Rumpunsch servieren.

Das Begräbnis war ergreifend, aber der Leichenschmaus

eher *schmafu,* was der enterbten Nichte zu verdanken ist. Der Hund war nirgends zu sehen, und Maria dachte für sich, daß die Nichte den Köter vor Wut umgebracht haben könnte. Die Welt ist schlecht, aber das war sie immer. Kein Grund, sie nicht zu verlassen, doch das *Karteln* würde ihr fehlen.

Anna spielt und träumt von einer Reise in die Sonne, die weit weg von der Wiener Kälte – und noch weiter weg von Ludwig führt. Er zwittert und leidet, und irgendwie scheint er das alles auch noch zu genießen. Ein Masochist ist er halt, und in der gestrigen Nacht hatte Anna das starke Verlangen, ihn mit dem Eisbeutel zu schlagen, den sie dann doch auf seine Stirn legte, aber nicht besonders sanft. Eine Grippe steht keinem, doch Ludwigs elendes, vom Fieber gerötetes Gesicht ist eine Herausforderung.

Fehlt noch, daß er sie anstecken könnte, jetzt, wo die Probeaufnahmen vor der Tür stehen. Die Redakteurin stellt sich das so vor, daß Anna an irgendwelchen Gräbern steht und die Geschichte anmoderiert. Berühmte Wiener und Wienerinnen, tot natürlich. Nicht die erste Garnitur, der Redakteurin schweben eher die »Vergessenen« vor, und beginnen will sie mit der Schauspielerin und Soubrette Therese Krones. Wenn Anna es schafft, wollen sie mit den »Toten Superstars« in Serie gehen.

Sobald sie im Fernsehen präsent ist, hat sie es wirklich geschafft, denkt Anna, und die Redakteurin tätschelt immer beruhigend ihre Hand und meint, daß es schon gutgehen würde. Sie ist eine lausige Liebhaberin, aber außerhalb des Bettes von großer Effizienz. Es muß gutgehen. Anna legt sich mit Mundschutz neben Ludwig ins Bett und beschwört ihr Immunsystem, sie nicht im Stich zu lassen.

»Herrschaft, Anna, nun setz doch endlich!«

Sie entschuldigt sich bei der Professorin und geht mit hundert Euro mit, obwohl sie ahnt, daß Maria ein besseres Blatt hat. Anfangs fürchtete sie die Alte im Rollstuhl, doch inzwischen hat sie nicht nur Geschmack am Pokern gefunden, sondern auch daran, ihre drei Mitspieler zu beherrschen. Pokern ist nicht nur Glück, es ist die Kunst der Manipulation. Warum sie dennoch öfter verliert als gewinnt, ist Anna ein Rätsel. Möglich schon, daß Maria Langer noch besser ist als sie. Die Baronin hat einfach Glück, und der Kommerzialrat ist ein vorsichtiger Spieler, der sich selten zu einem Bluff hinreißen läßt. Alles in allem hat Anna fast zehntausend Euro verspielt, das ist viel Geld, aber immer noch besser, als die Sonntagnachmittage mit Ludwig zu verbringen.

Spaziergänge bei gutem und Filmvorführungen bei schlechtem Wetter. Das Leben läuft vorüber in den immer gleichen Schritten, und wenn du nicht ausscherst, stirbst du so oder so an Langeweile.

Abgesehen vom Pokern ist die Arbeit auf den Friedhöfen ihre einzige Gelegenheit, Menschen zu treffen. Sich lebendig zu fühlen, mit Frauen zu flirten und ein bisserl zu glänzen. Einladungen zu Partys oder Eröffnungen, die Anna als Prominente bekommt, interessieren Ludwig ebensowenig wie die anderen. Sie sind so genügsam. Ado hat seine Asylanten, Ludwig seine Filme und Lucie ihr Manuskript, das jetzt in einem Verlag vor sich hin modert, und jeden Tag, sagt Ado, wartet Lucie auf den Briefträger, der ihr die gute oder schlechte Nachricht bringen könnte. Lucies sagt, daß es ihr Wurscht ist, doch das ist eine große Lüge. In ihrer Winzigkeit gefangen wie ein Bonsai, hat Lucie alles auf eine Karte gesetzt. Sie will groß werden. Wenn sie verliert, denkt Anna, wird sie sich umbringen, und niemand wird sie daran hindern können, auch Ado nicht.

Anna wünscht ihr den Erfolg, doch letztlich kämpft jeder für sich allein. Nutzt seine Chancen und benutzt die anderen dafür. Lucie hat Annas Talent entdeckt, sie ist es, die Termine macht, Reden schreibt und Anna auf Friedhöfe schickt. Manchmal kommt sich Anna vor wie Lucies Sprechpuppe, eigentlich jeden Tag mehr. Dankbarkeit ist ein ungutes Gefühl, davon müßte man sich lösen können.

Jetzt räumt Anna den Pot ab mit vier Assen in der Hand und schlägt damit die »Straße« der Professorin, deren bisherige Glückssträhne sich ins Gegenteil verkehrt. Vielleicht hätte sie doch besser beim Tarockieren bleiben sollen, die Baronin in der Kirche, und der Kommerzialrat vor seinem Computer, den er sicher nicht nur für die Aktienkurse nutzt. Er ist einer der Typen, vor denen Anna sich lange Zeit gefürchtet hat, weil er, da würde sie Gift drauf nehmen, Pornofilme konsumiert wie andere die Nachrichten. Doch er hat mit keinem Wimpernschlag zu erkennen gegeben, daß er Anna identifiziert hat. Na ja, er sieht schon schlecht, und die neue Brille steht ihm überhaupt nicht. Er ist ihr so dankbar, als sie ihm jetzt ein Kompliment macht, daß er den höhnischen Seufzer der Professorin glatt überhört.

Maria ist nicht so leicht zu täuschen wie die anderen, doch andererseits ist Annas vage Zuneigung keine Lüge. Sie kann noch viel von der Professorin lernen, über Literatur und Autorität, und vor allem bewundert Anna die Arroganz, die sie an Monika erinnert in deren besten Zeiten. Vergangenheit ist, was du ohne Reue hinter dir läßt. Nach all den Monaten, in denen nichts geschah, fühlt Anna sich jetzt sicher. Sie ist davongekommen. Auf der

Straße der Sieger, und jetzt gewinnt sie wieder, und die Baronin greift sich ans Herz, um einen ihrer berüchtigten Anfälle einzuleiten. *Pumperlgsund* sei sie, hat Maria gesagt, und daß die Alten sich schlimmer aufführen könnten als die Kinder. Nur seien sie nicht so putzig wie Kinder, was dem Pflegenotstand eine menschlich tragische Note verleihe. Sie ist böse, die Alte, aber auch empfänglich für Zuneigung, vor allem, wenn sie ihr unerwartet zuteil wird. Maria hat Anna zum Geburtstag eine Uhr aus Monikas Nachlaß geschenkt. Das war großzügig, obwohl Monika noch anderen kostbaren Schmuck hatte, der im Safe liegt und darauf wartet, an einer schönen Frau zu glänzen. Anna sieht sich keineswegs als Erbschleicherin. Vielleicht als legitime Nachfolgerin einer Tochter, die Maria Langers Vorzüge nicht zu schätzen wußte. Die Frau hat keine Erben.

Von Ludwig, Lucie und Ado gab es zum Geburtstag Bücher, das war auch nett. Ein Strauß roter Rosen, und Lucie schleppte alle in eine Aufführung von »Des Ano« in der »Sargfabrik«. Ein Geheimtip der Wiener RAP-Szene, hatte Lucie gesagt, doch es war nicht das, was Anna erwartet hatte. Rhythmisch ausgeführte Poesie von einem Quintett, das von einem begnadeten Geiger, einer schönen Sängerin und einem Poeten dominiert wird. Böse Lieder, und Anna hatte Mühe, dem Wiener Slang zu folgen, während Lucie in ihrem Element schien: Weltuntergang, Weltschmerz und dieser Wiener Humor, der am Grauen entlanggleitet und daraus Lebenslust zieht.

Es war einer ihrer guten gemeinsamen Abende, obwohl Anna sich ihn prächtiger vorgestellt hatte. Aber natürlich müssen sie alle sparen, Anna mit ihren Spielschulden und dem Kredit bei Lucie sowieso. Anna, zukunftsorientiert, umgarnt im Seniorenheim die Kundschaft von morgen.

Hier ist sie der unbestrittene Star, und die Freundlichkeiten und kleinen Plauschereien am Rande kosten nur ein bißchen Zeit. Wenn sie erst beim Fernsehen ist, wird das Publikum natürlich größer, anonymer werden.

Die Baronin wird von der Schwester in einen Rollstuhl gesetzt und ins Sanitätszimmer gebracht, worauf der Kommerzialrat sich eine Zigarre anzündet. »Verschon uns mit diesem Gift«, sagt Maria, und Anna versteht nicht, worüber die beiden lachen. Das ist auch noch etwas, was sie lernen muß: Humor. Die Medienleute mögen es, wenn man schlagfertig ist, das wirkt besonders im Fernsehen gut. Vor der letzten Talk-Show hat sie mit Lucie geprobt, und ein paar einstudierte Sätze gelangen famos, während sie auf unerwartete Fragen eher mit einem Dauerlächeln als mit brillanter Rhetorik reagierte. Die Redakteurin hat sie hinterher in die Loos-Bar eingeladen, und sie haben mehr getrunken, als Anna verträgt. Der Vorschlag, sich über ein Engagement beim ORF Gedanken zu machen, erfolgte erst nach dem Sex. Anna hat nicht sehr viel davon mitbekommen, aber besser als Ludovica war die Frau allemal. Das Zwitterwesen schmollte, weil sie spät nach Hause kam.

Treue ist eine Zwangsjacke, und Liebe verzeiht nicht alles. Ein unauflöslicher Gegensatz, wenn sie Ludwig überhaupt noch lieben würde. Es ist lästig, darüber nachzudenken, sie sollte sich lieber um die Karriere sorgen.

Wenn Schönheit ihr Kapital ist, muß sie es jetzt nutzen und nicht in ein paar Jahren, wenn das Kapital zu schmelzen beginnt. Hindernisse müssen aus dem Weg geräumt werden, aber das ist ihr nie leichtgefallen. Es fällt ihr schon schwer, anderen zu widersprechen, obwohl, sie lernt es langsam.

Anna küßt erst Maria und dann den Kommerzialrat auf die Wange, die beiden sehen immer ein bisserl traurig aus, wenn sie geht. Zurückgelassen. Doch Anna hat einen Friedhofstermin, das sehen sie ein. Was sie ihnen nicht erzählt, ist, daß es einen Hund zu begraben gilt. Arthur, ein blinder Dackel, ist entschlafen.

Das Ganze ist für Anna ein makabrer Scherz, doch die Besitzerin hat Lucie mit einer großen Summe bestochen, und Lucies abgründiger Humor konnte der Herausforderung nicht widerstehen. Die Bedingung war, daß die Trauerfeier nur im engsten Familienkreis und unter Ausschluß der Öffentlichkeit stattfindet. Dennoch empfindet Anna die Veranstaltung unter ihrer Würde, und sie hat nur unter leisem Protest akzeptiert, was Lucie gar nicht störte. *Eine Leich' ist eine Leich'*, sagte Lucie und schrieb Arthur einen Nachruf, der in die Hundegeschichte eingehen könnte.

Anna liest den Text laut, während sie mit dem Taxi nach Döbling fährt.

»Das muß ein seltsamer Mensch gewesen sein«, sagt der Fahrer, als sie aussteigt. Der übliche bewundernde Blick, ein Beileidsgrinsen, das sich verstärkt, als sie ihm ein hohes Trinkgeld gibt.

»Der arme Hund war blind«, sagt Anna, bevor sie die Wagentür zuschlägt.

Sie geht langsam auf die Villa zu, deren Eingangstür mit schwarzen Schleifen geschmückt ist. Ein Dienstmädchen öffnet die Tür, und hinter ihr erscheint eine alte Frau, die einer edlen Ziege ähnelt. Die Begrüßung ist verhalten und der Händedruck schlaff. »Mein Beileid«, murmelt Anna, die mit Lachreiz kämpft. Lucie behauptet, das Lachen sei nur die andere Seite der Trauer. Lucie denkt und lebt in

Gegensätzen. Alles, was richtig ist, kann auch falsch sein. Es war falsch, diesen Auftrag anzunehmen.

Die Hinterbliebene des blinden Dackels, in dunklen Samt gehüllt, stellt Anna der Trauergemeinde vor, die im Salon versammelt ist. Verwandte, Freunde, ein kleiner Ausschnitt der blasierten Wiener Gesellschaft, die leicht näselnd und mit reizendem Akzent über Kultur palavert oder über die Jagd, Hunde und den Krieg der Stadtverwaltung gegen deren natürliche Bedürfnisse, das Malheur mit den Dienstboten aus dem Osten und eine Regierung, die weder Fisch noch Fleisch ist.

Sie halten sich an Champagnergläsern fest, und einige von ihnen scheinen schon öfter auf den »armen Arthur« ihr Glas erhoben zu haben. Lucie ist nirgends zu sehen, und Anna denkt, daß sie ihr wirklich böse wäre, wenn sie sie im Stich ließe. Sie läßt sich ein Glas geben und folgt dem Blick der Gastgeberin auf ein Gemälde über dem Kamin. Arthur wirkt gelangweilt, seine Augen starren ins Nichts, um den Hals trägt er ein Geschmeide, das Annas Gier erweckt.

Die Hinterbliebene erwähnt den Namen eines bekannten Malers, der Anna nicht geläufig ist, was sie sofort als Manko empfindet. Daneben hängt ein Schiele, auch das muß ihr gesagt werden, sie weiß so wenig über Kunst, es gibt noch so viel zu lernen. Wo zum Teufel bleibt Lucie, der alles wissende Schatten, der sie aus peinlichen Situationen rettet?

Anna lächelt, dies ist ihre einzige Waffe gegen das dumme Gefühl der Unterlegenheit. Diese Leute sind mit Silberrasseln groß geworden, und sie wissen genug, um andere demütigen zu können. Monika hätte perfekt hierhergepaßt, und sie konnte sich ausführlich über Hunde unterhalten. Immerhin ein Thema, das nicht aufs Glatteis der Ignoranz führt. Der Tag wird kommen, an dem sie all diesen Leuten auf Augenhöhe begegnet. Wenn sie mehr weiß, mehr kann – und die Vergangenheit ganz tief begräbt.

»Wo ist die Leich'?« fragt jemand, und die Hinterbliebene führt die Gesellschaft in ein Nebenzimmer, wo Arthur in einem Miniatursarg aufgebahrt ist. Er wird an seinem Lieblingsplatz im Park die letzte Ruhe finden, doch vorerst stellt einer der Gäste sein Glas auf die schwarze Ebenholzkiste. Der Sarg ist mit weißen Rosen geschmückt, aber Arthur folgte nicht dem Rosenduft, sondern der Spur eines fremden Hundes, als er die Straße überquerte und unter Räder kam. Ein schneller, gleichwohl für seine Besitzerin schmerzhafter Tod, die ihn liebte wie ein Kind, mehr noch, weil er ihr nicht widersprechen konnte.

»Liebe ist nicht wählerisch«, sagte Lucie, als sie Anna den Nekrolog gab. Die vier Seiten sind in ihrer Handtasche, doch Anna wird sie nicht brauchen. Ihr Gedächtnis ist fabelhaft, nur fehlt ihr diesmal der sittliche Ernst. Sie braucht Lucie als moralische Unterstützung, hat sie immer gebraucht, als ob dieser wunderbare Zwerg ihr Schatten wäre, ohne den sie nicht leben kann.

Was auch immer geschieht, wenn es mit der Fernsehserie klappt, denkt Anna, muß Lucie bei ihr bleiben. Für immer. Eine Art Liebe ist das, darüber hat sie noch nie nachgedacht. Sie müssen nicht miteinander schlafen, könnten aber. Anna, die sich lange Zeit als Verführte sah, ist längst in die Rolle der Verführerin gewechselt. Eine muß es tun, sonst geschieht nichts, was schön sein könnte.

Das Quartett spielt Bach, Arthurs bevorzugte Musik, als Lucie in den Raum tritt. Die anderen sehen sie nicht gleich,

Anna schon. Lucie trägt ihr schwarzes Kostüm und Stiefel mit hohen Absätzen. Sie bewegt sich darin wie ein Kind, das laufen lernt, und wird von der Gastgeberin aufgehalten, die darauf drängt, endlich anzufangen, bevor die Champagnerlaune überhandnimmt. Einige der Gäste kichern schon verhalten, und Anna denkt mit Schaudern an einen Nekrolog, der sich in Gelächter auflöst.

Sie stellt sich neben den Sarg, Lucie ist jetzt hinter ihr. Das Quartett verstummt. Lucie flüstert »Tut mir leid, ich bin aufgehalten worden.«

»Ich liebe dich«, flüstert Anna zurück. Das mag falsch sein, doch es hilft ihr, ernst zu bleiben. Sie legt eine Hand auf Arthurs Sarg, wartet auf vollkommene Stille und beginnt mit Sartre.

Der Tod wird zum Sinn des Lebens wie der auflösende Akkord zum Sinn der Melodie.

Ein Hund bellt. Draußen auf der Straße. Doch jetzt blicken alle auf den Sarg. Wer glaubt noch an Wunder in dieser Gesellschaft? An irgendeinen Sinn im Sinnlosen? Lucie, die Anna für völlig humorlos hält, ahnt nichts Böses, obwohl die Gesichter der Umstehenden sich verzerren in dem Bemühen, nicht in Gelächter auszubrechen. Lucie flüsterte Anna den nächsten Satz zu.

»Arthur lebt«, sagt Anna. *Arthur lebt in uns weiter,* wäre der ganze Satz gewesen, doch sie kann nicht mehr weitersprechen. Annas Lachen ist wie eine Welle, die alles einreißt, vernichtet ... eine Trauerfeier, dreitausend Euro Honorar, ein Geschäft, das nicht mehr blühte, aber auch nicht welkte ... und Anna kann nicht aufhören und hält sich jetzt mit beiden Händen am Sarg fest und weint Tränen des Lachens.

Hysterie ist ansteckend. Lucie wird davon befallen wie

der größere Teil der Gäste, champagnergelaunt ohnehin, und einige glauben, daß dies alles inszeniert ist, Teil der Zeremonie, und würde Arthur jetzt auferstehen, es würde keinen überraschen, weil das Absurde und das Wunder nah beieinanderliegen. Man möcht' daran glauben. Doch der Hund bellt nicht mehr.

ACHT UNDZWANZIGSTES KAPITEL

Der Tag, an dem Ludwig beschließt, daß er weder das eine noch das andere sein will, also nichts, beginnt mit Annas Ankündigung, daß sie zwischen den Jahren ausziehen werde.

Sie erwähnt es beim Frühstück, während sie Marillenmarmelade auf die Semmel schmiert. Anna sieht übernächtigt aus, sie ist spät nach Hause gekommen, und ihre Stimme klingt beiläufig, so kalt, daß er auf der Stelle erfrieren könnte. Ludwig denkt, daß sie immerhin so gütig war, mit dem Todesurteil bis nach Weihnachten zu warten. Den sogenannten Heiligen Abend hatten sie gemeinsam verbracht, zu zweit in einem Raum. Anna las Rilke, und Ludwig zappte sich durch das grauenvolle Weihnachtsfernsehprogramm. Lucie und Ado hatten sich nach dem Essen verabschiedet, nach der Gans, die Ludwig nicht angerührt hatte, weil er Fleisch nach wie vor ekelhaft findet. Es gab keine Weihnachtsgeschenke, sie spendeten gemeinsam für Ados Asylantentruppe. Sie sind gute Menschen; nicht unbedingt im Umgang miteinander.

Auf Annas weißem Bademantel ist ein Fleck, das sagt er ihr jetzt. Sie zieht den Mantel aus und sitzt jetzt in einem weißen T-Shirt vor ihm. Zwischen ihnen auf dem Tisch liegen die Reste des Frühstücks, zwischen ihnen liegen Blöcke aus Granit. Unüberwindbar.

»Hör mir zu, Ludwig, und leg die verdammte Zeitung weg.«

»Noch Kaffee? Ziehst du zu deiner Regisseurin oder Produzentin oder was immer die häßliche Lesbe sein mag?«

»Sie ist nicht häßlich, und nein, ich habe eine kleine Wohnung in Hietzing gemietet. Die Fernsehleute haben mir einen guten Vertrag gegeben, ich kann's mir also leisten, allein zu leben.«

Tut sie das nicht schon lange? Ludwig schenkt sich Kaffee nach, der bitter schmeckt. Den teuren kann er sich nicht mehr leisten, was in Anbetracht der Gesamtsituation unerheblich ist. So gut kennt er Anna: Sie braucht lange, um zu einer Entscheidung zu kommen, doch ist sie einmal getroffen, weicht sie nicht mehr davon ab. Alles, was in den letzten Wochen und Monaten geschehen ist, hat sie hinter seinem Rücken getan. So wie sie ihm nachts ihren Rücken zukehrt. Wenn nicht, dann schnarcht sie, und er hustet. Die Erkältung ist langwierig und lästig, und die rheumatischen Schmerzen sind nach kurzer Unterbrechung zurückgekehrt. Anna wird nicht krank, niemand ist widerstandsfähiger als sie, denkt Ludwig.

»Die Sendung wird ein Schmarrn, Anna, und sie werden dich fallenlassen. Was machst du dann?«

Niemals in diese Wohnung und zu dir zurückkommen, denkt Anna. Ein Grantler ist Ludwig geworden, ein ungenießbares Stück Bitterkeit. »Es wird schon gutgehen. Mach's mir halt nicht so schwer, Ludwig. Es hat nicht funktioniert, aber wir haben es zumindest versucht.«

Ich hab' es versucht, denkt Ludwig, und du hast dich

herabgelassen zu meiner Unvollkommenheit. Für eine Weile nur. Als sie aufhörte, ihn Ludovica zu nennen, war es schon vorbei, nur hat er es nicht begreifen wollen. Im Winter ihrer Liebe steht er ganz nackt und frierend da, und Anna sonnt sich im Glanz ihrer Entscheidung. Er könnte jetzt verschiedenes unternehmen. Ihr mit dem Brotmesser den Hals durchschneiden. Zu seinem *shrink* zurückkehren und sich ausheulen, bis es besser wird. Annas Geschichte an die Kronenzeitung verkaufen und ihre Fernsehkarriere vernichten. Der Expornostar wäre schneller auf der Straße, als Anna bis drei zählen kann.

»Bitte, Ludwig … können wir nicht Freunde bleiben?«

»Bitte, Anna, hättest du mir diesen Satz nicht ersparen können?«

Die Nekrologe einer Liebe sind von besonderer Art, weil sie nichts auslassen an Demütigung und Flehen und Schmerz und Haß und ein paar Wahrheiten, die besser ungesagt blieben. Anna möchte die von Ludwig gedrehten Schnarchszenen nicht sehen, niemals, und Ludwig will nicht im Detail wissen, welche Teile seines Körpers sie abstoßend findet. Das verbale Massaker endet mit einem Rückzug. Anna steht vom Tisch auf und sagt, daß sie mit dem Packen beginne. Nur ihre Kleider und ein paar Bücher und CDs nehme sie mit, alles andere könne Ludwig behalten. So großzügig von ihr, denn Anna hängt an Dingen.

Als sie fort ist, geht Ludwig in sein Filmstudio und versucht zu lachen. Alle komischen Filme in seiner Sammlung bringen ihn zum Weinen. Seine Gelenke schmerzen. Sein Herz schreit. Es wußte doch seit langem, daß sie gehen würde, doch jetzt ist es Wirklichkeit. Er mag diese Wirklichkeit nicht. Kann sie nicht verändern, nicht verdrängen, nicht einmal mit Gedanken an Rache versüßen. Er kann

Anna nicht denunzieren, so schaut's aus. Er brächte es nicht fertig, sie leiden zu sehen. Ein Seelchen ist er, wie Lucie sagt, aber was für eines: in tausend Scherben liegend, und jede einzelne tut weh.

Am Ende des fünften Films schreibt Ludwig sein Testament. Viel ist ja nicht mehr da, doch Ado soll die Filmsammlung bekommen und Lucie den Wagen, den zu verkaufen er nie fertigbrachte. Lucie hat zwar keinen Führerschein, aber das könnte sie ja nachholen und das teure Stück dann gegen einen Baum setzen. Für Anna bestimmt Ludwig die Pornofilme und »Haut«, damit sie sich an ihn erinnert. An Ludovica, die komische Alte, deren Haut nie weich genug war. Von allem ein bisserl zuwenig – oder zuviel –, auf jeden Fall hat es nicht gereicht.

Ein paar Zeilen für Lucie, die soll was sagen an seiner Leich', während Anna keine ihrer Shows abziehen soll, wenn er schon da liegt und sich gar nicht mehr wehren kann. Lucie hat das Geschäft mit den Grabreden sowieso aufgegeben nach dem Debakel mit dem toten Dackel. Sie und Anna haben sich noch *zerwuzelt,* während sie die Geschichte erzählten. Es war der letzte schöne Abend, an den Ludwig sich erinnern kann. Lucie hatte an diesem Tag einen Vertrag bekommen für ihr Buch, kein großer Vorschuß, aber immerhin: eine Veröffentlichung. Sie war ausgelassen, so voller Freude, wie er sie nie zuvor erlebt hatte. Ludwig kam es vor, als ob sie gewachsen wäre. Lucie trug sehr hohe Absätze.

Anna redete nur von ihrer Fernsehserie und ihrer Produzentin, und Ado hatte mal wieder einen Asylanten vor der Schubhaft bewahrt. Ein großer Tag war das, nur Ludwig hatte nichts beizusteuern. Er kochte Spaghetti mit Anchovisauce und öffnete Weinflaschen. War versucht, ihnen zu erzählen, daß er sich endlich zu der Operation entschlossen habe. Doch als er davon anfing, würgte Anna ihn gleich ab. Sagte, daß das Risiko nicht mehr lohne. War ja alles gesagt mit diesem Satz. Er kann ihr nicht vorwerfen, ihren Abgang nicht rhetorisch vorbereitet zu haben. Und jeder Tag, jede Nacht, die danach kam, war ein Abschiednehmen, nur hat er es mit lächerlicher Demut ignoriert. Nein, eigentlich kann er Anna nichts vorwerfen. Außer, daß sie ihn ins *Nichts* befördert hat.

Über das *Nichts* denkt Ludwig nach, während er eine Weinflasche leert. Es kommt ja nicht von allein, man muß es arrangieren, die Szenerie entwerfen, und das kostet Kraft, Mut auch, und Ludwig würde nicht von sich behaupten, je ein Held gewesen zu sein. Er ist versucht, Lucie anzurufen und sie um Rat zu bitten. Doch dann verwirft er diesen Gedanken, weil Lucie zum ersten Mal, seit er sie kennt, ihren Weltschmerz abgestreift hat wie eine Schwimmweste, die sie nicht mehr braucht. Er hat sie gern, mag sie lieber als Anna, doch das bedeutet nichts. Wenn Anna ihn nicht lieben kann, ist das sein privater Weltuntergang. Denkt Ludwig.

Den Brief an Anna zerreißt er, nachdem er ihn geschrieben hat, viele Seiten. Zu dramatisch, voller Selbstmitleid, und letzte Worte sollten kurz sein, ironisch, abgeklärt. In Filmen kriegen sie das meist gut hin, aber dieses Drehbuch war von Anfang an ein Flop. Philosophiestudent dreht Pornos, Privatier liebt Lesbe, Mann zwittert zur Frau, alles ein rheumatisches Debakel, und zumindest am Ende will er alles richtig machen.

Ludwig frankiert den Brief an Lucie, legt das Testament auf seinen Schreibtisch, holt eine Flasche Wodka aus der Bar, ruft ein Taxi und löscht die Lichter. Ein Foto von Anna steckt er in seine Manteltasche, als er die Wohnung verläßt. Sie lacht auf diesem Foto und ist zum Weinen schön. Den Wohnungsschlüssel wirft er in den Briefkasten, den braucht er nicht mehr.

Der Taxifahrer kann nicht glauben, daß er soviel Glück hat an diesem kalten, grauen Tag. Ludwig sagt ihm, daß er zum Semmering fahren soll, eine Fahrt von einer guten Stunde oder mehr. Ludwig sitzt hinten, den Wodka in der einen und Annas Bild in der anderen Hand. Gelegentlich trinkt er einen Schluck aus der Flasche und sieht aus dem Fenster auf Wien im Weihnachtswinterrausch, diese Stadt, die er liebt und verabscheut, die gut zu ihm war und auch böse. Es war ein Winterabend wie dieser, als er Erika nach Grinzing kutschierte und seinem Leben eine Wendung zum Pornographischen gab. Konnte er nicht wissen, damals, aber heute ist er sicher. Er wird zum Semmering fahren, irgendwo in der Pampa aussteigen und in den Wald gehen. Den Mantel ausziehen und dann das Jackett, und sich unter einen Baum setzen. Die Wodkaflasche leeren bis auf den Grund. Erfrieren, heißt es, sei ein schöner Tod. Du weißt es erst, wenn du's erlebt hast.

Der Mann am Steuer sieht ab und zu in den Rückspiegel, weil er als echter Wiener seinem Glück nicht traut. Als Taxler trifft man jede Sorte *Pülcher,* und die B'soffenen sind die ärgsten. Kannst dir halt die Kundschaft nicht rauspicken, und wenn der Kerl ihm den Wagen vollspeit, kann er was erleben. Zu schneien hat es auch angefangen, und die Straßen sind rutschig, eine Scheißfahrt ist das, denkt der Lenker, doch lukrativ ist sie halt, deshalb sagt er nichts wegen der Trinkerei, sieht gelegentlich strafend in den Rückspiegel.

Genau das tut er, als ihm auf der Landstraße ein Lastwagen mit aufgeblendeten Scheinwerfern entgegenkommt. Der Taxler flucht, weil er nichts mehr sieht, und er tritt auf die Bremse, was zur Folge hat, daß sein Auto auf glatter Fahrbahn ins Schlingern kommt.

Ludwig spürt die Welt, die ins Rutschen gerät. Die Flasche entgleitet seiner Hand und rollt auf den Boden. Er sieht in ein helles Licht. *Jessas,* sagt er.

Letztes Wort. Er hätte es anders formuliert, wenn er Zeit gehabt hätte.

NEUNUNDZWANZIGSTES KAPITEL

Wenn ich tot bin, soll mir mal einer mit Auferstehung oder so kommen: Ich hau ihm eine rein.

Lucie schließt ihren Nachruf mit Arno Schmidt, erntet verhaltenes Gelächter und wirft eine rote Rose auf Ludwigs Sarg. Ihr letztes Begräbnis in der Senkrechten, das schwört sie sich, während die anderen Rosen regnen lassen und Anna sich auf Ados Arm stützt, weil sie die trauernde Witwe darstellt für sich und die anderen. Sie sind alle gekommen, die sich für seine Freunde hielten, die Porno-Gemeinde, selbst sein *shrink* und der Stammkellner seines Kaffeehauses. Er erschien in Begleitung eines glatzköpfigen Mannes, und sie hielten sich an den Händen, während Lucie sprach.

Anna ist beleidigt, weil sie nicht am Grab reden durfte. Lucie hat ihr Ludwigs Brief nicht gezeigt, jedoch darauf bestanden, den Nekrolog selbst zu halten, und schließlich hat Anna nachgegeben. Vielleicht ahnt sie etwas, doch sie haben nie darüber gesprochen, was Ludwig in dem Taxi wollte auf dem Weg zum Semmering. Ein tragischer Unfall, Ludwig und der Taxifahrer starben im zertrümmerten Wagen, noch bevor der Rettungswagen und die Polizei kamen.

Lucie hat Ludwigs Brief zu den Schlaftabletten in die Schuhschachtel gelegt. Es wird sein und ihr Geheimnis bleiben, was er in jener Nacht vorhatte. Weil Anna sich ohnehin schuldig fühlt, das ist die Begleitmusik jedes Abschieds. Schuldgefühle, ein paar Tränen, sentimentale Erinnerungen. Sie schütten jetzt Erde auf den Sarg, und Lucie denkt an Ludwig, wie sie ihn zum letzten Mal gesehen hat. Er stand an der Tür und winkte ihr zu, als Lucie sich am Treppenabsatz noch einmal umdrehte. Er sah traurig aus, verschnupft, ein wenig angeekelt von den Gebrechen, die ihn plagten. Der Husten, der nicht wegging. Die Rheumaschmerzen. Das blutende Herz. Annas Liebenswürdigkeit am Weihnachtsabend war so schlecht gespielt, daß selbst Ado in seiner unerschütterlichen Gleichmut gestört war. Wie Anna die Gans lobte, die beinah verkohlt war, in jedem Fall ziemlich ungenießbar, die Rache des vegetarischen Kochs an seinen fleischfressenden Gästen. Ludwig lächelte die ganze Zeit, außer wenn er hustete. Er entschuldigte sich jedesmal.

Irgendwie, denkt Lucie, hab ich ihn ja doch geliebt. Anna war einmal in eine andere Person vernarrt, in Ludovica, und die hat ihren Ansprüchen nicht standgehalten. Armer Ludwig, der auf der Suche nach seinem wahren Geschlecht im Niemandsland gelandet ist. Lucie glaubt, daß er ihr eine Lektion erteilt hat. Ludwig schreibt in seinem Brief von Schmerzen, die einfach zuviel geworden seien. Auch, daß der Flirt mit dem Tod zu gar nichts führe, man müsse ihn schon mehr lieben als das Leben.

Daß er Lucie seinen Wagen hinterließ, hat Anna verärgert. Ausgesprochen hat sie es nicht, doch sie war sehr kühl, als sie Lucie die Schlüssel und Wagenpapiere übergab. Ado fährt den Aston Martin, und er liebt ihn wie ein kleiner Junge sein wertvollstes Spielzeug. Irgendwann wird Lucie ihn verkaufen, wenn sie den Vorschuß für das Buch verbraucht hat. Groß ist er nicht, doch sie hat tapfer gefeilscht und dem Verleger mit keinem Wort zu verstehen gegeben, daß sie noch etwas draufgezahlt hätte, nur damit ihr Buch überhaupt erscheint.

Anna nimmt Beileidsbekundungen am offenen Grab entgegen. Auf Friedhöfen wird viel gemurmelt, weil die Worte für Trauer und Schmerz so abgedroschen klingen. Anna, denkt Lucie, leidet wirklich, man weiß nur nicht so recht, woran. Vielleicht glaubt sie, daß Ludwig noch leben würde, wenn sie ihn nicht verlassen hätte. Womit sie ja recht hat. Andererseits war sie seiner so überdrüssig – das war selbst für Zuschauer schwer zu ertragen. Ado hält Anna für herzlos, so ähnlich hat er sich ausgedrückt. Er mag sie nicht, denkt Lucie, und deshalb ist er besonders nett zu ihr. Weil das seine neue Masche ist, die Welt zu überlisten: Sei gut zu allen, und du wirst Besseres ernten.

Er hat sogar Annas Bitte entsprochen, sie zu ihrem nächsten Begräbnis zu begleiten, während Lucie sich einfach weigerte. Keine Friedhöfe mehr, keine Gräber und Särge und Menschen mehr, die Trauer tragen. Damit hat Lucie abgeschlossen. Sei nett zu dir, und du wirst ein paar Jahre länger leben. Das ist nur ein Versuch, aber er ist es wert, ihm nachzugehen.

Friedhöfe sind zugige Orte, und Lucie friert trotz des dicken Mantels. Der Ostwind verwandelt Wien in die Antarktis, wenn er Schneeflocken vor sich hertreibt, die eisigen Nadeln gleichen. Anna ist in Nerz gehüllt, und sie findet tote Tiere zu diesen Anlässen durchaus passend. Ihre zweite Trauerfeier in dieser Woche findet auf dem buddhistischen Friedhof statt. Monikas Mutter ist gestorben, an

Herzversagen, und Anna schien von dieser Nachricht ebenso mitgenommen wie nach Ludwigs Unfall.

Das Pokern kann es nicht sein, denkt Lucie, weil sie das ja auch in anderer Runde spielen könnte. Anna sagte, daß sie Maria Langer in ihr Herz geschlossen habe. In ihr herzloses Herz? Vielleicht irrt Ado, doch es ist schwer, hinter die schöne Fassade zu schauen. Du bleibst irgendwie daran hängen und willst gar nicht mehr wissen. Dieser kleine, böse Gedanke, daß Anna Ludwig in den Tod getrieben hat, wird nie mehr zu verdrängen sein. Andererseits, und das ist genauso wahr oder falsch, hatte Anna jedes Recht, Ludwig zu verlassen, wenn sie ihn nicht mehr liebte.

Der Tod ist ein anderer Abschied. Er ist so kalt. Lucie hätte beinah vor Freude aufgeschrien, als Anna das Zeichen zum Abmarsch gibt. Der Leichenschmaus findet bei Ludwigs Lieblingsitaliener im Ersten Bezirk statt. Annas Wunsch, das Concordia-Schlößl, war ihr nicht gut genug, obwohl Lucie es vorgezogen hätte.

Ado hatte wie immer keine Meinung, er treibt Lucie mit seiner frühsenilen Weisheit noch in den Wahnsinn. Wenn der Sex nicht wäre, denn der ist gut und wird immer besser, was allen Erfahrungen widerspricht. Es ist, als ob sie auf der Matratze austoben, was in Gesprächen zurückgehalten wird. Als ob Ado seine früheren Leidenschaften, Verrücktheiten auf diese eine Sache fokussiert hätte. Sex ist nicht genug, aber lenkt immerhin ab.

»Ich bin«, sagt Anna auf dem Weg zum Wagen, »vom Tod umzingelt.«

»Aber er steht dir.« Lucie zwängt sich auf den Notsitz, weil Zwerge dafür geschaffen sind. Es ist wahr, Anna hat nie schöner ausgesehen. Sie wird ein Fernsehstar werden, einfach weil die Leute sie so gern anschauen.

»Der Pepi, diese pietätlose Sau, hat mich am Grab darauf angesprochen, daß der Ludwig ihm eine monatliche Rente gezahlt hat. Und er wollte wissen, ob ich dieses Erbe antrete. Am liebsten hätt' ich ihn angespuckt.«

Der Kameramann, der geweint und am lautesten gelacht hatte während ihrer Rede. Lucie legt Anna von hinten die Hand auf die Schulter. »Das klingt stark nach Erpressung. Wieviel will er haben?«

»Fünfhundert im Monat. Ich hab' ihn noch nie leiden können.«

Ado steuert den Wagen mit Lust durch das Schneetreiben. Eine kleine Luxusschwäche, die er sich verzeiht. Lucie weigert sich, den Führerschein zu machen, weil sie die Suche nach Parkplätzen deppert findet. Eines Tages wird sie das Auto verkaufen, aber bis dahin will er es genießen. »Es ist unmoralisch«, sagt Ado, »aber vermutlich praktisch, wenn du ihn bei Laune hältst. Er weiß zuviel, und du kannst negative Publicity jetzt nicht gebrauchen.«

»Wenn ich die Sendung hinter mir habe, will ich nie wieder mit Leichen zu tun haben. Ich könnt' den Pepi umbringen.« Anna überschlägt die Summe, die Ludwig auf dem gemeinsamen Konto hinterlassen hat. Es wird reichen. Und jetzt, da Maria nicht mehr ist, will sie auch versuchen, das Pokern dranzugeben. Die Wohnung einrichten. Sich auf die Karriere konzentrieren. Fernsehdrehs sind anstrengend, und die Produzentin ist es auch. Ein eifersüchtiges Weib, das selbst Lucie mit Argwohn betrachtet. Das mit Lucie ist eine platonische Liebe. So was Ähnliches hat sie für Maria empfunden, und die Trauer war stärker als bei Ludwig, obwohl sie das nie zugeben würde. Ein letztes Mal wird sie eine Grabrede halten auf dem Friedhof, den Maria sich ausgesucht hat. Sie hat Anna den Schmuck ihrer Tochter hinterlassen, das war lieb von ihr. Anna wird sie vermissen, mehr als jede andere Frau in ihrem Leben. Weil Maria eine geistige Beziehung war und das Aussehen überhaupt keine Rolle gespielt hat. Das Pokern wird ihr auch fehlen. Royal Flash mit Kreuzen. Maria hatte nie einen, obwohl sie mit jedem Blatt hoffte, einmal unschlagbar zu sein.

Herzversagen war der Tod, den sie sich gewünscht hätte. Und sicher auch, daß Anna an ihrem Grab spricht. Dieses Mal wird Anna den Nekrolog selber schreiben, dafür braucht sie Lucie nicht mehr. Das Zitat mit der Auferstehung fand sie im übrigen geschmacklos, gar nicht witzig. Am Grab sollen die Leute weinen und nicht lachen, außer wenn es sich um tote Dackel handelt.

Ado ist ein guter Autofahrer und ein guter Liebhaber. Lucie betrachtet seinen Hinterkopf mit gewisser Zärtlichkeit. Sie wird ihn vermissen, besonders in den Nächten. Tagsüber nicht, da sehen sie sich ohnehin kaum. Wenn er nicht bei seinem Asylantenverein ist, steht er irgendwo herum und gibt vor, Leute zu beschützen. Sie beschäftigen ihn jetzt viel, auch am Wochenende, und Ado nimmt alles an, was er kriegen kann. Lucie weiß auch, warum, obwohl sie darüber schweigen. Ado hat seinen Traum, Wien für immer den Rücken zu kehren, nicht aufgegeben, und dafür muß er Geld ansammeln. Er mag die Stadt nicht, an der Ludwig hing wie an einer Frau, die nichts von ihm wissen wollte. Die Lucie nie verlassen will, weil sie ihre Haßliebe braucht. In einer anderen Stadt, in jedem anderen Land würde sie verlorengehen. Das weiß sie und auch, was sie als nächstes schreiben will. Die Geschichte ihrer Großmutter, und Sophies Geschichte, zwei Leben, die ihr nahestehen und denen sie näherkommen möchte.

Der Verleger ist nicht abgeneigt, weil er der Meinung ist, daß sich Nazi-Wien gut verkaufen könnte, und Familientragödien sowieso. Er nennt Lucie »unser Moribunderl«, weil er seinen Autoren Spitznamen gibt und sie lieben möchte, außer wenn's ums Geld geht. Lucies Buch der Selbstmörder wird im Herbst erscheinen, sie wird es Ludwig widmen, und nur sie wird wissen, warum. Ein bisserl Unsterblichkeit, mehr kann sie ihm nicht bieten.

DREISSIGSTES KAPITEL

Opernball: Spielwiese unbeirrbaren Bürgertums und unbelehrbarer Neureicher, Höhepunkt der Wiener Faschingssaison und der einzige Abend des Jahres, an dem das Haus profitabel ausgelastet ist. Leichter Dauerregen begleitet die Gestalten, die in Richtung Oper schreiten, beschirmt auch von Polizisten, die den Gaffern und spärlichen Demonstranten die Sicht versperren. Die Jahre wütender Proteste sind Vergangenheit, denn auch die Gegner dieser barocken Kapitalismusinszenierung sind müde geworden. Lucie flucht, weil sie in eine Pfütze getreten ist, Ado fühlt sich in dem Frack wie der sprichwörtliche Pinguin, und allein Anna schwebt mit entrücktem Lächeln auf die Treppen der Oper zu, denn dies ist der Spielplatz, den sie sich schon als Mädchen gewünscht hat.

Jetzt steht sie im Blitzlichtgewitter der Fotografen und Kameraleute, die sich auf sie stürzen, die Exfriedhofsschönheitskönigin, den zukünftigen TV-Star, ein Stück Wiener Prominenz, das auch noch a *fesche Braut* ist. Ado ist einen Schritt zurückgetreten, geblendet von den Scheinwerfern, doch Anna bewegt sich in dem Tumult, als hätte sie nie etwas anderes getan. Sie hat die Karten besorgt und ihre Freunde überredet mitzukommen. Weil das *Pantscherl* mit der Produzentin nichts Offizielles ist. Weil sie Rückhalt braucht und sich fürchtete, allein hinzugehen. *Einmal im Leben muß man auf dem Opernball gewesen sein.*

Ado bezweifelt es und denkt, daß er genausogut als Polizist oder Demonstrant mitspielen könnte, doch nein, er ist auf der anderen Seite der Absperrung, im Licht, und das ist lächerlich, vielleicht sogar obszön. Er ist erleichtert, daß keiner der guten Menschen, die er kennt, hier zu protestieren scheint. Auch von der Tierschutzorganisation *Peta,* die zur Demo aufgerufen hat, ist nichts zu sehen. Vielleicht haben sie einen Rückzieher gemacht, weil zum ersten Mal in der Geschichte des Opernballs Blindenhunde zugelassen sind. Seine Bemerkung löst bei Lucie einen Lachkrampf aus, der ein wenig hysterisch wirkt. Ihr Gesicht glüht, als ob sie Fieber hätte, doch sie sieht hübsch aus in ihrem roten Abendkleid, wie ein irrwitziger Kobold, und die Haare sind mit Gel streng nach hinten gekämmt, so daß nichts von ihrem Gesicht ablenkt, das er immer noch studieren mag, jede kleine Regung vom Zucken der Mundwinkel über den Wimpernschlag bis zur zornigen Falte zwischen den Augenbrauen. Ein Gesicht wie eine Landschaft, die abweisend ist, von jener eigenartigen Schönheit, die auch als häßlich empfunden werden könnte.

Sie trägt kein Schmuckstück außer der Uhr, die er ihr geschenkt hat, was auch eine Art von Protest sein könnte, doch auf dem Opernball das System von innen zu unterwandern wäre ein depperter Witz. Giftgas oder die Bombe. Demos, Verweigerung oder der stumme Protest eines Pinguins. Wie auch immer, der Kapitalismus ist so wenig auszurotten wie die Verschwörung der Dummheit. Wenn sie nur attraktiver wären, die beiden!

Ado hält sich an Lucies Arm fest, während sie die Feststiege hochschreiten, Fußvolk im Geschiebe und Gedrücke, das sich bis zu den Garderoben fortpflanzt. Alles, was glänzt, blendet auch, und Ado wünscht sich weit fort in ein stilles Land mit langen Schatten.

»Die Rache der Geschichte an den jungen Revolutionären ist, daß sie später mit Frack und Orden zum Opernball gehen müssen.« Bruno Kreisky, Österreichs jüdisch-monarchistisch-sozialistisch-intellektueller Überkanzler, an den Ado denkt, als er sich mit Lucie und den Tausenden anderen Statisten in den Ballsaal schiebt. »Sie erdrücken mich«, flüstert Lucie, die sich an seinen Arm klammert. Einen Felsen in der Brandung, das hat sie doch immer gewollt, doch was hier rauscht und wogt, scheint ihr mehr ein Aquarium des Schreckens. Fräcke und Ballkleider, dekorierte und maskierte Fische, die Grimassen der Lustigkeit schneiden und nach oben schielen, zu den Logen, wo ein Prominenter auftauchen könnt', der Bundespräsident oder der Kanzler, Richard »Mörtel« Lugner oder gar Paris Hilton, die seit Wochen durch die Medien geistert, ein Millionen-Dollar-Baby, das ist die Summe, die »Mörtel« ihr bezahlt wie vielen anderen vor ihr, damit sie sich ein paar Stunden an seiner Seite zeigt. Der große, kleine Bauunternehmer spielt den Hofnarren der Oper – oder vielleicht spielt er auch nur mit den Narren, die hier Hof halten.

Annas Kleid ist aus silbergrauer Spitze, sie hat auf Weiß verzichtet, weil sie keine Debütantin ist. Aber sicher eine der schönsten Frauen dieser Nacht, und sie geniert sich nicht, die Bewunderung zu genießen, ganz egal, von welchem Geschlecht sie kommt. Wenn sie ganz oben ist, kann sie sich als Frau enthüllen, die Frauen liebt. Noch scheint es zu riskant, möglicherweise ja doch ein Stolperstein auf der Fernsehkarriereleiter. Die Produzentin hat ihr geraten, einen Manager einzustellen, doch Anna vertraut weiterhin auf Lucies Beratung. Eine loyale Freundin ist mehr, als die meisten in dem Haifischbecken haben, das ORF heißt.

Im nächsten Jahr, denkt Anna, wird sie den Opernball moderieren, wenn sie es nur geschickt genug anstellt, das Rudel zu umgarnen. Sie hält Ausschau nach den wichtigen Leuten und nähert sich einem Abteilungsleiter, der leider neben der Produzentin steht, deren Eifersucht sie als erdrückend empfindet. Anna würde sie gerne loswerden, weiß aber nicht, wie. Lucie und Ado sind im Gewühl untergetaucht, das beunruhigt sie nicht.

Die Gesellschaft schaut nicht aufs Geld, das zählt heute nicht. Die Flasche Sekt kostet 250 Euro, ein Vermögen liegt im Glas, und das erbost Ado wie alles andere. Zum ersten Mal seit langer Zeit spürt er Sehnsucht nach einer Zigarette, aber Rauchen ist natürlich verboten. Die Luft ist ohnehin verpestet von den Ausdünstungen der befrackten Spießer, die er früher so wunderbar hassen konnte. Lucie wandert mit großen Augen durch die Menge, sie ist einfach nur erstaunt, während ihm vor den Leibern graust. Häßlichkeit überwiegt, Alter auch, Sieg des Schweinsbratens über die Figur und der Prunksucht über den Geschmack. So laute Farben und imperiale Dekolletés, zuviel Haut sowieso, und Orden, überall Orden der Republik Österreich. Sie feiert sich ohne Scham, jenseits von allem, was geschehen ist und geschehen wird. *Es ist eine schlimme Zeit, in der das Pathos der Sinnlichkeit zur Galanterie einschrumpft.* Karl Kraus vor langer Zeit.

»Es ist irgendwie lustig«, sagt Lucie. Sie hat ihren zweiten Buchvertrag unterschrieben und ist in der Laune, die Welt zu umarmen. Diese hier vielleicht nicht, aber einmal auf den Opernball zu gehen kommt dem lokalspezifischen Masochismus schon entgegen. Ado, sie spürt es, hadert mit vergangenen Überzeugungen. Das rührt sie, weil sie dachte, daß ihn nichts mehr berührt. Er sieht beinah zornig aus. »Möchtest eine Bombe werfen?«

Ado lächelt. Lucie kennt ihn besser als jeder andere Mensch, und doch reicht es nicht aus für ein Leben. Er wird nächste Woche fortgehen, das Ticket nach Chile hat er schon, und alles Weitere wird sich finden. Nur fort von hier, möglichst weit weg, und ein Ozean muß schon zwischen ihm und Wien liegen, damit er wieder etwas fühlen kann. Sich selbst.

Er wird es Lucie sagen, heute nacht noch, und sie wird es verstehen. Es muß ja nicht das Ende sein, obwohl diese Variante wahrscheinlicher ist. Der Zwerg hat Stärke, und sie hat ihre Bücher, die sie wundersam am Leben erhalten. Sie hat Anna, die mehr denn je an Lucie hängt, seit Ludwig gestorben ist und die Frau, mit der sie pokerte und über Literatur redete. Den Sex mit Lucie wird er vermissen. Das Nachtigallengelächter. Vielleicht noch ein bisserl mehr. Doch das wiegt nichts gegen den südamerikanischen Traum, in dem er ein Asylsuchender ist. Einer, der seine Heimat verlassen muß, um ein anderes Leben zu finden. Die große Welt und das kleine Ich, davon erhofft er sich ein Mittelmaß der Gemütslage.

Ados Hoffnung ist so grün wie die Dekoration: Rispen der Sorte »Mint Ice« und Birken säumen den Weg der Kutsche, auf dem der ewige Staatsoperndirektor neben dem Fiaker sitzt. Der Gaul hat die Contenance, das Parkett nicht zu beschmutzen, bis Anna Netrebko aus dem Gefährt steigt, nicht ganz so schön wie Anna, doch mit besserer Stimme. Nach ihrem Vortrag braust frenetischer Applaus auf, aber das ist noch nicht das Ende, weil jetzt die Debütanten in den Saal schreiten, ein Lindwurm in schwarzen und weißen Farben, behütetes Jungvolk mit dümmlich-stolzen Gesichtern, in Tanzschritten gedrillt, die nächste Generation der Walzertänzer, der Lächler und Behüter der sogenannten Tradition – der Lebensinhalt einer Gesellschaft, die keine ist, aber gern eine sein möchte. Ado fühlt einen Brechreiz, doch er ist froh, daß er sich das angetan hat. Das hier macht den Abschied von Wien ziemlich leicht. Der Witz, diese Elite bestaunen zu dürfen.

Die Musik erstirbt. »Alles Walzer« schreien sie auf dem Parkett, und damit ist der Opernball freigegeben für den gemütlichen Teil, sofern dieses Wort auf das Geschehen zutreffen kann. Die Masse strebt zur Tanzfläche und dreht sich auf ihr, auf engstem Raum, und Ado zerrt Lucie dorthin und hält sie fest, wie er sie immer festhalten könnte und in eine Seligkeit führen, von der er weiß, daß sie ein Phantom ist. Ein Phantomschmerz, und er wird ihn verlieren, wenn er Wien verläßt.

»Ich hab' dich geliebt, so gut ich konnte«, sagt Ado, während er Lucie auf den Fuß tritt. Sie hat nicht zugehört, doch sie lächelt und flüstert etwas, was er in all dem Lärm nicht verstehen kann. Ado sieht Anna, die sich zu amüsieren scheint. Sie schwebt in den Armen eines Verlegers, der, in Unkenntnis ihrer sexuellen Präferenzen, in Annas Ausschnitt stiert. Ein Wunder, denkt Ado, daß noch nicht jeder weiß, wie Anna tickt, in einer Stadt, die nach Stars und Skandalen dürstet wie die Wüste nach Regen.

Um die spärlichen Prominenten dieser Nacht scharen sich Trauben von Medienleuten und Kameras. Das Ereignis verkommt zur Trampelei. Mörtel Lugner hat seinen Millionengast zu keinem Tanz bewegen können, Paris Hilton hat sich in seiner Loge verschanzt, spielt mit ihrem Handy und lächelt mühsam. Ihr Gesicht ist so leer wie eine Kühltruhe im Schaufenster.

In den Logen, die ein kleines Vermögen kosten, trinken sie Champagner und schauen nach unten, weil sie ja dafür bezahlt haben, oben zu sein.

Arabella Kiesbauer und Alfons Haider sind hektisch damit beschäftigt, Prominenten mit sinnlosen Fragen sinnlose Antworten zu entlocken, alle reißen gehorsam den Mund auf und sagen was, über die Netrebko oder die Grünpflanzen oder die Debütanten oder die allgemein gute Stimmung, und die Gattinnen dürfen auch zusammenhanglose Sätze formulieren, in die Kamera lächeln und sich wünschen, daß sie jünger, schöner, eloquenter wären und ihre Männer nicht die ordengeschmückten Hanseln, die Österreichs Elite spielten.

Alles Walzer. Anna sucht eine Toilette und reiht sich in eine Schlange ein. Sie sieht ein junges Mädchen, in das sie sich verlieben könnte. Die Rolle der Verführerin ist neu und reizvoll, und die Blondine ein hübscher Rauschgoldengel.

Lucie und Ado geben vor zu tanzen, während sie im Walzertakt zermalmt werden, das Millionen-Dollar-Baby verschanzt sich in der Loge, während »Mörtel« sich den Journalisten hingibt, hinschmeißt, die Kellner mit Sektflaschen balancieren, Roberto Blanco, immer nur lächelnd, Kameras sucht, in den Logen der Schweiß überpudert wird und Anna sich der Toilette und der Debütantin nähert, die durch und durch pausbäckig ist.

»Ich schmeiß' mich hin«, sagt sie, als sie die Friedhofsschönheitskönigin erkennt, eine Bezeichnung, die Anna inzwischen eher abstoßend findet. Doch Jugend kann schön sein und muß nichts Kluges sagen, und so schreibt sie ihren Namen mit Lippenstift auf ein Stück Klopapier, und ihre Handynummer auch. Manchmal reicht Bewunderung für die Verführung, man wird sehen.

»Das hab' ich mitgekriegt«, sagt die Produzentin, die sich aufgespritzte Lippen vor dem Spiegel nachzieht und die Spur des Lippenstifts ein wenig verwischt vor eifersüchtigem Zorn.

Anna hat sie übersehen, während sie mit dem Rauschgoldengel beschäftigt war, doch in ihrer Siegerlaune nimmt sie den vorwurfsvollen Ton nicht ernst. »Es war doch nur ein Fan«, sagt sie und streicht sanft über einen nackten Rücken, der alles andere als vollkommen ist. Ihre Blicke treffen sich im Spiegel.

»Ich wollt's dir schon gestern sagen, Anna. Die Probeaufnahmen sind nicht so ganz … Na ja, ein bisserl statisch bist du. Nicht lebendig genug. Vielleicht zu schön. Irgendwie unsympathisch im Auge der Kamera. Was man kaum glauben möcht, wenn man dich in natura sieht.«

Anna zieht ihre Hand zurück. »Geh, jetzt spinnst aber. Ihr braucht mich doch. Grad für so eine Sendung.«

Ihre Stimme klingt zuckerlsüß, doch die Augen sprechen eine andere Sprache. »Nicht unbedingt. Der Abteilungsleiter hat mich drauf g'stoßen. Er meint, daß ein Mann vielleicht doch besser wär' für die Präsentation der toten Superstars.«

Der Abteilungsleiter ist schwul, und die Lesbe ein eifersüchtiges Monster. Letztlich geht es um Sex. Immer. Sex und Macht. Das Spiel ist anstrengend und gefährlich. Anna versucht, ihr Lächeln nicht zu verlieren. Noch ist nichts entschieden, nichts verloren. Man muß höheren Ortes intervenieren. Man muß … kämpfen. »Wir könnten nachher noch irgendwohin gehen … zum Frühstücken, was meinst?«

Die Produzentin lächelt nicht. »Ich überleg's mir noch, wir sind ja noch ein bisserl da. Und vergiß nicht, dir die Händ' zu waschen.«

Sie geht nach diesem Satz. Sie ist niederträchtig und erinnert an Monika in ihren schlimmen Phasen. Es muß einen Grund geben, weshalb sie sich immer wieder mit Giftschlangen einläßt. Anna seift sich die Hände ein und überlegt, welcher höhere Ort ihr behilflich sein könnte. Sie sind ja alle da, die was zu sagen haben in der Republik. Eitel sind sie, und leider fast ausschließlich Männer. Doch vielleicht muß man sich überwinden, wenn es um ein höheres Ziel geht. Ludwig war ja auch ein Mann. Sozusagen. Jetzt vermodert er schon, und sie kann wieder mit Zuneigung an ihn denken. Denk nach, Anna. Wer? Sie zieht ihre Lippen nach in diesem Rot in der Farbe von Erdbeeren. Alles echt, noch kann sie auf ihr Aussehen bauen. Doch geschickt muß sie sein, gnadenlos, vielleicht sogar unmoralisch. Ein Wort, das Ado manchmal ausspricht, als wisse er nicht genau, was damit gemeint ist.

Nach der Geisterstunde kämpfen sich Ado und Lucie nach draußen, wo die Raucher stehen und die Angesoffenen, die Polizisten und noch ein paar Protestierer, Gaffer auch, und die Luft ist schwer vom Regen, erfrischend auch, und sie atmen tief ein und versichern sich ihrer unüberwindlichen Abneigung gegen Walzerseligkeit, obwohl sie doch Walzer getanzt haben, linksherum auch, selbst wenn Lucie immer noch behauptet, es nicht zu können.

Ado schnorrt eine Zigarette von einem Mann, der ihm vage bekannt vorkommt. Der Austria-Club, dieser Typ mit den furchtbaren Sprüchen und dem schmierigen Gelächter. Der Politparasit, und der Name fällt ihm nicht mehr ein, was gar nichts ausmacht.

»Kennen wir uns nicht?« sagt der Mann mit der Halbglatze, und Ado antwortet, bevor er sich abwendet: »Nein, niemals.«

Er raucht gierig, reuelos, und Lucie sieht in den nachtschwarzen Himmel und behauptet, eine Sternschnuppe gesehen zu haben. Sie lügt. Möchte an Wunder glauben und weiß schon, was Ado ihr sagen will. Wozu er eine Zigarette braucht und ein bisserl Mut. Der Opernball, das ist ihr absurdes Abschiedsfest, denn sie hat die Unterlagen für seine Reise längst entdeckt. Als sie das Zimmer aufräumte, was ab und zu vorkommt. Er hat sich nicht angestrengt, seine Pläne vor ihr zu verbergen. Hatte bloß keine Lust, darüber zu reden. Sie auch nicht, hat halt gewartet und gehofft, daß er … Nein, so einer ist er nicht. Wenn Ado einmal glaubt, richtigzuliegen, hält er daran fest. Bis er seine Meinung wieder ändert. Lucies Verschwörungstheorie zu Ado Spengler ist, daß er brennt, immer noch, und sich nur als Feuerwehrmann verkleidet hat.

Der Frack steht ihm, doch der ist geliehen, und das sieht man irgendwie. Jetzt gibt er ihr seine Jacke, weil sie friert.

»Ich fliege in fünf Tagen. Nach Chile. Ich weiß nicht, was ich dort mache und wie lang ich bleiben werde.«

»Schon ziemlich lang«, sagt Lucie und meint für immer.

Ado legt den Arm um ihre Schulter. »Nichts ist sicher. Sagst du doch immer. Ich weiß wirklich nicht, was ich tue, aber daß ich aus Wien wegmuß, steht fest. Die Stadt hat so was, was mich umbringen könnte.« Und doch schleppst du mit, was du fürchtest, denkt Lucie, und es ist mehr als Handgepäck. Wahrheit wird ihn nicht aufhalten, und in deren Besitz ist sie ja noch nie gewesen.

Die Flucht, denkt Lucie, ist oft die einzige Rettung, und daß der Schmerz größer sein sollte. Weinen kann doch jeder, außer Anna vielleicht. »Das versteh' ich. Besonders heute.«

Heute ist wie gestern, nur klarer, und jetzt schauen sie auf die erleuchtete Oper, in der sich das Republikchen immer noch feiert. Vereinzelte Paare kommen in Mänteln über die Treppe, und aus der schütteren Reihe der Gaffer oder Demonstranten löst sich eine junge Frau, die mit dem Schrei »Nieder mit den Faschisten« die Reihe der Ordnungshüter durchbricht und auf eine ältere Dame im Nerz zustürmt. Die Wahl des Opfers ist zufällig, doch die Sprühdose, die sie als Waffe einsetzt, trifft mit rotem Strahl einen Nerz, auf den sie es abgesehen hatte, bevor die Polizisten reagieren und die Angreiferin niederringen konnten.

Drei gegen eine, denkt Lucie, ist doch unfair. Die Frau heult im rot besprühten Mantel, während ihr Begleiter beinah amüsiert scheint, er ist stark angeheitert, doch darum geht es nicht, sondern um ein Verbrechen an der Gesellschaft. Die Täterin liegt am Boden, wo zwei Polizisten sie festhalten, während der dritte mit dem Stiefel in ihren Rücken tritt. Gemein sieht es aus, und Ado nimmt seinen Arm von Lucies Schulter.

»Aufhören«, schreit sie, doch Ado, dem Gleichmut wieder zum Fremdwort wurde, ist längst da, wo Unrecht geschieht, eines hebt das andere nicht auf, und er brüllt die Polizisten an und versucht, den Treter wegzuziehen.

Das ist ein tätlicher Angriff auf die Ordnungsmacht. Sie sind müde, die Polizisten, naß auch und ein bisserl gereizt, weil es ein blöder Job ist, nachts draußen herumzustehen und Leute zu bewachen, die zuviel Geld haben, und so stürmen zwei weitere Kollegen auf Ado los, um ihn zu überwältigen, was ihnen nach kurzem Kampf und trotz heftiger Gegenwehr gelingt. Ein Komplize der Sprüherin, so vermuten sie, der sich als Ballgeher verkleidet hat, um die Staatsgewalt zu täuschen.

Ado liegt am Boden, das Gesicht auf nassem Beton. Der Arm, den sie ihm auf den Rücken gedreht haben, tut weh. Er hört, wie Lucie die Kieberer bedrängt, erst höflich, dann zunehmend beleidigend, und er versucht ihr zu sagen, daß sie aufhören soll, doch ein Polizist hält ihm den Mund zu. Er trägt Handschuhe, die nach ranzigem Fett stinken, sonst hätte Ado reingebissen. Sie zerren ihn wieder hoch und legen ihm Handschellen an. Auch Lucie wird gefesselt, doch sie lächelt ihn tapfer an und sagt: »In Chile wär' das nicht passiert.«

Sie stehen in Handschellen im Regen, als Ado den Hofrat sieht, der den Ball verläßt. Er ist auf dem Weg zu seinem Dienstwagen, er ist nicht mehr nüchtern, doch er hat Ado erkannt. Er bleibt stehen, sieht ihn aus kurzer Entfernung an, und seine Begleiterin schubst ihn, weil der Schirm sie nicht vor dem Regen schützt.

Sie sehen sich an, der Oberst außer Dienst und der Hofrat. Er könnte was für uns tun, denkt Ado, doch gleich danach, daß er sie nicht ertragen könnte, die Protektion von diesem Mann, den er immer verabscheut hat. Das ist ein guter Gedanke, weil sein ehemaliger Vorgesetzter nach einem kurzen, aufmunternden Lächeln weitergeht. Ein alter Mann, der müde ist, sektberauscht und im übrigen der Meinung, daß es kommod ist, sich herauszuhalten aus allem, was Ungemach bringen könnte. Ein bisserl lästig war der Ado Spengler schon immer.

Sie fahren durch die Nacht, die sich dem Morgen noch nicht hingibt. Ado denkt über Lucies Satz nach, der wahr sein könnte oder falsch, während sie zu dritt auf einer Pritsche sitzen, hinter vergitterten Fenstern. Über Chile und den Hofrat, diese österreichische Karikatur des Pontius Pilatus. Er ist froh, daß er stumm geblieben ist, heldenhaft stumm. Und daß Lucie noch da ist, neben ihm und so aufrecht in ihren Handschellen. Ihr rotes Kleid hat einen Riß, während der Parka des Mädchens die Schlacht unbeschadet überstanden hat.

»So ein Bahöö wegen ein bisserl Farbe«, sagt sie. Sie scheint unverletzt zu sein, nur ihr Gesicht ist naß und schmutzig von der Bodenberührung. Ados auch. »Na, wenigstens hast einen Faschisten erwischt«, sagt er, und sie: »Ihr gehört's doch auch zu denen.«

»Alles Verkleidung«, murmelt Lucie und sieht Ado an, dessen Arm schmerzt, sie kann es an seinem Gesicht sehen. Lucie ist müde, wütend, traurig, fröhlich … alles in einem. Er hat etwas Heldenhaftes getan, das gleichzeitig saublöd war. »Widerstand gegen die Staatsgewalt und Beamtenbeleidigung. Wir werden einen Anwalt brauchen«, sagt sie, und ihre Hände berühren sich, was in Handschellen etwas Rührendes hat.

»Aber a Hetz war's schon«. Das Mädchen erzählt ihnen, daß es an Schlaflosigkeit leidet – und an Österreich. Sie heißt Laura, studiert Soziologie und war noch nie *im Hefn*, und so ein Aufenthalt im Gefängnis kann ja auch wie ein Ritterschlag sein, natürlich nur, wenn er kurz ist. Ihren Personalausweis hat sie vorsorglich eingesteckt, weil damit zu rechnen war, daß die Faschisten zurückschlagen würden.

Ado hofft, daß er trotz allem termingerecht fliegen

kann. Nicht, daß er bereut, was er getan hat. Zumindest sitzt Laura jetzt nicht allein auf der Pritsche, und mit einem Exkollegen werden sie vielleicht handsamer umgehen. Das Mädchen redet zuviel. Das tun die meisten. Wenn er erst einmal in Chile ist, wird er nur hören, nicht verstehen. Eine kolossale Stille wird das sein.

»Ja«, sagt Lucie, »das war schon eine denkwürdige Nacht. Anna wird uns vermissen.«

Anna tanzt mit ihm und fühlt sich von vielen Augen beobachtet. Du mußt bluffen, wenn du schlechte Karten hast, das hat sie von Maria gelernt. Und hoch reizen – also hat sie sich gedacht, daß die Protektion von ganz hoch oben kommen sollte. Von einem, dem sie gar nicht widersprechen können, wenn er sich für Anna Sirnova einsetzt. Also hat sie ihn ausgesucht und sich zu ihm durchgemogelt durch die Reihen der Leibwächter, Hofschranzen und Speichellecker. Wie in einem Film kam sie sich vor, und als sie ihn ansprach und um einen Tanz bat, konnte er gar nicht anders, als ja sagen.

Tanzen kann er nicht, und sein Atem riecht nach Rotwein und Zigarren. Eine schwitzige Hand auf ihrem nackten, makellosen Rücken. Alles Walzer, obwohl es eher nach einem Foxtrott klingt. Er macht ihr Komplimente über Aussehen und Talent, und sie flüstert ihm ins Ohr, daß sie ihn schon immer bewundert habe. Der leichte Ekel könnte auch Selbstekel sein, doch Anna ignoriert ihn. Sicher wäre es schöner, eine Debütantin aus einem weißen Kleid zu schälen, doch du kannst nicht alles haben auf dem Weg nach oben. Mußt gut spielen, wenn du ein mieses Blatt hast.

Die Welt ist schlecht, also richt ma uns danach. Hat Maria oft gesagt, und Anna hat immer aufmerksam zugehört. Er sagt ihr jetzt, daß er mit ihr ein Glas Champagner trinken möcht' in seiner Loge, und Anna denkt, es wird schon nichts passieren, wenn so viele zusehen. Neidvoll, wie die Produzentin, der Anna jetzt im Vorübertanzen triumphierend zulächelt.

Es ist fast drei Uhr morgens, und die Kellner sehen müde aus. Viele Gäste auch, doch sie feiern weiter für ihr gutes Geld. Sie von oben zu sehen, aus seiner Loge, ist eine Perspektive, die Anna trotz allem gefällt. Das Blatt wendet sich, sie tut es auch, nur ein bisserl, nur zum Schein, weil ja das Verborgene einen Menschen ausmacht.

Opernball ist nur einmal im Jahr, während die Politik an allen anderen Tagen Operetten aufführt. Sagt er, und daß die Österreicher immer ein musikalisches Volk sein werden, ganz egal, was der Bernhard darüber geschrieben hat. Er redet viel und trinkt schnell. Er berührt sie unsittlich mit seinen Blicken. Aber deshalb ist sie ja hier, denkt Anna und verbietet sich jede Prüderie, jeden Ekel.

Nie wird sie begreifen, was Frauen an Männern sexuell anziehend finden, aber darum geht es hier nicht, sondern um tote Superstars, die sie vor der Kamera noch einmal beerdigen soll, und dafür braucht sie ihn. Für eine eigene Sendung, ja vielleicht sogar die Gründung eines Trauer-Kanals. Berichte über Friedhöfe, Beerdigungen, Trauerreden, die schöne Leich' in telegener Form, Unsterblichkeit irgendwie, und finanzieren würde sich das Ganze aus Anzeigen und Aufträgen von Angehörigen. Der Tod kann so überzeugend sein – und Anna kann es auch. Wenn es sein muß, über die Gräber springen, die Vergangenheit und Zukunft sind.

Lucie und Ado kann sie in der Menge nicht entdecken. Schade, sie würde ihnen zuwinken. So prächtig, die Aussicht von oben, denkt Anna, und schenkt dem Mann mit der Ordensbrust ein falsches, dankbares Lächeln. Wenn alles Hokuspokus ist, kann sie auch Überzeugungen wegzaubern. Für die Dauer eines Walzers, einer Nacht, vielleicht länger. Helden müssen über Leichen gehen, und Heldinnen über Männer.

GLOSSAR

a gmahte Wiesn	etwas Einfaches, Geklärtes
abbeindln	sich umbringen
ang'fressen	wütend
Bahöö	Durcheinander, Lärm
Bassena	Waschbecken
Beisl	Wirtshaus
Beuschl	Lunge
Bissgurn	zänkisches Frauenzimmer
blade Goschen	breiter Mund
Blunzngröstl	gebratene Blutwurst
Bobo	begüterter Nichtsnutz
Brüderlein Fein	ein Name für den Tod
Buchtel	Dampfnudel
Büchel	Parteibuch
deppert	blöde
Dodl	Trottel
Drahdiwaberl	Drehkreisel, unstetes Wesen
entrisch	seltsam
Farferl	unscheinbares Frauenzimmer
fetzen	streiten

Gendarmarie	Polizei auf dem Land
Gfraßt	Wertloses
goschat	großmäulig
Grafflwerk	Schund
Grant	Zorn
Grantler	grantiger Mensch
Greißler	Lebensmittelkleinhändler
Gscherter	ein Mensch aus der Provinz (alles, was jenseits von Wien ist)
Gschiß	Scheiße
gwampert	dick(lich)
hackeln	arbeiten
Häferl	Tasse
Hamdraher	Selbstmörder (Heimdreher)
handsam	praktisch
Hefn	Gefängnis
Hetz	Spaß
Jessas	Der Ausruf Jessasmarantana (die Kurzform von Jesus, Maria und Anna)
Katzelmacher	Italiener
Kieberer	Polizist
Krampus	böser Begleiter des heiligen Nikolaus
Leichenfladerin	Schlafende (Leichen) bestehlen
leiwand	erstklassig/wunderbar
lescher	leger
letschat	fad, langweilig

Marie	Geld
Mauserln	Kleinkinder
Mentscher	leichtsinniges Mädchen
Mörtel	Bauunternehmer
Nebochant	unbeholfener, unwissender Typ
Packerlwirtschaft	Vetternwirtschaft
Pantscherl	Liebschaft
Partezettel	Todesanzeige
Perlustrierung	Durchsuchung/Kontrolle
Pomfineberer	Sargträger
Pülcher	verdächtiges Subjekt
pumperlgsund	absolut gesund
Punschkrapfn	fette Mehlspeise
Remmidemmi	Auftrieb/Chaos
resch	lebhaft, derb
Sandler	Geizkragen
Schaas	Furz/Blödsinn
Schanigarten	Wirtshäuser, die bei schönem Wetter Stühle und Tische ins Freie stellen
schiach	häßlich
Schinakl	kleines Boot
Schmähtandler	verlogener Mensch
schmafu	egal, verächtlich
Schmarrn	Blödsinn
Schnapsen	ein Kartenspiel
Schweinsgrammeln	Schweinsgrieben
sich zerwuzeln	sich amüsieren/lachen
Silikonlaberln	unechte Brüste
Strizzi	Leichtfuß

Tandler	Händler
Tarock	altes österreichisches Kartenspiel
Transuserl	träges Wesen
tschechern	trinken
Tschick	Zigarette
Tschusch	Ausländer aus Südosteuropa
Tuschler	Flüsterer
überreißen	begreifen
überrupfen	verstehen
verdraht	andersherum
Watschen	Ohrfeige
Zeitungszumperl	abfällig für Journalisten
zerbröseln	sich auflösen